影が行く

P·K·ディック，D·R·クーンツ他

未知に直面したとき，好奇心と同時に人間の心に呼びさまされるもの――それが恐怖である。その根源に迫る古今の名作ホラーＳＦ13編を日本オリジナル編集で贈る。閉ざされた南極基地を襲う影（キャンベル「影が行く」），地球に帰還した探検隊を待つ戦慄（ディック「探検隊帰る」），過去の記憶をなくして破壊を繰り返す若者たち（クーンツ「悪夢団《ナイトメア・ギャング》」），19世紀英国の片田舎に飛来した宇宙怪物（オールディス「唾の樹」）など，第一級のＳＦ作家たちがものした傑作を揃えた。

ホラーＳＦ傑作選

影が行く

P・K・ディック，D・R・クーンツ他

中村 融 編訳

創元ＳＦ文庫

WHO GOES THERE ? AND OTHER STORIES

edited by

Toru Nakamura

2000

目次

影が行く

ホラーSF傑作選

消えた少女

リチャード・マシスン

リチャード・マシスン　Richard Matheson（1926–2013）

戦後、わが国の読書界にSFが定着したきっかけは、サスペンス小説の延長として読める作品が重点的に紹介されたことだった。つまり、「平凡な日常生活を営んでいる人々に、SF的な怪事件がふりかかる」といったタイプの作品だ。こうしたSFの第一人者が、リチャード・マシスンといえるだろう。

デビューは一九五〇年。当初は短編の名手として知る人ぞ知る存在だったが、五四年に第三長編『アイ・アム・レジェンド』（ハヤカワ文庫NV）を上梓《じょうし》して、一躍脚光を浴びた。地球の全人口が吸血鬼となった世界にとり残された男の物語だが、古臭いテーマに新たな命を吹きこんだ名作として評価が高い。じつに四度も映画化されており、スティーヴン・キングやジョージ・A・ロメロに多大な影響をあたえたことでも知られる。その後マシスンは映像の分野にも進出。自作の映画化や、伝説のTVシリーズ〈ミステリー・ゾーン〉の脚色などで腕をふるった。両方の分野にまたがった活躍は、亡くなる直前までつづき、代表作に『縮みゆく男』（五六・扶桑社ミステリー）、『奇蹟の輝き』（七八・創元推理文庫）、短編集『13のショック』（六一・早川書房）などがある。

本編はSF誌〈アメージング〉五三年十月号に発表され、前述の〈ミステリー・ゾーン〉の一話としてTV化（六二）された作品。マシスンの特徴がよく出た佳品である。

ティナの泣き声ではっと目がさめた。周囲は墨《すみ》を流したような闇、真夜中だった。となりで寝ているルースがもぞもぞと動く気配がする。表《おもて》の居間ではティナがいったん息をつめ、こんどは前より大きな声で泣きはじめた。

「やれやれ、まいったな」とわたしは寝ぼけた声をだした。

ルースがうめいて、寝具をはねのけかける。

「ぼくが見てくるよ」

疲れた声でいうと、彼女はどさりと枕に倒れこんだ。ティナの夜泣きには交替であたることにしている。風邪《かぜ》をひいたり、腹痛を起こしたり、ただベッドからころがり落ちたりしたときもだ。

わたしは両脚を浮かすと、毛布の外へだした。それからベッドの裾《すそ》のほうへ体をずらしていき、両脚をベッドから振りおろす。足裏が氷のような床板に触れたとたん、わたしはちぢみあがった。アパートメントは北極だった。いくらカリフォルニアでも、冬の夜はたいていこんなものだ。

わたしは冷たい床を横切り、廊下の収納箱、化粧箪笥《だんす》、本棚のあいだを縫って進み、居間にはいってTVの脇へむかった。寝室がひとつしかないので、ティナはそこで眠っている。広げればベッドになるカウチの上で眠るのだ。その瞬間、ティナがいっそう声をはりあげて泣きだし、ママ、ママと呼びはじめた。

「よしよし、ティナ。パパがきたからね」とわたしは声をかけた。

ティナは泣きやまない。表のバルコニーで、コリー犬のマックが寝床《ねどこ》がわりのキャンプ・チェアから跳《と》びおりる音がした。

わたしは暗闇のなかでカウチにかがみこんだ。寝具がぺしゃんこになっていた。あとずさりし、床に目をこらしたが、動きまわっているティナの姿はなかった。

「やれやれ」いらだたしさとは裏腹に、クックッと笑い声がもれた。「可哀相《かわいそう》な子はカウチの下にいるらしいぞ」

膝をついてのぞきこむ。小さなティナが寝床から落ちて、その下に這いこんだかと思うと、くすくす笑いが止まらない。

「ティナ、どこにいるんだい?」と笑いをこらえながらわたし。

ティナの泣き声はますます大きくなったが、カウチの下に姿は見えなかった。暗すぎてよく見えないのだ。

「おーい、どこだーい？　パパのところへおいで」

化粧箪笥の下に転がったカラーのボタンを手探りする男といった恰好で、わたしはカウチの下を手探りした。娘の泣き声はやまず、ママ、ママと呼んでいる。

ここではじめて驚きに打たれた。どれほど手をのばしても、娘に届かないのだ。

「おいで、ティナ」わたしはいった。もう笑いごとではなかった。「ふざけるのはおよし」

娘はますます声をはりあげる。わたしはのびきった手をびくっと引きもどした。冷たい壁にさわったのだ。

「パパ！」ティナが叫んだ。

「いったいどうして……」

わたしはよろよろと立ちあがり、いらだたしげに敷物を横切った。レコード・プレイヤーの脇の電灯をつけ、娘を見つけようと振りかえったところで棒立ちになった。寝ぼけまなこで、ぽかんと口をあけたままカウチを見つめる。背中に冷水を浴びせられたような気がした。

と、つぎの瞬間、わたしはひと跳びでカウチの横に膝をついた。目は死にもの狂いで娘を探す。喉がどんどん締めつけられる。カウチの下で娘の泣き声はするのに、その姿が見えないのだ。

そうとわかったとたん、胃袋の筋肉がキュッとちぢみあがった。わたしはカウチの下を必死で手探りしたが、なにも触れるものはない。神かけて、泣き声はするのに、娘はいないのだ！

「ルース！」わたしは怒鳴った。「きてくれ」

寝室でルースが息を呑む気配。と思うと、寝具がこすれる音がして、寝室の床を小走りに急ぐ足音がした。目の隅に、彼女のナイトガウンの水色が飛びこんでくる。

「どうしたの？」とルースがあえぎ声でいった。

わたしは立ちあがったが、しゃべるどころか、息をするのもままならない。なにかいおうとしたが、言葉は喉につまってしまった。口はあんぐりとあいたままだ。ふるえる指でカウチをさすことしかできない。

「あの子はどこ？」ルースが叫んだ。

「わからないんだ！」ようやく声が出た。「あの子は……」

「どうしたの！」

ルースはカウチの横に両膝をつくと、その下をのぞきこんだ。

「ティナ！」と呼びかける。

「ママ」

ルースはカウチから跳びのいた。顔から血の気がひいていた。こちらにむけた目には怯《おび》えの色があった。不意にマックがドアを激しくかきむしる音がした。

「ティナはどこ？」ルースがうつろな声でくりかえした。

「わからない」わたしは茫然《ぼうぜん》としていた。「明かりをつけたら……」

「でも、泣いてるのよ」ルースもわたしとおなじように、自分の目が信じられないようすだった。「わたし……クリス、ほら」

恐怖で泣きじゃくる娘の声。

「ティナ！」わたしはどうしようもなく大声で呼びかけた。「どこにいるんだい？」

娘は泣き叫ぶばかりだ。

「ママ！　ママ、助けて！」

「そんな、そんな、こんなの狂ってるわ」と張りつめた声でルース。おもむろに立ちあがり、「キッチンにいるのよ」

「だけど……」

わたしが茫然とつっ立っていると、ルースはキッチンの明かりをつけ、なかにはいった。苦《く》悶《もん》の叫びがあがり、わたしはぶるっと身震いした。

「クリス！　ここにもいないわ」

目に恐怖をみなぎらせて、ルースが走りこんできた。唇《くちびる》をかみしめている。

「でも、どこにいるの……？」といいかけて、黙りこむ。

というのも、ふたりともティナの泣き声が聞こえるし、その音はカウチの下から流れてくるからだ。

けれど、カウチの下にはなにもないのだ。

それでも、ルースは狂った真実を受けいれられなかった。廊下のクローゼットをあけ、なかをのぞいた。TVの裏はおろか、レコード・プレイヤーの裏さえのぞいた。五センチほどの隙《すき》間《ま》しかないのに。

「あなた、手を貸して」彼女は切羽《せっぱ》つまった声でいった。「あの子をこのまま放ってはおけないわ」

わたしは動かなかった。

「ねえ、あの子はカウチの下にいるんだよ」

「でも、いないじゃない！」

常軌《じょうき》を逸《いっ》した、あり得ない夢であるかのように、わたしはもういちど冷たい床に両膝をつき、カウチの下を手探りした。カウチの下に潜《もぐ》りこみ、隅から隅までさわってみた。しかし、娘にはさわれなかった。泣き声はするのに——それもすぐ耳もとで。

わたしは立ちあがった。ガタガタふるえているのは、寒さのせいばかりではなかった。ルースは居間の敷物のまんなかに立ち、こちらをじっと見つめていた。蚊の鳴くような声で、

「クリス。クリス、どういうことなの？」

わたしは首を振った。

「ハニー、わからないんだ。どういうことか見当もつかん」

外では、マックがドアをひっかきながら、クンクン哀《あわ》れっぽく鳴きはじめた。ルースがバルコニーのドアにちらっと視線を走らせた。青ざめた顔は恐怖にゆがんでいる。カウチに目をもどしたときは、シルクのガウン姿でブルブルふるえていた。わたしはなすすべもなく立ちつくしていた。心にさまざまな思いが浮かんだが、どれも解決に結びつくどころか、まとまった思考にさえならなかった。

「どうするの？」とルースが訊いた。いまにも叫びだしそうだ。

「ぼくは、その……」

わたしは声を途切らせた。と思うと、ふたりともカウチに駆けよっていた。

ティナの泣き声がかぼそくなっていくのだ。

「ああ、だめよ」ルースが泣き声でいう。「だめ。テ、ィ、ナ」

「ママ」

ティナの声が遠ざかっていく。わたしの全身に悪寒《おかん》が走った。

「ティナ、もどっておいで！」自分の叫び声が聞こえた。聞きわけのない子どもに怒鳴る父親の図だが、その子の姿は見えないのだ。

「ティナ！」ルースが絶叫した。

と思うと、アパートメントは水を打ったように静まりかえり、ルースとわたしはカウチの脇にひざまずいて、その下の空虚《くうきょ》を見つめていた。耳をすましながら。

わが子の安らかな寝息に。


「ビル、いますぐきてくれないか？」わたしは半狂乱で叫んだ。

「なんだって？」ビルの声は不明瞭でくぐもっていた。

「ビル、クリスだ。ティナが消えちまったんだ！」

目がさめたらしい。

「誘拐されたのか？」

「いや。ここにいる。でも……いないんだ」

彼がとまどった声をだした。わたしは息を吸いこんだ。

「ビル、頼むからこっちへきてくれ！」

間《ま》。

「すぐに行く」わけがわからないと思っている口ぶりだ。

わたしは受話器を置き、ルースのところへ行った。カウチにすわってふるえながら、膝の上で両手をきつく握りしめていた。

「ハニー、ローブを着ろよ。風邪をひくぞ」

「クリス、わたし……」涙が頬を流れおちる。「クリス、あの子はどこ？」

「ハニー」

そういうのが精一杯だった、絶望に沈んだ力ない声で。寝室に行き、ローブをとってきた。もどる途中でかがみこみ、壁のヒーターを強めにした。

「ほら」といいながら、ローブを彼女の背中にかけてやる。「これを着て」

彼女はローブの袖《そで》に腕を通した。その目が、わたしになんとかしてくれと訴えていた。わたしには無理だと百も承知のうえで、わが子を連れもどしてくれと迫っていた。

わたしはまた膝をついた。これくらいしかやれることがない。なんの役にも立たないのは承知していた。長いことそのままの姿勢で、ただカウチの下の床を見つめていた。すっかり途方に暮れて。

「クリス、あの子ったら、ゆ、床で眠ってるのよ」ルースの言葉はつかえがちだった。唇が真《ま》っ青《さお》だ。「風邪……ひかないかしら?」

「さあ……」

それしかいえなかった。いったいなにがいえただろう? あの子は床に寝ていないとでも? わたしにわかるわけがない。ティナの息づかいと静かな寝息が床の上で聞こえるのに、さわろうとしてもいないのだ。消えてしまったのに、消えてない。どういうことか理解しようとして、わたしの頭はこんがらがった。いつかそういう問題にとりくんでみるといい。神経衰弱へまっしぐらだ。

「ハニー、あの子は……あの子はここにいないよ」わたしはいった。「つまり……床の上にはいない」

「でも……」

「わかってる、わかってるとも……」両手をあげて、肩をすくめてみせる。「あの子は寒がっていないみたいだよ」とできるだけおだやかで、自信たっぷりの声をだす。

彼女はなにかいいかけたが、途中でやめた。いうことなどありはしない。言葉が出てこないのだ。

わたしたちは静まりかえった部屋にすわり、ビルの到着を待った。彼に電話したのは、技術畑の人間だからだ。カリフォルニア工科大出身で、谷（カリフォルニア州バーバンク。ロサンゼルス近郊に位置する）にあるロッキード社の幹部だ。なぜそれが役に立つと思ったのかわからないが、とにかく彼に電話をかけた。藁《わら》にもすがる気持ちだったので、だれでもよかったのだろう。子どもを心配しているとき、親とは無力な生きものなのだ。

ビルがくる前に、ルースがいちどカウチの脇にひざまずいて、両手で床をたたきはじめた。「ティナ、起きて！」恐怖がぶりかえしたのだ。「起きなさい！」「ハニー、そんなことをしてどうなる？」

彼女はぽかんとわたしを見あげた。と、理解がきざしたらしい。そんなことをしてもどうにもならないのだ、と。

外の階段にビルの足音がした。わたしは先にドアをあけた。ビルはひっそりとはいってきて、あたりを見まわすと、ルースにちょっと笑いかけた。わたしがコートをあずかった。コートの下はパジャマのままだった。

「どうしたんだ？」ビルがあわてた声で訊いた。

わたしはできるだけ手短《てみじか》に要点だけを伝えた。彼はひざまずいて、自分でたしかめた。カウチの下を手探りしたのだ。ティナのおだやかで安らかな寝息を耳にすると、眉間《みけん》に皺《しわ》を刻んだ。

彼は起きあがった。

「それで？」とわたし。

ビルはかぶりを振って、

「なんてこった」とつぶやいた。

わたしもルースも彼を見つめた。外ではマックがあいかわらずドアをひっかきながら、クンクン哀れっぽい声で鳴いていた。

「あの子はどこ?」ルースがまた訊いた。「ビル、わたし、気が変になりそう」

「落ち着いて」彼は答えた。

わたしはルースのかたわらへ行き、その肩に腕をまわした。彼女はブルブルふるえていた。

「寝息が聞こえるね」とビル。「ふつうの寝息だ。きっとだいじょうぶ」

「でも、どこにいるんだ?」とわたし。「見えないし、さわれもしないんだぞ」

「わからん」ビルはそういうと、またカウチの脇に膝をついた。

「クリス、マックをいれたほうがいいわ」ルースが一瞬そちらを心配していった。「ご近所を起こしてしまうわよ」

「わかった、いれてやるよ」わたしはいったが、ビルから目をはなさなかった。

「警察に電話したほうがいいかな?」とわたし。「どう思う……?」

「いや、そんなことをしても役に立たんよ」とビル。「こいつは……」まるで身につけた常識を残らず振りはらうかのように首を振り、「警察の仕事じゃない」

「クリス、マックが近所じゅうを起こして……」

わたしは、マックをいれてやろうとドアのほうをむいた。

「ちょい待ち」

ビルがいったので、振りかえる。心臓がまた動悸《どうき》を打った。

ビルはカウチの下に半分潜りこんで、一心《いっしん》に耳をすましていた。

「ビル、どうした……?」わたしはいいかけた。

「シーッ!」

わたしもルースも息を殺した。ビルはもうすこしだけ、そうやって耳をすましていた。やがて起きあがると、その顔からは表情が抜けおちていた。

「聞こえないんだ」

「そんな、ばかな!」

ルースがカウチの前へ倒れこんだ。

「ティナ! ああ神さま、いったいどこにいるの!」

ビルは立ちあがって、すばやく部屋じゅうを動きまわった。わたしはその姿を目で追ってから、ルースに視線をもどした。恐怖にぐったりとなって、カウチにもたれている。

「おい」ビルがいった。「なにか聞こえないか?」

ルースが顔をあげた。

「聞こえるって……なにが?」

「動きまわれ、動きまわってくれ。聞こえるものを探すんだ」

わけのわからないまま、ルースとわたしはロボットのように居間を歩きまわった。部屋は静まりかえっており、聞こえるのはマックがひっきりなしにあげる哀しげな鳴き声と、ドアをひっかく音ばかり。バルコニーのドアを通りしなに、わたしは歯ぎしりして、「うるさい!」と叱《しか》りつけた。一瞬、こんな思いが脳裡《のうり》をかすめた——マックはティナのことを知っているのかもしれない。あの子にとてもなついているのだ。

そのときビルは、クローゼットの置かれた隅に立っていた。爪先立ちになって、なにかに耳をそばだてている。わたしたちの視線に気づくと、こっちへこいとすばやく合図した。わたしたちは足早に敷物を横切って、彼のとなりに立った。

「耳をすまして」

ビルがささやき声でいった。われわれは耳をすました。

最初はなにも聞こえなかった。と、ルースが息を呑んだ。だれもが息をひそめた。

その隅の上のほう、天井と壁がぶつかるあたりで、ティナの寝息が聞こえた。

ルースは真っ青な顔でそこを見あげた。すっかり途方に暮れている。

ビルはゆっくりとかぶりを振るだけだった。と思うと、だしぬけに両手をあげた。わたしたちはまたはっと凍りついた。

音が消えていた。

ルースが絶望ですすり泣きをはじめた。

「ティナ」

彼女は隅からはなれて歩きはじめた。

「見つけなくちゃ」と自棄《やけ》気味にいう。「お願い」

わたしたちはむやみやたらに部屋を走りまわり、ティナの寝息を聞きつけようとした。ルースの涙で汚れた顔は恐怖にひきつった仮面だった。

こんどティナの声を聞きつけたのは、わたしだった。

ＴＶの下だ。

三人ともひざまずき、耳をすました。そのとたん、ティナの寝言《ねごと》と寝返りを打つ音が聞こえた。

「お人形さん、ほしい」

「ティナ！」

わたしはルースのふるえる体を抱きしめ、むせび泣きを止めようとした。いっこうに止まらない。自分の喉まで締めつけられてきた。胸のなかで心臓がドキンドキンと打ちはじめた。彼女の背中で汗ばんだ両手がふるえた。

「いったいぜんたい、どうなってるの？」とルースがいったが、べつに訊いたわけではない。ビルの手を借りて、レコード・プレイヤーの脇の椅子まで彼女を連れていった。そのあとビルは居ても立ってもいられないといったようすで、片方のこぶしの関節をかじっていた。夢中でなにか考えているときによく見せる仕草だ。

顔をあげて、ビルはなにかいいかけたが、あきらめて、ドアのほうをむいた。

「ワン公をいれてやろう。えらい騒ぎだ」

「あの子の身になにが起きたか見当がつくかい？」とわたし。

「ビル……？」ルースが泣きだしそうな声でいう。

ビルはいった。

「どうやら、べつの次元にいるようだ」そしてドアをあけた。

つぎに起きたことは、あまりにも急だったので、止める暇もなかった。

マックがひと声鳴いて飛びこんでくるなり、まっしぐらにカウチへむかったのだ。

「知ってるんだ！」ビルは叫ぶと、犬に飛びかかった。

そのとき、とんでもないことが起きた。マックが耳と前肢と尾のついた疾風《しっぷう》となって、カウチの下へすべりこむ。と、つぎの瞬間、犬は消えていた——文字どおり。ふっとかき消えたのだ。三人とも息を呑んだ。

それからビルの声がした。

「そうだ。そうに決まってる」

「そうだって、なにが？」もう自分がどこにいるのかもわからない。

「あの子は異次元にいるんだ」

「いったいなにをいってるんだ？」心配のあまり、怒ったような声になった。そんな話は年中耳にするわけではない。

「すわれよ」とビル。

「すわれって？　なにかできないのか？」

ビルはあわててルースに目をやった。彼女には答えがわかっているようだった。

「できるかどうかはわからん」がその答えだった。

わたしはへなへなとカウチにすわりこんだ。

「ビル」わたしはいった。名前を呼んでみただけだ。

彼はお手上げといった恰好をした。

「なあ、こっちだって面くらってるのはおなじなんだ。自分が正しいのかどうかさえわからんが、ほかにはなにも考えつかん。たぶん、どういうわけか、あの子は異次元にはいりこんじまったんだよ。きっと四次元だろう。マックはそれに感づいて、あの子を追いかけていった。しかし、どうやって行ったのか——見当もつかん。ぼくはカウチの下にはいった。きみもだ。なにか気づいたか?」

わたしの目つきで答えはわかったはずだ。

「べつの……次元?」とルースが硬い声でいった。わが子を永遠になくした母親の声だ。

ビルが右のこぶしを手のひらに打ちつけながら、行ったり来たりしはじめた。

「ちくしょう、ちくしょう」とつぶやく。「なんでこんなことが起きるんだ?」

そのあとしばらく、わたしたちはぼんやりとすわったまま、聞くともなしに彼の言葉を聞きながら、娘の寝息が聞こえないかと耳をすましていた。彼の話は、じつはひとりごとだった。問題をきちんとした角度から見なおそうとしているのだ。

「一次元は線だ」彼は矢継《やつ》ぎ早《ばや》に言葉をくりだした。「二次元は無数の線——つまり、無数の一次元だ。三次元は無数の平面——つまり、無数の二次元だ。さて、基本要素はこういうことだ……基本要素は……」

彼は手のひらをパシッとたたくと、天井を見あげた。それから、こんどはもっとゆっくりと、またひとりごとをいいはじめた。

「各次元のあらゆる点は、ひとつ上の次元における線の一部だ。線のすべての点は、線が平面になると垂線《すいせん》の一部になる。平面のすべての点は、平面が立体になると垂線の一部になる。とすれば、三次元では……」

「ビル、やめて！」ルースがわっと泣きふした。「なんとかならないの？　わたしの子どもが……あ・そ・こ・にいるのよ」

ビルは思考の脈絡を失った。首を振って、

「ルース、あいにくだが……」

そのときわたしは立ちあがり、また床にひざまずいて、カウチの下に潜りこんだ。見つけなくては！　必死に手探りする。沈黙がキーンと鳴りだすまで耳をすます。なにも聞こえない。と、いきなり体を起こして頭をカウチの底にぶつけた。耳もとでマックが大声で吠えたのだ。

ビルが突進してきて、わたしの横にすべりこんだ。呼吸がせわしない。

「ちくしょう」腹立たしげに彼はつぶやいた。「よりによってこんなところに……」

「もし……入口がここにあるんなら」とわたしはつぶやいた。「どうしてあの子の声と寝息が部屋じゅうで聞こえるんだ？」

「うん、あの子が三次元との境を越えて、完全に四次元にはいりこんだとすれば――ぼくらには、あの子の動きがいたるところに広がるように思えるだろう。じっさいは四次元の一ヵ所にいても、ぼくらには……」

彼は言葉を途切らせた。

マックがクンクン鳴いていた。だが、もっと肝心なのは、ティナの寝息がまたしはじめたことだった。われわれのすぐ耳もとで。

「マックが連れもどしたんだ！」ビルが興奮した声をあげた。「おい、たいしたワン公だぞ！」

彼は体をねじって、からっぽの空間をながめたり、さわったり、たたいたりしはじめた。

「見つけなきゃ！　手をのばして、ひっぱりださないと。この次元のポケットがどれくらい保《も》つかわからんぞ」

「なんですって？」ルースがあえぎ、いきなり叫びだした。「ティナ、どこにいるの？　ママはここよ」

そんなことをしても無駄だといいかけたが、そのときティナが答えたのだ。

「ママ、ママ！　どこにいるの、ママ？」

と思うと、マックのうなり声と腹立たしげなティナの泣き声。

「あの子は走りまわって、ルースを見つけようとしているんだ」とビル。「ところが、マックがそうさせない。なぜかはわからんが、犬には次元の接点がわかるらしい」

「いったいぜんたいどこにいるんだ!」わたしは忿懣《ふんまん》やるかたない思いでいった。するとえ得体《えたい》の知れないものにはまりこんでいた。死ぬまで説明しつづけても、ほんとうのところはいい表《あらわ》せないだろう。だが、あえて話せば、こんなところだ。

もちろん、真っ暗だった——このわたしには。それなのに、百万の光があるように思えた。しかし、目をむけたとたん、光はふっと消えてしまった。目の隅でしかとらえられないのだ。

「ティナ、どこにいるんだ? 返事をしなさい! 頼むから!」

すると、その声が百万回もこだました。言葉は果てしなくこだまして、途絶えることなく遠ざかっていった。まるで生きて走っていくかのように。手を動かすと、その動きで口笛のような音が生じ、反響をくりかえしながら、闇の奥へ流れこむ虫の群れのように遠のいていった。

「ティナ!」

こだまで耳が痛くなった。

「クリス、あの子の声は?」と声がした。だが、声なのだろうか——それとも、思考のほうに近いのか?

そのとき湿ったものが手にさわり、わたしは飛びあがった。

マックだ。

そちらへ必死に手をのばす。動くたびに、口笛のようなこだまが暗闇をふるわせ、やがて狂ったようにはばたいている無数の鳥に頭を囲まれているような気がしてきた。頭のなかで圧力がぐんぐん高まっていく。

そのときティナにさわった。いまティナにさわったといったが、もしティナが自分の娘でなければ、そしてさわったのがティナだと直感しなければ、べつのなにかにさわったと思っていただろう。三次元の形という意味では形ではなかった。やめよう。あまり考えたくない。

「ティナ」ささやき声でいった。「ぼくのティナ」

「パパ、暗いのこわい」

娘のかぼそい声がして、マックがクンクン鳴いた。

そのときわたしも暗いのがこわかった。ある思いにぞっとしたからだ。

どうやって出たらいいんだ？

と、べつの思考が割りこんできた――クリス、つかまえたのか？

「つかまえたぞ！」わたしは声をはりあげた。

するとビルがわたしの両脚をつかみ（あとでわかったのだが、脚はまだ三次元に突きでていたのだ）、わたしを現実世界にぐいっと引きもどした。娘と、犬と、思いだしたくもない記憶をかかえたわたしを。

みんなが積み重なってカウチの下に出てきたので、わたしは頭をぶつけ、気絶しそうになった。それからルースに抱きつかれたり、犬にキスされたり、ビルに助け起こされたりした。マックはキャンキャン鳴いて、よだれをたらしながら、わたしたちのまわりを跳びはねていた。

また口がきけるようになったとき、ビルが二卓《たく》のカード・テーブルでカウチの下をふさいだのに気がついた。

「用心するにこしたことはない」と彼はいった。

わたしは力なくうなずいた。ルースが寝室から出てきた。

「ティナはどこだ？」思わず訊いていた。不安をかきたてる記憶の残滓《ざんし》が、まだ頭のなかで煮えくりかえっていたのだ。

「わたしたちのベッドよ。ひと晩くらいかまわないでしょう」

わたしはうなずいた。

「もちろんだよ」

それからビルにむきなおった。

「なあ、いったいなにがあったんだ？」

「うん」彼は苦笑を浮かべた。「さっきいった通りだ。三次元は四次元のひとつ下の段階だ。くわしくいうと、この空間のあらゆる点が、四次元の垂線の一部なんだ」

「それで？」とわたし。

「それで、四次元を構成する線は三次元におけるあらゆる点に対して垂直になるのに、平行にはならないんだ——ぼくらから見ればだが。しかし、一ヵ所でそれなりの数の線が、両方の次元でたまたま平行になったとすれば——連絡路になるのかもしれん」

「ということは……？」

「そこが狂ってるところなんだ。よりによって——カウチの下に——平行線、それも両方の次元で平行なやつの集まる場所があるんだから。それで四次元空間に通路が開いたわけだ」

「さもなければ、穴だ」とわたし。

ビルはうんざりした顔になった。

「理屈ならいくらでもこねられるが、あの子を連れもどしたのは犬だったよ」

「音のほうはどういうことなんだ？」

「訊くなよ」

これで話はおしまいだ。おっと、当然ながら、ビルはカリフォルニア工科大の友人たちにこの話をしたので、うちのアパートメントはひと月のあいだ、調査にきた物理学者たちでごったがえすことになった。けれど、なにも見つからなかった。あれは消えたのだという説もあれば、もっとひどい説もあった。

しかし、そうはいっても、科学者の包囲網が敷かれているあいだ身を寄せていた、わたしの母の家からもどってくると——わたしたちはカウチを部屋の反対側に動かし、カウチのあった場所にはＴＶを置いた。

そういうわけで、いつの夜か、ひょいと顔をあげると、司会者のアーサー・ゴドフリーが、異次元でくっくっと笑っているのが聞こえるかもしれない。ひょっとすると彼はあっちの住人かもしれないのだ。

悪夢団《ナイトメア・ギャング》

ディーン・R・クーンツ

ディーン・R・クーンツ　Dean R. Koontz (1945－)

いまやモダンホラーの巨匠として、ゆるぎない地位を築いたクーンツだが、その原点がSFであったことは強調されていい。というのも、クーンツのモダンホラーは、五〇年代SFに胚胎《はいたい》していた可能性を開花させたものだからだ。その可能性とは、「科学技術の発達が呼びさます恐怖をエンターテインメントの形で描く」ことだ。

五〇年代に少年期を送ったクーンツは、小説や映画やコミックなどを通じて、こうした恐怖をたっぷりと吸収した。そしてSF作家として修行を積んだあと、SFとホラーとサスペンスとラヴ・ロマンスを融合させた小説を書きはじめ、大成功をおさめたのだ。その証拠にクーンツの代表作をいくつかあげてみればいい。『12月の扉』(八五・創元推理文庫)、『ストレンジャーズ』(八六)、『ライトニング』(八七)、『ウォッチャーズ』(同前)、『ミッドナイト』(八八・以上文春文庫)、『戦慄のシャドウファイア』(八七・扶桑社ミステリー)……いずれも核にあるのは、古典的なSFのアイデアだ。現在ではサイコホラーに重点を移した観のあるクーンツだが、心の故郷《ふるさと》はSFなのである。

さて、本編はいまや幻と化した初期作品。もちろん、本邦初訳である。いわゆる超能力／ミュータント・テーマのSFだが、随所にのちの作品の萌芽《ほうが》が見られる。初出はロバート・ホスキンズ編のオリジナル・アンソロジー *Infinity 1* (1970)。

コッタリーはナイフ使いだ。六本のナイフを隠しもってる。痩せぎすの体にぴったりとはりつけてるんだ。六本のおかげでその気になって、よせばいいのにルイスに決闘を挑みやがった。団《ギャング》のリーダーにおさまるつもりだったんだろう。一分とたたずにけりがついた。ルイスのすばやさは人間ばなれしていた。コッタリーのやっぱをあっさりとよけたんだ。どっちから襲ってくるか、とっくにわかってたみたいに。やつはコッタリーに何発かパンチをいれた。ちっちゃな男の子が親父とふざけてるみたいなパンチだったが、コッタリーをいやっていうほどぶちのめした。それこそ、でかいハンマーをふりまわしたみたいに。ナイフ使いはぶっ倒れ、腹の中身を靴のうえにぶちまけた。

それは見せしめだった。

いちどで身にしみた。

ルイスに逆《さか》らうやつはいない。とてもそうは見えないが、コッタリーとの決闘ではっきりしたように、どういうわけか力じゃ歯がたたないんだ。もちろん、おれたちの素性《すじょう》を知ってるのが、ルイスだけだってこともある。ギャングのメンバーのだれも自分の過去を思いだせないんだ、ギャングに加わるより前のことは。こいつは請《う》けあってもいいが、おれたちはみんな、遅かれ早かれ、自分の素性を突きとめようとした。でも、ルイスに連れてこられたときより前のことになると、おれたちの記憶は、どうしても壊せない黒曜石の高い壁にぶちあたる。じっさい、思いだそうとするのは、精神的にも肉体的にも苦痛なんだ。ルイスに訊くだって？　にやっと笑って、歩み去るだけさ。おかげでこっちは、ますます知りたくなるって寸法だ。

おまけに、おれたちの未来を知ってるのもルイスだけだ。

ギャングにはなにか目的があるらしい、人数がすこしずつ増えてるのには。それがどんなものかは、見当もつかないけどな。グループをぬけて、自分の未来を切り開けって？　ブッチがやってみたさ、あのばかでかい野蛮人野郎が。たったの百メートルしか逃げられなかったよ。痙攣《けいれん》が起きて、時速五十五キロのバイクから放りだされたんだ。べろりと生皮《なまかわ》がはがれちまった。

ルイスはおれたちの看守だった。ギャングはおれたちの監獄だった。ごつくて真っ黒いバイクは、おれたちを閉じこめておく鉄格子だった。

そのうち大西洋岸に行きあたった。バイクの爆音で蒸《む》し暑い空気をふるわせ、夜は波音のする浜辺で眠った。ルイスが調達してきた（金をもっているのはやつだけだった）ビールを山ほどかっくらって。そのときの走りで、おれは自分の正体を知った。それにルイスの正体も。この先おれたちがどうなるのかも……。

沿岸道路を流していき、ホワイト・シティ、アンコナ、パーム・ビーチ、ボカ・ラトンといった観光の街に立ち寄った。そのたびにけっこうな見物《みもの》になった。花柄シャツの観光客と、やつらの保母みたいな女房どもは、決まって路肩《ろかた》に寄って、おれたちに道をゆずった。連中の顔は真っ青だったし、男どもはどっと噴きだした冷や汗を眉毛からぬぐっていた。ギャングは総勢十二人、それにルイスだ。人が集まればそういうもんだが、とりわけ目立つやつがいる。ブッチは一メートル九十五、百三十五キロ、さらに十一キロ分のブーツと鎖とリーヴァイスだ。ジミー・ジョーの野郎は、錐《きり》みたいにガリガリに痩せたチビで、肌は蠟《ろう》みたいだし、目は鷹狩り用の鷹みたいに血走ってギラギラしてる。うすっきみの悪い笑い声をあげ、ぶつぶつひとりごとをいって、だれともつきあわない。ユールは武器マニアだ。ツルツルの禿《は》げ頭（眉毛もないんだぜ、おい）に気をとられて、みんな服のふくらみを見逃しちまう——左の腋の下にピストルをつるし、右腕に鎖を巻きつけているんだけどな。

ほかの連中も似たりよったりだが、この三人のできの悪いパロディみたいなもんだ。もっともおれはべつ。おれは自然と目立っちまう。せいぜい二十五だってのに、髪の毛が真っ白だからな——眉毛も、胸毛も、陰毛《いんもう》も、どこもかしこもだぜ。だから、ついたあだ名が〈老いぼれ〉トミーだ。

おっと、ルイスを忘れちゃいけない。

ルイス（ルーって呼ぶわけにゃいかない。そいつはジーザスをジェスって呼ぶようなもんだ）はギャングとは似ても似つかない。きれいな頭の骨の線や、上品そうな顔だちからしてちがうし、なにげない動作を見れば、名門私立学校出だとわかっちまう。数学や文法だけじゃなく、礼儀作法をたたきこまれてるってことがな。荒ごとむきの体格でもない。ってのも、やつは小柄だったから――一メートル七十、五十五キロ、骨と皮だけさ。それでも、やつは押しも押されぬリーダーだった。おれたちを集めたのもやつなら、つぎにどうするかを決めるのもやつだった。

沿岸道路を走って三日め、二時ごろのことだった。フロリダ州デイニア郊外にさしかかったとき、雲行きが怪しくなりはじめた。行く手に、一軒の土産物屋《みやげ》があらわれた。ワニとオウムの絵をあしらった手描《てが》きのばかでかい看板が、砂浜と雑木林《ぞうき》から突きだしていたんだ。ルイスが片腕をあげ、ハイウェイからおりろと合図した。おれたちは、やつについてわき道に乗りいれ、白砂利《しろじゃり》を踏んで、駐車していた六台のあいだに乗りつけた。エンジンの爆音がやむと、ルイスがバイクをおり、細い脚を大きく広げて、その前に立った。

「下見だ」やつはいった。「面倒は起こすな。夜になったらもどってくる」

それまで下見なんかしたことはなかった。このとき、おれたちの運命はガラッと変わっちまったんだ。虫の知らせってやつか、悪いほうに変わるんだとわかった。

店にはいり、ワニの剝製《はくせい》やら、彫刻をした椰子《やし》の実やら、貝殻細工やら、本物のインディアンの藁《わら》細工やらをいじった。客はおれたちに近づこうとしなかった。青ざめた顔にヒソヒソ声、とてもヴァケーションを楽しんでる人間の声とは思えないほどピリピリしてたぜ。おれたちに出くわすと、まっとうな市民は決まってこういう反応をするんだ。こたえられないじゃないか、見てくれのおかげで大物になった気分を味わえるんだから。そりゃあ、こういう心理ってのはどっかゆがんでる。おれたちだって、それを知らないわけじゃない。

ルイスが店の奥のセールス・カウンターを通りこし、となりの部屋との仕切りになっている分厚いビーズのすだれのほうにむかった。店員は、日焼けしてしなびた小男で、灰色の髪とプルーンなみにしわだらけの顔をしてたんだが、ルイスの腕をつかんで、

「どこへ行くつもりだい?」と訊いた。恐ろしさで喉のつけ根がふるえてたよ、濡れたカエルみたいにな。

ルイスは返事をしなかった。ふりむいて、店員をまじまじと見てから、腕をつかんでいる手に目を落とした。と思うと、店員は手をはなし、引きつった指をこすっていた。その手に黒ずんだ打ち身の跡が見えた。ルイスはさわりもしなかったけどな。店員の顔は真っ青だったし、左目の隅がピクピク引きつりはじめてた。指がしびれてるらしく、血行を回復させようとするみたいに、必死になってこすってた。

邪魔がなくなって、ルイスはビーズのすだれへと進み、何本かもちあげて、なかをのぞいた。近くにいたおかげで、おれにも奥のようすが見てとれた——小さなオフィスらしかった。細々《こまごま》したものをいれた箱がぎっしりつまり、机と椅子がひとつずつ。ルイスは満足したらしく、ビーズを落とし、また店員とすれちがった。こんどはそいつも邪魔しようとはしなかった。

「行こう」ルイスがそういって、ドアへむかった。

おれたちは店を出た。

土産物屋から三キロ走ると、海岸に人目につかない場所が見つかり、そこで夜を過ごすことにした。おれはようすが急に変わったこと、店を〝下見〟したことにあいかわらず面くらっていた。胃がシクシク痛み、体が冷えきって、からっぽになったような気分だった。この先どうなるかさっぱりわからなくて、不安でしかたなかったんだ。ブッチとエルネストっていう名前のスペイン野郎が、デイニアまでビールの買い出しに行き、乱痴気騒《らんちき》ぎがつづいた。なにかでかいことが、なにかとり返しのつかないことが起こりそうだってのは、みんな薄々感づいてるみたいだった。

ルイスはおれたちからはなれて、浜辺を歩いていた。ときどき立ちどまっては、白波《しらなみ》が砕けて、濡れた砂に泡をこぼすのをながめていた。狼みたいに首をのけぞらせ、喉が痛くなるまで、かん高い金切り声で笑うときもあった。月明かりがその生《なま》っ白《ちろ》い顔を白く塗りつぶすと、よく古ぼけた骨董《こっとう》屋で売ってる、小さなガラスの動物みたいに見えるときもあった。えらくリアルなまぼろしだったんで、石をぶつけて、壊しちまおうかと思ったほどだ。そのとき、コッタリーと見せしめのことが頭に浮かんだ。

陽が沈んで半時間がたち、海岸の草むらから最初の蚊の大群があらわれたころ、やつは砂を蹴りながら、浜辺をやってきて、おれたちの前で立ちどまった。

「引きかえそう」とやつはいった。

おれは先頭を走った。ルイスのすぐうしろだ。やけっぱちであんなことをしたのは、わけもわからずこわかったからかもしれない。おれはルイスを轢《ひ》けると思った。ぶっとばしてバイクをやつの背中にぶつければ、ふたりとも倒れる前にやつを跳《と》びこえられると。大怪我をするかもしれない。でも、ルイスの頭がぶち割れることは確実だ。そうしたら、みんな自由になれる。なにが起きようとしてるにしろ、それは起きずにすむんだと。

ハンドルにぐっと身を乗りだし、アクセルを踏もうとしたときだった。鼻と口に手がかぶさり、息ができなくなった。首をふったが、はずれない。手は見えなかった。感じるだけだ。めまいがしてきて、ケツの下でバイクがフラフラしてきたとき、手がはなれて、息ができるようになった。

こんどもルイスの勝ちだった。

爆音をとどろかせて駐車場にはいり、四台の車のうしろでバイクを止めた。バイクをおりて、黙ってつっ立ち、ルイスの指図を待つ。やつはゆっくりとトライアンフ・タイガーをおり、おれたちに顔をむけた。頭上でチカチカまたたいている、大きなオレンジとグリーンのネオン・サインが、その顔に不気味な影を落とし、にんまりとむきだした歯を照らしだした。斧《おの》で顔をまっぷたつにしたみたいだった。と、やつがおれたちに話しかけた。ひとことだけ。やつが命令するときのやりかたは、ちょっといい表《あらわ》しようがない。唇《くちびる》も舌も使わないんだ。かわりに、ことばがテレタイプの印字みたいに心の前をよぎり、脳のやわらかいところに焼きつけられる。思わず悲鳴をあげちまうほどだ。その命令には逆らえない。逆らおうったって無理な話だ。

ぶっ殺せ！

ひとつの生きものみたいに、おれたちは前進した。ブーツの下で砂利が抗議のうめきをあげる。それから煌々《こうこう》と明かりのともった土産物屋にはいった。

店のなかには十一人の観光客と店員がいた。昼間、ビーズのすだれへむかったルイスを止めようとしたあの小男だ。おれたちがはいっていくと、連中は顔をあげ、おれたちにはお馴染みの、あのおびえきったようすを見せた。でも、今夜はそれでおさまりそうになかった。おさまるはずがなかった。

ぶっ殺せ！

もういちどルイスがいった。やつはドアのわきに立ち、にやにやしながら、こっちをながめていた。足を交差させ、両手をジーンズのポケットにつっこんで。

おれたちは、得物《えもの》をとりだして前進した。

ブッチがおれの前を進んだ。図体のわりには驚くほど敏捷《びんしょう》に。で、派手な黄色のシャツとダーク・ブルーのバミューダ・パンツ姿の銀行員タイプにばかでかい拳《こぶし》をたたきこんだ。そいつの鼻を頭蓋骨にめりこませ、頭をぶち割って、灰色の脳味噌をはみださせたんだ。銀行員は悲鳴をあげる暇もなかった。

ユールは拳に例の鎖を巻きつけて、女たちに襲いかかった。袖《そで》なしTシャツからむきだしになった筋肉モリモリの腕が、猫の忍び足みたいに小刻みにふるえ、めまぐるしく動いた。

ジミー・ジョーは両手いっぱいにナイフを握っていた。右手のナイフは、赤いものをポタポ夕したたらせていた。

ぶっ殺せ！

おれはピストルをとりだした。手のなかでひやりとし、あつかいにくい感じがした。おれはピストルを捨てたかった。捨てられなかった。手だけが勝手に動くみたいだった。

鼻の上で眉毛のくっついた背の高い男が、おれを押しのけ、右手の開いた窓のほうへ逃げようとした。おれはそいつの胸に銃を押しつけて撃った。そいつは鳩が豆鉄砲をくらったみたいな顔をした。まるで弾《たま》が空砲で、噴きだした血がケチャップだと思ったみたいに。と思うと、ゴボゴボと喉をつまらせた。目がうるみ、涙が頬を流れおちた。それから絵葉書の展示ラックを道連れにして、床にぶっ倒れた。

おれはピストルを落とし、セールス・カウンターに手をついて体をささえた。胃袋がひっくり返った。酸《す》っぱいものがこみあげてきて、おれはカウンターに寄りかかり、夕食のコールド・チキンとビールをぶちまけた。

そのあとのことはぼんやりしてる、感光してだめになった写真のフィルムみたいに。銃声と悲鳴と命乞《いのちご》いがあり、ぼやけた色があった。子どもの泣き声もした。たぶん小さい女の子だろう。その泣き声がふっつりと途絶えた。それからおれたちは、ルイスについて外に出て、バイクにまたがり、駐車場をあとにした。

ハイウェイの路肩からおり、砂浜を走って、飲み食いした場所へもどった。バイクを止めると、おれはマシンからおりて、うつ伏せに砂浜へころがった。考えをまとめようとしたんだ。

しばらくすると、ブッチがおれの肩をたたき、ビールをさし出した。おれはいらないと手をふってから、ほかの連中がどうしているのか見ようとあおむけになった。思っていたのとはちがっていた。ジミー・ジョーがグループのまんなかに立ち、自分が喉をかっ切った女の役と、立ちまわりでの自分の役をかわるがわる演じてたんだ。女の喉を突き刺す場面にくると、ギャングはゲラゲラ笑い、ほかの自慢話がはじまった。

ビールが底をついたとき、だれかがウォッカの罎《びん》を何本かあけ、パーティは騒々しくなった。おれは立ちあがって、ギャングをかき分け、波打ち際にすわっているルイスのところまで行こうとした。そばかすみたいに、血しぶきを禿げ頭に散らしてるユールとすれちがった。ジミー・ジョーはサンゴでナイフを研《と》いでた。目をまんまるくしてギラつかせたブッチが、行きずりの犠牲者の血を手からなめとってた。

ルイスのところにたどり着くと、やつはふりむいて首をふり、おれと話す気はないと伝えてよこした。おれはとにかくなにかいおうとしたが、見えない手が喉をつかみ、ことばを作らせてくれなかった。やつを殺そうと思ったとき、おれをもうすこしで窒息させるところだった手とそっくりだった。おれはつっ立って、しばらくやつをながめていた。やつは新聞を読んでいた。《マイアミ・ヘラルド》だ。だいぶたってから、一面から記事をていねいに破りとり、折りたたんで、シャツのポケットにつっこんだ。立ちあがって、ギャングに声をかけ、朝まで留《る》守《す》にするから、勝手に楽しんでくれといった。それからタイガーにまたがり、砂浜を走って、行っちまった。

しばらくだれも口をきかなかった。これがどういうことか、みんな知ってたからだ。ルイスがおれたちを置いて出かけるのは、新しいギャングのメンバーを迎えに行くときだけ。その考えが頭にしみこむと、またばか騒ぎがはじまった。最初はゆっくりと。そのうちスピードをあげて、狂ったように浮かれ騒いだ。

おれは波打ち際へ行き、新聞を拾った。どんな記事だったのかは見当もつかなかった。すっかり破りとられてたからだ。とそのとき、道を四百メートルもどったところに、ガルフのガス・ステーションがあったのを思いだした。きっとステーションで《ヘラルド》を売ってるだろう――でなくても、とにかく係員が自分のをもってるだろう。きっと、新聞の記事は新入りと関係があるんだ。もしかすると、おれ自身の過去にも光があたるかもしれない。バイクのことは考えずに、おれは浜辺を小走りに進み、ハイウェイまで土手を這いのぼって、サーヴィス・ステーションまで歩いた。

《ヘラルド》は二部残ってた。一部買おうとしたとき、金をもってないことを思いだした。ありがたいことに、一台の車が乗りつけて、係員の注意を引いてくれた。おかげで新聞をかっぱらえた。おれは読みたくてたまらないのを必死におさえこんで、野宿の場所まで走りとおした。

浜辺で、ルイスが読んでいた穴あきの新聞を広げてから、ちゃんとしたやつを開き、両方をくらべて、破りとられたところを調べた。念には念をいれ、その記事を二回読んだ。それから新聞を両方とも海に投げこみ、バイクのところへもどった。その夜は一睡《いっすい》もしなかった。

夜が明け、ルイスがもどってきたとき、おれは目をさましていた。目がショボショボしたが、心はピリピリしていた。やつは新顔を連れていた。バートン・ケイドって野郎だ。例の新聞記事の主役だったバートン・ケイドだ。どこもかしこも一面の写真とそっくりだった。十一ヵ月前、ケイドはベッドで眠っている親父とお袋にショットガンをぶっぱなした。その足で、こんどはふたりの弟を平然となぐり殺した。下が八つで、上が十だった。ケイドはきのうの朝、処刑されていた。

おれの心にとてつもなくいやな考えが浮かんだ。顔をつきあわせたくない考えが。そいつを避けるために、ほかのことを猛然と考えはじめた。ルイスとやつの正体のことを。悪魔だろうか？　まさか。自分の力でけたちがいの悪行をやってのけられるのに、わざわざくたばった気ちがいを生き返らせて、暴力をふるわせたりするだろうか？

いや、悪魔じゃない。大悪魔でもない。ルイスにまつわるいろんなことが思いだされてきた。いろんなことが、ろくでもない形でひとつにまとまってきたんだ。ガキみたいなパンチでコッタリーをぶちのめしたこと。ブッチがギャングをぬけようとしたとき、痙攣を起こして、事故ったこと。ルイスはさわったように見えなかったのに、店員の手に打ち身ができてたこと。やつを殺そうとしたとき、見えない手がおれを窒息させかけたこと。こういうのは一例だ……いったいなんの？　物質に作用する精神――よく話に聞く、超感覚的知覚ってやつか？　するとあれは、テレパシーだったんだ。あのシラミ野郎はこっちの考えをお見通しだったんだ。おれがやつを殺したがってるのは、筒抜けだったってわけだ。

この痩せっぽちの小柄な怪物は、最初の新種族ってふうには見えない――最初の超能力者《エスパー》、生と死っていう現実をゆがめて、墓場から死体をよみがえらせる最初の人間には。でも……そうなんだ。最初の新種族……しかも頭がいかれてやがる。もしかすると、それは、この進化の新しい段階で支払うべき代価なのかもしれない。もしかすると、エスパーはひとり残らずルイスみたいな怪物になるのかもしれない。さもなければ、自然がこのまちがいを正し、やつらを慈悲深くするのかもしれない。おれにはどうでもいいことだ。おれが知ってるのは、でなければ気にしてるのは、ルイスがけだものだってことだけ。ここにいるのがルイスで、おれの未来を決めるのがルイスだってことだけだ。

じゃあ、おれの過去はどうなんだ？　たったの二十五だっていうのに、体じゅうの毛が真っ白になるなんて、いったいどんな恐ろしいことをしでかしたんだ？

この先どうなるかはわかってる。あの最初のやつ以来、二度の虐殺《ぎゃくさつ》をやったし、もっとたくさんやるだろう。おれたちは絶対に捕まらない。ルイスが超能力を使って、現場を立ち去る前に手がかりを消し、たまたまおれたちを見かけた連中の心をきれいさっぱりぬぐいとっちまうからだ。

心配なのは、おれたちが不死身じゃないかってことだ――とうとう太陽も黒くなり、固まって、くたばるときまで殺しつづけるんじゃないかってことだ。おれたちは墓場から連れもどされた。パン屋の一ダースの食屍鬼《グール》だ。おれたちは悪夢団《ナイトメア・ギャング》だ。爆音をあげて夜闇からあらわれ、目の前にあるものをかたっぱしからぶち壊す。

おれたちはナイトメア・ギャング。おれたちが殺しをするあいだ、ルイスは高みの見物だ。

ゲラゲラ笑い、細い腕でわき腹をつかみながら。

最悪なのは、とんでもなく最悪なのは、おれ自身が楽しみはじめてるって気がすることだ。

群体

シオドア・L・トーマス

シオドア・L・トーマス　Theodore L. Thomas (1920–2005)

ホラーSFというと、絶対に欠かせないのが〈不定形の怪物〉だ。ねばねばヌルヌルの体を際限なく増殖していき、周囲のものを片っ端から同化するモンスター。ある意味で、これほどわかり易《やす》い存在もなく、煽情《せんじょう》的に恐怖をあおりたてる手段として重宝《ちょうほう》に使われてきた。ホラー評論家の東雅夫氏が指摘するように、伝説の怪奇小説誌〈ウィアード・テールズ〉の創刊号が、マッド・サイエンティストと巨大アメーバの死闘を描いた（だけの）作品をカバー・ストーリーに据えていたのは象徴的だ。ごくわずかな秀作と無数の凡作を生みだしてきたこの系譜は、近年のSF映画やホラー映画を見ればわかるとおり、いまだに連綿《れんめん》とつづいている。

さて、数ある〈不定形の怪物〉ものから、本書には未訳の珍品を採《と》ることにした。作者のトーマスは、一九五二年にデビューして、八〇年ごろまで活動していたアメリカのSF作家だが、わが国ではひと握りの短編が紹介されたにとどまる。それも道理で、本国でもマイナーな存在であり、単行本もケイト・ウィルヘルムと共作した長編を二冊数えるのみ。本編はその第一作 *The Clone*（1965）の原型となった作品で、最初〈ファンタスティック〉五九年十二月号に発表された。なお、作中でクローンということばが、現代の用法とはちがう形で使われているが、もちろんこちらが原義である。

クローン＝名詞。〔生物〕単一の有性生殖個体から無性生殖により発生した個体群。

……ウェブスター新国際辞典、第二版。

なにも知らずにそびえ立つ美しい都市が、夕闇のなかでやわらかな光をはなっていた。ミシガン湖から吹きよせるそよ風が、昼間の熱気を吸いとっていく。街路の地下深くでは、電線がうなり、電話線が歌い、水道管がゴボゴボ鳴った。ここにあるのは、都市の神経繊維と消化管。そして〈群体《クローン》〉が成長をはじめたのは、この消化管のなかだった。あらゆる大都市の地下には、栄養分とミネラルに富んだ水が流れており、およそ考えつくかぎりの化学反応を惹《ひ》き起こすだけのエネルギーにはこと欠かない。ありとあらゆる残飯《ざんぱん》、大量の石鹼《せっけん》と洗剤、捨てられた医薬品、香辛料、香料、染料、インキ、軟膏《なんこう》、化粧品。渦巻く水は驚くほど多種多様な化学物質を運んでおり、それは大都市につきものの老廃物なのだ。

とあるにぎやかな交差点の下に、コンクリートの汚水枡《ます》が埋められていた。大きな枡の一角《いっかく》に製造上の瑕疵《かし》があった。コンクリートを流しこむあいだに、気泡が閉じこめられた場所である。時間がたち、汚水桝の内側と気泡をへだてるコンクリートの薄い殻《から》がボロボロになり、壁に一立方フィートほどの穴がぽっかりとあく形になった。ここにできたのが〈プール〉だった。〈群体〉のための岩ほどに堅い子宮である。それは、汚水桝の外側の近くを通る高圧蒸気管によって、たえず温められていた。

おたがいに一面識もない三人の人々の活動が、つぎに起きる事態を促進した。ある皿洗いが、大量の肉と野菜屑《くず》をレストランの投棄口にこそげ落とした。べつのビルでは、遅番《おそばん》の配管工が使い残しの塩酸を下水に流した。二ブロックはなれた場所では、ある掃除婦が床洗浄液の残りを洗面台に捨てた。すべての物質が下水管を流れくだり、大きな汚水桝に同時にはいりこんだ。つかのま渦巻き、逆流したかと思うと、すでに栄養分に富んでいた〈プール〉の水が、混合物をたっぷりと受けいれた。

〈プール〉は生命の素《もと》で沸きたった。その温水は、地球がまだ非常に若かったころ、始原《しげん》の海に存在した〝熱く薄いスープ〟そのものだった。しかし、いくつかちがいもあった。〈プール〉の水にはすでに部分的に合成された物質が含まれており、濃縮度と多様性において、始原の水をうわまわっていたのだ。化学反応がはじまり、ふたつの顕微鏡サイズの小片《しょうへん》が、ならんで成長をはじめた。つづく数時間のうちに、ふたつの小片は原形質の鞘《さや》におさまった染色体連鎖に成長した。〈プール〉内の微小な温水流が、細片同士をくっつける瞬間がやってきた。ふたつは混じりあい、融合してひとつになった。その瞬間、〈群体〉が生存をはじめた。時刻は午後九時〇一分。

小さな細胞が分裂し、さらにまた分裂した。娘《じょう》細胞がたてつづけに娘細胞を生みだし、午前〇時四八分には、〈プール〉は神経組織であふれそうになっていた。分化がはじまった。〈プール〉のへりを乗りこえて、厚さ四分の一インチの筋肉組織の膜が広がり、汚水桝の内側を這い進んだ。みるみる広がる組織の膜には、微細な導管のネットワークが形成されていた。導管を流れる薄い液体には、まだ名前のない酵素の極度に濃縮されたものが二種類含まれていた。午前三時二二分には、汚水桝の内側は生きている組織で完全に満たされていた。〈群体〉は汚水桝につながる下水管にはいりこみ、下水管の壁にそって成長をつづけ、同じ速さで上流にも下流にものびていった。上下の下水管のちょうど十フィート進んだところ、つまり継《つ》ぎ目のあるところで、〈群体〉はべつの神経組織のかたまりを成長させた。神経組織は下水管の形にぴったりあうように環形《かんけい》になり、その八方への成長によって、本体のすばやい拡張は妨げられた。二種類の組織は同じ速さで成長した。それ以後、およそ五十フィートおきに、〈群体〉は神経組織のかたまりを作りだしていった。

午前六時一八分、〈群体〉の一部が、汚水桝の上流側の最初のビルに分岐した。その成長ぶりは——その部分にかぎっては——ゆるやかだった。栄養分がすくなかったからである。ビルの内部で生まれた神経組織は、わずかに性質がちがっていた。乏《とぼ》しい食物がそうさせたのだ。〈群体〉が昇っていけばいくほど、見つかる食物はすくなくなり、それはますます飢えていった。午前七時五五分、〈群体〉が人類との最初の接触をはたした。その出来事は、あと一歩で余人《よじん》に知られることなく終わるところだった。

モード・ウェンデイルは朝食の残りを流しにかき落としていた。〈群体〉がウェンデイル家のアパートまで排水管を昇ってきたのは、このためだった。内側から流しの排水口にへばりついたとき、環形の組織はそれほど目立たなかった。流しのうえの窓から陽射しがさしこんでおり、はじめて〈群体〉は日光のエネルギーの衝撃を感じた。充分とはいえなかったが、筋肉組織の分子構造を活性化させるには足りた。組織の膜が口からはみだし、へりがまるまって、排水口をふさいだ。モード・ウェンデイルがそれに気づいたのは、そのときだった。

とまどい顔で彼女はたわしをとりあげ、緑がかったテラテラ光るものを押しのけようとした。動こうとしない。チッと舌打ちして、彼女はたわしを放りだした。それから指でかたまりをついた。

浸透性の細胞壁をぬけて、酵素の溶けこんだ液体が流れだした。指の蛋白質《たんぱくしつ》と接触したとたん、酵素は存在する蛋白を即座に分解し、その結果生じたアミノ酸を利用して、〈群体〉本体の逆アミド構造を形成した。指に痛みはなく、指が消えてしまって、かわりにべつの種類のものがあるのにモード・ウェンデイルが気づくまでに数秒がかかった。そのとき彼女は悲鳴をあげ、流しから飛びのいた。

流しからひっぱられて、〈群体〉はのびた。のびるにつれ、その体の直線的なポリアミド構造に指向性が生まれた。その結果、のびればのびるほど、〈群体〉は強靭《きょうじん》になった。モード・ウェンデイルは流しから半歩しかさがることができなかった。彼女はガクンと止まり、目の焦点が指にあうまで、まる一秒がかかった。手は消えていた。手首も、肘《ひじ》から先までもが消えていた。彼女はふたたび絶叫した。

フランク・ウェンデイルは商品見本の荷造りをすませ、電話をかけようとしているところだった。妻の最初の悲鳴でビクッとし、首をふって、ぶらぶらとキッチンへむかいはじめた。ドアをぬけたところで二度めの悲鳴があがり、見ると、妻が流しの底にくっついた洗濯紐《ひも》のようなものをひっぱっていた。

「やれやれ」

彼はのんびりと細君のわきまで行き、両手でその紐を握った。

ひっぱり、もういちど強くひっぱる。と、自分の手に起きていることに気がついた。目をまんまるくして妻を見る。〈群体〉はその右腕全体と肩と胸の一部を同化しており、頭を呑みこもうとしていた。

人間の体構造には体重の六十パーセントほどの水分が含まれている。いっぽう、〈群体〉の構造には体重の四十パーセントの水分しか含まれていない。窒素含有物を同化するとき、〈群体〉は、それ自身の構造を維持するのに必要な量の水しか利用しない。残りは受けつけないのだ。したがって、みるみるうちに移動していく人間の組織と〈群体〉の組織の境目は、大きな水滴ではっきりとわかった。水はまとまってあふれだし、〈群体〉と人間を同じように伝って床へ流れた。

ウェンデイルの目に映ったのは、水滴の線が妻のドレスのなかへ消えていき、ドレスがしだいに下のほうまで濡れていくところだった。上半身の右側が奇妙に形を失ったかと思うと、ドレスがクシャクシャとつぶれはじめた。頭は消えてなくなっており、彼女は倒れこんだ。ウェンデイルは絶叫した。〈群体〉が自分の胸に達していたのだ。

アパートの隣室では、ナップ夫妻が顔を見あわせた。悲鳴がまだ耳のなかでかすかに鳴っている。ジョージ・ナップがかぶりをふり、

「どうしてああなんだろうな。けんか、けんか、けんか、年がら年じゅうけんか。我慢ってものを知らないのか」

首をふりながら、彼は朝刊に注意をもどした。

二分が経過した。男女の濡れた服がウェンデイル家のアパートの床に落ちていた。〈群体〉は男性からは十六キロ、女性からは十一キロの水を受けつけなかった。合計で二十七・二リットルの温水である。大量すぎて衣服に吸収されなかった水は、大きな水たまりとなって床に広《ひろ》がった。〈群体〉は女性のナイロン下着と男性のポリエステルのズボンを同化した。女性の木綿《めん》ドレスと男性の木綿シャツと下着は受けつけなかった。両者の靴を同化してしまうと、もう同化すべきものは残っていなかった。〈群体〉は床のポリエチレンを含んだワックスとポリビニル塩化物の床タイルをちょっと探ってから、すばやく排水口にあともどりした。時刻は午前八時〇二分。

都市の地下に埋設された下水管のなかで、〈群体〉は成長しつづけた。交差点と汚水桝で、

つぎつぎと分岐点が見つかった。それは体の全長で豊富な栄養分を摂取しているわけではなかった。栄養を摂取する部分は、活発に成長している箇所にかぎられていた。体の静的な部分は、比較的つつましい量の栄養分しか摂取しなかった。したがって、〈群体〉が十ブロックを優にこえるほど地下に広がっても、栄養分が不足することはなかった。それはこれまでと変わらぬ勢いで成長しつづけた。

午前八時五七分、〈群体〉は人類との二度めの接触をはたした。こんどはあるレストランの厨房《ちゅうぼう》の排水口からあらわれた。皿洗いのハリー・シュワーツは、洗い場の底でテラテラ光っている緑色の光化学活性物質のボールをまじまじと見た。ポリエチレンのスポンジで押してみると、スポンジはボールのなかへ消えてしまった。彼は相棒のジョー・マーツに目をやって、

「ヘイ、こいつを見てくれよ。おれのスポンジを食っちまいやがった」

「はあ？」マーツが彼のほうへ寄り、洗い場をのぞきこんだ。「洗い場くらいきれいにしとけよ」

そしてマーツは身を乗りだし、両手でボールをすくいあげた。ひっぱると、ビクともしなかったので、こんどはもっと強くひっぱった。ぐいぐいひっぱって、自分をつかまえている細い紐をはがそうとする。

「おい、見ろ」ハリー・シュワーツが叫んだ。「そいつがおまえの手を食ってるぞ」

マーツは顔の前に手をさしあげた。すると、手はほとんどなくなっていた。水の帯がすごい

速さで移動している。悲鳴をあげながら、マーツは〈群体〉に逆らって体重をかけ、ロープにつながれた仔犬のように右往左往しはじめた。副料理長と給仕助手《バス・ボーイ》とウェイターがやってきた。マーツがねばねばしたものにつかまっているように見えたので、三人は助けに駆けよった。

「そいつにさわるな」シュワーツが叫んだ。「食われちまうぞ」

それにはとりあわず、三人の男は〈群体〉をつかみ、マーツから引きはがそうとした。自分たちもつかまったことがすぐにわかり、三人の男はマーツと力をあわせてそれをひっぱり、あとじさろうとした。しかし、〈群体〉は急速に成長しており、体の一部をするするとのばすことができたので、排水口までのびているロープのような部分にさほど力はかからなかった。四人の男は厨房をよぎって反対側の壁までよろよろとさがると、壁にそって動きはじめた。〈群体〉の体が弧を描くように厨房を横切り、料理長とペストリー係を巻きぞえにした。ふたりのウェイターが〈群体〉に飛びかかったかと思うと、逃げようともがきはじめた。騒ぎのまわりを跳んだりはねたりしながら、「さわるな。さわるな。食われちまうぞ。さわるんじゃない」とわめいているシュワーツに注意をはらう者はいなかった。

騒音に引かれ、ほかの者たちが厨房へやってきた。支配人はひと目見るなり、警察に電話をかけに走った。食堂の客たちは、厨房から流れてくる怒号《どごう》と悲鳴とものが壊れる音に耳をすました。彼らは不安げに顔を見あわせ、そそくさと立ち去る者もいた。ほかの者たちは厨房までなにが起きているのかをのぞきに行き、それが混乱にいっそう拍車をかけることになった。

あたり一面水びたしだった。マーツのからっぽの服が、テラテラ光る緑色の物質の太い円筒のまわりでだらりとたれている。消化されかけた人々が、奇怪な姿勢で厨房じゅうにころがっており、なかにはまだもがいている者もいた。〈群体〉の分岐した部分が、さまざまな食べもののあった給仕テーブルとカウンター表面に載っており、そのいっぽうで水がポタポタと床にしたたっていた。食肉係が冷凍室から厨房に出てきたのはそのときだった。おびえた目で彼は厨房を見わたした。部屋の片隅のその位置からだと、ふたつの点が明瞭に見てとれた。緑色の物質は全部がつながっていること、そして大本は洗い場だということだ。彼は洗い場に歩みより、細い緑の紐をつかもうとした。とそのとき、片隅からシュワーツが叫んだ。

「さわるな。食われちまうぞ」

食肉係はあとじさり、周囲を見まわした。肉切り包丁をとりあげ、〈群体〉が洗い場のへりを乗りこえているところへふりおろす。細いグリーンの紐がちぎれた。

下水管の奥にある神経組織から切りはなされて、厨房内の〈群体〉の一部はその目的意識を失った。もはや排水管に後退することはできなかった。それはただ厨房に横たわり、窒素含有物とカルシウム含有物の同化吸収をつづけた。

警官が踏みこんだとき、数人の体のなごりがちょうど〈群体〉の組織に変わるところだった。目をまるくして、警官はシュワーツの話の内容に聞きいった。それから電話に飛びつき、巡査部長にことのしだいを詳しく報告した。オルトン巡査部長は耳をかたむけ、いくつか質問してから、数個分隊をレストランに派遣するよう手配した。それからふと思いついて、近くの病院の病理学部に電話した。彼は病理学部長に、ことのしだいを伝えた。オルトン巡査部長が聡明な人物であったのはさいわいだった。なぜなら、病理学部長への電話は、都市で通じた最後の電話のひとつだったのだから。時刻は午前九時五二分。

いまや〈群体〉は、つぎつぎと出現していた。十八ブロックにわたる広範な市街地で、二十二軒のアパート、十軒のレストラン、二十五軒の食料品店、一軒の早朝営業映画館、三軒の百貨店、その他もろもろの小売店の排水口からあらわれていたのだ。ある学校の三学年の教室で、ある手に負えない生徒がドアの近くの流しの排水口にこっそりミルクを流しこんだ。三分以内に教室の床は水びたしになり、〈群体〉が排水口にやってきて、生徒は手をつっこんだ。〈群体〉は、敷居を乗りこえて、廊下を流れ、階段を伝いおちた。

警察署、消防署、新聞社に電話が殺到した。電話に応対した男たちの不信は、〈群体〉がそこに出現したときに雲散霧消《うんさんむしよう》した。

午前一〇時〇〇分には、ビルのなかで目にした光景に肝《きも》をつぶして、街路に逃げだした者たちがいた。途方に暮れた彼らは、通行人をつかまえ、助けてくれ、なんとかしてくれ、どうにかしてくれと泣きついた。街路にいた人々の多くはビルにはいり、〈群体〉につかまるか、〈群体〉につかまった者たちを目《ま》のあたりにした。

〈群体〉が病院に這いあがったとき、病理学部長はそれに最初に気がついた者のひとりだった。オルトン巡査部長から聞いていたことと考えあわせて、彼はただちに病院の院内放送を通じて指示を発した。

「近寄らないでください。そして水道管にも近づかないこと。殺されます、だから近寄らないでください。見かけしだい、このオフィスへ報告してください。しかし、そばへ寄ってはいけません」

緊急事態に対処するべく訓練を受けているうえに、死のそばで働くことに慣れていたので、病院のスタッフ全員が職務をつづけようとした。まるで二名の医師、一名の看護婦、二名の雑役夫が、第二手術室の床に広がる五十七リットルほどの温水と化したわけではなく、いまでもピンピンしているかのように。病理学部長はスタッフを集め、手短に説明した。彼はグループを三班に分け、それぞれの班は〈群体〉がいる病院のべつべつの場所へむかった。はじめて〈群体〉は、科学的な訓練を積んだ人間たちの綿密な調査の対象となったのだ。時刻は午前一〇時一〇分。

都市の中心部でパニックが発生した。街路は人で立錐《りっすい》の余地もなくなり、車は通行不能となった。ラジオ局とテレビ局は、この時点までに排水管からあらわれるこの怪物に関して警告を発していた。〈群体〉はあらゆる放送スタジオにはいりこんでいたので、アナウンスしていた男たちは、しゃべっている内容を個人的に熟知していた。彼らの感情そのものが視聴者に伝染した。そして最大の放送局で、アナウンサーのひとりがカメラの前で泣きくずれた。視聴者への影響は絶大だった。

警察は拡声器による呼びかけで、暴走する群衆に秩序をもたらそうとしたが、無駄骨だった。都市の中心部のあらゆる街路に、逃亡を図《はか》る人々がひしめいた。群集心理の不思議さで、地下鉄を使おうとする者はただのひとりもいなかった。貴重品、ランプ、金庫、陶磁器、ドレスを運ぼうとした者もいたが、押しよせる人波のなかで落としただけだった。子どもたちにとっては、それではすまなかった。

午前一〇時三〇分、人ごみは減っていなかった。〈群体〉はいま都市の中心部からはるかかなたにまで達し、ひしめく中心部にむかって、人々が街路になだれこむことになった。パニックの熱波が同心円状に広がり、放送を糧《かて》に大きくなった。熟させたのは〈群体〉そのものである。六つの州の災害対策本部と連邦政府は、事態がはっきりつかめないままに、重い腰をあげ、恐慌におちいった都市の救助活動に乗りだした。ひとつのことだけは、はっきりしていた。パニックにおちいった群衆を鎮静化しなければならない。

ヘリコプターが人で埋まった街路すれすれを飛び、強力なスピーカーが狂った人々に咆《ほ》えたてた。走るのをやめなさい、街路に危険はありません。メッセージは繰りかえし大音量で発せられたが、泣き叫ぶ群衆の耳にはとどかなかった。ヘリコプターは屋上に兵士をおろし、彼らはすぐさま街路へむかった。〈群体〉につかまった者もおり、屋上へ駆けもどって、そこですくみあがっている者もおり、街路にたどり着いて、狂乱する群衆に呑みこまれた者もいた。

午前一一時〇二分、病理学部長は病院の屋上まで血路《けつろ》を開き、ヘリに手をふって、おりてくるよう合図した。病理学部長は綿で栓《せん》をした瓶《びん》をたずさえていた。中身は生きている〈群体〉の断片である。陸軍司令部との無線交信で、彼は〈群体〉について知りえたことを洗いざらい説明した——それは生きている有機体である。都市の地下の下水管内で生きている。窒素含有物とカルシウム含有物をすさまじい速さで同化吸収する。いちばん肝心な点は、ヨードの水溶液がそれを殺すことだ。病理学部長はべつの都市の大学へ空輸されることになった。そこに科学者のグループが集められ、病理学部長の持参する〈群体〉の断片の性質を研究することになったのだ。計画はすみやかに実行された。病理学部長がヘリに乗りこむと、それはただちに離陸した。いまや怪物の性質が判明したのである。

あらゆる人々が街路に出ているので、もはや栄養分は都市の地下の下水管を流れなかった。郊外にまで成長していた〈群体〉は、それ以上の成長をやめた。休眠したのである。ただし、不注意な犠牲者が下水管からひっぱりだした部分はべつだ。これらの部分のせいで、パニックはいっこうにおさまらなかった。ビルの内部で〈群体〉が栄養摂取するのを人々が見れば見るほど、都市の中心部のヒステリーは悪化していった。ある街角では、立往生《たちおうじょう》した車が交差点にひしめき、徒歩の人々が通過するのをはばんだ。群衆は乗用車とバスの屋根伝いに進んだ。そうでない者は、おたがいに前へ出ようと争った。車と車の隙間《すきま》に負傷者や重傷者があふれはじめ、まもなく隙間という隙間は、転落した者たちの体で車のルーフの高さまで埋まった。何列にも分かれた人々が、肉と金属の土手道を走った。

英雄的行為が随所で見られた。ある花婿は、花嫁とその父に〈群体〉がしていることを目のあたりにしながらも、それに飛びかかって、じっさいに花嫁を〈群体〉から引きはがすことに成功した。彼が半分ほど濡れた白いガウンのうえで嗚咽《おえつ》しているあいだに、〈群体〉は気づかれずにその足をつかまえた。ある明敏な男は、〈群体〉にからまれた隣人のわきをすりぬけて階段を駆けおり、ある光景に足を止めた。腕を昇ってくる〈群体〉を、幼児が不思議そうにながめていたのだ。男は椅子をつかむと、必死に幼児をもぎはなそうとしたが、自分がからめとられただけだった。父親は息子のために、兄は弟のために、他人は他人のために戦った。ほとんどの人間が自分を救うことしか頭になかったのに対し、自己保存のために生ずる本能的恐怖心に打ち勝って、できるかぎり他人を救おうとしてとどまった男たちが、女たちが、子どもたちがいた。

ヘリコプターがいたるところにいた。兵士を屋上に吐《は》きだしたり、そこへ避難してきた無力な人々を運びさったり、街路すれすれにホヴァリングして、群衆を落ち着かせようとしたりしていた。

午後一時四三分、最初の技術チームが都市内部への移動を開始した。避難民の人波に逆らってゆっくり慎重に進みながら、彼らは散開して郊外をぬけ、ビルの内部へはいりこんだ。なかへはいってしまうと、男たちはヨード水溶液を排水管に流しこんだ。反撃が開始されたのだ。しかし、下水管の奥深くで〈群体〉は自衛した。分厚い組織の壁を作り、下水管を完璧にふさいで、強い毒性をもつ物質を防いだのである。下水管が——あまりにも早く——あふれだし、それ以上の溶液を受けつけなくなったとき、チームは事態に気がついた。無線通信網を質問と回答が飛びかかった。どうやら〈群体〉を一フィートずつ、一マイルずつ掘りださねばならないようだった。

しかし、ヨード攻撃は効果がないわけではなかった。水の流れは止まったも同然であり、栄養分は消えていた。下水管の多くは〈群体〉自身の肉で封鎖されているため、〈群体〉は餌の不足で発狂しそうになった。それは新しい戦術を編みだした。


排水管の口でつぎつぎとボールになると、その光で活性化する蛍光物質は、細長いリボンとなって飛びだした。リボンは床と壁と家具調度の前でのたうった。それはどんなに小量であろうと、ビルのなかの窒素とカルシウムを探しもとめた。

街路の大群衆のパニックがおさまりだし、茫然自失《ぼうぜんじしつ》がとってかわった。はじめて兵士は交通の流れを理性的に整理することができた。おし黙った人の群れは、時速三マイルで着実に都市から流れだし、安全な田舎《いなか》へとむかった。そのときだった、ビルが崩壊をはじめたのは。

あらゆる木材に存在する微量の蛋白質を求めて、〈群体〉は床とドア・フレームに浸透していた。木の大部分を拒絶するいっぽうで、それはあらゆる木製品の構造的な強度を完璧に破壊した。床とフレームを伝って間柱《まばしら》や板や梁《はり》にはいりこんだのだ。木造建築は陥没し、〈群体〉は残骸を探った。多くのカーペットと厚手《あつで》のカーテンを同化した。壁からペンキを、継ぎ目から接着剤を吸収した。家具を形のない木片の山に変えた。漆喰《しっくい》、セメント、石材もその魔手をまぬがれることはできなかった。カルシウムを求める酵素が、壁や柱や基礎に流れこみ、必要以上のカルシウムを吸収して、粉末状のカルシウム珪酸塩《けいさんえん》の形で余りを排出した。石とセメントでできたビルが倒壊をはじめた。ただし、鉄骨のおかげで全壊はかろうじてまぬがれた。はじめのうち街路の人々は反応しなかった。騒音とほこりと、ときおり彼らのまんなかにころげ落ちてくる構造材を無視して、とぼとぼ歩きつづけた。ビルが崩れるたびに、屋上の兵士は呑みこまれた。〈群体〉は外へと広がった。

薄い膜が、倒壊したビルの外壁に群がった。こぶが窓と亀裂《きれつ》にでき、リボンを人々のいる街路へ打ちだした。千ヵ所で同時に〈群体〉がいきなり街路にあらわれたのだ。こんどのパニックは前よりもひどかった。狂乱した人々は絶壁を登ろうとしたり、通りぬけられない廃墟を通りぬけようとしたりした。

水がじわじわと流れ、街路にあふれかえった。木綿の服が水に浮かび、雨水溝《うすいこう》にはまりこんだ。水位は歩道のうえまであがり、ビルの残骸にひたひたと打ちよせた。人々は膝《ひざ》の深さの水をかき分けて、〈群体〉から逃れようと無駄にあがいた。力つきて溺れる者もいた。

午後三時三五分、〈群体〉のほかに、都市に生命はなかった。低い区域からも水が引きはじめ、乾くにつれて白っぽい塩のかたまりが残った。キラキラ光る緑色の組織となった〈群体〉は、二百平方マイルにわたって、美しい都市のなれの果てをおおっていた。

都市は死んでいた。そして、都市を破壊した怪物を殺す仕事が残った。大勢の技術者と軍人が、掘削《くっさく》してスプレーするという手間のかかる仕事をはじめた。つづく数ヵ月のうちに、〈群体〉の起源を説明するたくさんの理論が提出された。そのなかには、怪物の発生を一連の偶発的化学反応に帰《き》すものもあった。というのも、あらゆる大都市の地下には、栄養分とミネラルに富んだ水が流れており、およそ考えつくかぎりの化学反応を惹《ひ》き起こすだけのエネルギーにはこと欠かないのだから。

しかし、耳を貸す者はいなかった。

歴戦の勇士

フリッツ・ライバー

フリッツ・ライバー　Fritz Leiber (1910–1992)

ディーン・R・クーンツによれば、ホラーの神髄は雰囲気の醸成、すなわち「言語《げんご》に絶するほど恐ろしいものが周辺視野に存在するといった感覚」をかきたてることにあるという。その見本といえそうなのが本編だ。

作者のライバーはアメリカ幻想文学界の巨人。ファンタシーでは一九三九年のデビュー以来、五十年近くにわたって書きつがれた〈剣と魔法〉の物語《ファファード&グレイ・マウザー》シリーズ（創元推理文庫）、SFではディザスター小説とスペースオペラを融合させた『放浪惑星』（六四・本文庫）、ホラーでは怪奇幻想都市小説の白眉《はくび》ともいうべき『闇の聖母』（七七・ハヤカワ文庫SF）といった具合に、ジャンルを代表する傑作をものすいっぽう、長編第一作『闇よ、つどえ！』（雑誌掲載四三・同前）を筆頭に、SFとホラーを巧みに混淆《こんこう》させた作品も数多く残した。

ここに収録したのは、五〇年代から六〇年代にかけて作者が力をいれていた《改変戦争》シリーズに属す一編。〈蜘蛛《くも》〉と〈蛇〉と呼ばれるふたつの勢力が、時空を股にかけて覇権を争っているという設定のもとに書かれた連作で、長編『ビッグ・タイム』（六一・サンリオSF文庫）と九つの中短編から成る。〈F&SF〉六〇年五月号に発表された本編は、作者の自伝的要素を交えた異色作ながら、シリーズ中屈指《くっし》のできばえを誇っている。

中尉で通っている男が、黒っぽいレーベンブロイを長々とあおった。ドイツとソ連の両陣営が派手にロケット弾を射ちあった、東部戦線での戦闘についてひとくさりぶったところだった。

マックスはもっと色の薄いビールがはいっている緑色の瓶《びん》をシュッとあけて、遠くを見つめる目つきをした。

「あれはロケット弾がコペンハーゲンで何千人もの命を奪ったときだ。空には炎がいり乱れていたし、街の建物のとがり屋根や、英国艦船のマストやら裸の円材《えんざい》やらが照らしだされて、一面に十字架が立ち並んでいるみたいだったな」

「デンマークで上陸作戦があったとは知らなかったな」と、だれかが期待をこめたさりげない口調でいった。

「ナポレオン戦争のときの話だよ」とマックスが説明した。「英国が街を艦砲射撃して、デンマーク艦隊を拿捕《だほ》したんだ。一八〇七年のことだ」

「おまえさん、そこに居合わせたのかい、マキシー？」とウッディーが訊くと、カウンターのまわりに陣取った連中がくっくっと笑い、期待で顔を輝かせた。酒屋で飲むというのはけっこう退屈なもので、ちょっとした座興《ざきょう》は歓迎されるのだ。

「どうして裸の円材なんだ？」とだれかが訊いた。

「そのほうが、ロケットを発射する船に火がつく恐れがすくないからだ」とマックスが男に答えた。「帆はあっという間《ま》に燃えてしまうし、とにかく木造船は火口《ほくち》みたいなもんだ——だから、赤熱弾は船では使いものにならなかったのさ。ロケットと裸の円材だって、安全からはほど遠かったがな。そういえば、マッケンリー要塞で『赤い輝き』を起こしたのも、コングレーヴ式のロケットだったんだ」彼は悠揚《ゆうよう》迫らぬ口調でつづけた。「いっぽう『空中で炸裂《さくれつ》する爆弾』というのは砲艦の臼砲《きゅうほう》から発射された初期の精密照準砲弾のことだ。アメリカ国歌のなかに武器の歴史が凝縮されているわけさ」

笑顔であたりを見まわし、

「ああ、おれはその場に居合わせたんだよ、ウッディー——南部火星軍の一員として、第二次植民地戦争の際に、コペルニクスを強襲したときみたいに。いまから十億年先に、コペイバワの外でたこつぼ壕《ごう》に潜《もぐ》っていると、金星の宇宙戦闘艦が放った破砕《はさい》波《は》で大地が震え、泥がかき乱されて、もっと深く掘るはめになるときみたいにな」

こんどこそ一同は爆笑の渦につつまれた。ウッディーはゆっくりかぶりを振りながら、「コペンハーゲンにコペルニクスに——三つめはなんだったっけ？　まったく、なんて頭をしてやがるんだ」と繰り返していたし、中尉は「そうとも、おぬしは居合わせたんじゃ——本のなかでな」といっていたし、ぼくはこんなことを考えていた。

（奇人変人とはありがたいものだ。とりわけ勇気があって、けっしてひるんだり、短気を起こしたり、演技を投げだしたりしないやつは。そうすれば、ただのギャグか、本気でそう信じこんでいるのか見当がつかなくなるからな。マックスの話を一パーセントでも真《ま》に受ける者は、ここにひとりしかいないが、みんなマックスを気にいっている。彼が真剣な態度を崩そうとしないからだ……）

「要するに、おれがいいたかったのは」と騒ぎがひとしきりおさまると、マックスが先をつづけた。「武器の様式には周期があるってことだ」

「ローマ軍はロケットを使ったのかい？」と、デンマーク上陸作戦や裸の円材について口をはさんだのとおなじ声が、明るい調子で訊いた。こんどは、カウンターの奥のソルだとわかった。

マックスは首を振った。

「使った形跡はない。連中の十八番《おはこ》は投石機だ」目をすがめ、「もっとも、ローマ軍で思いだしたが、仲間にこんな話を聞いたことがある。アルキメデスがギリシア火薬でロケットまがいをこしらえて、シラクサでローマの軍船の帆を焼きはらおうとしたっていうんだ——そうすると、例のばかでかい鏡で焼こうとしたっていうのは、作り話ってことになるな」

「つまり」とウッディー。「この〝宇宙を股にかけ、時間の果てまで戦いぬく〟っていう騒ぎには、あんたのほかにもかかわっているやつがいるのかい？」ウィスキーでくぐもった声には、精一杯の真面目さといぶかしさがこもっていた。

「当然だろう」マックスが熱をこめていった。「さもなければ、どうやってほんとうに戦争したり、戦い直したりできると思うんだ?」

「なんで戦い直さなけりゃならないんだね?」ソルが明るい声で訊いた。「いちどでたくさんだよ」

「時間旅行のできるやつが、戦争に手をつけずにいられると思うかい?」とマックスが訊きかえす。

ぼくは自分の意見を述べてみた。

「それなら、アルキメデスのロケットは、飛びぬけて早い時期に液体燃料ロケットになってただろうね」

マックスがまっすぐ視線をむけてきた。口もとをゆがめる独特の笑みを浮かべ、

「ああ、そうだろうな」と、すこし間を置いてからいった。「この惑星では、ってことだが」

笑い声は下火になっていたのだが、このひとことでよみがえった。ウッディーが大声で「戦い直すってとこが気にいったぜ――おれたちの得意技だ」とひとりごとをいっているそばで、中尉がシカゴ北部にふさわしい軽いドイツ訛りでマックスに「では、ほんとうに火星で戦いなすったのかね?」とたずねた。

「ああ、戦ったよ」と、一拍《いっぱく》置いてマックスはうなずいた。「もっとも、さっき話に出た乱戦は、地球の月であったんだがね――赤い惑星からの遠征軍さ」

「おお、なるほど。では、ひとつ訊かせてもらうが――」

奇人変人について、さっきいったことは嘘じゃない。円盤狂いだろうと、超能力信者だろう

と、宗教や音楽のマニアだろうと、頭のいかれた哲学者や心理学者だろうと、マックスのように風変わりな夢やギャグを持ちあわせた、ふつうの男だろうとかまわない――ぼくにいわせれば、彼らはこの画一化《かくいつか》された時代にあって個性を生かしつづけている者たちだ。マスコミや世論調査や大衆的人間の侵入をはばんでいる者たちだ。頭のいかれた連中や奇人変人に関してほんとうに憂《うれ》うべきはひとつだけ、(麻薬中毒や売春とおなじように)血も涙もないやつらが、金のために彼らを食いものにすることだ。だから、すべての奇人変人に申しあげたい――独立独歩で行け。つまらないものをつかまされたり、値打ちものを奪われたりするな。賢く勇敢になれ――マックスのように。

マックスと中尉は、真空で低重力の宇宙空間における砲術の問題について論じあっていたが、いささか専門的すぎて、笑い声が絶《た》えていた。それでウッディーがじれて、こういった。

「おい、マキシミリアン、それだけいろんなところで、それだけいろんな戦争に参加してるなら、相当スケジュールがきついはずだろう。よくおれたちなんかと酒をくらってる暇があるな」

「自分でもよくそう思うよ」とマックスが切り返した。「じつは、輸送に手ちがいがあって、予定にない休暇をもらったような形なんだ。じきに迎えがきて、本隊にもどることになってるんだが――まあ、敵の地下組織に先につかまらなかったらの話だが」

ちょうどそのときだった。マックスが敵の地下組織についてほのめかし、どっと笑いが起きて、すこしおさまり、ウッディーが「こんどは敵の地下組織ときたか。いってくれるぜ」とうれしそうにいい、ぼくが（この二週間でマックスにはどれだけ楽しませてもらっただろう――この男は詩的とさえいえる輝きで歴史をあざやかに再現してくれるだけじゃない。それどころか……）と考えていたちょうどそのときだ、ほこりまみれのガラス窓の下のほうに、真っ赤な目がふたつあらわれ、暗い通りから店内をのぞきこんだのは。

現代アメリカでは、建物という建物に大きなガラスのショーウィンドウがつきものだ。郊外の邸宅や、社長のオフィスや、超高層アパートメントから理髪店、美容院、飲み屋にいたるまでのあらゆる建物だ――高さ二十フィートもあるガラス窓が往来の激しい大通りに面しているプール施設さえある始末――ソルのみすぼらしい酒屋も例外ではない。じっさい、法律で決まっているのではないだろうか。しかし、その瞬間たまたまこの窓から外を見ていたのは、一座のなかでぼくひとりだった。外は真っ暗で、風の強い夜だったし、通りはお世辞にもきれいとはいえない。おまけにソルの店のむかいにもガラス窓が並んでいるので、ときにはひどく奇妙な反射を起こす。だから赤い石炭のような目のふたつはまった、真っ黒で形の定まらない頭が、からっぽのウィスキー瓶を積みあげた茶色のピラミッドごしにのぞきこんでいるのをちらっと見たときも、たちまちその正体に思いあたった。二本の吸い殻かなにかが、風でくすぶっているにちがいない。いや、それよりも、通りの先の角を曲がる車のテールライトが、おかしな具合に反射したのだろう。その証拠にすぐに消えてしまったではないか。車が角を曲がりきったか、風で吸い殻がすっかり吹き消されたかしたからだ。それでも、地下組織という言葉が口にされた瞬間にあらわれたので、一瞬ぼくは総毛立《そうけだ》つ思いをした。

なにかの形でその反応が表《おもて》に出たにちがいない。というのも、えらく目ざといウッディーが呼びかけてきたからだ。

「よお、フレッド、そのソーダ水で神経が腐りかけてきたのかい――それとも、いくらマックスの友だちでも、やっこさんの駄《だ》ボラにはつきあいきれないのか？」

マックスが鋭い視線をむけてきた。おそらく彼もなにか見たのだろう。いずれにせよ、彼はビールを飲みほすと、「さて、この辺で切りあげるか」といった。ぼくになにかいったわけではないが、じっとぼくを見つめたままだった。ぼくはうなずいて、自分の小さな緑色の瓶をカウンターに置いた。レモンソーダはまだ三分の一ほど残っていた。いやになるほど甘ったるいのだ、ソルの店のなかではいちばん酸《す》っぱいはずなのだが。マックスとぼくはウィンドブレーカーのジッパーをあげた。彼がドアをあけると、一陣の風が吹きこんできて、敷居のまわりのタン樹皮《じゅひ》を散らした。中尉がマックスに「明晩はもっと優秀な宇宙砲を設計しよう」といい、ソルがぼくらふたりに「お気をつけて」とお決まりの忠告をし、ウッディーが「あばよ、宇宙兵士諸君」と声をかけた。（ドアが閉じたとたん、彼がいうことも察しがついた。『マックスの野郎はいかれてるなんてもんじゃないし、フレッドも似たりよったりだ。ソーダ水を飲むんだと――うへっ！』）

やがてマックスとぼくは風に逆らって前かがみになり、吹きつけるほこりに目をすがめながら、三ブロックはなれたマックスのねぐらへと歩いていた――彼のこぢんまりしたアパートメントは、ねぐらとしか呼びようがないのだ。

真っ赤な目をした大きな黒い毛むくじゃらの犬が、あたりをうろついていたりはしなかった。本気でいると思っていたわけではないが。

マックスと、彼の歴史兵士のギャグと、深いとはいえない彼とのつきあいが、ぼくにとってひどく大事な理由は、ぼくの幼年期までさかのぼったところにある。ぼくは孤独で内気な子どもで、兄弟も姉妹もなかったので、とっくみあいをして人生の戦いにそなえることもなく、腕《わん》白《ぱく》小僧同士で遊ぶ、ふつうの段階も踏まずに過ごした。長じては熱烈なリベラル派になり、一九一八年から一九三九年にかけての大戦間には、自分でも不可解なほど激しく〝戦争を憎む〟ようになった——おかげで第二次大戦中には兵役を忌避《きひ》したほどだ。もっとも、近くの軍需工場で働くことはしたので、徹底的な平和主義者のように不屈《ふくつ》の英雄的行為をしたわけではないが。

しかし、やがて反動がくるのは避けられなかった。遅ればせながら、ものごとの両面が見えるというリベラル派特有の災難に見舞われたのだ。ぼくは軍隊や兵士に興味をいだくようになり、ひそかに称賛するようになった。最初は渋々《しぶしぶ》とだったが、槍《やり》兵の必要性と、それにまつわる勇壮な物語を理解するようになった——えてしてぼくとおなじように孤独をかこっている、こうした守護者たちが、敵意に満ちた黒い宇宙で、風前《ふうぜん》の灯《ともしび》のような文明と同胞愛の陣営を守っているのだ……戦争は非合理とサディズムを助長し、武器製造業者や反動勢力を肥《こ》え太らせるだけだという正当な非難にもかかわらず、やはり守護者は必要なのだ、と。

ぼくは自分が戦争を憎むのは、臆病を隠すためでもあったのだとさとりはじめた。人生においてなんらかの形で尊《とうと》い行いをして、真実のもう半分に寄与したいと思いはじめた。とはいえ、急に勇敢な気分を味わいたいからといって、勇敢な気分を味わえるというものではない。この文明化の進んだ社会では、はっきりと勇気を奮えるはっきりとした機会はめったに訪れない。じっさい、そうした機会は安全願望や、いわゆる正常な順応や、平時《へいじ》の良き市民ぶりや、その他もろもろとは正反対にあるわけで、たいていは人生の早い時期にくるものだ。したがって、遅ればせながら勇敢になりたい人間にすれば、六ヵ月も機会を待ちつづけ、ようやくちょっとした機会をつかんだと思ったら、六秒でとり逃がしてしまうのがオチなのだ。

しかし、うしろめたい気分に襲われたとはいえ、さっきもいった通り、以前の熱烈な平和主義への反動が起きてしまったのだ。最初は読書だけで発散させた。ぼくは戦争の本を読みふけった。現在の戦争でも歴史上の戦争でも、実話でも小説でもよかった。あらゆる時代の軍事情勢や隠語《いんご》、組織や兵器、戦略や戦術に精通しようとした。サモトラケ島のトロス（タルボット・マンディ作の歴史小説の主人公）やホレーショ・ホーンブロワーといった人物が、ハインラインの宇宙士官候補生やブラード（マルコム・ジェイムスン作の宇宙SFの主人公）をはじめとする勇敢な宇宙警備隊員と並んで、ぼくの新しい秘密の英雄となった。

だが、しばらくすると、読書ではもの足りなくなった。どうしても本物の兵士とつきあいたくなり、ようやく見つけたのが、夜ごとソルの酒屋に集まるささやかな一団だった。おかしな話だが、その場で飲ませてくれる酒屋には、おおかたのバーの客よりも個性的で仲間意識の強い常連がいるものだ――たぶんジュークボックスや、クロムの食器や、ボウリングの設備がなく、もめごとを起こしたり、酒をたかったりする女や——それにもまして——喧嘩をふっかけて、うさ晴らしをしようとする男がいないからだろう。とにかく、ぼくがウッディーと中尉とバートとマイクとピエールとソル本人を見つけたのは、ソルの酒屋だった。飛びこみの客には、兵士どころか、おとなしい酔っ払いたちとしか思えないはずだが、ぼくにはひとつかふたつ思いあたる節《ふし》があって、店にたむろするようになった。目立たないようにして、名刺がわりにソーダ水ばかり飲んでいると、じきに連中も打ち解けてきて、北アフリカやスターリングラードやアンツィオや朝鮮半島などにまつわる話をしてくれるようになり、ぼくはそれなりに幸福な気分に浸っていた。

それからひと月ほど前にマックスがあらわれた。彼こそぼくが探していた男だった。ぼくの歴史趣味を満足させてくれる真の兵士——ただし、ぼくよりずっといろんなことを知っていて、彼に比べたらぼくなど鼻持ちならない素人《しろうと》だった——おまけに例の気ちがいじみた魅力的なギャグ。親しくしてくれたうえに、二、三度ねぐらに誘ってくれたものだから、彼がいると、ただ酒屋にたむろしているだけではなくなった。マックスはぼくの鑑《かがみ》だった。もっとも、彼がほんとは何者で、なにをしてきたのかは、あいかわらず見当もつかなかったのだが。

当然ながら、最初のふた晩はマックスも連中と打ち解けたわけではない。自分のビールを買って、ぼくがしたのとおなじように、おとなしくしているだけだった。それでも、見るからに兵士然としていたので、連中も最初から彼を受けいれるつもりでいたのだろう——敏捷《びんしょう》でずんぐりした体つき。大きな手となめし革のような顔に、あらゆるものを見てきたような、柔和《にゅうわ》だが疲れを感じさせる目。そして三日めか四日めの晩に、バートがバルジの戦いについて語ったとき、マックスがそこで目にしたものを話して聞かせたのだ。バートと中尉のかわした目つきで、マックスが〝合格〟したのだとわかった——彼はいま七人めのメンバーとして受けいれられていた。いっぽうぼくは、邪魔にならない書記タイプの取り巻きのままだった。軍隊経験がまったくないことを隠さなかったからだ。

それからまもなくして——ひと晩かふた晩あとだったはずだが——ウッディーがホラ話をして、マックスが調子をあわせはじめた。それが時空兵士のギャグのはじまりだった。ギャグにはおかしなところがあった。マックスは歴史マニアで、本で得た知識を見てきたようにひけらかすのが好きだと思えばいいのだろう——ひょっとしたら、なかにはそう決めつけている者もいるかもしれない——だが、べつの時間とべつの場所のことをあまりにもあざやかに、それでいてあまりにもさりげなく口にするので、なにかあるにちがいないという気がしてくる。おまけに、ときどき五千万マイルか五百年もへだたった場所のことを語りながら、いかにもなつかしそうな顔をするので、ウッディーが死ぬほど笑いころげるのだった。じつはそれが、マックスの迫真的なホラ話に対する心からの賛辞なのだ。

ぼくとふたりきりで歩いていたり、彼の家に——ぼくの家にきたことはなかった——いるときも、マックスはギャグをやめなかった。もっとも、多少は調子を落としていたが。そのため、彼が伝えようとしているのは、自分が歴史を変えるためにあらゆる時間を飛びまわって戦っている〈ある勢力の兵士〉だということではなく、ただわれわれ人間が想像力をそなえた生きものであり、べつの時間とべつの場所とべつの体で生きるのが、ほんとうはどんなものかを感じとろうとするのがいちばんの義務だ、ということなんだと思えるときがあった。いちど彼がこんなことをいった。

「意識の成長がすべてなんだ、フレッド――意識の種子が時空に根を張っていくことが。しかし、成長にはいろんなやりかたがある。蜘蛛《くも》のように心から心へと糸を張りめぐらせたり、蛇のように無意識の闇へと潜りこんだり。最大の戦争は、思考の戦争なんだよ」

だが、彼が伝えようとしていることがなんであれ、ぼくは彼のギャグにつきあった――変人だろうとなかろうと、他人と対するときにはそれが正しい作法だと思うからだ。もちろん自分の人格が侵害されずにすめばの話だが。他人が世界にささやかな生気《せいき》と興奮をもたらしてくれるのなら、それに水を差すいわれはない。ただの礼儀と流儀の問題だ。

マックスと知りあってから、ぼくは流儀についていろいろと考えるようになった。人生においてなにをするかはあまり大事ではない、と彼がいちどいったことがある――兵士になろうが、事務員になろうが、説教師になろうが、スリになろうが――流儀にのっとってやるかぎりは。卑《いや》しい方法で成功するよりは、立派な方法で失敗するほうがましだ――卑しい方法で成功しても喜べはしない、と。

打ち明けなくても、マックスはぼくのかかえている問題を理解したようだった。兵士は勇敢になるよう訓練されるのだ、と彼は指摘した。軍事教練の目的はただひとつ、六ヵ月ごとに六秒の試練がめぐってきたとき、たたきこまれた第二の天性で、なにも考えずに勇敢な行為ができるようにすることなのだ。民間人に欠けている特別な美徳や男らしさが、兵士だからといってそなわっているわけではない。それから恐怖について。だれだって恐ろしいんだ、とマックスはいった。例外はひと握りの精神病者か、自殺願望タイプだが、そういう連中は意識のレヴェルで恐怖心をいだいていないだけだ。しかし、自分自身や、周囲の人間や、自分の直面した状況を知れば知るほど（もっとも、自分の直面した状況を知りつくすことはできないし、ときにはちらっとしか見えないこともあるが）、恐怖に支配されない心がまえができるようになる。一般的にいえば、日頃から人生を直視する自己鍛練《たんれん》でそなえておき、出くわしそうなトラブルや機会を迫真的に想像しておけば、試練に失敗する恐れは減る。なるほど、もちろん人から聞いたり本で読んだりしたことばかりだが、マックスの口から出ると、ぼくにはもっと含蓄《がんちく》のある言葉に思えた。さっきもいった通り、マックスはぼくの鑑なのだ。

そういうわけで、この夜マックスがコペンハーゲンやコペルニクスやコペイバワの話をし、ぼくが真っ赤な目をした大きな黒犬を見たと錯覚したあと、肩をまるめて寂しい通りを歩きながら、十一時を告げる大学の大時計の音に耳をすましていたとき……そう、この夜ぼくは、じきにりたてていうほどのことは考えていなかった。せいぜい変わり者の友人といっしょで、じきに彼の家で寝酒としゃれこむわけだが、自分はコーヒーにしようと思っていたくらいだ。

たしかになにも予想していなかった。

家の手前の風の強い角《かど》で、いきなりマックスが足を止めるまでは。

マックスのひと間きりのおんぼろアパートメントは、煤《すす》けた煉瓦《れんが》造りの建物の三階にあって、下にはさびれた店がはいっている。正面には赤錆《あかさび》の浮いた非常階段が、旧式の出窓の前を斜めに横切り、釣り合い錘《おもり》のついたいちばん下の部分は、だれかがその上を踏んだときだけ地上に降りる仕組みになっている――そんな機会があればの話だが。

マックスがいきなり立ちどまったとき、もちろんぼくも足を止めた。彼は自分の部屋の窓を見あげていた。窓は真っ暗で、べつになにも見えなかった。ただし、マックスかだれかが、非常階段に大きな黒い包みを置きっぱなしにしているようだった――消防法には違反するが、その空間が物置や洗濯物干《ほ》し場がわりにされているのを見るのは、これがはじめてというわけではない。

だが、マックスは立ちどまったまま、じっと目をこらしつづけていた。

「なあ、フレッド」やがて彼が静かな声でいった。「きみの家に河岸《かし》を変えるってのはどうだ？　例のお誘いはまだ有効なんだろう？」

「いいとも、マックス」ぼくは即座に答えた。彼にあわせて声を低め、「ずっと誘ってきたんだから」

ぼくの家は、二ブロックしかはなれていない。いま立っている角を曲がりさえすれば、あとは一直線だ。

「よし、それなら行こう」とマックスがいった。その声にはいらだちのような響きがあったが、はじめて耳にするものだった。急にその角を曲がりたくなったようすだ。ぼくの腕をつかむ。

彼はもう非常階段を見あげていなかったが、ぼくは見あげていた。風がだしぬけにやんで、あたりは静まりかえっていた。ぼくらが角を曲がったとき――正確には、マックスがぼくを引きずるようにして曲がったのだが――大きな包みが起きあがり、赤い石炭のようなふたつの目でこちらを見おろした。

ぼくはあえぎ声をもらしもしなければ、なにかを口走りもしなかった。たぶんマックスには、なにか見たことを気づかれなかっただろう。しかし、ぶるっと身震いした。こんどは吸い殻やテールライトの反射のせいにはできない。そんなものが、三階の非常階段にあるはずがない。こんどはよっぽど創意を働かせないと、合理的な説明はつかないだろう……説明がつくまでは、なにかが……そう、異様な怪物が……シカゴのこのあたりにうろついていると信じるしかないのだ。

大都会には特有の脅威がある――拳銃強盗、恐喝《きょうかつ》少年、頭のおかしいサディスト、そういうたぐいだ――人は多かれすくなかれ、そういうものに対しては心の準備ができている。準備ができていないのは……異様な怪物だ。地下室でパタパタと走りまわる音がすれば、鼠《ねずみ》だと決めてかかるし、鼠だって危険だとわかっていても、べつにこわがることもなく、調べに降りていくことさえあるだろう。そこに鳥を捕食《ほしょく》するアマゾン産の蜘蛛がいるとは、夢にも思わないものだ。

風はやんだままだった。最初のブロックを三分の一ほど進んだとき、かすかにだが、はっきりと背後でもの音がした。錆びついたきしみのあとにギーッと鳴る金属音。非常階段のいちばん下の部分が歩道に降りる音でしかあり得ない。

そのときぼくは歩きつづけただけだったが、心はまっぷたつに裂かれていた――半分は耳をすまし、肩ごしにうしろに目をこらしている。もう半分は矢のように飛んでいって、奇怪きわまりない考えをこねくりまわしている。たとえばマックスは、星々の反対側にある想像を絶する強制収容所からの脱走者ではないか、といった具合だ。もしそういう強制収容所があるのなら、管轄している超自然のSS隊員のようなものがいて、ぼくが見たと思ったような犬を飼っているだろう、とぼくは冷たい恐怖心にとらわれて考えた……正直にいえば、いま肩ごしに振りかえれば、忍び足で歩いているその犬が、ほんとうに見えると思ったのだ。

気ちがいじみていようといまいと、こんな考えにとり憑かれていれば、走りださずに、ただ歩きつづけるのは至難の業《わざ》だった。マックスがひとことも口をきかないのも、助けにはならない。

ふたつめのブロックを歩きはじめたころ、ようやく自分をとりもどし、見たと思った通りを落ち着いた口調でマックスに伝えた。彼の反応は意表をつくものだった。

「きみのアパートの間取りはどうなってる、フレッド？　たしか、三階だったたな」

「ああ。そうだけど……」

「ドアのところからはじめてくれ」と彼が助け船をだした。

「居間があって、短い廊下があって、その先がキッチンだ。砂時計に似てるな。居間とキッチンが両端で、廊下がくびれにあたるわけだ。廊下の両側にドアがひとつずつある――右手のドア（というのは、居間から見ての話だが）、そっちはバスルームに通じてる。左手は、ささやかな寝室だ」

「窓は？」

「居間にふたつ、横並びになってる。バスルームにはない。寝室にひとつ、通気孔に通じてる。キッチンにふたつ。これは別々だ」

「キッチンに裏口は？」

「ある。裏のポーチに出る。上半分にはガラスがはまってる。こいつのことを忘れてた。キッチンに窓は三つあることになる」

「窓の日よけは、いま下りてるか？」

「下りてないよ」

たたみかけるような質問に、ぼくは考える暇もなく答えた。ブロックの四分の一を歩くあいだ、質問は矢継《やつ》ぎ早《ばや》につづいた。ちょっと間《ま》があって、マックスがいった。

「いいか、フレッド、ソルの店で口から出まかせみたいにしゃべったことを全部信じてくれとはいわん――いきなり、そんなことをいっても無理だろう――でも、その黒犬のことは信じているんだろう？」警告するようにぼくの腕をさわり、「だめだ、振りかえるんじゃない！」

ぼくはゴクリと唾を飲んだ。

「いまは信じてるよ」

「よし。歩きつづけろ。巻きこんじまって申し訳ない、フレッド。でも、こうなったからには、ふたりとも助かるようにするしかないな。きみが助かる道は、あいつを無視して、奇妙なことには気づいてない振りをすることだ――そうすれば、おれがどこまで話したかわからないから、あの化物はきみを巻きぞえにするのをためらって、きみをわずらわさずに、おれをつかまえようとするだろう。そうやってつかまえる気になれば、しばらくは手出しを控えるにちがいない。でも、永久に控えているはずはない――訓練が行き届いていないからな。おれが助かる道は、司令部と連絡をとり――自分で遅らせてきたんだがな――脱出させてもらうことだ。一時間あればできるはずだ。ひょっとすると、そんなにかからんかもしれん。その時間を稼いでくれ、フレッド」

「どうやって?」ぼくは訊いた。玄関ホールにつづく階段をのぼっているところだった。ごくかすかにだが、背後でパタパタという足音が聞こえると思った。ぼくは振りかえらなかった。

ぼくが押さえてあけておいたドアをマックスが通りぬけ、ぼくらは階段をのぼりはじめた。

「きみの部屋にはいったらすぐに」と彼がいった。「居間とキッチンの明かりを残らずつけてくれ。日よけはあげたままだ。そうしたら、この時間まで起きているとしたらやりそうなことを適当にやってくれ。そうだな、本を読むとか、タイプを打つとか。なにかつまむとかだ、喉を通ればの話だが。できるだけ自然にふるまってくれ。なにか聞こえたり、なにか感じたりしたら、気づかない振りをしろ。なにより、そうしたくなっても、窓やドアをあけるな。外をのぞいてなにか見ようとするな。窓やドアのところへ行くな――たぶんどうしてもそうしたい気分に襲われるはずだ。とにかく自然にふるまうんだ。そうやって連中を……あいつを……三十分かそこら——そうだな、真夜中まで——足止めしておいてくれれば、それだけの時間を稼いでくれたら、おれのほうはなんとかなるはずだ。忘れるなよ、そうすればふたりとも助かるかもしれん。おれがここから出てしまえば、きみは安全だ」

「でも、きみは——」鍵を探しながら、ぼくはいった。「——いったいなにを——」

「なかにはいったら、おれはすぐに寝室に潜りこんで、ドアを閉める。気にするな。なにが聞こえても、ついてくるな。寝室にコンセントはあるか？　電気がいる」

「ある」鍵をまわしながら、ぼくは答えた。「でも、このところよく停電するんだ。だれかがヒューズを飛ばしてしまって」

「まずいな」彼はうなり声をあげると、ぼくのあとから部屋にはいった。

ぼくは明かりをつけ、キッチンに足を運ぶと、そこの明かりもつけて、もどってきた。マックスはまだ居間にいて、タイプライターの脇のテーブルにかがみこんでいた。薄緑色の紙を持っている。自分で持ってきたものにちがいない。その紙のいちばん上といちばん下になにか走り書きしていた。背すじをのばして、ぼくに渡す。

「折りたたんでポケットにいれたら、二、三日そのままにしておけ」

ただの淡い緑色をした薄紙《うすがみ》で、パリパリと音をたてた。いちばん上に「フレッドへ」、いちばん下に「きみの友、マックス・ボーンマン」と書いてあり、まんなかは空白だ。

「でも、いったい——」彼を見あげていいかける。

「いわれた通りにしろ！」彼はぴしゃりといった。それから、ぼくがたじろいだとたん、にやりと笑った――仲間にだけ見せる満面の笑み。

「よし、はじめよう」彼はそういうと、寝室にはいり、うしろ手にドアを閉めた。

ぼくは紙を三つ折りにし、ウィンドブレーカーのジッパーをおろすと、内ポケットにつっこんだ。それから本棚のところへ行き、いちばん上の棚――心理学の本を並べた棚だとつぎの瞬間思いだした――から適当に一冊ひきぬいて、腰をおろし、本を開くと、活字を読まずにページに目を落とした。

これで考える時間ができた。マックスに赤い目のことを話して以来、彼の言葉に耳をかたむけ、間取りを思いだし、いわれた通りにする時間しかなかった。ようやく考える時間ができたのだ。

最初に考えたのはこうだ――

(こんなのばかげてる！　奇妙で恐ろしいものを見た、それはたしかだ。でも、暗かったし、はっきりと見えたわけでもない。非常階段の上にあったのがなんだったにしろ、単純で無理のない説明がつくにちがいない。ぼくが奇妙なものを見て、おびえているのをマックスが感じとった。だからぼくがそのことを話すと、いつものギャグの線で一杯食わせてやろうという気になったのだ。いまごろはぼくのベッドに寝転がって、クスクス笑っているはずだ。いつになったらぼくが気づくかと思いながら――)

まるで風がいきなりよみがえったかのように、そばの窓がガタガタいった。音はどんどん激しくなり――と、つぎの瞬間、かき消すようにぴたりと止まった。そのとたん緊張感がみなぎった。まるで風か、もっと実体のあるものが、いまだにガラスを圧迫しているかのように。外には非常階段や、ほかの足場がないことは知っていたけれど（あるいは、たぶん知っていたからこそ）、首をまわして、そちらに目をやりはしなかった。ただ、なにかが間近に迫っている感覚に耐え、手に持った本をぼんやりと見つめた。いっぽう心臓は早鐘《はやがね》のように打ち、肌は凍りついて、顔が紅潮《こうちょう》した。

そのときいやというほど思いしらされたのだ、最初の懐疑的な考えは純粋な現実逃避にすぎず、マックスにいった通り、自分は心の底から黒犬の存在を信じているのだ、と。想像がおよぶかぎりのことを信じているのだ。夢にも出てこないような勢力が、この宇宙で戦いを繰り広げているのだ、と。マックスは立往生《たちおうじょう》した時間旅行者で、いまぼくの寝室でこの世のものではない装置を必死に操作して、どこにあるのかわからない司令部に助けを求める信号を送っているのだ、と。いるはずのない恐ろしいものが、ここシカゴに野放しになっているのだ、と。

しかし、ぼくの考えはその先へ進めなかった。堂々めぐりをつづけ、それがどんどん早くなるのだ。ぼくの心は、バラバラになるまで震えるエンジンのようなものだった。と、首をめぐらせ、窓の外を見たいという衝動がつきあげてきて、ふくれあがった。

ぼくは開いていた本のページのまんなかに無理やり焦点をあわせ、読みはじめた。

ユングの原型は時間と空間の障壁を超える。それればかりではない——因果律の枷《かせ》を破ることさえできるのだ。端的《たんてき》に言って神秘的な〝予見〟の能力を備えているのである。ユングによれば、精神そのものは無意識に対する人格の反応であり、あらゆる人間のなかに男性的要素と女性的要素、すなわちアニムスとアニマを含んでいるばかりか、ペルソナ、すなわち外界に対する人格の反応をも含んでおり……

最後の文章を十回あまり読んだと思う。最初はすらすらと、つぎに一語ずつ。やがて無意味な言葉の羅列《られつ》になって、もう目をこらしていられなくなった。

そのとき、そばの窓ガラスがきしんだ。

ぼくは本を置いて立ちあがった。目を正面にむけたままキッチンに足を運び、クラッカーをひとつかみして、冷蔵庫をあける。

けものが息を殺すように鳴りをひそめていた例の音が、あとを追ってきた。まずキッチンの右側の窓が鳴り、左に移ってから、ドアの上にはまったガラスが鳴る。ぼくは目をむけなかった。

居間にもどり、まっさらな黄色い紙のはさんであるタイプライターの脇ですこしためらってから、窓ぎわの肘かけ椅子にまた腰かけた。クラッカーとミルクの紙パックをかたわらの小さなテーブルに置く。読みさしの本をとりあげ、膝の上に置いた。

ガタガタいう音もいっしょにもどってきた——間髪《かんはつ》をいれずに威圧的に鳴ったのだ。まるで、なにかが焦《じ》れてきているかのようだ。

もう活字に集中できなかった。クラッカーをつまんで、もどした。冷えたミルク・パックにさわったが、喉が締めつけられて、指をひっこめた。

タイプライターに目をやると、空白の緑色の紙のことが思いうかび、マックスの奇妙なふるまいの理由が、急にはっきりしたように思えた。今夜彼の身になにが起きるにしろ、彼の署名の上に伝言をタイプできるようにしておけば、ぼくに嫌疑がかからないというわけだ。いってみれば、遺書だ。彼の身になにが起きるにしろ……

そばの窓が激しく震えた。まるで突風が吹きつけたかのように。

ふとこんな考えが頭に浮かんだ。なにかを見るつもりで窓の外を見てはいけない（それだと、マックスの警告にしたがわないことになる）とはいえ、視線をすべらせるだけならいいかもしれない——たとえば、振りむいて、うしろの時計を見るとしたら。なにかが見えても、視線を止めたり、反応したりしてはいけないだけだ、と自分にいいきかせた。

自分を叱咤《しった》激励する。けっきょく、硬いガラスの外には闇しか見えないかもしれないのだ、と。

時計を見ようと首をめぐらせた。

そいつは二度、目にはいった、振りむいたときと、もどるときだ。視線は止まりもしなければ、ゆらぎもしなかったけれど、血と思考が激しく脈打ちはじめ、心臓と頭が破裂するかのようだった。

そいつは窓の外二フィートほどのところにいた——暗闇に囲まれて黒光りしている顔か、仮面か、けものの鼻面は。その顔は猟犬、豹《ひょう》、大蝙蝠《おおこうもり》、人間のいずれでもあり——その四つのいりまじったものだった。冷酷無情で絶望に沈んだ人獣の顔には、知性の輝きがあったが、途方もない憂鬱《ゆううつ》と途方もない悪意で生気を失っていた。黒い口先か喉袋の前で、白い針のような歯が光を発している。赤い石炭のような目が、鈍《にぶ》くまたたいている。
ぼくの視線は――たしかに――止まったり、ゆらいだり、もどったりすることはなく、心臓も頭も破裂しなかったが、そのときぼくは立ちあがり、よたよたとタイプライターのところへ行って、その前にドサッとすわりこみ、キーをたたきはじめた。しばらくすると、視線が定まってきて、タイプしているものが見えてきた。最初にタイプしたのは――

すばしこい赤狐《あかぎつね》が跳《と》びこえた、頭のいかれた黒犬を……

ぼくはタイプを打ちつづけた。本を読むよりましだった。タイプを打っていればなにかやっているわけで、気がまぎれた。文章の断片をつぎからつぎへとタイプした――「いまこそはすべての善良なる人々の……」、独立宣言と合衆国憲法の冒頭、ウィンストン（煙草産業）のコマーシャル、ハムレットの「生きるべきか死ぬべきか」の六行を句読点抜きで、ニュートンの運動力学の第三法則、「メリーさんの大きな黒い――」
その文章の途中で、さっき見た電気時計の文字盤が脳裡にひらめいた。そのときまで、そんなことまで気がまわらなかったのだ。針は十二時十五分前をさしていた。
真新しい黄色い紙にたたきつけるようにして、ぼくはタイプを打ちつづけた。ポオの「大《おお》鴉《がらす》」の第一連、アメリカ国旗への忠誠の誓い、うろおぼえのトマス・ウルフの文章、使徒信条と主の祈り、「美は真実なり。真実と闇――」

ガタガタいう音がすばやく窓をめぐった――もっとも、寝室からはなにも聞こえなかったが。こそりとも音がしないのだ――とうとうガタガタいう音が、キッチンのドアのところで止まった。なにかに押されて、木と金属がきしみをあげる。

ぼくは思った――

（おまえは歩哨《ほしよう》に立っているんだ。自分自身とマックスのための歩哨だ）

とそのとき、第二の考えが脳裡に浮かんだ――

（ドアをあけたら、あいつを迎えいれたら、キッチンのドアをあけてから寝室のドアをあけたら、あいつは見逃してくれるだろう。おまえには危害を加えないだろう）

何度も何度も、その第二の考えと、その通りにしたいという衝動を組みふせた。自分の心からではなく、外からきた考えのように思えた。フォード、ビュイックと思いだせる自動車の名前をかたっぱしからタイプし、ありとあらゆる四文字言葉をタイプし、アルファベットを小文字と大文字でタイプし、数字と句読点をタイプし、キーボードのキーを左から右へ、上から下へ、それから左右の端を交互にタイプした。最後の黄色い紙がいっぱいになり、ひらひらと落ちていったが、ぼくは機械的にキーを打ちつづけ、くすんだ黒色のゴムローラーに黒光りする跡をつけた。

しかし、やがて衝動が抑えきれないほどふくれあがった。ぼくは立ちあがり、不意に静まりかえったなかを廊下を抜けて裏口へむかった。視線を床に落とし、一歩ずつ引きずられるようにして、できるかぎり抵抗する。

両手がドアのノブと、錠《じょう》に差しっぱなしにした長柄《ながえ》の鍵にふれた。体がドアを押すと、ドアが押しかえしてくるように思えた。ガラスと木枠が粉々に砕け散らないでいるのは、ひとえにぼくが逆らっているからだという気がした。

はるかかなたで、まるでべつの宇宙での出来事のように、大学の大時計が鳴りはじめた……ひとつ……ふたつ……

とそのとき、もはや抵抗できなくなり、ぼくは鍵とノブをまわした。

明かりがいっせいに消えた。

暗闇のなかで、ドアがぼくを押しのけるようにして開き、なにかがぼくの横をかすめ過ぎた。ちょうど熱を秘めた冷たく黒い風のように。

寝室のドアがさっと開く音。

時計が鳴りおわった。十一……十二……

なにも起きなかった……なにひとつ。圧迫感が嘘のように消えた。自分がひとりきりだと、まったくひとりきりだということだけはわかった。心の深いところで知っていた。

たぶん数分後だろう……ぼくはドアを閉めて鍵をかけ、引き出しのところへ行って、蠟燭《ろうそく》を探しだすと、火をつけて、アパートをひとめぐりしてから寝室へはいった。

マックスはいなかった。いないのはわかっていた。わからなかったのは、どれほどひどく彼の期待を裏切ってしまったかだ。ぼくはベッドに寝転がった。しばらくすると嗚咽《おえつ》がもれはじめ、さらにしばらくすると、眠りこんでしまった。

翌日、管理人に明かりのことを話した。彼は妙な目つきをした。

「知ってますよ。今朝、新しいヒューズにとり替えたばっかりだ。あんなふうに飛んじまったのは、はじめて見ましたよ。ヒューズ・ボックスの窓がなくなって、箱のなか一面に金属が飛び散ってるんですからね」

その午後、マックスの伝言を受けとった。公園へ散歩に出かけ、池のそばのベンチに腰かけて、そよ風が水面にさざ波立たせるのをながめていたときだ。胸のあたりでなにかが燃えているのを感じた。一瞬、吸い殻をウィンドブレーカーの内側に落としたのだと思った。手をさしこむと、ポケットのなかの熱いものにさわったので、引っぱりだした。マックスにもらった薄緑色の紙切れだった。細い煙が何本も立ち昇っている。

紙を開いて、走り書きを読んだ。煙をあげて、刻一刻と黒くなっていくのだ――

なんとか切りぬけたのを教えとこうと思ってね。きわどいところだった。本隊にもどれたよ。そうひどくやられたわけじゃない。後衛《こうえい》をつとめてもらったおかげだ。

黒ずんでいく手書き（念じ書き？）文字の筆跡は、上の書きだしの文句や、下の署名とまったくおなじだった。
と、つぎの瞬間、紙が燃えあがった。ぼくは紙を投げ捨てた。池に模型の帆船を浮かべていたふたりの男の子が、炎につつまれた紙を見た。黒くなり、白くなり、バラバラになっていく紙を……

すこしは化学をかじったから、黄燐《おうりん》溶液を塗った紙が、乾ききると燃えあがるくらいは知っている。あぶりだしというものがあるのも知っている。いろいろな可能性があるわけだ。化学反応を利用した書き方が。

それから念じ書きがある。というのは、ぼくの造語でしかないが。はなれた場所から書く——文字通りの遠隔文字《テレグラム》だ（ふつうは電報のこと）。

そのふたつの組みあわせがあっても不思議はない——遠くから思考で化学反応を起こす書き方だ……とても遠いところから。

わからない。ただわからないのだ。マックスとの最後の夜のことを思いだすと、いくつか疑わしい部分がある。でも、けっして疑わない部分がひとつある。

連中に「マックスはどうした？」と訊かれると、ぼくはただ肩をすくめる。

だが、連中が撤退を援護した話を、後衛をつとめた話をはじめれば、ぼくは自分のしたことを思いだす。しゃべったことはないが、そのつとめを果たしたのだと、ぼくは信じて疑わない。

ボールターのカナリア

キース・ロバーツ

キース・ロバーツ　Keith Roberts（1935-2000）

ポルターガイストや地縛霊《じばくれい》といえば、代表的な心霊現象であり、ホラーの恰好の題材だが、それにSF的な観点からアプローチしたのが本編だ。その意味では、一種のゴースト・ハンターものといえる。

作者のロバーツはイギリスのSF作家。六四年のデビュー以来、英国の風土に密着した作品を書きつづけたことで知られる。その代表格が、改変歴史ものの傑作として誉《ほま》れ高い第二長編『パヴァーヌ』（六八・ちくま文庫）だ。これはエリザベス一世の暗殺を分岐点に、われわれの歴史とはべつの歴史をたどった英国を活写した作品。このほかにも、幼い魔女を主人公にした土俗的ファンタシーの連作 *Anita*（1970）や、核戦争後のイギリスに古代ドルイド的な神話世界が現出する *Chalk Giants*（1974）、宗教的狂信者の手で文明が中世的段階にとどめられている未来のイギリスを舞台にした *Kiteworld*（1985）などで、異形の英国を丹念に描きだしている。九〇年代にはいると健康を害し、筆を折ったも同然だったが、二〇〇〇年に活動を本格的に再開。だが、その矢先に病没した。

本邦初訳の本編は、ジョン・カーネル編のオリジナル・アンソロジー *New Writings in SF 3*（1965）に発表された初期作。田園風景がいかにもロバーツらしい。続編に、才人ポールターがレイ・ラインの謎に挑む短編 "The Big Fans"（1977）がある。

アレック・ボールターとは長いつきあいだ。むかしからおそろしく頭の切れるやつだった。もっとも、近ごろは想像力に手綱《たづな》をつけている。いちど頭が切れすぎて、命を落としかけたことがあるからだ。

ボールターの職業は機械技師だが、電子工学者としても立派に食っていけるはずだ。旋盤《せんばん》工や整備工としても一級の腕前をそなえている。おまけにものを書いたり、絵をたしなんだり、オカルトに興味をいだいたりしているといえば、彼のなみはずれた人となりが薄々はわかるだろう。

もちろん、大金とは縁のないやつだ。いまは専門化の時代だから。時代の風潮で、人はなるべく狭い範囲のことをなるべく深く知るようになっている。商業には、いやそれをいうなら科学にも芸術にも、機械工と神秘家の意表をつくとりあわせの活躍できる余地はない。よく思うのだが、ボールターはルネッサンスのころに生まれるべきだったんだ。きっとダ・ヴィンチだったら、彼を理解してくれただろう。

あの当時、彼はアマチュア映画に興味をいだいていた。わたし自身もちょっとかじっていた。

たいしたものじゃないが、よく見せられる芝生《しばふ》の上の赤ん坊なんてやつよりはましだった。ボールターが映画に手を出しはじめると、わたしはお手並み拝見としゃれこんだ。そのうちとんでもないことが起きると思ったんだ。そうなるまでに、たいして時間はかからなかった。

彼は十六ミリ・フィルムを使うことにして余分な苦労をしょいこんだ。じっさい、十六ミリはアマチュアむきの規格じゃない。けれどボールターは質《クオリティ》を求めたし、当時は現像の水準がいまよりずっと低かったんだ。たとえば、手ごろな値段の機材に八ミリ・フィルムの組み合わせで、まともに見られる映画ができたなんて聞いたら、笑いとばしていただろう。でも、ワイド・ゲージ・フィルムの現像代は高くついたから、ボールターはいろんなところを切りつめていた。

彼はサイレント映画には興味がなかった。はじめから音のはいったやつを撮《と》った。たしか、ボールターが最初に手にいれた録音器《レコーダー》は、紙テープを使うやつだったはずだ。なんと原始的だったことか、ほんの四、五年前のことなのに。そいつはすぐに卒業して、世に出たばかりのフエログラフ（英国のオーディオ・メーカー）のデッキに乗りかえた。それからエミ（英国の家電メーカー）を使って、つぎがフェログラフ・ステレオだ。そのあといくつか機械を自作した。ロケーション用にデッキを改造し、ステーション・ワゴンから操作できるようにしたんだ。結果はちょっとしたものだった。

わたしたちは、彼の興味のおもむくまま、いろんな被写体を撮ってまわった。ボート競技から自動車のオークションまで、ありとあらゆることを試した。エジンバラで賞をふたつとったが、じつはボールターは、そういうものにまるで関心がなかった。彼の興味は新しい道へそれて行った。

ある日ボールターの家へ行くと、彼は参考書を積みあげていた。政府測量部発行の地図と自動車協会発行のガイドブックもあった。わたしを目にしたとたん、彼がいった。

「フレイ僧院のことは聞いたことあるか、グリン？」

わたしはうなずいた。

「まあね。どっか北のほうじゃなかったっけ？」

「そうだ。ここから二百キロってとこだ、四、五キロの誤差を見こんでな。僧院についてなにを知ってる？」

「たいして知らん。ポルターガイストが出るって噂があったんじゃないか？」

彼は笑い声をあげた。

「その噂とやらについて十二冊も本が書かれてる。だれに聞いても、国で有数の幽霊スポットだよ」

「眉唾《まゆつば》くさいな。もしそうだとしたら？」

彼は書物をパタンと閉じた。

「おもしろいじゃないか。そこへ行くんだよ。ひとつ走りしないか？」

「ちょっと遠いな。でも、べつにかまわないか。お望みなら、お供《とも》するよ。そこでなにをするんだ？」

「幽霊を映画に撮るのさ」

わたしは笑い声をあげたが、彼が真剣なのに気づいた。わたしはいった。

「どうやって幽霊を撮影するんだ？」

「さあね。そのうちなにか思いつくだろう。こいつを見てくれ」と写真を何枚かわたしてよこす。

わたしは写真をパラパラやった。

「きみが撮ったんじゃないんだろう？」

「ああ、ケヴィン・フッカーが撮ったやつだ。ほら、フィルム協会のあいつだよ。痩せてて、眼鏡をかけてる。先週フレイに行ったんだ。腕試しにと思ったらしい」

「なるほど、もういちど試す前にいってやれよ、新しいカメラを買えって」

「カメラの故障じゃない。ローライ（ドイツの光学機器メーカー）だし、腕のほうもたしかだ。こいつはおなじネガから現像したものなんだ。ちょっとおもしろいだろ。ほかのと交互に撮ったんだそうだ。まず廃墟を撮ってから、四百メートルむこうを撮り、また廃墟を撮る。以下おなじ」

わたしはまたプリントに目をとおした。こんどはもっと慎重に。僧院はろくに残っていなかった。野原に石がふたつ三つと、塚がいくつかあるだけだ。ボールターがいった。

「建物自体は十七世紀に解体されたんだ。きっと、幽霊騒ぎにうんざりしたんだろう。学僧のほまれ高い修道院長が悪魔祓《ばら》いを試みたところ、一週間後に埋葬されたそうだ。全部この本に書いてある。あんまり愉快な話じゃないな」

わたしは眉間《みけん》にしわを寄せた。廃墟の写真のほうには、どれも奇妙なしみがついていた。黒い斑点《はんてん》はカメラの視野とは無関係のようだ。まるで壁の残骸の上のあちこちで宙に浮かんでいるように見える。斑点をべつにすれば画質は鮮明で、チェック・ネガに悪いところがまったくないのは、火を見るよりも明らかだ。わたしはいった。

「どうして彼はこの余分の写真を撮ったんだ、アレック?」

「古い迷信のせいだ。フレイじゃ写真が撮れないっていうのさ。彼はそのことを知っていた。だから試したんだ」

「つまり、以前にもこういうことがあったってことか?」

「いつでもさ」

「そいつはすごい!」

「ああ、わかってる。だから行くんだよ」

俄然《がぜん》興味がわいてきた。

「でも、きみが撮るのは映画だろ。前に試したやつはいるのかな?」

「どうだろう。なにごとにも最初はあるものさ」

つぎの週末、車を北へ走らせた。途中でボールターが自説を開陳《かいちん》した。

「あそこにはポルターガイストが出るっていわれてきたが、それはちがうと思うね。問題の場所は何世紀も人けがなかった。人間がいなくなったあともうろちょろするなんてのは、ポルターガイストの性質じゃない。ポルターガイストのことがもっと知られていたら、そう簡単に引きあいに出されることもなかっただろう」

「人けのない場所になにがいて、なにがいないかなんてどうしてわかるんだ？」

とわたし。人がいないときにだけいるものについては、わたしにも一家言《いっかげん》あったんだ。ボールターが鼻を鳴らして、

「おれにいわせりゃ、ポルターガイストは幽霊とはまるでべつものだ。古典的な意味での幽霊じゃない。一種のエネルギー投射なんだ。ちゃんとした記録のある幽霊屋敷は、かならずどこかで子どもか思春期の少年少女とかかわっている。怪異は彼らのあとについて移動するんだ。しまいに怪現象は尻すぼみに消えてなくなる。目的のようなものは、あったためしがない。それを創りだす精神からはなれて、ポルターガイストが存在するとは思えんね。エネルギーを食い、エネルギーを吸いとるそうだが、おれは霊なんかじゃないと思う。たぶん念動力《テレキネシス》に別の名前をつけてるんだよ」

彼がこういうふうに話すと、だれもがいいくるめられてしまう。わたしはいった。

「それじゃ、フレイの怪現象ってのはなんなんだ？」

「よくわからん。たぶん〈四大の精霊《エレメンタル》〉だろう」

「そいつの正体はなんなんだ？」

「だれにもわからん。推測はできるが、たしかなことはいえん。たぶん、〈自然霊〉と考えていいんじゃないかな。心霊研究《サイキック》の連中は、人間の形態に宿ったことのない霊だといって片づ

けちまう。常に存在してきた生《き》のエネルギーの一種だとさ」

「ありそうな話なのか?」

「なにがありそうな話か決めてくれ。そうしたら答えるから」

「そいつはぐらかしだよ。悪魔的なひねりを期待してたのに。ほら、〈大いなる敵〉に占領された〈主《しゅ》の家〉とかさ」

ボールターは笑みを浮かべた。

「神を持ちだすなよ。話がこんぐらがってくる」

問題の場所は難なく見つかった。わたしたちは近くの村に立ち寄り、地元のパブで二杯ひっかけ、軽く腹ごしらえしてから、夜にそなえて宿の手配をした。それから僧院に足をのばした。あんまりパッとしないところだった。見るものはろくになかった。古い礎石《そせき》にそって歩き、草におおわれた壁のわずかな名残に登ってみた。機材は持ってきていなかった。ボールターは、あくる朝早くにはじめるつもりだったんだ。カメラをすえつけるのに格好の場所を選びだし、ヴァンを置いておける場所までの距離を測《はか》って、レコーダーのフィード線が届くかどうかたしかめた。それが終わるとボールターが煙草をとり出し、わたしたちは一服《いっぷく》した。わたしは夜風に肩をまるめて立っていた。

「ひとつやっかいなのは、目をふさがれた状態で撮影するはめになることだな」とわたし。

「なんだって?」

「フィルムが現像からもどってくるまで、しみが写っているかどうかわからないじゃないか」

「えっ？　ああ、わからないな」とボールター。なにかに気をとられているようすだ。すこし間《ま》があって、彼はいった。「どこかでなにかが聞こえていいと思わないか？」

「どんな音が？」

彼は漠然と丘陵《きゅうりょう》や、暮色《ぼしょく》の深まりゆく空を身振りで示した。

「わからん。ヒバリのさえずり。鳥の声かなにか。音がしないんだ、グリン。気がつかなかったか？」

わたしもなにかを感じとっていた。あるいはなにかが欠けているのを。注意深く耳をすます。わたしたちの声をべつにすれば、こそりとも音がしなかった。風がわたしの顔にあたっていたが、それさえ沈黙しているように思えた。まるで防音材がこの場をおおっていて、あたりの田園風景から切りはなしているかのようだ。わたしは不毛な土地、背後で盛りあがっている荒地をぐるっと見まわした。遠くで村の明かりがまたたきはじめていた。ボールターがいった。

「ヒバリくらいはいてもいいんじゃないか」

「時期が遅すぎるんだよ」

彼は肩をすくめ、

「かもな。とにかく、ちょっと試してみよう」

彼はむきを変えると、歩み去った。あとを追うと、彼が手をふってわたしをさがらせ、

「しばらくそこにいてくれ、グリン」もう二、三歩進んでから立ち止まり、ふりかえる。「おれの声はちゃんと聞こえるか？」

たしかに、ちゃんとは聞こえなかった。わたしはいった。

「蚊の鳴くような声だ。まるでフェルト地をとおしてしゃべってるみたいだな」

そのことばで疑惑が裏づけられたかのように、彼はうなずいた。彼がさらに十メートルはなれると、効果は大きくなった。距離に比例して急激に増大したのだ。五十メートルだと彼の口が動くのは見えたから、叫んでいるのはわかったが、声はまるっきり届かなかった。その場所は無響室なみに音がしなかった。わたしはお手あげの仕草をして、道路を指さした。みるみる闇が深まっており、夜のとばりがおりたあと、この場所にいるのはぞっとしなかったのだ。彼とは門のところで落ちあった。

「えらくおかしな現象だな」とボールターがいった。「賭けてもいいが、残響特性をグラフにしたら、指数関数の曲線を描くぞ。こんな奇妙な音響効果には出会ったことがない」

なにかがえらくおかしいという点には同感だった。それが音響だけであればいいが、とわたしは思った。


翌朝はさわやかだったが、風が強かった。わたしたちは選んでおいた場所にカメラをすえつけた。小高い草地で、そこから廃墟の大部分が見おろせた。つぎにレコーダーをヴァンから運んだ。カメラから七、八十センチはなしてマイクを設置し、風音をチェックしにレコーダーのところへもどる。デッキのスピーカーは黙りこんだままだった。接続を調べてみた。どこも悪いところはないようだ。わたしはボールターに声をかけた。消音効果が弱まっていたのか、そうでなければ、昨夜は暗闇のせいでじっさいより大げさに思えたのか。声は届いた。

「レコーダーがいうことをきかないんだ、アレック。さっぱり理由がわからん」

彼は特別な問題が起きたときにだけ浮かべる表情でやってきた。しばらくデッキをいじくりまわし、モーターをまわしたり止めたりしていた。ちゃんと動いた。つぎに車からエイヴォ（テスターの商品名）をとってきた。組織的にテストし、腕組みすると、かぶりをふった。

「これでいいはずなんだ、グリン。もういっぺん試してくれ」

オーディオの音量をあげて、デッキのスピーカーをとおして風のざわめきを聞こうとする。うんともすんともいわなかった。ボールターは困惑の態《てい》だった。彼がお手あげになるのをはじめて見た。しかもこれは彼自身の機械なのだ。やがて彼がいった。

「よし、グリン、ヴァンに持って帰ってくれないか。ただし、接続をはずさずに。しまうだけにしてくれ。《メリーさんの羊》を録音してほしいんだ。あっちのどこかで」と村のほうを指さす。

おとなしく従ったほうが身のためだ。ボールターは理由もなくことを起こさない。わたしは機材を車内に積みもどすと、まわれ右して、走り去った。四百メートルほどはなれると、機械は申し分なく作動した。すくなからずショックだった。わたしは実験をはじめた。マイクを窓から突きだし、録音ゲインをあげて、廃墟のほうに引きかえしたんだ。二百五十メートル手前でモニターの風音が弱まった。二百でふっつりと音が消えた。テストを繰り返してたしかめてから、もどって、ボールターに結果を告げた。彼は肩をすくめて、

「じゃあ、さしあたっての問題はそれか。そんなに遠くまではマイクの線をのばせん。べつの手を考えなけりゃならん」

「録音できるものがあると思うのか？」

彼はことばを濁《にご》した。

「録音できないものがあるのはわかってる」

古い壁の線にそってわたしを歩きまわらせ、彼は二、三のショットを撮った。午後までに廃墟をあとにし、例の実験を繰り返した。日曜日には最後にぐるっとひとまわりして帰ってきた。彼はとるものもとりあえずネガを現像に出した。

結果は失望ものだった。いくつかおかしな点はあった。いちどはこれといった理由もないのに、野原全体に霧がたちこめていた。ピンボケになったらしい斑点もいくつかあった。とはいえ、フィルムの大部分はきわめて正常だった。わたしは肩をすくめた。

「さて、すくなくとも神話は崩壊したわけだ。フレイで写真は撮れる。これでけりはついたな」

ボールターが首をふった。

「レコーダーが録音しようとしなかったことを忘れてるぞ。たしかになにかあるんだよ、グリン。こんどの週末にまた行ってみる。もういっぺんやってみよう」

あいにく、そのときは同行できなかった。彼はひとりでさらに二回もフレイに出かけた。最初の旅行からひと月ほどあとに、彼が電話をかけてきた。興奮した声だった。

「すごく変なものを撮影したぞ、グリン。こっちへこれないか?」

わたしは出かけた。彼は居間をちょっとした映画館に改装していた。安楽椅子のひとつから手の届くところにデスクがあり、そこから映写機と室内灯が操作できるようになっている。足を踏みいれたときは映写中だった。彼は即座にスイッチを切り、リールをはずして、フィルムを巻きとりにかかった。

「こいつを最初から見てほしいんだ。その値打ちはあると思う」とボールター。

わたしは、補助テーブルの上にスコッチのボトルとグラスがあるのに気がついた。そちらに顎をしゃくって、

「祝いごとはなんだい?」

「謎の解明さ。まずは乾杯といこう。教えてやりたいが、見たほうが早い」

映写機の上部スプールでフィルムの空白部《リーダー》がひらひらしはじめた。彼は目の前のコンソールにさわって、モーターを停止させた。わたしは腰をおろした。

「なにを試してみたんだ?」

彼は酒をついで、

「フィルターだよ」といった。「ところで、乾杯。われながらよくやった。最初はいろんなフィルムを試したんだ。赤外線とか、そういったもののことを考えてたわけだ。最後の手段にフィルターを使った。答えは簡単だったよ、グリン。偏光さ」

「そうするとどうなるんだ?」

「連中が見えるようになるんだ。まあ、とにかくなにかが見えるようになる。理屈はよくわからん。レンズに偏光スクリーンをかぶせただけだ。どうやら、ほかのより効果的な角度があるみたいだが、たしかなことはいえん。とにかく、かなりうまくいく」彼は立ちあがり、フィルムをかけなおすと、まわりこんで、映写機を始動させた。「さあ、どう思う」

部屋の明かりが消えた。スクリーンに時計の文字盤があらわれた。それは黒板に載っていて、下に日付が走り書きされていた。ボールターは几帳面《きちょうめん》を絵に描いたような男なんだ。彼はいった。

「フィルターが利《き》くとわかったのは、前の週に試したから。時計を使ったのは、活動の周期を確定しようと思ったからだ。あとでわかったんだが、じつはその必要はなかった。理由はすぐにわかる。カメラは黒板にぴったりと焦点をあわせてある。廃墟がすこしピンボケなのは、そういうわけだ」

時計は十一時十五分を指していた。フィルムは二分ほどなにごともなく進み、やがてボールターがわたしの腕にさわった。

「さあ、あれを見てくれ」

時計のうしろの原野にひとつの影があらわれていた。それは決まった形というものをまったく欠いていた。そのへりは波打って、ゆれているように思えた。見た目はぼかしそっくりだ。ただし、ゆっくりと動いている。画面の右手から中央にむかって、草の上を這っているのだ。

そいつは崩れた壁の根元で停止した。ボールターがわずかに身を乗りだしたので、なにかとんでもないことが起きるのだと見当がついた。形はかすかに脈打ちながら、しばらくそこにとどまっていた。やがてそれは登りはじめ……

わたしはいった。

「なんてこった、アレック、あれは――」

「壁の輪郭をなぞってるんだ。正確に。あんなすごい効果が生じるカメラの故障があるとしたら、おれは夢中になるね。いくら不愉快でも」

わたしは首をふった。

「きみには負けたよ、アレック。こいつはすごい」

そいつが壁のてっぺんにたどりついたとき、第二の影があらわれた。やはり右手からはいってきたのだ。ふたつめのしみは、はるかにすばやく移動し、最初のしみとまじりあうように思えた。と思うと二体は分離し、両方とも足場《は》をはなれて、カメラのほうにただよってきた。ふくらんで、黒ずんでもやもやした細い腕を生やした星か、蛸《たこ》の形になりながら。わたしがはっと息を吞むと、スクリーンが空白になった。ボールターが笑い声をあげ、

「あの時点でテストをやめたんだ。もちろん、あんなものが写っているなんてわかるはずがない。五分まわしてひと休みだ。三十分おいて二回テストをやったよ。これからお目にかけるのが、二番めのやつだ」

こんどは影の片方だけが見えた。壁のてっぺんを移動しているようだ。すこしたつと、それ

は垂直に浮かびあがってスクリーンから消えた。フィルムの最後の二分は、なにも起こらなかった。ボールターが機械を止めた。

わたしはいった。

「すると、活動はかなりコンスタントなわけだ。いったいぜんたいあれはなんなんだ、アレック？」

部屋の明かりがつき、わたしは目をしばたたいた。ボールターが煙草をとり出し、一本に火をつけてから、パックを放ってよこした。

「もちろん、おれたちが理解してる意味じゃ、物質的なものじゃない。フィルムにはなにも写っちゃいない。カメラにはのぞきこめない穴以外には。どうしてフィルムにはああいうふうに写るのに、人間の網膜には映らないのかは見当もつかん。だが、あいつらの活動についていえば、これを見てくれ」

彼はまた映写機をまわした。

こんどは時計の針が目に見えて文字盤をまわっていた。わたしはいった。

「齣《こま》撮りか。時間のずれはどれくらいだ？」

「齣と齣のあいだは一分間隔。これが精一杯だ。そのための仕掛けをひとつ作った。フレイでの週末をまるごとフィルムに収めるには、いちばんいい方法だと思えたんだ」

あたり一面で、おびただしい数の黒いものがすばやく動きまわっていた。しばらくすると画面が溶暗《フェードアウト》した。もちろん、日が暮れたのだ。このスピードだと三十秒が実時間の十二時間にあたる。暗闇のなかでも、そいつらはあいかわらず目に見えた。白昼の場面では隠れていた、おぼろな後光《ごこう》にとり巻かれていたのだ。わたしにわかるかぎりでは、活動がやむことはなかった。

「えらくせわしないやつらだな」とわたし。

ボールターが答えた。

「ああ、まったくだ。日曜日は輪をかけて活発だった。いまはじまるところだ」

最初の加速は三十秒ごとにひと齣、つぎが十五秒ごとにひと齣だった。このスピードだと、動きは活発なんてものじゃなかった。そいつらはすいすい飛びまわっているようだった。あちこちでひと休みし、古い壁のてっぺんでぼんやりした輪郭の身づくろいをしているようだ。わたしが例の呼び名を考えついたのはそのときだった。わたしはいった。

「おいおい、さかりのついたカナリアみたいに飛びまわってるじゃないか」

アレックがふくみ笑いをもらし、

「新種だよ。ボールターのカナリアだ。いい響きじゃないか？」

微速度撮影のテストはつづいた。わたしは目を皿のようにして見まもった。いっぽうボールターがつぎのステップを説明した。彼はカメラをまわしっぱなしにして、さらに新しい実験を試みた。テープデッキをまたセットして、まわりを鳥かごでおおったのだ。鳥かごの底は穴をあけて塩水にひたした銅線につないでアースしてあった。この工夫のおかげで、なんとかテスト・テープに録音することができたのだ。彼は映写機を止めると、部屋の片隅にあるデッキのところまで足を運んで、スタートさせた。スピーカーをとおして彼の声がガーガーと流れてきた。まるで五十年前の録音のようだ。彼はいった。

「たぶん、これが連中をいらだたせたんだろう」

「どうして？」

「あの晩もういちど撮影しようとしたんだ。連中のしたことを見てくれ」

彼はいまいちど映写機のスイッチをいれた。影があらわれた。こんどは目的があるような動きをしていた。壁から空中に飛びあがると、それぞれがカメラにまっしぐらにむかってきたのだ、すでに目にしていた触手のような形に広がって。間近に迫ると、それぞれが視野をふさいでからレンズの裏へまわるか突きぬけるかして、つぎの影に席をゆずった。しばらくすると、スクリーンは空白になった。ボールターがスイッチを切り、明かりをつけた。

「さて、これで全部だ。連中がどれくらいのあいだ追いかけっこをしていたのかはわからん。荷物をまとめて帰ってきたからな」

わたしたちはこの件について夜中まで話しあった。ボールターは、局地的な電磁気の擾乱《じょうらん》という説を熱心に主張し、それについて知るためのアイデアを二、三披露《ひろう》した。わたしは知りたいかどうかわからなかった。すいすい飛びまわっているときは気にならなかったが、つぎからつぎへと影がつかみかかってくるのは、まったくの別問題だ。あまりにも意図的な感じがしたのだ。ボールターは危険という考えを一笑《いっしょう》に付《ふ》した。

「おれたちが理解している形の知性なんかあるはずがない」と彼は説明した。「オーロラに脳味噌がないのとおなじことだ。あいつらをおびき寄せることはできる。たいして面倒もなく、そこから手をつけられるさ」

わたしは首をふった。自分でも本を読んでみたのだ。

「むかし、ある僧正が独自に調査を試みた。五日後には生きてなかったよ。そのあとこんな修道僧もいた。信仰の証《あかし》として、幽霊の出る房《ぼう》にひと晩こもったんだ。逃げだそうとして扉をひっかいた指が一センチもすり減っていたそうだ。翌朝、変わりはてた姿で見つかったんだよ」

「すこしビクつきすぎじゃないか、グリン」とボールター。「超常現象の可能性を認めないわけじゃないが、この場合はそれほど複雑なものが相手じゃない。けっきょく、おれたちの耳にはいるフレイの歴史は、無知と迷信の霧をくぐった伝承なんだ。どんな怪現象もおそらく一パーセントはカナリアが原因で、九十九パーセントは自己暗示だか自己催眠だか——好きなように呼べばいいが——そういうものが原因なんだ。これは電磁気の擾乱の一種だよ。テープレコーダーのふるまいがその証拠。局所的だし、非常に興味深い特徴がいくつかそなわってる。たとえば、石を這いあがるとか。静電気の可能性を除外するわけにはいかないな。もし電気の知識がなくて、風船がおれの腕をあがってくるのを見れば、きみはおれのことを魔術師だと思うだろう」

彼は笑い声をあげ、

「きみがくる直前、ロニーじいさん——知ってるだろ、いちどクラブで講義してくれた男さ——彼が現像所から電話してきたんだ。新しい光学的効果を試してるんだといってやった。おれたちが使っているレンズに即金で百ポンド出すといったよ」

こんどの週末にまたフレイへ行く運びとなった。わたしは状況を見てとるボールターの能力に全幅の信頼を置いていた。そのときもうすこし信頼が薄ければ、いま白髪《しらが》もこれほど多くなってはいなかっただろう。週末までその件は、かたときも頭からはなれなかった。どうやらアヴェス・ボールテリー（ラテン語でボールターのカナリアの意）は、わたしたちふたりの心をしっかりととらえてしまったようだった。

こんどはレコーダーだけをセットした。おかしな格好の鳥かごに守られたデッキで何度かテストしてから、ボールターが三脚にとりつけたパラボラ反射鏡にマイクを固定した。彼がこういうことをする理由はさっぱりわからないが、彼には基本的な調査をするうえで最上の方法を見ぬく能力があるらしい。わたしが録音ゲインを見まもっていると、彼はパラボラをゆっくり動かし、草の生えた基礎のあたりを走査した。手間をかけてマイクの支持架《しじか》を調節したので、どこをねらうかは正確にわかっていた。最初の集音では幸運に恵まれなかったため、彼は足をのばして、三脚から距離を測っては、そのつど番号をふった杭《くい》を立てていった。これらに照準をあわせれば、ずっとレンジが広くなる。彼は地上から一・二メートルあたりで音を拾おうとしているのだと説明した。カナリアの見かけの高さの平均だ。反射鏡の皿をまた動かしはじめて、

「実物を撮影したのか、虚像だったのか、ずっと気になっていたんだ。とにかくこれで答えが

出る」

　カナリアはたしかになにかを放射しているんだろうかと訊きかけたとき、ゲイン・メーターの針がピクッとした。わたしは彼の腕をつかんだ。すると彼は視線を落とした。パラボラは壁のいちばん高いところを指していた。まさに例の効果の大部分を見た場所だ。わたしは録音をはじめたが、なにも聞こえなかった。メーターがゼロを指したので、手をのばしてパラボラの把手《とって》を握り、皿をゆらして焦点をあわせなおした。三十秒ほど放射をとらえたが、消えてしまった。ボールターがパラボラを壁の根元にむけなおすと、すぐにべつのなにかを拾った。わたしはイアフォンをむしりとって、

「なんだろう、アレック？　なにも聞こえないぞ」

　ボールターが眉間にしわを寄せた。彼は反射鏡をゆすりながら、片目を録音メーターからはなさないようにしていた。

「テープをまわせ、グリン。十五ｉｐｓ（テープの速度の単位。毎秒インチ）で。なんとかなりそうだ。これほど小さな皿で追えるとしたら、可聴下《かちょうか》周波のはずがない。まちがいなく高周波だ。ただし、とんでもない振幅だがな。うへっ、あの針のふれ具合を見ろよ。聞こえなかったのも無理ないな」

　十分ほど録音すると、反応がなくなった。わたしがレコーダーを止めると、ボールターがパラボラを固定し、煙草をとり出した。わたしは上機嫌とはいかなかった。

「こんどもあいつらをうるさがらせたみたいだな」

　廃墟をふりかえると、陽射しを浴びて茶色にくすんでいた。見るべきものはなかった。ボー

ルターが笑い声をあげ、

「そうビクつくなよ。なにも心配することはないさ」

鋭いガチャンという音がして、三脚が草地にひっくりかえった。ボールターは見たことがないほど俊敏に動いた。最初にカメラを設置した小さな塚のそばにすわっていたわたしのかたわらに身を投げだし、うつ伏せになったのだ。ボールターがいった。

「伏せろ、グリン」

「いったい——？」

彼がわたしの胸を押したので、とりあえず伏せる。彼は周囲をにらみまわして、

「どこかのろくでなし野郎に撃たれたんだ」

「なんだって？」

「あれを見ろ。もしパラボラをねらったのなら、ありがたいというしかないね」

彼は三脚を指さした。見ると、パンニング・ヘッドのすぐ下の支持架をなにかがかすめた跡がくっきりと残っていた。その下の木部には長い溝ができている。自分の目が信じられなかった。わたしはいった。

「なるほど、銃撃だとしたら、真上から撃たれたわけだ」

ふたりとも空をあおいだ。思わずやってしまうまぬけな行動のひとつだ。もちろん、空はからっぽだった。どう考えても、奇妙な状況だった。わたしたちふたりはそこに横たわっており、その周囲には人けのない荒地が広がり、廃墟があり、遠くでは色鮮やかな車が走っている。そ

して目に見えない狙撃手が――どうやら空中で――つぎのチャンスを待っているのだから。しばらくして、ボールターが立ちあがった。彼は眉をひそめてみせると、すたすたと歩いていき、両手を腰にあてて地平線をぐるっと見まわした。それから声をはりあげた。その声には、ここへきた最初の晩に気づいたかすれた感じがあった。

「起きろよ、グリン。そうしてると、すこし足りないように見えるぞ」

わたしはおそるおそる上体を起こした。

「われらが狩猟好きの友がつぎに撃ったら、きみのほうが大きく見えるんだからな」

彼は笑い声をあげ、首をのけぞらせた。まるでわたしが思わず吹きだすような冗談でもいったかのように。彼はいった。

「近ごろは見通しのいい荒地で人間を撃つやつはいないよ、グリン。いまは二十世紀なんだぞ」

わたしは三脚を起こし、木部の傷跡を指でさわった。うしろになにかがいるという気味悪い感覚は、あいかわらずだった。

「じゃあ、どうしてこうなったんだ?」

彼は肩をすくめた。

「ひとつだけ雹《ひょう》がふったにちがいない」それっきりなにもいわなかった。

そのあとすぐ機材をまとめた。わたしのほうは熱意を失っていたのだ。村に帰って食事をとった。そのあと、驚いたことに、ボールターが今夜南へもどることに決めた。わたしは反対しなかった。すくなくとも一週間のあいだにフレイで見るだけのものは見た。

　わたしたちは大急ぎで帰ってきて、アレックの家で一夜を過ごした。翌朝わたしが起きたときには、彼は朝食をすませて、早くも作業場でひと働きしているところだった。そこに速度可変式のデッキがあり、はじめてあの音を聞いたのは、そのデッキで録音を再生したときだった。まだ食べているとき、ボールターがやってきて、わたしを引きずって聞きに行かせた。彼は放射の周波数を突きとめていた。十五から二十k／cs（周波数の単位。毎秒キロサイクルの略）だ。彼はスイッチをいれ、再生ゲインをあげた。壁のスピーカーがピーピーいいはじめた。奇妙な音だった。波打って震えるのだ。合唱隊のコーラスが、高いCの音のあとふらふらして、けっしてCに落ちつかないみたいだった。それも人間ではない合唱隊が。映像記録のときよりも気が動転したが、アレックはうれしくてしかたがないようすだった。彼はもういちどフレイに行こうとわたしを説得にかかった。試してみたいことがいくつかあったらしい。

　わたしはきっぱりと断った。神経がズタズタになりはじめていたのだ。わたしはいった。

「なんにせよ、つぎの週末は予定がはいってるんだ」

　彼が笑い声をあげ、

「だれが週末なんていった？　今夜もどるんだよ」

　わたしはその提案についての見解を手短《てみじか》に話してきかせた。彼はわたしの気を変えさせようとしたが、ジブラルタルの岩山に話しかけているも同然だった。わたしは、そのあとすぐ彼の家を出た。ボールターはあいかわらず突拍子《とっぴょうし》もない考えをまくしたてていた。カナリアとコミユニケートしたいらしいのだ。もちろん、彼はそれをやりとげた。もっとも、かならずしも考えていた方法ではなかったが。

ボールターから連絡があったのは週のなかば。電話口の声は緊張しているように思えた。はっきりしたことをいわず、こっちへきて、すごいものを見ないかというばかりだった。いいとも、そっちの都合がいいときに、とわたしは答えた。電話を切る前に彼が妙なことをいった。

「準備ができたらきてくれ、グリン。危険があるとは思わない」

わたしは受話器を置いて、それをじっと見つめていた。危険だって？　その響きが気にいらなかった。どんな危険だ、それになぜ今夜なんだ？　わたしは肩をすくめた。ボールターはいつも遠まわしにものをいうし、わけがわからないこともしばしばだ。わたしは上着に手をのばした。

明かりを消す前にドアのわきに立って室内を見まわしていたときだった。バスルームでガラスの割れる音がした。猫かなにかが窓を突きぬけたのだろうと思って、そちらへ急いだ。猫の子一匹いなかった。最初はもの音の原因に見当もつかなかったが、じきに髭剃《ひげそ》り用鏡が割れているのに気づいた。破片があたり一面に散乱していた。どれもエンドウマメくらいの大きさだ。ひとつを拾いあげて、しげしげとながめる。途方に暮れた気分だった。そこに立っているうちに、戸棚の戸が開いて、壜《びん》や髭剃り用ブラシがわたしの頭に飛んできはじめた。わたしはあとじさって、アパートのドアをたたき閉め、車まで全力疾走した。

いやな晩だった。寒くて小雨《こさめ》がふっていた。わたしはフロントガラスごしに目をこらして、ボールター家の私道を探した。家まで乗りつけ、エンジンを切る。その瞬間、鋭い「ガン」という音がして、車が上下に激しくゆれた。わたしはじっとすわっていた。生きた心地がしなかった。ここまでくる途中、おなじことが二度も起きていたのだ。二回とも前方に車がいたので、石が飛んだのだろうと思っていた。そういえば、フレイでマイクの三脚が攻撃されたことがあった。とすると、連中はわたしの車のナンバーを知っているのだ、〝連中〟が何者であるにしろ。虫の知らせというやつか、ボールターも似たような境遇にあるのだとわかった。ドアハンドルをさわったとたん、ぐいっと手からもぎとられた。なにかが車のドアをあけはなしたのだ。わたしは肩をまるめて雨をよけるようにして、家へ走った。

ボールターがいれてくれた。ドアまでやってきたとき、彼は煙草をふかしていて、不精髭がのびていた。彼はあいさつで時間を無駄にしたりしなかった。

「コートを脱いだらきてくれ、グリン。こいつは見る価値があるが、いつまでつづくかはわからん」

彼のあとについて廊下を歩いていると、カーペットにうねがあらわれた。それはたちまち廊下の端まで伝わっていった。ボールターが居間のドアをあけると、電話台から電話帳が飛んできた。彼は頭のわきをかすめたそれを受けとめ、たたき落とした。

「猛獣使いの秘訣《ひけつ》だよ。相手になめたまねをさせちゃいけない」と彼はいった。

わたしがつづいて居間にはいると、ボールターがドアを閉めた。たちまち雷鳴のようなノックがはじまった。見ると、ドアの鏡板がその力で飛びはねている。彼が怒鳴った。

「おい、静かにしろ。人が話をしてるんだぞ」

騒音がやんだ。

わたしは倒れる前にすわりこんだ。

「じゃあ、あの日も攻撃されたってわけか？」

映写機をいじっていたボールターが顔をあげ、

「ただし、間接的にだがな」

「それなら、ついさっきも間接的に攻撃されたってわけだ」とわたし。

彼は信じられないという顔つきで、

「きみが？」

「ああ、車がね。フロントガラスにでかい傷ができてる。それにきみの有名な冷笑癖にもかかわらず、うちのアパートはポルターガイストに占領されちまった。どうやら、ここもおなじようだが」

「予想はしてた。危険はないよ。とにかく、きみはここにいたほうがいい。おれは安全手段をとってる」

いったいなんの話だろう、とわたしは首をひねった。そのとき、彼が背の高い窓にむけてカメラとマイクをセットしていることに気づいた。

「アレック、いったいぜんたいなにをしてるんだ？」

彼は映写機の準備を終えると、まわりこんできて、煙草をもみ消した。つぎの煙草に火をつけて、腰をおろす。彼はいった。

「話の腰を折るなよ、グリン。質問はあとまわしだ。手っとり早く背景を説明しておきたい。おれはいったとおり、この前の日曜日にフレイへもどった。このフィルムは月曜日に撮ったものだ。ようやく今夜になって現像があがってきた。映写するには、きみの手を借りなきゃならん。

あのときいったように、コミュニケーションのシステムを樹立したかったんだ。ところで、知性がないっていう点については、この前の旅のあと考えを変えたよ。こういうことだと思うんだ。カナリアは——もっとましな名前がないからそう呼ぶが——二万サイクルまでの周波数を放射する。ふつうにいう音じゃないが、音のようなものだと考えられる。とりあえずはそう考えてさしつかえない。連中もあの一帯の電磁気擾乱に惹《ひ》きつけられてるらしい。おれは連中とおしゃべりすることにした」

「いったいどうやって？」

「わりあい単純だ。発信器を設置した。二十k／csでモールス信号を送ってみたんだ」

わたしは彼をまじまじと見た。こんどの騒ぎの理由がだんだんわかってきた。わたしはいった。

「このむこうみずのお調子者め、きみのせいでふたりともおしまいだ」

彼は辛抱強くかぶりをふった。

「そうは思わん。さっきいったように、信号を送ったんだ。まず等差数列を送った、一、二、三、などなどといった具合だ。つぎに等比数列を送った、平方や立方を数字の短い連続で」ショックを受けていたにもかかわらず、興味がわいてきた。

「結果をどうやってたしかめたんだ?」

彼は映写機をスタートさせた。見ると、また黒板が設置してあった。こんどは数字の示せるパネルがついている。

「こいつは信号を送る前の絵だ。見てのとおり、あいつらの一体が野原にいる」

スクリーンが空白になり、彼は一瞬映写機を止めた。

「レコーダーを操作してくれないか、グリン? 椅子のところまで運んでいくから、スクリーンを見る邪魔にはならないはずだ」

わたしはいわれたとおりにした。デッキを手もとに置いてすわりなおすと、彼がつづけた。

「OK、スイッチをいれてくれないか。もちろん、こいつは編集したものだ。最初の録音をするとき放射を遅くして、それを再録音した」

スピーカーから彼の声が流れてきた。それに重なって、フレイのゆがみとして知るようになっていた例の効果。声がいった。

「カメラをまわす。最初のシリーズを送信。ひとつひとつを加法数列で」

赤ん坊のような声がピーピーいいはじめた。映写機がまわりだし、同時に撮影した映像があらわれた。もちろん、速度を落とした音は画面と直接の関係はない。だが、フィルムは音声がすでに暗示していたものを裏づけた。おびただしい数の影がいたのだ。動揺しているらしく、石だらけの小高い丘をすばやく登ったりおりたりしている。レコーダーをまわしっぱなしにしておくと、ボールターが映写機を止めたり動かしたりして、映像と音声がだいたい同調するようにした。発信器から送信するたびにレコーダーを作動させ、黒板の数字を変えて、十五分単位で微速度撮影していた。カナリアが信号にひどく興奮しているのが、一目瞭然になった。動きがどんどん速くなり、まもなく前に見たように、いらだちの種《たね》にむかって飛びかかるようになったのだ。こんどは動きが速すぎて、カメラのほうが追いつけない。ボールターが手をのばして、映写機のスピードを遅くした。眼前に海月《くらげ》のような影が突進してきて、空中に停止し、消え去るところが映しだされた。

ボールターが笑い声をあげ、

「間近で見ると、あんまりかわいくないだろう？」

わたしは身震いして、同意した。

彼はすわりなおした。

「九番のテスト——そいつをこれから見せる。ちょっと止めてくれないか、またシンクロさせるから——そこまでくるころには、つまりこれでおしまいってときには、やっこさんたち、いきりたっちまってるてね」

彼は映写機をまたスピード・アップさせ、画面に数字の9を出すと、わたしにうなずいて音声をスタートさせた。

「こいつは立方数列だ。かなり退屈だよ。ちなみに二、八、五百十二とつづく」

彼の声がテープデッキから流れだした――「第九テスト、二からの立方数列。中断」

「三つめの数字の二百くらいのところで送信を止めた。そうするしかなかった。連中が十五メートルも発信器をころがしたんだ。その直後にこいつを撮った」

映写機が映しだしたのは、黒っぽいものが渦を巻くようにひらひらと動きまわるところだった。対応する音は不気味だった。まるで数百の影が、ありったけの力でピーピーいっているようだ。べつの騒音もまじっていた。これまで聞いたことのない音。ふつうの放射よりも低く、比較すればハスキーとさえいえそうな響きだった。ガチガチ、ヒューヒューいう音で、早口でしゃべっているような感じがあり、わたしの頭の皮がまたピクピクしはじめた。ボールターがいった。

「カナリアだ、そうとう怒り狂ってる」

フィルムの録画部分が終わったので、彼は機械のスイッチを切り、部屋の明かりを強くした。わたしは再生を止めた。ほっとした気分だった。しばらくふたりのあいだに沈黙がおりた。わたしはいま見聞きしたことをいまだにつかみかねていた。

わたしはいった。

「じゃあ、あれが原因なんだ、アレック。こんどは蜂の巣をつついたんだよ、まちがいなく。あの日マイクを倒したのは、あいつらだったんだ。そして月曜日には発信器におなじことをした」声がわずかにうわずった。「それだけじゃすまなかった。連中は家まであとをつけてきた。それなのにきみはぼくのところへ電話して、連中はぼくもつかまえてしまった。ふたりとも連中の手に落ちたんだ！」

彼は憂鬱《ゆううつ》そうにうなずいた。なにかがドアをひっかいた。ドアをあけたいとは思わなかった。ボールターがいった。

「申し訳ない、グリン。連中は活動の範囲を広げたようだ。もっと前にきみの忠告を聞いておくべきだったよ」

わたしは煙草をとり出した。一服しないわけにはいかない気分だった。部屋のまんなかはかなり明るかったが、壁のあたりでは影が這いより、濃く暗くなっているように思えた。わたしは二十世紀の技術の結晶を見つめた。テープデッキ、映写機、カメラ、マイクスタンド。夢でも見ているような気分だ。しかし、いっさいが現実なのだ。わたしはうつろな声でいった。

「幽霊にとり憑《つ》かれた人間がいるとしたら、ぼくたちのことだな」

彼はしばらく無言だった。やがてこういった。

「ああ、不幸にもそのとおりだ」

わたしは茫然《ぼうぜん》自失の態《てい》だった。

「さて、これからどうする、アレック？　それとももうひとつ、いったいなぜぼくをここに呼びよせたんだ？　でなければ、そもそもなぜ電話したんだ？　きみのせいだぞ。たしか電話じゃ危険はないと――」

「ああ、自分がいったことは承知してるよ、グリン。いまでもそう信じてる。ある意味で信じるしかないんだ。きみもそうだ」

「しかし、どうするつもりなんだ?」

彼は立ちあがり、テープデッキにかがみこんだ。リールを早送りしてから停止させ、再生スイッチをいれる。スピーカーがかん高い音を安定して発しはじめた。

「四千サイクル。このスピードだと、連中は反応しようとしない」とボールター。

わたしは意気消沈した。

「なあ、心中する気はないんだろう。いったいどうするんだ?」

「連中は怒ってるんだよ、グリン」彼はいった。「邪魔されて腹をたててる。ひょっとしたら、自分たちのことを理解されるのが気にいらんのかもしれん。だが、ひとつだけ望みがあるんだ。つまり、連中の怒り狂っている相手が、おれたちじゃないって可能性だ。おれにいわせりゃ、たしかめる方法はひとつしかない。連中は腹だたしいもののあとを追ってこの部屋までやってきた。その怒りの深さと方向を見きわめなきゃならん。その気になれば、おれたちを殺せたのはまちがいない。そうなったら、一巻の終わりだ。でも、そうはならないだろう。見逃してくれたらの話だが。まあ、また枕を高くして眠れるさ。こうすればいいだけなんだ」

わたしは手をのばし、彼の手首をつかもうとしたが、間にあわなかった。ボールターはすでに速度調節つまみをまわしていた。音が高まり、蚊の鳴くような声になったかと思うと、超音波になってかき消えた。レコーダーに手をのばそうとすると、彼がわたしを押しのけた。

「この大ばか野郎」わたしは怒鳴った。

取っ組み合いになり、つまずいた。ふたりとも大の字に倒れこむ。そのときそれが起こった。

ドアと窓が、ビシッビシッと鋭い音をたてつづけに発した。つぎの瞬間、掛け金がはじけ飛び、ドアがバタンと開いた。窓が——枠もガラスも——内側へ爆発し、破片が雨あられとふり注ぐ。見ると、レコーダーが空中に飛びあがり、あろうことかひとつの角《かど》を下にして宙に浮かんだ。宙吊りになっているうちに、デッキは六ヵ所で裂けていった。まるで目に見えない巨大なくちばしにつつかれたように。カメラがひっくりかえり、パラボラの皿がこちらへ飛んでくるのを見たとたん、閃光《せんこう》が走り、電気がバチバチッと音をたて、明かりが消えた。暗闇のなかで横たわっていると、周囲でものをたたき壊す音がつづいた。まるでゴリラの群れが部屋に放たれ、部屋をバラバラにしているかのようだ。空気はよどんだように思え、爆発の衝撃波に似た圧力波が鼓膜を圧迫した。ボールターの声がかすかに聞こえた。

「動くな。立とうとするな、ドアへむかうな」

わたしはいわれたとおりにした。どのみち遠くまで行けたとは思わない。恐怖ですくみあがっていたのだ。

破壊は一時間ほどつづいたように思えた。もっとも、じっさいは五分くらいだったのだろうが。やがて騒音がおさまりはじめた。目が闇に慣れていたので、破壊された窓でカーテンがなびくのが見えた。ひらひらと舞い踊っているのは、目に見えないものの大群が押しのけていくからだ。静寂がおり、カーテンの動きが止まった。ボールターが立ちあがった。窓から射しこむ光を背に、その姿が黒々と浮かびあがる。彼はおだやかな口調でいった。

「さて、これでおしまいだ。爆発でもしたみたいだな……」

のちほど、ガラスと、テープデッキやカメラやマイクロフォンの成れの果てであるジュラルミンのガラクタを片づけたあと、わたしたちがまだ生きている理由を彼が説明してくれた。

「パラボラのあの一件のあと、だいたいのところはわかってたんだ。あいつらには知性があるし、えらく簡単に逆上《ぎゃくじょう》する。でも、限界がある。たぶん、神そのものをのぞけば、どんな知的存在にも限界があるにちがいない。たとえば、連中はあの朝おれたちを襲えば、はるかに簡単に撮影をやめさせられただろう。おれたちはあそこにつっ立っていたから、簡単な餌食《えじき》だった。でも、どういうわけか連中には、音波がべつのものの意図を表《あらわ》してるってことが呑みこめなかった。単純に目の前にあるものに飛びかかったんだ。あの場合はマイク。そのあとは、発信器。もちろん、こんどは部屋をぶち壊した。残念だよ、上等の機材があったからな。でも、機械だ、グリン。いつも機械なんだ。連中はこの何百年か生きてきて、何歳かはだれにもわからんだろうが、人間の頭脳とはつきあわずじまいだった。ひょっとしたら、むかしつきあったんだが、忘れちまったのかもしれん。よくわからんが。

連中が数列を理解したのか、それとも音波放射に反応しただけなのかもわからん。残念だ。もっとよく知りたいが、また機材を設置するのはぞっとしないな。たとえ機材をまた買いそろえられたとしてもだ。こんどはおれたちをひねりつぶすかも……」

いうまでもないが、その気持ちは痛いほどわかった。

わたしに関するかぎり、それで一件落着だった。フレイにもどったことはないし、そうするつもりもない。もちろん、すわってながめるだけなら、危ないことはないだろう。でも、そこになにがいるか知ってしまったからには、もうそのことで頭を悩ましたくないんだ。

わたしの知るかぎり、ボールターは一週間以内にこの一件をきれいさっぱり忘れた。彼はつぎからつぎへと新しいアイデアに飛びつくたちだ。つい最近、レーザー光線放射の驚くべき実験がアメリカで行われてるって話を聞きこんできて、いまは合成ルビーの代用品を考案しようとしてるさいちゅうだ。自分のレーザーガンを作ろうっていうのさ。わたしとしては大歓迎だ。フレイ僧院でもてあそんだもののことを考えれば、殺人光線なんかかわいいもんじゃないか。

影が行く

ジョン・W・キャンベル・ジュニア

ジョン・W・キャンベル・ジュニア　John W. Campbell, Jr. (1910-1971)

ジョン・カーペンター監督の映画《遊星からの物体X》（八二）をご覧になったかたは多いだろう。なんにでも化けられる異星人との息づまる死闘を描いたホラーSFの秀作だが、ハワード・ホークス製作の映画《遊星よりの物体X》（五一）のリメイクであることはよく知られている。だが、カーペンターの意図は、この映画よりも原作小説の味わいを再現することにあったようだ。つまり、「隣にいるのは本当に人間なのか」という疑心暗鬼《ぎしんあんき》から生まれる恐怖。いうまでもなく、その原作小説が本編だ。

作者のキャンベルは、一九三〇年に宇宙SFの書き手として出発したが、むしろ編集者として大成した。というのも、三七年にSF誌〈アスタウンディング〉の編集長に就任し、多くの作家を育てるいっぽう、高いクォリティを要求して、SFの水準を大幅に引きあげたからだ。アシモフ、ハインライン、ヴァン・ヴォークト、デル・レイ、シマック、スタージョン、ライバー、ディ・キャンプ……。四〇年代に現代SFの基礎を築いた面々は、いずれもキャンベル門下生である。

本編は、編集長になったばかりのキャンベルが、同誌三八年八月号にドン・A・スチュアート名義で発表した作品。ガチガチの工学系小説が主流だった当時のSFには珍しく、ムードとサスペンスで読ませる作風は、後世の作家に多大な影響をあたえた。

1

部屋には異臭がこもっていた。氷に埋もれた南極基地の宿舎にしかない、風変わりで複雑な悪臭である。人間の汗の饐《す》えた臭いと、アザラシの脂肪を溶かした油のむっと鼻をつく臭いがいりまじっているのだ。塗り薬のツンと鼻を刺す異臭にまじって、汗と雪で濡れそぼった毛皮のカビくさい臭気《しゅうき》がたちこめている。時間がたって薄らいではいるが、焼けた食用油の刺激臭と、動物の体臭——かならずしも不快ではない犬の臭い——が空中にただよっている。

しつこい機械油の臭気と鋭い対照をなしているのは、すっぱいような曳き具《ハーネス》と革の臭いである。とはいえ、どういうわけか、こうした人間とそれにつきもの——犬、機械、料理——の臭いにまじって、べつの腐臭《ふしゅう》が立ちのぼっていた。うなじの毛を逆立たせるような奇妙な臭いで、工業製品と日常生活の臭気のなかで、かすかに異質なものを感じさせる。それなのに、生命の臭いなのだ。しかし、その臭いを発散しているのは、ロープと防水布で縛られて、テーブルの上に置かれているもの——頑丈な床板にポタリポタリと水滴をしたたらせ、裸電球のギラギラする光の下で、湿った姿を寒々《さむざむ》とさらしているものだった。

越冬隊の生物学者で、小柄な禿《は》げ頭の男ブレアーが、そわそわと覆いをめくると、その下で影になっている透《す》きとおった氷を顕《あら》わにしてから、おちつかぬようすで防水布を元にもどした。逸《はや》る心をおさえかねた、その小鳥のような動作にあわせて、低い天井からぶらさがっている、薄汚れた灰色の下着のへりに影が踊った。つるつる頭を赤道のようにとり巻いている灰色の剛《ごう》毛《もう》が、影法師の頭のまわりに滑稽《こっけい》な後光《ごこう》となって広がっていた。

隊長のギャリーが、だらりと垂れた下着の脚を払いのけ、テーブルのほうに進みでた。管理棟にすしづめになった男たちの輪を、その目がゆっくりとなぞっていく。骨ばった長身をようやくまっすぐにすると、ギャリーはうなずいた。

「三十七名。全員いるな」その声は低かったが、肩書きとはべつに、生まれついての指揮官がまとう権威をはっきりとにじませていた。

「第二磁極遠征隊がそいつを見つけたって話は、だいたいみんな知ってるな。わたしは副隊長のマクレディ、ノリス、それにブレアーとカッパー医師《せんせい》と協議を重ねてきた。意見に相違があり、ことは隊全体にかかわるので、隊員ひとりひとりの考えを聞こうということになったんだ。マクレディからことのしだいを詳しく話してもらおう。みんな自分の仕事で手一杯で、他人のやってることをきちんと把握していないだろうからな。では、マクレディ」

煙で青くかすんだ背景から進みでたマクレディは、忘れられた神話かなにかの登場人物のようだった。雲をつくようなブロンズ像が、生命を宿して歩きだしたのだ。身の丈《たけ》は六フィート四インチ。テーブルのかたわらで立ちどまると、癖になっている仕草でちらっと上に目をやり、低い天井梁《ばり》の下に隙間《すきま》があるかたしかめてから、背すじをのばした。どぎついオレンジ色のウインド・ヤッケをいまだに着こんでいるが、その巨体だと場ちがいな感じはしない。地吹雪《じふぶき》がうなりをあげる南極の荒野から四フィート下に天井はあるのだが、ここにさえ凍《い》てついた大陸の寒気《かんき》は忍びこんできて、男のいかめしさに意味をあたえていた。彼はブロンズだった――赤みがかったブロンズ色の豊かな顎髭《あごひげ》に、それと似合いの蓬髪《ほうはつ》。テーブル板の上で握ったり開いたりを繰りかえしている、節《ふし》くれだった引き締まった手もブロンズ色。太い眉の下で深く落ちくぼんでいる双眸《そうぼう》さえブロンズ色だ。

ゴツゴツしたいかつい輪郭の顔のなかで、歳月に耐えぬいてきた金属が口を開いた。その重重しい声は、なめらかな響きをおびていた。

「ノリスとブレアーは、ある点で意見が一致している。おれたちが見つけた動物が――地球のものではない、という点だ。ノリスは危険があるかもしれないと心配しているし、ブレアーはそんなものはないといっている。

だが、そいつを見つけた経緯《いきさつ》に話をもどそう。ここへくる前にわかっていたかぎりでは、この地点のちょうど真下に地球の南磁極があると思われていた。ここでは磁石の針が真下をさすことは、みんなも知ってのとおりだ。しかし、物理班のもっと精密な計器、今回の探検ならびに磁極研究のために特別に設計された計器が、ここから八十マイルほど南西に第二の磁極、すなわち効果の劣る副次的な磁気影響を探知した。

第二磁極遠征隊が調査におもむいた。細かいことは省《はぶ》こう。おれたちはそれを発見した。だが、それはノリスが予想していた巨大隕石《いんせき》でも、磁鉄鉱の山脈でもなかった。もちろん、鉄鉱石は磁気をおびている。鉄はもっとそうだ——そしてある種の特殊な鋼鉄は、さらに強い磁気をおびている。地表のようすから見て、おれたちが発見した第二の磁極は小さかった。あまりにも小さいので、それほどの磁気効果を発しているのが不合理なほどだった。これほど磁力が強い物質はちょっと想像がつかない。氷をとおして音響探査をしてみると、それは氷河面から百フィート以内にあることがわかった。

あたりの地形を頭にいれておいてもらいたい。ヴァン・ウォールによれば、広大な平原があるそうだ。第二基地から南へ百五十マイル以上にわたって、平坦な地形が延々とつづいているんだ。時間も燃料もなくて、それ以上先へ飛べなかったそうだが、高原はさらに南へ切れ目なくつづいているらしい。高原の、そいつが埋まっていたところに、氷に覆われた山脈がある。頑丈きわまりない花崗岩《かこうがん》の壁が、南から押しよせてくる氷を食いとめてきた形になっているんだ。

さらに南へ四百マイル行くと南極高原がある。風が起こると、なぜここは温かくなるのかと、しょっちゅうきみたちは訊《き》いてくるから、たいていの者はもう知っているだろう。気象学者として断言するが、マイナス七十度では風は吹かない。マイナス五十度では風速五マイルをこえる風は吹かない。地面、雪、氷、空気そのものとの摩擦でかならず気温があがるからだ。

おれたちは、その氷に埋もれた山岳地帯のへりに十二日間キャンプした。地表を形作る青い氷に穴を掘って、風の大部分をやり過ごした。しかし、風は時速四十五マイルで十二日間ひっきりなしに吹きつづけた。四十八マイルまであがることもあれば、四十一マイルまでさがることもあった。気温はマイナス六十三度。マイナス六十度まであがり、マイナス六十八度までさがった。気象学的にはあり得ないことだ。それなのに十二昼夜ぶっとおしで吹きまくったんだ。南のどこかで、南極高原の凍てついた空気が、海抜一万八千フィートのすり鉢《ばち》から流れだし、山あいをぬけて、氷河を越え、北上するのだろう。風の通り道になっている漏斗《ろうと》形の山脈があるにちがいない。そして四百マイルにわたって吹いてきた風が、第二磁極の見つかった例の吹きさらしの高原にぶつかり、さらに三百五十マイル北上して、南極海に達するわけだ。

問題の場所は、二千万年前に南極が氷結して以来、ずっと凍りついていた。雪解けはいちども訪れることがなかった。

二千万年前といえば、南極が凍りはじめていたころだ。おれたちは調査し、考え、推論をめぐらせた。結論をいえば、こんなことが起きたと考えられる。

なにかが宇宙からやってきた。船だ。おれたちは青い氷のなかにそれを見た。司令塔や昇降舵のない潜水艦に似たもので、全長は二百八十フィート、最大直径は四十五フィートといったところだ。

なんだって、ヴァン・ウォール？　宇宙かって？　そうだ。でも、あとでちゃんと説明する」

マクレディのおちつき払った声が先をつづけた。

「それは宇宙からやってきた。人間がまだ発見していない力で駆動され、飛翔する船だ。そしてどういうわけか――たぶんどこかが故障したんだろうが――地球の磁場にからめとられた。おそらくコントロールを失ったんだろう、磁極を旋回しながら、この南極へやってきた。ここは苛酷《かこく》な土地柄だ。けれど、南極がまだ氷結しかけていたころは、千倍も苛酷だったにちがいない。吹雪どころか、雪嵐《ブリザード》が吹き荒れていたにちがいないんだ。大陸が氷河に覆われるにつれ、新雪が降りつもったことだろう。あそこではとりわけ旋風《せんぷう》がひどかったにちがいない。風が白いものを分厚く敷きつめ、いまでは氷に埋もれたあの山のへりにかぶせたにちがいない。

船は頑丈な花崗岩に頭から激突し、大破した。乗員がひとり残らず死亡したわけではないのだろうが、船はおしゃかになり、駆動メカニズムは停止したにちがいない。ノリスによれば、船は地球の磁場にからまったそうだ。いくら知能の発達した生物の作ったものでも、惑星の強大な自然の力に、太刀打《たちう》ちできるはずはないからな。

乗員のひとりは外へ出た。おれたちがそこで目にした風は、時速四十一マイルを下まわることはなかったし、気温はマイナス六十度をうわまわることがなかった。当時は――もっとすさまじい風が吹いていたに決まっている。おまけに雪が分厚い幕になって降っていた。そいつは十歩も行かぬうちにすっかり迷ったんだ」

マクレディが一瞬そこでことばを切った。太い、おちつき払った声にかわって、頭上の単調な風のうなりと、調理焜炉《ストーヴ》の煙突のたてる耳ざわりな音が耳をついた。

吹雪――猛烈な雪嵐が頭上を吹き荒れていた。いまこの瞬間も、うめき声をあげる風に吹きとばされた雪が、埋もれた基地の表面を平らにならし、周囲と見分けがつかないようにしているのだ。もし人間が、雪面下にある基地の建物ひとつひとつをつないでいるトンネルから外へ出たら、十歩と行かぬうちに迷うだろう。戸外では、ほっそりした黒い指のような無電塔が、三百フィートの空中へそそり立ち、そのてっぺんは晴れた夜空に接している。空では、どこかからどこかへと絶え間なく吹いていく弱い風が、すすり泣くような音をたてており、その上ではオーロラの緞帳《どんちょう》が優雅なひだを見せている。そして北のほうでは、地平線が真夜中の薄明《はくめい》の奇妙な怒りの色で燃えている。それが、南極上空三百フィートの春なのだ。

いっぽう地表は——白い死の世界だった。針の指を持つ死の寒気が、風に乗って押しよせ、温かいものから熱をことごとく奪いとっていくのだ。寒気——そして果てしなくつづく雪煙、すなわち横なぐりに降る雪の微細《びさい》な粒《つぶ》が、あらゆるものを覆い隠していた。

小柄で頬に傷のあるコックのキンナーが顔をしかめた。五日前、彼は地表に出て、冷凍牛肉の貯蔵所へ足をのばした。そこにたどり着き、いざ引き返す段になって——南から地吹雪が襲ってきたのだ。地面を流れてきた冷たく白い死が、二十秒で彼の視界を奪った。彼はよろめきながらも必死に歩いたが、堂々めぐりをするだけだった。ロープを頼りに地下からやってきた男たちが、見通しのきかないなかでキンナーを見つけたのは、半時間後のことだった。

人間——あるいはそいつ——が十歩で迷うのに苦労はいらない。

「当時の吹雪は、おそらくおれたちの知る以上に見通しがきかなかったのだろう」

マクレディの声でキンナーはハッとわれに返った。もどった先は、歓迎したくなるような温《うん》気《き》のこもった管理棟だった。

「船の乗員は不用意に飛びだしたようだ。船から十フィートも行かないうちに凍りついたんだから。

おれたちは船を見つけるために穴を掘った。そのトンネルがたまたま行きあたったんだ——その凍りついた動物に。バークレイの氷斧《ひょうふ》がそいつの頭蓋に食いこんだのさ。

そいつがなにかわかると、バークレイはトラクターへとって返し、火を熾《おこ》して、蒸気圧があがったところで、ブレアーとカッパー先生を呼ぶ合図を送った。バークレイ本人はそこで具合を悪くした。じっさい、三日は寝こんでいたな。

ブレアーとカッパーがやってくると、おれたちは、ご覧のとおり、氷のブロックにいれたまま動物を切りだして、そいつをくるみ、ここへ持ち帰るのにそなえてトラクターに積みこんだ。まず、あの船にはいってみたかったからだ。

舷側《げんそく》に達すると、金属は未知のものであることがわかった。ベリリウム・ブロンズ製の非磁性工具ではまるで歯が立たなかった。バークレイがトラクターに鋼鉄の工具を用意していたが、そっちでも引っかき傷ひとつつけられない。見こみのありそうなテストもやってみた——電池から酸をだしてぶっかけることまでやったが、無駄骨《むだぼね》に終わった。

ある皮膜保護がほどこされて、マグネシウム金属がそういうふうに酸に抵抗するようになっていたにちがいないんだ。合金のすくなくとも九十五パーセントは、マグネシウムだったはずなんだから。しかし、そんなこととは露知らず、わずかに開いているエアロックのドアを見つけだしたとき、おれたちは周囲の氷を切りとった。おれたちには手の届かないエアロックの内側にも、透きとおった固い氷が張っていた。わずかな隙間《すきま》ごしになかをのぞけたが、金属と道具しか見えなかったので、爆薬で氷を溶かすことにした。

手もとにあったのは、デカナイト爆薬とテルミットだ。テルミットは氷を融解させるのに使われる。デカナイトが貴重なものを壊しかねないのに対し、テルミットの熱は氷を溶かすだけだからだ。カッパー先生、ノリス、おれは二十五ポンドのテルミット爆薬を仕掛け、導火線をつけて、トンネルづたいに地表まで点火装置を運びあげた。外ではブレアーが蒸気トラクターを待機させていた。例の花崗岩の壁の反対側百ヤードのところで、おれたちはテルミット爆薬に点火した。

当然ながら、船のマグネシウム金属に燃え移った。爆薬の炎が燃えあがり、衰えたかと思うと、また火の手があがりはじめたんだ。おれたちはトラクターへ逃げもどった。しだいに輝きがましていった。おれたちのいるところから、氷原全体が目もくらむような光で下から照らされるのが見えた。船の影は大きな黒々とした円錐《えんすい》形で、北のほうへのびていたが、そちらでは薄明《はくめい》がちょうど消えようとしているところだった。強烈な光は一瞬つづき、おれたちはほかに三つの影を数えた。ほかの——乗員が——そこで凍っていたとしても不思議はないな。と、つぎの瞬間、氷が船になだれ落ちていた。

さっきそのあたりの地形を説明したのは、ここが肝心な点だからだ。極からの風が、おれたちのうしろから吹いていた。蒸気と水素の炎は、切り裂かれて白い氷霧《ひょうむ》となった。氷の下の炎熱は、おれたちのもとに達する前に、南極海のほうへ引きずられていった。さもなければ、おれたちがもどってくることはなかっただろう。たとえ例の花崗岩の尾根が盾《たて》になって、光をさえぎってくれたとしてもだ。

その目もくらむ地獄のなかで、どういうわけか、大きなずんぐりしたもの——黒い物体がいくつも見えた。そいつは、猛《たけ》り狂ったマグネシウムの熱さえ、しばらくはものともしなかった。きっとエンジンだったんだろう。秘密は紅蓮《ぐれん》の炎のなかに消えてしまったんだ——人類に惑星をあたえてくれたかもしれない秘密は。あの船を浮かばせ、飛行させ——地球の磁場の力に呑みこまれてしまった神秘的なものは。ノリスの口が動いているのが見えたが、おれは首をすくめた。声が聞こえなかったからだ。

絶縁——かなにか——がいかれたんだな。二千万年前に連中のはまりこんだ地球の磁場が崩壊したんだ。上空のオーロラがたれこめてきて、高原全体が視界をふさぐ冷たい光を浴びた。おれの手のなかの氷斧が赤熱し、氷の上でシューシュー音をたてた。金属ボタンが皮膚まで服を焦《こ》がした。そして稲妻のような青い閃光が、花崗岩の壁のむこうから上空へむかって立ちのぼった。

と、つぎの瞬間、氷の壁がなだれ落ちた。一瞬、それは金属にはさまれたドライアイスのような金切り声をあげた。

おれたちは目が見えなくなり、視力が回復するまで、何時間も暗闇のなかを手さぐりしていた。一マイル以内のコイルというコイルが、溶けてだめになっているのがわかった。発電機も無線器も、イアフォンもスピーカーもだ。蒸気トラクターがなかったら、第二キャンプにたどり着けたとは思えない。ヴァン・ウォールが日の出に大磁極基地《ビッグ・マグネット》から飛んできたのは知ってのとおりだ。おれたちはできるだけ早くもどってきた。以上が来歴だ――そいつのな」

マクレディはブロンズ色の豊かな髭に覆われた顎をしゃくって、テーブルの上のものを示した。

2

ブレアーがおちつかなげに身じろぎし、ギラギラした光の下で小さな骨ばった指をくねらせた。皮膚の下の腱《けん》がピクピクするにつれて、指の付け根にある小さな茶色いしみが前後に動く。ブレアーは防水布の端をめくって、氷の内部に閉じこめられた黒っぽいものを待ちきれぬようすでながめた。

マクレディが巨体をいくらかのばした。この日、彼はガタガタゆれる蒸気トラクターに乗って四十マイルを走りとおし、この大磁極基地《ビッグ・マグネット》までもどってきたのだ。冷静沈着な彼にしても、ふたたび人間たちの仲間いりがしたくて、いてもたってもいられなかったのである。第二キャンプは寂しく静かなところで、狼の遠吠えのような風が極から吹いてくるばかりだった。狼の遠吠えを思わせる風は、眠りのなかでも吹きまくり――ものうげにうなりつづけていた。そしてあの怪物の邪悪で、いわくいいがたい顔が、透きとおった青い氷ごしに、はじめて目にしたときのまま、ブロンズの氷斧《ひょうふ》を頭蓋に食いこませて、こちらをにらんでいるのだった。

巨漢の気象学者がまた口を開いた。

「問題はこういうことだ。ブレアーは、そいつをじっくり調べたいという。解凍して、組織の顕微鏡標本を作るとか、そういうことをやりたいそうだ。ノリスは安全じゃないと思っているし、ブレアーは安全だと思っている。カッパー先生は、ブレアーとおおむね同じ意見だ。もちろん、ノリスは物理学者であって、生物学者じゃない。しかし、彼の指摘には傾聴《けいちょう》すべき点があると思う。ブレアーによれば、この厳寒《げんかん》の土地でさえ、生物学者は生きている顕微鏡サイズの生物を発見しているそうだ。冬がくるたびに凍りつき、夏がくるたびに溶けて――三ヵ月のあいだ――生きるやつらだ。

ノリスが指摘するのは――そいつらが溶けて、生き返るという点だ。この生きものにも微生物がついていたにちがいない。おれたちの知るどんな生物にもついているからな。だから、ノリスが心配しているのは、二千万年のあいだ凍ってきた微生物を溶かしたら、疫病――地球の知らなかった病原菌による伝染病――が広まるかもしれない、ということなんだ。

そういった微生物が生命力を失わずにいるかもしれないということは、ブレアーも認めている。そういった未分化の生きものは、完全に冷凍された場合、個々の細胞としていつまでも生きられるんだ。動物自体は、シベリアで見つかる氷漬けのマンモスなみに死んでいる。分化して、高度に発達した生命体は、そんな目にあって無事ではいられないからな。

しかし、微生物は平気なんだ。そこでノリスはこう考える――人間がこれまで出会ったことがないため、まったく免疫を持たない疫病が広まるかもしれない、と。

ブレアーの答えはこうだ。たしかにまだ生きている病原体はいるかもしれない。だが、ノリスは問題を裏返しに見ている。そもそも、人間に感染するはずがない。おそらく人間の生化学は――」

「おそらくだと！」小柄な生物学者が、鳥を思わせるすばやい動作で首をもたげた。禿げ頭をとり巻く後光のような灰色の髪が、怒っているかのように逆立った。「ふん、ひと目見れば――」

「わかってる」マクレディはうなずいた。「こいつは地球のものじゃない。どうやら、おれたちの生化学とはまるっきりちがっているようだから、すこしでも交差感染が起きるとは思えない。おれとしても、危険はないという意見にかたむいている」

マクレディはカッパー医師のほうに目をやった。医者はゆっくりとかぶりをふり、

「あるはずがない」と自信たっぷりにいい切った。「人間は、蛇のような比較的近縁の種に寄生している細菌に感染することもなければ、むこうを感染させることもない。そして請《う》けあってもいいが、蛇は」ときれいに髭をあたった顔を心配そうにゆがめて、「はるかにわれわれに近いんだよ――それよりは《いい》」

ヴァンス・ノリスが怒気《どき》も顕《あら》わに進みでた。大男ぞろいのこの集団では小柄な部類で、身長は五フィート八インチほど。ずんぐりした、たくましい体つきのためにもっと背が低く感じら

れる。黒髪はツンツンしており、さながら短い鋼鉄の針金。双眸は鋼鉄断面の灰色だ。マクレディがブロンズの男だとしたら、ノリスは鋼鉄製だった。その動作、思考、存在全体に鋼鉄のバネの瞬発力がそなわっていた。その神経も鋼鉄だった——固くて、瞬時に反応するが——腐食するのも早いのだ。

自分の意見に反対されたいま、ノリスは特徴的な巻き舌の早口で、強がりのような暴言を吐いた。

「生化学のちがいなんて知ったことか。そいつは死んでるかもしれん——あるいは、ちくしょう、死んでないかもしれん——とにかく、おれは気にいらないんだ。おい、ブレアー、おまえのお気にいりの怪物をみんなに見せてやれよ。そのいやらしいものを見せて、この基地のなかでそいつを溶かしたいかどうか決めさせてやるんだ。

ところで、溶かすってことになれば、今夜、小屋のどれかで溶かすわけだよな。だれかが——今夜の当直はどいつだ、〈地磁気〉だったっけ？　ああ、コナントか。今夜は〈宇宙線〉だったたな。とにかく、おまえはブレアーの二千万歳のミイラといっしょに夜明しすることになるわけだ。ほどけよ、ブレアー。現物を見ずに、買物なんかできるはずがないだろう。生化学はちがってるかもしれん。ほかは同じかもしれんが、そんなことはどうでもいい。そいつにはいやなところがある。もしそいつの顔の表情が読めれば——人間じゃないから読めないだろうが——氷づめになったとき、そいつは不愉快だったんだよ。じっさい、不愉快なんてものじゃない。怒髪《どはつ》天をつくってやつで、気が狂いそうなほど憎しみをたぎらせていたんだ。そういえば、あたらずとも遠からずってとこだろう。

この連中は、自分がなんに投票するのかわかっちゃいないんだ。まだあの赤い三つの目や、うじゃうじゃと蠢《うごめ》く蛆虫《うじむし》みたいな青い髪の毛を拝《おが》んでいないんだからな。蠢くか——ちくしょう、そいつはいまだって氷のなかで蠢いていやがるんだぞ！

二千万年前にそいつが凍てついた荒野を見まわしたとき、そいつの顔にあらわれたすさまじい憤怒《ふんぬ》ほど純粋な怒りは、地球に生まれたためしがない。狂ってたのかって？　まぎれもなく狂ってたさ——焼けこげ、火ぶくれを起こしそうなほど狂ってたんだ！

ちくしょう、あの赤い三つの目を見て以来、おれはずっとろくでもない夢ばかり見てるんだ。悪夢だよ。そいつが溶けて、生き返るところを夢に見るんだ——そいつは死んでなんかいない。それどころか、二千万年のあいだずっと無意識だったわけでもなく、ただ鳴りをひそめて——機会をうかがってたって夢だ。おまえらだって夢に見るさ、地球が認めようとしないその忌《い》まわしいものが、今夜宇宙線観測小屋《コスモス・ハウス》でポタリポタリと水滴をしたたらせているあいだにな」

ノリスは宇宙線の専門家のほうにさっとむきなおり、

「おい、コナント、静まりかえったところでひと晩じゅう起きてるなんて、さぞ楽しいことだろうよ。頭上では風がヒューヒューいい——そいつはポタリポタリと——」

そこでいったんことばを切り、周囲を見まわして、

「わかってるさ。科学的じゃないってのは。でもな、こいつは科学だ、心理学だ。おまえらはこの先一年、ずっと悪夢を見るだろう。あいつを目にして以来、おれは毎晩見てるんだ。だか

ら、おれはそいつを憎む——心の底から憎む——そして目の届かないところへやりたいと思う。そいつを元の場所にもどして、あと二千万年くらい凍らせておこう。何度かいやな夢を見たんだ——そいつはおれたちのようにはできていない——それは歴然としている——かわりに、意のままにあやつれる別の種類の肉体でできているんだ。そいつは姿を変えて、人間そっくりになり——殺して食べる機会をうかがっているんだよ——

いまのは論理的な話じゃない。そんなことは百も承知だ。でもな、そいつに地球の論理は通用しないんだ。

そいつの生化学は異なるかもしれん。寄生虫の生化学も異なるかもしれん。細菌は生きのびられないかもしれん。でもな、ブレアーにカッパー、ウィルスならどうだ？　ウィルスってのは、たんなる酵素分子だって話じゃないか。活動するためには生体の蛋白質《たんぱくしつ》分子さえあればいいんだろう。

そいつに百万種類の微生物がついてるかもしれないのに、どうしてひとつも危険じゃないっていい切れるんだ。恐水病——狂犬病——のような病気は、生化学がどうであろうと、温血生物を見境《みさかい》なしに襲うんだろう？　オウム熱は？　おまえはオウムみたいな体をしてるのか、ブレアー？　なんならふつうの腐敗——壊疽《えそ》——壊死《えし》だっていい。そいつは生化学を選《え》り好みしたりしないんだぞ！」

うろうろしていたブレアーが顔をあげ、怒りに燃えたノリスの灰色の目と一瞬だけ視線をあわせた。

「いまのところきみがいったのは、このしろものが夢を伝染させるっていうことだけだ。それを認めるのはやぶさかじゃない」

悪意をにじませたほくそ笑みが、小男のしわだらけの顔をよぎった。

「わたしだって多少は見たからな。そうとも。夢感染するんだ。まちがいなく、危険きわまりない伝染病だよ。

ほかの点についていえば、きみはウィルスに関してひどい思いちがいをしている。第一に、酵素分子理論は証明されていないし、きみの論拠はそれだけだ。第二に、きみがタバコ・モザイク病か小麦サビ病にかかったら、教えてくれ。小麦は、この異世界生物よりもはるかにきみの生化学に近いんだから。

それから狂犬病は見境がないわけじゃない、きわめて限られた範囲でしか感染しないんだ。小麦や魚から人間に伝染《うつ》ることはないし、こちらから伝染すこともない――どちらも、きみとは共通の祖先から分かれた子孫なんだけどね。いっぽう、ノリス、こいつはそうじゃないんだ」

ブレアーは顎をしゃくり、テーブルの上の防水布でくるまれたものを満足げに示した。

「そうかい、どうしても溶かすっていうなら、そのろくでもないものはホルマリンの槽のなかで溶かしてくれ。さっきいったように――」

「こっちもさっきいったように、そんなのはたわごとだ。妥協なんかできるはずがない。きみやギャリー隊長は、どうしてこんなところまで地磁気を調べにきたんだ？　どうして故郷《くに》にとニューヨークにだって磁力はたっぷりあるだろう。ホルマリン漬けの標本からでは、こいつがかつて持っていた生命を研究できないんだ、きみたちがニューヨークじゃ欲しい情報を得られないのと同じように。そして——もしこいつをホルマリン漬けにしたら、同じものが手にはいる機会は金輪際《こんりんざい》ないんだぞ！　こいつの種族は、こいつが凍っていた二千万年のあいだに滅亡してしまったかもしれない。そうすると、たとえこいつが火星からきたのだとしても、同類は二度と見つからないだろう。おまけに——船はなくなってしまったんだ。

こいつをあつかう方法はひとつしかない——しかも、考えられるかぎり最上の方法だ。こいつはじっくりと時間をかけて、慎重に溶かさなければならない。それも、ホルマリンに漬けたりせずにだ」

ギャリー隊長がふたたび進みでると、ノリスは腹だたしげにぶつぶついいながら後退した。

「わたしとしては、ブレアーに与《くみ》したいところだ。諸君の意見は？」

コナントがうなり声でいった。

「いいんじゃないですか——ただ、溶けるあいだ、ブレアーが見張っているべきだとは思いますが」熟《う》れたサクランボ色のほつれた髪を額《ひたい》からかきあげ、残念そうに笑みを浮かべる。「じっさい、名案ですよ——やつをご執心《しゅうしん》の死骸と夜明しさせるってのは」

ギャリーは口もとをほころばせた。同意を示すクスクス笑いが、さざ波のように一同のあいだに広がった。

「どんな幽霊だって、これほど長くこんなところで迷っていたら、とっくの昔に飢え死にしてるはずだぞ、コナント」とギャリーはいった。「とにかく、きみなら幽霊の面倒も見られそうだ。〝鉄の男〟コナントにかかったら、かなう相手はまだいないんだろう」

コナントは不安げに身震いして、

「幽霊がこわいわけじゃありません。そいつを見せてください。ぼくは――」

ブレアーがいそいそとロープをほどいていた。防水布がさっとめくられ、そいつがあらわれた。氷は部屋の熱気でいくらか溶けており、分厚い上質のガラスのように青く透きとおっていた。頭上の裸電球のギラギラした光を浴びて、なめらかな光沢《こうたく》をはなっている。

部屋にいきなり緊張が走った。それは、油まみれの簡素なテーブルの板材の上であおむけになっていた。ブロンズの氷斧の折れた柄《え》が、奇妙な頭蓋に食いこんだままだ。狂気と憎悪をみなぎらせた三つの目が、めらめらと燃えあがり、鮮血のように輝いている。頭をとり巻いているのは、くねくねとからまりあった吐き気をもよおす蛆虫の群れで、髪の毛があるべきところに青い虫が這いずっている――

身長六フィート、体重二百ポンドで、氷の神経をそなえたパイロットのヴァン・ウォールが、奇妙なあえぎ声をヒッともらし、となりの男を突きとばして、よろよろと通路へ出ていった。一同の半分がドアへ殺到した。残りの半分もテーブルからあとずさる。

マクレディはテーブルの端に立って、同僚たちをながめていた。その巨体をたくましい両脚がしっかりとささえていた。反対側では、ノリスが憎悪のくすぶる目でそいつをにらみつけていた。ドアの外では、ギャリーが同時に六人の男たちを相手に話をしている。

ブレアーは釘《くぎ》ぬきハンマーを握った。鋼鉄の爪が、そいつを閉じこめている氷をガリガリと削《けず》り、二千万年ぶりに、氷がそいつからはがれていく——

3

「気にいらないのはわかってる、コナント、でも、どうしてもちゃんと溶かさなくちゃいけないんだ。きみは、文明の地にもどるまで、それを放っておけという。なるほど、そのほうがきちんとした仕事ができる、というきみのいい分は筋が通っている、それは認めよう。だがな——どうやってこいつに赤道を越えさせるんだ？　ニューヨークに着くまでには、いちど温帯と赤道地帯をぬけてから、反対側の温帯を半分まで行かなくちゃならないんだ。きみはそれといっしょに夜明ししたくないというが、それなら、この死骸を牛肉といっしょに冷凍庫に吊しておけとでもいうのか？」

ブレアーは慎重に氷を削っていた手もとから顔をあげ、禿《は》げたしみだらけの頭を勝ち誇ったようにうなずかせた。

頬に傷のある、ずんぐりしたコックのキンナーが、コナントに助け船を出した。

「おい、よく聞きな。そんなものを肉といっしょに冷凍庫にいれやがったら、天地神明《しんめい》にかけて、あんたにもつきあわさせてやるぜ。おまえさんたちは、ただでさえゴタゴタしてるこのテーブルに、基地のなかの動かせるものを片っ端から持ちこんできたが、おれはじっと我慢した。でも、そんなものを冷凍庫にいれるなら、いや、この肉貯蔵庫にだっていれるなら、おまえさんたちで勝手にその蛆虫を料理しな」

「でもな、キンナー、作業ができるほど大きなテーブルは、大磁極基地《ビッグ・マグネット》にはこれしかないんだ」とブレアーがいい返した。「みんなが説明したじゃないか」

「ああ、みんながいろんなものを手あたりしだいにここへ持ちこんできたよ。クラークは、犬が喧嘩するたびに連れてきて、テーブルの上で傷を縫《ぬ》う。ラルセンはそりを持ってくる。ちくしょう、まだテーブルの上に載ってないのは、飛行機だけだぜ。トンネルをくぐらせる方法が見つかれば、それだってやるだろうけどな」

ギャリー隊長がふくみ笑いをもらし、巨漢の首席パイロット、ヴァン・ウォールに白い歯を見せた。ヴァン・ウォールは重々しくキンナーにうなずいてみせ、その豊かな金色の顎髭を震わせた。

「そのとおりだ、キンナー。航空班だけがきみに迷惑をかけずにいる」

「たしかにゴタゴタしてるな、キンナー」ギャリーが一歩ゆずって、「だがな、ときにはそういうもんだと思わなければ。南極基地にあまりプライヴァシーはないんだ」

「プライヴァシーですって？　いったいなんのことです？　いいですか、おれが本気で泣いたのは、バークレイが『基地で最後の材木だ！　基地で最後の材木だ！』って歌いながらやってきて、トラクターの上にあの小屋を建てるために、ドアを持っていったときなんですよ。ちくしょう、沈んじまった太陽よりも、やつが持っていったドアについていた月の形をした傷のほうがなつかしいや。バークレイが持っていったのは、最後の材木どころじゃなかったんです。あいつは、このいまいましい場所にかろうじて残ってた、最後のプライヴァシーを持っていっちまったんですよ」

キンナーが口癖のような愚痴《ぐち》をこぼしだすと、コナントの渋面《じゅうめん》にさえにやにや笑いが浮かんだ。しかし、ブレアーが氷の繭《まゆ》から削りだそうとしている赤い瞳をしたものに、その暗く落ちくぼんだ目がむいたとたん、微笑はたちまちかき消えた。大きな手が、肩まで届く髪をうしろに払い、引っぱって房にねじると、見慣れた仕草で耳のうしろに垂らした。

「そいつといっしょに夜明しすることになると、宇宙線の観測小屋は足の踏み場もなくなっちまうぞ」とコナントはうなった。「まわりの氷をそのまま削っちまえばいいじゃないか——だれも邪魔するもんか——それから発電室のボイラーの上にそいつをぶらさげればいいんだ。あれだけ温かけりゃ間にあうさ。鶏《にわとり》どころか、牛の半身だって二、三時間で溶かしちまう」

「そんなことはわかってる」ブレアーはいい返し、釘ぬきハンマーを放りだすと、骨ばってしみの浮いた指を大げさに動かした。小柄な体をもどかしげにこわばらせ、「しかし、ことはあまりにも重大だから、不測の事態は許されないんだ。こんな発見は空前絶後かもしれない。人類にめぐってきた唯一のチャンスだから、きちんと正確にやらなくちゃいけないんだ。

ほら、ロス海近辺でつかまえた魚は、甲板《かんぱん》にあげたとたん凍ってしまうが、時間をかけて溶かすと、また生き返るのは知ってるだろう。急速に冷凍し、ゆっくり解凍してやれば、下等動物は死なないんだ。われわれは――」

「おい、ちょっと待て――つまり、その忌《い》まわしいものが生き返るってことか！」コナントが叫んだ。「まさか、そいつを――ぼくにやらせろ！　バラバラにしてやる――」

「ちがう！　そうじゃない、このばか――」ブレアーがコナントの正面に飛びだして、貴重な発見物を守ろうとした。「ちがう。下等動物だけだ。後生《ごしょう》だから、最後までいわせてくれ。高等動物を溶かして、生き返らせることはできない。ちょっと待て――待てったら！　冷凍されても、魚が生き返るのは、それがとても下等な生命形態で、個々の体細胞が再生可能であり、それだけで生命がよみがえるからだ。高等動物をそんなふうに溶かしても生き返りはしない。個々の細胞は再生するのに、全体が生き返らないのは、組織化と協同作用がないと生きられないからだ。その協同作用は復旧できないんだ。外傷を負わずに急速冷凍された動物には、潜在的な生命のようなものがある。しかし――どんな状況であろうと――高等動物の生命が活性化することはあり得ない。高等動物は複雑すぎるし、繊細すぎる。こいつは、われわれと同程度に進化した知的生物だ。たぶんもっと高度な進化をとげているだろう。凍った人間に負けず劣らず死んでいるんだよ」

「どうしてわかる？」握ったばかりの氷斧をさしあげて、コナントがいい返す。

ギャリー隊長が、コナントのがっしりした肩に手を置いて、

「ちょっと待て、コナント。そう早まるな。もし生き返る見こみがすこしでもあれば、こいつを解凍しないという意見にわたしも賛成だ。生き返ったら、たしかに不愉快ではすまないだろ

うからな。しかし、その可能性がほんのわずかでもあるとは思えない」

カッパー医師がパイプを口もとからはなし、すわっていた寝棚からずんぐりした浅黒い体を起こした。

「ブレアーは専門用語を並べすぎるきらいがある。そいつは死んでいるよ。シベリアで見つかるマンモスなみに死んでいる。凍結した生きものが——一般的にいえば、魚でさえ——死んでいるという証拠はそろっているし、なんらかの状況下で高等動物が生き返るという証拠はない。要するに、なにがいいたいんだ、ブレアー？」

小柄な生物学者は体をワナワナと震わせた。禿げ頭のまわりに申し訳程度に生えている髪がゆれる。口出しされたことに怒っているのだ。

「わたしがいいたいのは」とすねたような声をだし、「ちゃんと溶かしたら、個々の細胞は、生きていたときにそなえていた特徴を示すかもしれないってことだ。人間の筋肉細胞は、死後何時間も生きている。筋肉細胞が生きているからといって、毛髪や爪の細胞のようなつまらないものがまだ生きているからといって、死体をゾンビー呼ばわりはしないだろう。

さて、こいつをうまい具合に溶かしたら、どんな世界で生まれたのか、突きとめる望みが出てくる。ほかの手段では、こいつの生まれ故郷が地球なのか、火星なのか、金星なのか、はたまた星々のかなたなのかわからないし、わかりようがないんだ。

それに人間に似ていないからというだけで、そいつが邪悪だとか、狂暴だとか決めつけるわけにはいかない。ひょっとしたら、その顔に浮かんでいるのは、運命を忍従《にんじゅう》するそいつなりの表情かもしれないんだ。中国人にとって、白は喪《も》の色だ。人間だって習慣がちがうのなら、これほどちがっている種族が、ちがった顔の表情をしてるのは当然のことじゃないか」

　コナントが陰気な笑い声を低くもらし、

「おとなしく忍従するだって！　もしあれがとっておきの忍従の表情なら、狂って見えるときの顔は、どんなに頼まれたって見たくないな。あの顔は平和を表《あらわ》すようにできてはいないんだ。生まれつき平和のような高尚《こうしよう》な考えを持っていなかったんだよ。

　きみがそいつにご執心だってことは知ってるよ――でもな、頭を冷やせ。あいつは邪悪を糧《かて》に育ったんだ。思春期を迎えると、地球の仔猫にあたるものを生きたままとろとろと火あぶりにするようになり、成熟したら、独創的な拷問を新しく編みだすことに楽しみを見いだしたんだ」

「きみにそんなことをいう権利はこれっぽっちもないぞ」ブレアーがぴしゃりといった。「そもそも、生まれつき人間でないものの顔の表情が読めるもんか。人間の表情にはないものかもしれないんだぞ。そいつは異なる自然の産物にすぎない。自然のすばらしい適応性の一例にすぎないんだ。もっと苛酷と思われる別の世界で成長したから、異なる形態と容貌をしているさ。しかし、自然の嫡出子《ちやくしゆつし》であるという点では、きみとすこしも変わらない。きみは、ちがうものを憎むっていう子供じみた人間の欠点を見せている。そいつ自身の世界では、きっときみのほうが怪物ってことになるだろう。魚の腹みたいになまっ白《ちろ》いうえに、目の数は足りないわ、キノコみたいな青白い体はガスでふくらんでいるわだからな。

自然が異なるというだけじゃ、そいつが必然的に邪悪だってことにはならないぞ！」ノリスの癇癪《かんしゃく》が一気に破裂した。

「けっ！」そのものを見おろし、「たしかに異なるというだけじゃ、別世界からきたものが、必然的に邪悪だということにはならないさ。でも、そいつは邪悪なんだ！　自然の子供だって？　そうさ、邪悪な自然の子供なんだよ」

「おい、まぬけ同士でののしりあうのをやめて、そのろくでもないものをおれのテーブルからどけてくれないか？」キンナーがうなった。「ついでに防水布をかけてくれ。目が腐りそうだ」

「キンナーがお上品になったぞ」コナントがまぜっかえす。

キンナーは大柄な物理学者を横目でにらんだ。傷のある頬がねじれて、引き結んだ唇《くちびる》の線とくっつき、ゆがんだ薄笑いの形になる。

「よう、でかいの、ついさっき泣きごとをいってたのはだれだっけな？　お望みなら、今夜あんたのとなりの椅子にそいつを置いといてもいいんだぜ」

「そいつの顔なんかこわくない」コナントがぴしゃりといった。「その死骸を徹夜で番するなんてぞっとしないが、番してやろうじゃないか」

キンナーの薄笑いが広がった。

「へえ、そうかい」

彼は調理ストーヴへと足を運び、勢いよく灰をふり落とした。ブレアーがまた作業にとりかかったが、氷の削れる鋭い音は、ストーヴの音に呑みこまれた。

4

ガーッ。宇宙線計測器《カウンター》が鳴った。ガーッ、ブルル、ガーッ。

コナントはびくっとして、鉛筆を落とした。

「ちくしょう」

物理学者は部屋の反対側の隅のほう、その隅の近くのテーブルに載ったガイガー・カウンターの裏に目をやった。そして仕事をしていた机の下にもぐりこみ、鉛筆をとりもどした。すわりなおして作業にもどり、もっと気をおちつけて書こうとする。ガイガー・カウンターが唐突に雌鶏《めんどり》の鳴くような音をたてるたびに、つい文字がゆがんだり、震えたりするのだ。照明に使っている圧力ランプのシューッというくぐもった音、通路の先の居住棟《パラダイス・ハウス》で眠っている十二人の男たちの、ガアガア、ゴーゴーといういびきにかぶさって、カウンターの不規則なガーッという音や、銅製ストーヴのなかでときおり石炭が落ちるガサッという音がする。そして隅にあるものからは、ポタ、ポタ、ポタと間断なくやわらかな音が。

コナントはポケットから煙草のパックをとりだし、手首のスナップをきかせて一本飛びださせると、口にくわえた。ライターがつかなかったので、腹だたしげに書類の山をかきまわしてマッチを探す。何度かライターをカチャカチャさせ、呪いのことばを吐きながら放りだすと、立ちあがって、石炭《せきたん》火ばしでストーヴから熱い石炭をかきとった。

机にもどってライターを試してみると、すぐに点火した。宇宙線のバーストが突きぬけたとたん、カウンターがたてつづけにクククククと高笑いのような音を発した。コナントはふりかえってそれをにらみ、この一週間に集めたデータの解析に集中しようとした。週間報告を――あきらめた。好奇心か不安かに屈したのだ。机から圧力ランプを持ちあげ、隅のテーブルまで運ぶ。それからストーヴにもどって、火ばしを拾いあげた。けだものは、かれこれ十八時間近く溶かされていた。コナントはおそるおそるついてみた。肉はもはや鎧《よろい》のように固くはなく、ゴムのような手ごたえだった。それはガソリン圧力ランプの光を浴びて、濡れた青いゴムが、小さな丸い宝石めいた水滴をつけて光っているように見えた。ランプの油タンクの中身を氷のなかのものに注いで、煙草を落としてやりたいという理不尽な欲求が突きあげてきた。赤い三つの目が、視力もないのにこちらをにらんでいる。ルビー色の目玉が、くすんだ陰気な光線を反射していた。

彼は、ずいぶん長いこと目玉を見つめていたのをぼんやりとさとった。目玉がもはや視力を欠いていないのをぼんやりと理解さえした。しかし、たいしたことには思えなかった。たいしたことがないといえば、ゆっくりと脈打っている骨ばった首の付け根から飛びだしている触手のようなものが、のろのろと蠢いているのも同じだった。

コナントは圧力ランプを持ちあげ、椅子にもどった。腰をおろし、目の前の数字の並んだページに目をこらす。奇妙なことに、カウンターのガーッという音が気にならなくなっており、ストーヴのなかで石炭がガサッと鳴る音にもわずらわされなくなっていた。

背後の床板《ゆかいた》がきしんでも、彼は気を散らすことなく、いつもどおりに週間報告を書きはじめ、データの欄を埋めたり、短い要約メモを記入したりした。

床板のきしみが近づいてきた。

5

悪夢にとり憑かれた深い眠りから、ブレアーはたたき起こされた。コナントの顔が、ぼんやりと真上に浮かんでいる。一瞬、すさまじく恐ろしい夢のつづきかと思われた。しかし、コナントの顔は怒りに燃え、それでいてすこしだけ怯《おび》えていた。

「ブレアー——ブレアー、このまぬけ野郎、目をさませ」

「はあ——えっ？」

小柄な生物学者は目をこすり、骨ばってしみの浮いた指を丸めて、子供の握りこぶしのようにした。周囲の寝棚から、ほかの者たちが顔をあげて、ふたりを見つめた。

コナントが背すじをのばし、

「起きろ——シャンとするんだ。おまえの動物が逃げやがった」

「逃げた——なんだって！」

首席パイロット、ヴァン・ウォールの牡牛《おうし》のような声が轟《とどろ》いて壁を震わせた。連絡トンネルの先で、いきなりわめき声がいくつもあがった。と、つぎの瞬間、居住棟《パラダイス・ハウス》の十二人の住人がころげこんできた。ずんぐりした肥満体を長いウールの下着で包んだバークレイは、消火器をさげている。

「いったいなにごとだ？」とバークレイが声をはりあげた。

「例のけだもの野郎が逃げだしたんだ。ぼくは二十分くらい前に居眠りしちまった。それで目をさましたら、あいつが消えていたんだ。おい、先生、ああいうものは生き返らないはずじゃなかったのか。ブレアーの潜在的生命とやらが、潜在力を存分に発揮して、野放しになっちまったんだぞ」

カッパーはぼんやりした目つきで、

「あれは――地球のものではなかった」不意にため息をつき、「どうやら――地球の法則はあてはまらないようだ」

「とにかく、あいつはいとま乞《ご》いして、出ていったんだ。どうにかして見つけだして、つかまえなきゃな」コナントは苦々《にがにが》しげに悪態《あくたい》をつき、漆黒《しっこく》の目を怒りで暗く光らせた。「眠っているあいだに、よく地獄の化けものに食われなかったもんだ」

青白い目に不意に恐怖の色を浮かべて、ブレアーがいいはじめた。

「ひょっとして、あいつが――死んだってことは――ああ――見つけないと」

「おまえが見つけるんだ。おまえのペットだろ。ぼくはもうなにもしないぞ。数秒おきにカウンターがガーッと鳴り、あんたたちがここで盛大にいびきをかいているあいだ、七時間もあそこにすわっていたんだ。よく居眠りできたもんだよ。管理棟へ行ってくる」

ギャリー隊長が、ベルトを締めながら、首をすくめて戸口をぬけてきた。

「行かなくていい。ヴァンの怒鳴り声は、むかい風に逆らって離陸する飛行機みたいだったぞ。そうすると、あいつは死んでなかったのか？」

「ぼくがかかえて運びだしたんじゃありません」コナントがぴしゃりといった。「最後に見たのは、割れた頭から緑色のねばねばがにじみ出ていたところです。まるでつぶれた芋虫《いもむし》みたいでした。ついさっき先生がいったんですが、あいつにわれわれの法則はあてはまらないんです――地球のものじゃないから。たしかに、地球のものじゃない怪物です。顔から判断すれば、性質だって地球のものじゃない。そいつが割れた頭から脳味噌をにじませながら、歩きまわっているんですよ」

ノリスとマクレディが戸口に姿をあらわした。戸口にはブルブル震えている男たちがひしめいていた。

「だれか、そいつがやってくるのを見たのか？」ノリスが平常心をよそおって訊いた。「身長約四フィート――赤い三つの目――脳味噌をにじませている――おい、これがたちの悪い冗談じゃないって、だれかたしかめたのか？　そうだとしたら、みんなしてコナントの首にブレアのペットをくくりつけてやろうぜ、老水夫のアホウドリみたいにな」

「冗談なんかじゃない」コナントがブルッと身を震わせ、「ちくしょう、冗談だったらいいのに。くくりつけるくらいですめば――」

彼はことばをとぎらせた。通路に薄気味の悪い犬の咆哮《ほうこう》が響きわたったのだ。男たちは不意に体をこわばらせ、首だけねじ曲げた。

「見つかったらしい」とコナントがいい終えた。彼は黒い目をおちつかなげにきょろきょろさせた。パラダイス・ハウスの自分の寝棚に駆けていき、どっしりした四五口径のリヴォルヴァーと氷斧を手にして、すぐさまもどってくる。両方をゆるくかまえて、犬舎《ドッグタウン》にむかって通路を歩きだした。

「あいつは通路をまちがえて――ハスキー犬の群れに飛びこんだんだ。ほら――犬が鎖を引きちぎってる――」

犬の群れの怯えまじりの遠吠えは、獰猛《どうもう》な狩りの咆哮に変わっていた。犬たちの声が狭い通路に響きわたり、それにまじって憎しみのこもった低いうなり声が流れてきた。苦痛の金切り声。いっせいに咆《ほ》えたてる叫び。

コナントがドアへむかって駆けだした。そのすぐうしろにマクレディ、さらにバークレイとギャリー隊長がつづく。それ以外の者たちは管理棟へ、そり小屋へと走った――武器を求めて。ビッグ・マグネットで飼われている五頭の牛の責任者、ポムロイは通路を反対側へ駆けだした――柄《え》の長さが六フィートもある、歯の長い乾草用三叉《ピッチフォーク》を脳裡に浮かべていたのである。

バークレイがつんのめりながら止まった。マクレディの巨体が、ドッグタウンに通じるトンネルからいきなり斜めに曲がって、消えうせたのだ。不意をつかれた機械技師は、一瞬ためらい、消火器をかかえたまま、右か左か迷った。と、つぎの瞬間、コナントの広い背中を追っていた。マクレディがなにを思いついたにしろ、あいつにまかせておけばだいじょうぶだ。

コナントは通路の曲がり角で止まった。不意に息づかいが荒くなった。

「まさか——」

リヴォルヴァーが雷鳴を轟かせた。体を痺《しび》れさすような音波が三つ、狭苦しい通路を走りぬける。さらにふたつ。リヴォルヴァーが雪を踏みかためた道に落ちた。バークレイの目に映ったのは、氷斧が防御のかまえをとるところだった。コナントのたくましい体に視界をふさがれていたが、そのむこうでなにかが鳴き声をあげ、狂ったように笑っているのが聞こえた。犬たちの咆哮はおさまりかけている。彼らの低いうなり声には、殺《や》るか殺られるかの真剣さがにじんでいた。足の爪が固い雪を引っかき、ちぎれた鎖がカチャカチャと金属音をたてている。

コナントがだしぬけに動き、バークレイの目にそのむこうの光景が飛びこんできた。つかのま彼は凍りつき、つぎの瞬間、呼吸が悪態となって出ていった。怪物に飛びかかられたコナントが、力強い腕で、相手の頭とおぼしきところに氷斧の刃でない部分をたたきつけたのだ。頭はぐしゃりとつぶれたが、六頭の獰猛なハスキー犬にズタズタにかみちぎられた体は、またパッと立ちあがった。赤い目が地球のものではない憎悪、地球のものではない不死身の活力で燃えあがった。

バークレイは消火器をそいつにむけて噴射した。有毒で目をくらませる化学消化剤の奔流がそいつをとまどわせ、混乱させた。それに加えて、化けものを恐れなくなったハスキー犬たちの獰猛な攻撃が、そいつを追いつめた。

マクレディは男たちを肩で押しのけ、現場にたどり着けない者たちが押しあいへしあいしている狭い通路を走りぬけた。マクレディには、たしかな勝算があったのだ。飛行機のエンジンを温めるのに使う巨大なブロートーチが、そのブロンズの手に握られていた。彼が角《かど》を曲がって、ヴァルヴをあけたとたん、それは突風のようなうなりをあげた。すさまじいうなりは、ゴーゴーと高まっていく。犬たちが、長さ三フィートにおよぶ青白い炎の槍《やり》から飛びのいた。

「バー、電力ケーブルをなんとかして引っぱってこい。それに棒だ。こいつに電撃を食らわせてやる、まだ焼き殺してなかったらの話だが」

マクレディの口調には、考えぬいて行動している者の自信がうかがえた。バークレイは長い通路を引き返し、発電室へむかったが、すでにノリスとヴァン・ウォールが脱兎《だっと》のごとく先を走っていた。

バークレイは、トンネルの壁のくぼみにある電気部品倉庫でケーブルを見つけた。三十秒でたたき切って、歩きだす。ヴァン・ウォールが「発電するぞ！」と警告の叫びを発したとたん、非常用のガソリン駆動発電機がドドドドッと動きはじめた。いまやほかに六人の男が発電室につめかけていた。石炭と薪《まき》が蒸気駆動発電機のボイラーに投げこまれている。ノリスが、ぶつぶつと低い声で悪態をつきながら、器用に指を動かしてバークレイのケーブルの反対端を電力線の接続端子につないでいた。

バークレイが通路の曲がり角にもどると、犬たちは後退して、憤怒《ふんぬ》に駆られた怪物を前にしていた。追いつめられた怪物は、赤い目を敵意でぎらつかせながら、憎しみのうなりをあげている。犬たちは白い牙《きば》をきらめかせて、赤く濡れた鼻面を半円形に並べており、赤い目に宿った憤怒に匹敵する獰猛ぶりで咆えたてていた。マクレディは通路の曲がり角に油断なく立ちはだかり、ヒューヒューうなっているトーチをゆるくかまえて、いつでも炎を浴びせられるようにしていた。バークレイがやってくると、マクレディは怪物から視線をはずさずにわきへ寄った。痩せたブロンズ色の顔に、こわばった笑みがかすかに浮かんでいた。

ノリスの声が通路の先であがり、バークレイは踏みだした。ケーブルは雪かきシャベルの長い柄に留《と》められており、ふたまたに分かれた導線が、十八インチの間隔で突きだしていた。柄の反対端に適切な角度で結びつけられた木片が、導線をささえているのだ。二百二十ヴォルトに帯電した裸の銅線が、圧力ランプの光を浴びてきらめいた。化けものはうなり、敵意をむきだしにして、後退した。マクレディがバークレイと横並びになって前進した。むこう側にいた犬たちが、調教されたハスキー犬の持つテレパシーなみの洞察力を発揮して、その意図を察知した。うなり声をいっそう高くしながら、慎重な足どりで怪物に近づいていく。不意に巨大な漆黒《しっこく》のアラスカ犬が、追いつめられた怪物に飛びかかった。怪物がサーベルのようなかぎ爪を一閃《いっせん》させる。

バークレイが飛びだして、そいつを突き刺した。不気味な金切り声があがったかと思うと、かすれて消えた。肉の焼ける異臭が通路にたちこめた。脂くさい煙がもくもくとわき起こった。通路の先のガソリン発電機の力強い轟音《ごうおん》が、まのびしたものになっていく。

ピクピク動くできそこないの顔のなかで赤い目がどんよりと曇った。腕のようでも脚のようでもあるものが小刻みに震え、ひきつった。犬たちが飛びかかり、バークレイは武器がわりのシャベルの柄を引きもどした。きらめく牙にかみ裂かれても、雪の上の怪物は動かなかった。

6

ギャリーはこみあった部屋を見まわした。三十二人。そわそわと不安の色を隠さずに壁を背にして立っている者もいれば、多少なりともおちついて、すわっている者もいる。大部分の者は、イワシの缶詰さながらにくっつきあって立っている。三十二人、これに負傷した犬の傷口を縫っている五人を足して三十七人。全員だ。

ギャリーが切りだした。

「よし、みんな集まったようだ。諸君の何人かは――せいぜい三、四人だろうが――一部始終を見たわけだ。テーブルの上のものは全員が目にしたはずだから、おおよそのところは察しがつくだろう。まだ見てない者がいれば、これをめくって――」

ギャリーの手が、テーブルの上のものにかぶさった防水布へのびる。焦げた肉の鼻をつく刺激臭が、そこからしみだしていた。男たちは不安げに身じろぎし、あわててギャリーを止めた。

「チャーノークは、もう犬ぞりのリーダーを務められそうにない」とギャリーがことばをついで、「ブレアーはこいつを手もとに置いて、もっと詳しく調べたいそうだ。われわれは、なにがあったのか知りたいし、こいつが永久に生き返らないかどうか、いますぐはっきりさせたい。なにか意見は？」

コナントがにやりとして、

「異議のあるやつは、今夜そいつといっしょに夜明しすればいい」

「では、ブレアー、きみの意見は？　いったいそれはなんだったんだ？」とギャリーが小柄な生物学者のほうをむく。

「ひとつ疑問なのは、われわれが見たのが、そいつの本来の姿なのかということです」ブレアーは覆いのかかったかたまりに目をやった。「そいつは、あの船を造った生物を模倣していたのかもしれません――しかし、たぶんちがうでしょう。あれが本当の姿だったんでしょう。曲がり角の近くにいた者は、動いているそいつを見たはずです。テーブルの上のものは、その成れの果てです。どうやら、そいつは自由になると、周囲を見まわしはじめたようです。南極は、この生きものがはじめて目にした遠い昔と同じように、あいかわらず凍っており――なおも凍ろうとしていました。溶けているあいだの観察と、そのとき切りとって固めた組織片から考えて、そいつは地球より高温の惑星に生まれたようです。したがって、本来の姿では気温に耐えられなかった。冬の南極で生きられる生物は地球にもいませんが、いるとしたら犬でしょう。そいつは犬を見つけ、どうにかして忍びより、チャーノークを同化した。しかし、ほかの犬たちが臭いをかぎつけたか――音を聞いたかして――よくわかりませんが――とにかくいきりたって、鎖を引きちぎり、同化しきる前にそいつに襲いかかったんです。われわれが発見したものは、一部がチャーノークで、奇妙なことに半分だけ死んでいました。一部は、その化けもののゼリーのような原形質に消化されかけたチャーノークで、残りは見つけたときのままの怪物でしたが、基本の原形質にまで溶けていたふしがあります。犬たちに襲われると、そいつは考えつくかぎりで最高の戦闘形態に変わりました。別世界の野獣かなにかのようです」

「変わっただって」ギャリーが声をとがらせた。「どうやって?」

「あらゆる生きものはゼリーでできています――原形質と、核と呼ばれる顕微鏡サイズ以下の微小なもので、これは基質、すなわち原形質を制御します。この怪物も宇宙に普遍的な自然法則によって生まれた適応例にすぎません。細胞は原形質でできており、極微の核によって制御されています。あなたがた物理学者は、それ――つまり、あらゆる生きものの個々の細胞――を原子になぞらえるといいでしょう。原子の嵩《かさ》、すなわち空間を占有する部分は電子の軌道で決まりますが、その物質の特徴は原子核で決まるのです。

この生物は、従来の知識を大幅に逸脱しているわけではありません。こういう適応例を、われわれが目にしたことがなかっただけです。ほかのどんな生命体もそうであるように、自然で、論理的なのです。まったく同じ法則にしたがいます。細胞は原形質でできており、その特徴は核によって決まるのです。

ただ、この生きものの場合、細胞核が細胞を意のままにあやつれるんです。そいつはチャーノークを消化し、消化しながら、犬の組織のあらゆる細胞を調べ、みずからの細胞を変形させて、正確に模倣しました。そいつの一部――変身を終える余裕のあった部分――は犬の細胞です。しかし、本物の犬の細胞核はありません」

ブレアーは防水布の端をめくった。灰色の剛毛《ごうもう》を生やした傷だらけの犬の肢。

「たとえば、これは犬の肢ではまったくありません。模倣なんです。なかにはどちらとも決めかねる部分もあります。核は姿を隠していました。模倣した犬の細胞核に覆われていたんです。じきに、顕微鏡で見ても、ちがいがわからなくなったでしょう」

「そうすると」ノリスが苦《にが》りきった声で訊いた。「時間がたっぷりあったとしたら……」

「犬になっていただろう。ほかの犬もこいつを受けいれていただろう。われわれも受けいれていただろう。区別はつかなったはずだ、顕微鏡でも、X線でも、ほかのどんな手段でも。こいつは恐ろしく知能の進んだ種族の一員だ。生物学の奥義《おうぎ》をきわめて、それを使いこなすようになった種族なんだ」

「なにをする気でいたんだろう？」と、盛りあがった防水布に目をやりながらバークレイ。

ブレアーは不愉快そうに口もとをゆがめた。禿げ頭をとり巻く後光《ごこう》のような薄い髪が、空気の流れでゆれていた。

「世界を乗っ取るつもりだったんだろう、たぶん」

「世界を乗っ取るだって！　そいつだけで、そいつ一匹だけでか？」コナントがあえぎ声をもらした。「独裁者を気取るつもりだったのか？」

「そうじゃない」ブレアーはかぶりをふった。骨ばった指でもてあそんでいた手術メスが落ちた。拾おうと身をかがめたので、顔が隠れ、声だけが聞こえた。「世界じゅうに蔓延《まんえん》していただろう」

「世界じゅうに――蔓延するだって。無性生殖するのか？」

ブレアーはかぶりをふって、ごくりと喉を鳴らした。

「いや――その必要はない。そいつの重さは八十五ポンド。チャーノークは九十くらいだった。そいつがチャーノークになっても、八十五ポンドはそのまま使えたはずだ――そう、たとえばジャックなりチヌークなりになるために。そいつはなんでも模倣できる――つまり、なんにでもなれるってことだ。南極海に達していたら、アザラシになっていただろう。ひょっとすると二頭のアザラシだったかもしれん。そいつらがシャチを襲って、シャチになるか、アザラシの群れになったかもしれん。さもなければ、アホウドリか盗賊カモメをつかまえて、南アメリカへ飛んでいったかもしれん」

ノリスが小声で悪態をつき、

「するとなにかを消化するたびに、それを模倣して――」

「元の体は残しておくだろう、ふたたび最初からはじめるために」とブレアーがことばを引きとった。「そいつを殺せるものはいない。天敵がいないんだ。なりたいものにはなんにでもなれるんだから。シャチに襲われたら、シャチになるだろう。そいつがアホウドリで、鷲に襲われたら、鷲になるだろう。おい、牝《めす》の鷲になるかもしれないんだぞ。もどって――巣を作り、卵を産むんだ！」

「その地獄からきた化けものは、まちがいなく死んでいるんだな？」カッパー医師がぼそりとたずねた。

「ええ、ありがたいことにね」小柄な生物学者はあえぎ声でいった。「犬を追いはらったあと、わたしはバーの電気処刑器を五分もあてていた。死んでいるとも――こんがり焼きあがっているさ」

「それなら、ここが南極であることに感謝するしかないな。基地にいる動物をのぞけば、模倣する生きものが、ただの一匹もいないことに」

「われわれがいる」ブレアーが含み笑いをもらした。「われわれを模倣できる。犬じゃ海まで四百マイルも歩けない。食料がないからな。この季節には、模倣するべき盗賊カモメもいない。これほど内陸じゃ、ペンギンもいない。この地点から海へたどり着けるものはいない――われわれを別にすればだ。われわれには知恵がある。たどり着けるんだ。わかるだろう――そいつは、われわれを模倣するしかない――われわれのひとりになりすますしかない――飛行機を飛ばす方法は、それしかないんだ――飛行機を二時間飛ばせば――地球の住民をことごとく支配――いや――なり変わることができるんだ。世界を乗っ取れるんだ――われわれになりすましさえすれば！

あいつはまだ知らなかった。学ぶ機会がなかったからな。あいつはあせり――あわてて――自分の大きさにいちばん近いものを同化した。いいかい――わたしはパンドラだ！　箱をあけてしまったんだ！　しかも出てくるはずの唯一の希望は――出てこられないんだ。しばらくわたしの姿が見えなかっただろう。やったんだ。かたづけたんだ。発電機はひとつ残らずぶっ壊した。飛行機はもう飛べない。なにも飛べないんだ」

ブレアーはひきつった笑い声をあげ、床にわっと泣きふした。

首席パイロットのヴァン・ウォールがドアにむかった。その足音が通路にこだましているあいだに、カッパー医師が急ぐようすもなく床の小男にかがみこんだ。医師は部屋の端にある自分の診察区画からなにかを持ってきて、ブレアーの腕に溶液を注射した。

「目がさめたら、おちついてるだろう」彼はため息をついて、起きあがった。マクレディの手を借りて、小柄な生物学者を近くの寝棚へ運びあげ、「あの怪物が死んでいると納得させられるかどうかによるが」

ヴァン・ウォールが小屋にもどってきた。豊かな金色の顎髭をぼんやりとなでまわしながら、

「生物学者がそういうことをやって、見落としがないとは思えなかったんでね。やつは第二倉庫の予備を見逃していた。もうだいじょうぶだ。おれがそいつもぶっ壊した」

ギャリー隊長はうなずいた。

「無線のことを考えていたんだが」

カッパー医師が鼻を鳴らした。

「いくらあいつだって、電波に乗って漏れていきはしないだろう。連絡をやめたら、三ヵ月以内に五回も救助が試みられるぞ。なすべきことは、きちんと連絡をいれ、騒ぎを起こさないことだ。さて――」

マクレディが考えこんだようすで医師に目をやった。

「伝染病みたいなものかもしれん。あいつの血をすこしでも呑んだ者は――」

カッパーは首をふった。

「ブレアーは見落としをしていた。たしかにあいつは模倣するが、ある程度は、自分の生化学、自分の新陳代謝をそなえているはずだ。そうでなかったら、あいつは犬になって——犬のままでしかいられなくなる。だから、偽物《にせもの》の犬にならなければならないんだ。したがって、血清検査で見分けられる。それにほかの世界からきたのだから、あいつの生化学は根本的にちがっていて、わずかな細胞、たとえば数滴の血が体内にはいっただけで、犬や人間の体は病原菌として対処するんじゃないかな」

「血か——偽物は出血するんだろうか？」とノリス。

「当然するさ。血に神秘的なところはない。筋肉はおよそ九十パーセントが水分だ。血は二パーセント水分が多くて、結合組織がすくないところがちがうだけだ。もちろん、出血するとも」カッパーが断言した。

不意にブレアーが寝棚で身を起こし、

「コナント——コナントはどこだ？」

物理学者は小柄な生物学者のほうへ歩みよった。

「ここにいるよ。どうした？」

「きみがそうか？」ブレアーがひきつった笑い声をもらした。寝棚に倒れこんで、体をよじり、声を殺して笑いつづける。

コナントは唖然《あぜん》としてブレアーを見つめた。

「はあ？　おれがなんだっていうんだ？」

「きみがいるって？」ブレアーがけたたましい笑い声をあげた。「きみがコナントだって？　あの化けものは人間になりたかったんだぞ――犬じゃなく――」

7

カッパー医師は疲れた顔で寝棚から立ちあがり、注射器を丹念に洗った。ブレアーの押し殺した笑い声がようやく静まったいま、その小さなカチャカチャいう音が、こみあった部屋にやけに大きく響きわたった。カッパーはギャリーのほうを見て、ゆっくりとかぶりをふった。

「残念ながら、望み薄だな。あの怪物がもう死んでいると納得させられそうにない」

ノリスが不安げに笑い声をあげ、

「おれだって納得できそうもない。ちくしょう、おまえが悪いんだ、マクレディ」

「マクレディが？」ギャリー隊長がノリスからマクレディに好奇の目を移した。

「悪夢ですよ」ノリスが説明した。「あの怪物を見つけたあと、第二基地でおれたちが見た悪夢について、マクレディにはひとつの理論があったんです」

「ほう、それで？」ギャリーがじっとマクレディを見つめる。

ノリスがひきつった声でかわりに答えた。

「あの化けものが死んでいないっていう理論です。新陳代謝を極端に遅くして生きている、にもかかわらず、時間の経過や、永劫《えいごう》の時をへておれたちがやってきたことを漠然と意識してるっていうんですよ。おれは、あいつがいろんなものになりすますところを夢に見ました」

「たしかに」とカッパーがうなった。「あいつにはできるな」

「茶々《ちゃちゃ》をいれないでくれ」ノリスがぴしゃりといった。「おれが気にしてるのは、そのことじゃない。夢のなかで、あいつは心を読めたんだ。考えごとや、思いつきや、癖《くせ》を読めたんだ」

「それが深刻な問題かね？　それにくらべれば、南極基地に狂人をかかえるのは楽しいことのようだが」カッパーは眠っているブレアーのほうに顎をしゃくった。

　マクレディが大きな頭をゆっくりとふって、

「コナントがコナントだとわかるのは、たんに彼がコナントのように見えるからではなく——そういうことなら、あの怪物にもできそうだとわかってきたからな——コナントのように考え、コナントが行動するように行動するからだ。それには、コナントとうりふたつの体があるだけでは足りない。コナント自身の心と考えと癖がいる。したがって、そいつがコナントとうりふたつになれるとしても、あまり心配することはない。そいつが別世界の生物の心、人間とはほど遠い精神をそなえていて、おれたちの知っている人間のように反応したり、考えたり、しゃべることはできないはずだからだ。おそらく、おれたちを一瞬たりともだませないだろう。あの化けものが、おれたちのひとりになりすますって考えは面白いが、現実ばなれしてるな。人間とはあまりにもちがいすぎて、おれたちを欺《あざむ》けないからだ。あいつには人間の心がない」

「前にもいったが」ノリスがマクレディをひたと見据えて繰りかえした。「こんなときによくそんなことがいえるな。悪いが、そういうことを考えるのはやめてもらおうか——いまのところは」

頬に傷のある越冬隊のコック、キンナーはコナントのそばに立っていた。不意に彼はこみあった部屋の端から端へ移動して、持ち場の調理場にむかった。調理ストーヴから騒々しく灰をふるい落とす。

「模倣しようとしているものとそっくりになるだけでは、うまくいかなかったはずだ」と、カッパー医師が考えを口にだすようにして静かにいった。「あいつは相手の感情や反応を理解しなければならなかったはずだ。あいつは人間じゃない。模倣の能力は人間の理解を超えている。優秀な俳優は、稽古《けいこ》を積めば、別人の癖まで真似て別人になりすまし、たいていの人間を欺くことができる。しかし、どんな俳優も、プライヴァシーのまったくない南極基地で、模倣された人間といっしょに暮らしていた男たちをまんまと欺くほどうまく模倣できるはずがない。それには超人的な技術が必要だ」

「おいおい、あんたまで心配の虫にとり憑かれたのか？」とノリスが小声でいう。

部屋の端にひとりで立っているコナントは、顔面を蒼白にして、せわしなく周囲を見まわした。静かに潮《しお》が引くように、人波が部屋の反対側へゆっくりと移動していたので、彼ひとりがぽつんと立つ形になっていたのだ。

「ちくしょう、おふたりさんは黙ってくれないか」コナントの声は震えていた。「ぼくはなんだ？　きみたちが解剖している顕微鏡標本かなにかか？　三人称で話題にしている不愉快な虫けらか？」

マクレディは上目《うわめ》づかいにコナントを見た。ゆっくりとひねっていた手を一瞬止めて、

「こちらは楽しくやっています。くれぐれもお元気で。署名——全員」

コナント、不愉快な目にあっていると思うなら、しばらくそっちの端に寄っててくれ。きみには、おれたちとちがう点がひとつある。それがなにかはわかるだろう。いってみれば、きみはいまこの瞬間、大磁極基地《ビッグ・マグネット》でもっとも敬遠される男なんだよ」

「なんてこった、きみのその目を見せてやりたいよ」コナントはあえいだ。「そんな目で見るのはよせ！　いったいぜんたいどうする気だ？」

「どうしたものかな、カッパー先生」ギャリー隊長が冷静な声でいった。「これではどうしようもない」

「それじゃ困ります」コナントが声を荒らげた。「ここへきて、みんなを見てください。ちくしょう、通路の曲がり角にいたハスキー犬の群れとそっくりだ。ベニング、氷斧なんか持たないでくれ」

銅製の刃《は》が床の上で金属音をたてた。あわてた航空整備士がとり落としたのだ。ベニングはすぐにかがんで、拾いあげると、ゆっくりと持ちあげ、両手で握ってまわしながら、茶色い目できょろきょろと部屋を見まわした。

カッパーは、ブレアーのとなりの寝棚に腰をおろした。木のきしむ音が部屋にうるさく響きわたった。通路のずっと先のほうで、一頭の犬が苦痛の叫びをあげ、飼育係の張りつめた声が

低く流れてきた。

「顕微鏡で検査しても」と医師は考えこむようにいった。「ブレアーが指摘したように、無駄だろうな。かなりの時間がたってしまった。とはいえ、血清テストなら見分けがつくだろう」

「血清テスト？　正確にはどういう意味だね？」とギャリー隊長。

「かりにウサギがいて、人間の血液を注射し――もちろん、ウサギには毒だよ。ほかのウサギ以外のどんな動物の血もそうであるように――量をふやしながら、しばらく注射をつづけたとすれば、そのウサギは人間に対して免疫になる。かりに小量の血を採《と》って、試験管のなかで分離し、透明な血清を作れたとして、人間の血をわずかに加えてやると、目に見える反応が生じて、その血が人間のものだと証明されるわけだ。かりに牝牛か犬の血を加えても――人間の血液以外の蛋白質ならどれも同じことだが――反応は起こらない。これなら、はっきりした証明になるだろう」

「どこでウサギをつかまえてくりゃいいんだい、先生？」とノリス。「オーストラリアより近くでないと困るぜ。あんまり遠くまで行って、時間を無駄にしたくないからな」

「南極にウサギがいないことぐらいは知ってるよ」カッパーがうなずいた。「ふつうはウサギを使うというだけの話だ。人間以外なら、どんな動物でもかまわない。たとえば、犬。しかし、犬だと日数がかかるし、体が大きいから、かなりの量の血液がいる。ふたりから採血しないとな」

「わたしでいいのかな」とギャリーが申しでる。

「これでふたりになる」カッパーはうなずいた。「いますぐ、とりかかろう」

「そのあいだコナントはどうするんです？」キンナーが声をとがらせた。「やつのために料理するくらいなら、おれはそのドアから出ていって、ロス海にむかいますよ」

「彼は人間かも――」カッパーがいいかけた。

コナントは罵詈雑言《ばりぞうごん》をわめき散らした。

「人間！　人間かもしれんだと、このやぶ医者野郎！　いったいぜんたい、ぼくがなんだっていうんだ？」

「怪物だよ」カッパーがぴしゃりといった。「さあ、黙って聞いてろ」

コナントは血の気を失って、ドスンとすわりこんだ。いっぽう告発がことばの形をとった。

「はっきりするまで――疑う理由があることは、きみにだってわかるだろう。そしてどうやったらその疑問に答えられるかは、きみだけが知っているんだ――きみを監禁するのは当然だろう。かりにきみが――人間でないとしたら――この哀れなブレアーより、はるかに危険だということになるし、わたしはブレアーを厳重に監禁するつもりだ。おそらく、彼はつぎにきみを殺さずにはいられなくなるだろう。そのつぎが犬で、そのつぎがわれわれだ。ブレアーは目をさましたら、われわれ全員が人間ではないと確信するだろうし、その確信をくつがえせるものは地球上に存在しないだろう。ブレアーを死なせるほうが親切だが、もちろん、そんなことはできない相談だ。彼は小屋のどれかに行くことになる。きみは観測機器を持って宇宙線観測小屋《コスモス・ハウス》にいればいい。いずれにしろ、そのつもりだったんだろう。わたしは犬を二頭処置しなけりやならん」

コナントは苦々しげにうなずいた。

「ぼくは人間だ。早くそのテストをしてくれ。きみたちの目は——ちくしょう、その目つきを見せてやりたいよ——」

ギャリー隊長が心配そうに見まもるなか、犬の飼育係のクラークが、大きな褐色のアラスカン・ハスキーを押さえ、いっぽうカッパーは採血処置をはじめた。犬はおとなしくいうことを聞こうとしなかった。針は痛かったし、すでに午前中にかなりの注射を打たれていたのだ。肩から肋《あばら》をよぎって胴体のなかばにまで達する傷口が、五針も縫われている。長い牙の一本は折れている。欠けている部分は、管理棟のテーブルに載せられた怪物の肩の骨に食いこんでいるのが見つかった。

「どれくらいかかるんだね？」と、腕をそっと押さえながらギャリー。カッパー医師が採血に使った注射針の跡がヒリヒリした。

カッパーは肩をすくめ、

「正直いって、わからんね。通常の手順は知っている。ウサギでやったこともある。しかし、犬で試したことはない。犬はこの作業には大きく、あつかいにくい動物だ。当然ながら、ウサギのほうがあつかいやすいし、ふつうは都合がつく。文明地なら、人間に対して免疫のウサギを業者から買えるから、わざわざ自分で用意する研究者はそう多くない」

「ふつうはなんに使うんだい？」とクラーク。

「犯罪学では広く利用されているな。Aが、自分はBを殺していない、シャツの血は鶏《にわとり》を絞めたときのものだといったとしよう。当局はテストし、それからAに説明させるんだ、どうして血が鶏に免疫なウサギでなく、人間に免疫のウサギに反応するのかをね」

「そのあいだブレアーをどうしておこう?」ギャリーが疲れのにじむ声でたずねた。「しばらくはこのまま眠らせておけばいいが、目をさましたら——」

「バークレイとベニングが、コスモス・ハウスのドアにかんぬきをつけている」カッパーはむっつりと答えた。「コナントは紳士的にふるまってるよ。たぶん、みんなの目つきにさらされて、プライヴァシーが欲しくなったんだろう。もともと、だれもがちょっとしたプライヴァシーを持てるように祈ってたんだから」

クラークが苦笑いし、

「もういらないよ。大勢でいるほうが、にぎやかでいいや」

「ブレアーにも」とカッパーがことばをつづけ、「プライヴァシーが必要だ——ついでにかんぬきも。目をさましたら、かなり思いきったことをやる気になるだろう。昔は家畜に伝染病が広まるのをどうやって防いでいたか、聞いたことはあるかね?」

クラークとギャリーは黙って首をふった。

「伝染病がなければ、伝染病は起きるはずがない」とカッパーが説明した。「症状を示した動物と、発病した動物のそばにいた動物を残らず殺せば、病気は食いとめられるってわけだ。ブレアーは生物学者だから、その話を知っているはずだ。彼は、われわれが生き返らせたあの怪物を恐れている。もう彼の心のなかでは、はっきり答えが出ているだろう。つまり、この基地のあらゆる人間、あらゆる生物を殺すことだ。春になって、盗賊カモメか、迷子のアホウドリがたまたまこっちへやってきて――病気にかかる前にね」

クラークは唇をすぼめて、ゆがんだ笑みを浮かべた。

「理屈は通ってるようだ。もし事態が手に負えなくなったら――ブレアーを自由にしてやるほうがいいかもしれん。自殺する手間が省《はぶ》けるってもんだ。事態が悪化しても、なにが起きるか見届けるって、みんなで誓いを立てとこうか」

カッパーは静かに笑って、

「ビッグ・マグネットで最後に生きている男《マン》は――人間《マン》じゃないだろう」と指摘した。「だれかが殺さなきゃならない――自分では死にたがらない化けものを。いっぺんに始末するだけのテルミットはないし、デカナイトはあまり役に立たんだろう。ああいう生きものは、小さな断片でさえ自足していると思えるふしがある」

「もし」と考えこんだようすでギャリー。「原形質を意のままに作り変えられるのなら、あっさり体を鳥に作り変えて、飛び去ってしまわないだろうか？　鳥のことをすべて読みとれば、現物を見なくても、構造を模倣できるはずだ。さもなければ、故郷の惑星の鳥を模倣するかもしれん」

カッパーは首をふって、犬を放すクラークに手を貸した。

「人間は何世紀にもわたって鳥を研究し、鳥のように飛ぶ機械を作ろうとしてきた。とうとうそれはうまくいかず——最終的な成功は、それをすっかりあきらめて、新しい方法を試したときに訪れた。一般的な概念を知るのと、翼や骨や神経組織の詳細な構造を知るのとは、まるっきり別物なんだよ。それから別世界の鳥のほうだが、たぶん、いや、じっさいはまちがいないと思うが、大気の条件がかけはなれているから、そういう鳥は飛べないはずだ。あの生きものが火星のような惑星からきたのだとしても、たぶん無理だ。空気が薄すぎて、鳥がいないわけだから」

長い飛行機の操縦用ケーブルを引きずりながら、バークレイが建物にはいってきた。

「すんだよ、先生。コスモス・ハウスは内側からはあけられない。さて、ブレアーをどこにやる？」

カッパーはギャリーのほうに目をやり、

「生物学棟はないからな。どこへ隔離しよう」

「東倉庫はどうだろう？」ギャリーがすこし考えてからいった。「ブレアーは自分の面倒を見られるだろうか——それとも気を配《くば》ってやらないとだめかな？」

「ひとりでやっていけるだろう。気を配ってほしいのはこっちだよ」カッパーがむっつりといった。「ストーヴと石炭を二袋、必要な食料とあそこを修理するための道具を二、三持たせてやろう。去年の秋から、だれもはいっていないんだろう？」

ギャリーはうなずいて、

「彼が騒ぎたてるとすれば——われながら、名案かもしれんな」

バークレイが運んできた道具をさしあげ、上目づかいにギャリーを見た。

「いまぶつぶついってるのがなにかの徴候なら、朝まで歌いとおしますよ。あいつの歌は好きになれないでしょう」

「なんていってるんだ?」とカッパー。

バークレイは首をふって、

「わざわざ耳をかたむけたりしなかったんでね。聞きたいなら、自分で聞くんだな。でも、あのいかれ野郎は、マクレディが見た夢を全部と、それ以外の夢をすこし見てるようだったよ。たしか、あいつは第二磁極からの帰り道で野営したとき、怪物のそばで眠ったんだ。あの怪物が生きている夢を見て、もっと詳しい夢も見た。そして——いまいましいことに——それが夢でないことを知ったか、そう考える理由ができたんだ。あいつは、怪物にテレパシー能力があって、それがぼんやりと蠢《うごめ》いていることや、心を読むだけでなく、思考を投射できることも知ったんだ。でも、それは夢じゃなかった。怪物がまき散らしていたとりとめのない思考だったんだ、ちょうどいまブレアーが思考をまき散らしているみたいに——眠りながらテレパシーをだしてるようなもんだ。そういうわけで、あいつは怪物の能力をよく知っていた。たぶん、あんたとおれは、先生、それほど敏感じゃないんだろう——あんたがテレパシーを信じればの話だが」

「信じないわけにはいかんな」とカッパーがため息をつき、「デューク大学のライン博士は、テレパシーの存在を示してきたし、他人よりはるかに敏感な者がいることを示してきた」

「へえ、詳しく知りたければ、ブレアーの放送を聞きにいくといいや。あいつは、管理棟からほとんどの連中を追いだしちまった。キンナーは、ころがる石炭みたいな勢いで鍋《なべ》をガチャガチャいわせてるしな。鍋をガチャガチャいわせてないときは、灰をゆすり落としてるんだ。ところで、隊長、もう飛行機は使えないわけですが、この春はどうするんです？」

ギャリーはため息をつき、

「残念ながら、われわれの遠征は失敗に終わるようだ。いまや調査に力を割《さ》くわけにはいかんからな」

「失敗にはならんよ――われわれが生きつづけ、この窮地《きゆうち》から脱すれば」とカッパーが請けあい、「かりに事態を収拾できれば、われわれの発見は重要な意味を持つ。宇宙線のデータ、磁気の研究、大気の研究はちょっとした業績になるだろう」

ギャリーは陰気な笑い声をあげた。

「いま無線通信のことを考えていたんだ。われわれの探検飛行のすばらしい成果を半分だけ世界に報告し、バードやエルズワースのような国の連中を欺いて、われわれが立派にやっていると思わせることを」

カッパーはいかめしい顔でうなずいた。

「連中には、なにかがおかしいとわかるだろう。しかし、そういう連中は、なんの理由もなしにわれわれがごまかしをしないと判断するだけの分別をそなえているし、われわれが帰還するまで、判断をさし控《ひか》えるだろう。要するに、こういうことだ――われわれの欺瞞《ぎまん》を見破れるほど事情に通じている者は、われわれの帰還を待つ。待つだけの思慮《しりょ》と信念に欠けている者は、ごまかしを察知する経験をそなえていない。われわれは、はったりをかませる程度にはここの状況を知っている」

「連中に〝救助〟隊を派遣させない程度ですめばいいが」とギャリー。「かりに――この窮地を脱せそうになったら、フォーサイス大佐に連絡して、こちらへくるとき、発電機の予備を持ってきてもらわなければ。しかし――そこまで気をまわすこともないか」

「つまり、窮地は脱せないってことですか？」とバークレイ。「無線で噴火か地震の実況中継をもっともらしくやったらどうです――しめくくりにデカナイトの爆発をマイクで拾ってね。もちろん、だれもこさせないようにするのは無理でしょう。メロドラマ調に〝最後の生き残りの場面〟を派手に盛りあげたら、あせってくることはないかもしれませんよ」

ギャリーは破顔一笑《はがんいっしょう》した。

「基地の全員がそれをわかってくれるかな？」

カッパーが笑った。

「どう思う、ギャリー？　勝つ自信はある。だが、そうあっさりとはいかないだろう」

犬をなだめすかしていたクラークが、顔をあげてにやりとした。

「自信はあるっていったのかい、先生？」

8

ブレアーは小さな小屋をおちつきなく歩きまわった。その目は、いっしょにいる四人の男をちらちらと盗み見ていた。身長六フィート、体重百九十ポンドあまりのバークレイ。ブロンズの巨人マクレディ。小柄だが、ずんぐりしてたくましいカッパー医師。五フィート十インチで、ワイアのように頑丈なベニング。

ブレアーは東倉庫の奥の壁ぎわまでさがった。彼の装備は床のまんなか、暖房ストーヴのかたわらに積みあげられており、彼と四人の男のあいだで島を形作っていた。ブレアーの骨ばった手はブルブル震え、結んだり開いたりしていた。禿げてしみのある頭が、小鳥のような動きで左右へ突きだされるたびに、青白い目が不安げにゆれていた。

「だれもこないでくれ。料理も自分でする」彼はいらいらと声をとがらせた。「キンナーはまだ人間かもしれんが、わたしは信じない。わたしはここから出ていくが、きみらのよこす食料は口にしない。缶詰が欲しい。あけてない缶詰が」

「OK、ブレアー、今夜持ってくる」バークレイが約束した。「石炭があるから、火は熾せるな。ついでにおれが――」とバークレイが踏みだす。

ブレアーは、たちまちいちばん遠い隅まで走っていった。

「出ていけ！　わたしに近づくな、この怪物め！」小柄な生物学者は金切り声をあげ、小屋の壁に爪で穴をあけようとした。「近づくな――近づくんじゃない――吸収されないぞ――されるもんか――」

バークレイは体から力をぬいて、後退した。カッパー医師がかぶりをふって、

「ほうっておけ、バー。自分でやらせるほうが簡単だ。ドアはあかないようにしないとな――」

四人の男は外へ出た。ベニングとバークレイが、てきぱきと仕事にかかった。南極に鍵はない。鍵が必要になるほどのプライヴァシーがなかったのだ。しかし、頑丈なネジ釘がドア枠の両側にねじこまれ、予備の飛行機操縦用ケーブル――鋼鉄のワイアを縒《よ》りあわせた途方もなく強靭な鉄線――が、手ぎわよくネジ釘のあいだに張りわたされた。バークレイはドリルと穴びき鋸《のこ》で仕事にかかった。じきにはね戸がドアにつけられ、それを通せば、入り口をあけずに品物をわたせるようになった。道具箱にあった三個の頑丈な蝶番《ちょうつがい》、二個の掛け金、二本の三インチの割りピンで、はね戸は内側からあかないようにされた。

ブレアーはなかでせかせかと動きまわっていた。息をゼイゼイいわせながら、ドアまでなにかを引きずってきて、口汚く悪態をついている。バークレイははね戸を開いて、ちらっとなかをのぞいた。カッパー医師がその肩ごしにのぞきこむ。ブレアーは重い寝棚をドアに寄せていた。もう彼の協力なしでドアはあけられないのだ。

「あの哀れな男も、そういかれちゃいないのかもしれん」とマクレディがため息をつき、「あいつが野放しになったら、できるだけ早くわれわれを皆殺しにするだろう。そんな目にあうの

はご免だがな。しかし、ドアのこちら側には狂人より悪いものがいるんだ。どっちかを野放しにしなけりゃならないとしたら、おれはここへきて、この固縛《ラッシング》をほどくことにするよ」

バークレイはにやっとして、

「そのときは知らせてくれ、そうしたらこいつのほどきかたを教えてやる。さあ、もどろうぜ」

太陽は北の地平線をいまだに色とりどりの光で彩《いろど》っていた。もっとも、地平線の下に沈んで二時間がたっているのだが。雪原が北へとのびており、燃えるような色彩の下で燦然《さんぜん》ときらめいて、無数の輝きを反射している。北の地平線上に盛りあがって、磁極のあたりを示している白い小山は、広がる雪原の上にかろうじて顔を出しているだけだ。四人が二マイルはなれた基地本体へむかってすべりだすと、スキーの舞いあげる雪が風に乗って小さな渦のように流れていった。細長い指のような送信アンテナが、白い南極大陸を背景に、真っ黒い針をそそり立たせている。四人のスキーの下の雪は、細かな砂粒さながらに固く、ザラザラしていた。

「春がくる」とベニングが苦々しげにいった。「うれしいじゃないか！　このろくでもない氷の穴からおさらばする日を心待ちにしてたんだ」

「おれがおまえだとしたら、いまはやめとくね」とバークレイがうなり、「ここ数日のうちにここから出ていく野郎は、えらく不人気だろうからな」

「犬の調子はどうだい、カッパー先生？」とマクレディ。「まだ結果は出ないのか？」

「三十時間でかい？　出ればいいんだがな。今日わたしの血を注射した。しかし、あと五日はかかるだろう。それより早くすむとは、ちょっと思えんね」

「ずっと考えてたんだが――もしコナントが――変化していたとしたら、怪物が逃げたあと、あんなに早く警告しただろうか？　まんまと変身してのけるまで待ったんじゃないだろうか？　おれたちが自然に目をさますまで」とマクレディがことばを選びながら訊いた。

「あいつは利己的なんだ。高尚な義俠心《ぎきょうしん》をたっぷり持ちあわせているようには見えなかっただろう？」とカッパー医師が指摘し、「あいつのあらゆる部分が全体だ、あらゆる部分がそれ自体で全体なんだ、そう思えるふしがある。かりにコナントが変わっていたとしたら、無事に逃れるために、待っていたはずだが――コナントの感情は変わっていない。完璧に模倣されているか、本人の感情であるかだ。当然ながら、模倣だとしたら、コナントの感情を完璧に模倣するから、コナントがするとおりにするだろう」

「それなら、ノリスかヴェインにコナントをテストさせてみたらどうだ。あいつが人間より知能が発達しているのなら、コナントなんか足もとにもおよばないほど物理学に通じているかもしれん。それで尻尾《しっぽ》をださないか」とバークレイ。

カッパーは疲れたようすでかぶりをふった。

「心を読むとしたら、だめだな。罠を仕掛けることは不可能だ。ヴェインも昨夜そういうことをいいだした。答えを知りたい物理学の疑問に答えてもらおうとしたわけだ」

「この四人ひと組っていうアイデアのおかげで人生は楽しくなるな」とベニングが同僚たちに目をやり、「だれもが他人に目を光らせて、そいつがなにか――おかしな真似をしないかと見張ってやがる。まったく、頼りになる連中だぜ！　だれもが猜疑心《さいぎしん》に満ちた目でとなりの男を見てるんだから——コナントがどういうつもりで『きみたちの目つきを見せてやりたいよ』なんていったのか、おれにもわかってきた。だれもがときどき疑心暗鬼《ぎしんあんき》にとらわれているらしいな。きみらの顔に書いてある、『おれ以外の三人はだいじょうぶだろうか』ってね。ちなみに、おれも例外じゃないが」

「おれたちの知るかぎり、あの怪物は死んでいて、コナントにわずかな疑いがかかっている。ほかに疑われている者はいない」とことばを選ぶようにマクレディ。「『常に四人ひと組』という命令は、ただの予防措置だ」

「そのうちギャリーは、四人でひとつの寝棚にはいれっていいだすぞ」とバークレイがため息をつき、「いままでプライヴァシーなんかないと思ってたが、あの命令からこっち——」

9

コナントほど緊張して見まもっている者はいなかった。滅菌した小さなガラスの試験管になかばまで満たされた麦わら色の液体。一滴——二滴——三滴——四滴——五滴と、カッパー医師が、コナントの腕から採血して分離した透明な溶液をしたたらせた。試験管は慎重にふられてから、透明な温水のビーカーに漬けられた。温度計が血液の温度を読み、小型の恒温器がカチカチとうるさく音をたて、電熱器が輝きはじめるのと、明かりがチラチラしはじめるのが同時だった。やがて——小さな白い沈殿物ができはじめ、麦わら色の透明溶液の底へ降りつもった。

「神よ」コナントがいった。どすんと寝棚にへたりこみ、赤ん坊のように泣きじゃくる。「六日間——」コナントは嗚咽《おえつ》した。「あんなところで六日間も——そのくそったれのテストがまちがっていたらと思いながら——」

「まちがうはずがない」とカッパー医師。「犬は人間に対して免疫だった——そして血清は反応した」

「彼は——だいじょうぶなのか？」ノリスがあえぎ声でいった。「それなら——怪物はくたばってる——永久にくたばってるんだな？」

「彼は人間だ」カッパーはきっぱりといった。「そして怪物は死んでいる」

キンナーが笑いだし、ヒステリックに笑いつづけた。マクレディはそちらをむくと、キンナーの左右の頬を張った。コックはゲラゲラ笑い、ごくりと唾を呑みこむと、すこし泣いてから、頬をこすりながら上体を起こし、もごもごと感謝のことばをつぶやいた。

「こわかったんだ。ちくしょう、こわかったんだよ——」

ノリスが苦笑いして、

「おれたちがこわくなかったと思うのか、このばか。コナントがこわくなかったとでも思うのか」

管理棟にたちまち明るい雰囲気がよみがえった。笑い声がさざめき、コナントのまわりに群がった男たちは、不必要に大きな声でしゃべった。棘《とげ》のあるいらいらした声が親しげな声にもどった。だれかが大声でいいだして、十人あまりがスキーをとりにむかった。ブレアーだ。ブレアーも正気をとりもどしているかもしれない――カッパー医師はほっとしながらも試験管をふり、溶液を試していた。ブレアーの小屋へむかう救援隊が、騒々しくスキーの音をたてながら、ドアを出ていく。興奮した安堵《あんど》の空気が届いたのか、通路の先で、犬たちがつづけざまに遠吠えした。

カッパー医師は試験管をふっていた。マクレディが最初に気がついた。医師は寝棚の端にすわり、沈殿物で白濁《はくだく》した麦わら色の液体のはいった試験管を二本手にしていた。試験管のなかの物質より白い顔をして、恐怖に見開かれた目から無言で涙を流していた。

マクレディは、冷たい恐怖のナイフが心臓を刺しつらぬき、胸のなかで凍りつくのを感じた。カッパー医師が顔をあげ、

「ギャリー」としわがれ声をはりあげた。「ギャリー、頼む、ちょっときてくれ」

ギャリー隊長はきびきびと医師のほうへ歩みよった。管理棟が水を打ったように静まりかえった。コナントが顔をあげ、寝棚からぎこちなく立ちあがった。

「ギャリー――怪物の組織にも――沈殿が生じた。これでは証明にならない。わかるのは――犬が怪物に対しても免疫だということだけだ。つまり血を提供したふたりのうちひとり――われわれのどちらか、きみかわたしのどちらかが、ギャリー――怪物なんだよ」

10

「バー、ブレアーに教えに行ったやつらを呼びもどせ」

マクレディが冷静な声でいった。バークレイはドアへむかった。部屋のなかで緊張して黙りこくっている男たちのもとへ、彼の叫び声がこだましてきた。やがて本人がもどってきた。

「すぐ帰ってくる」とバークレイ。「理由はいわなかった。カッパー先生から行くなとお達しがあったとだけいっといた」

「マクレディ」ギャリーがため息をつき、「いまからきみが指揮をとれ。神のご加護《かご》がありますように。わたしはなにもしてやれんが」

ブロンズの巨人はゆっくりとうなずき、深くくぼんだ目をギャリー隊長にむけた。

「わたしがそうかもしれん」とギャリーはいいそえた。「そうじゃないことはわかっているが、きみらに証明する手立てがない。カッパー先生のテストは失敗した。それが役に立たないことを彼が示したという事実は、役に立たないと知られないほうが怪物にとって有利な場合、彼が人間だと証明するように思えるだろう」

カッパーは寝棚にすわってゆっくりと体を前後にゆすっていた。

「わたしも自分が人間だとわかっとる。やっぱり証明はできんがな。われわれふたりのうちどちらかが嘘をついているんだ。あのテストは嘘をつけんから。テストによれば、われわれふたりのどちらかがそうなんだ。わたしは、テストがまちがっているという証明をした。それは、わたしが人間であると証明しているように思える。いっぽう、ギャリーは先ほどわたしが人間であると証明する論拠を提出した——怪物なら、そんなことをするはずがない。どこまでいっても堂々めぐりだ。グルグル、グルグル——」

そのことばにあわせて、カッパー医師の頭、ついで首と肩がゆっくりとまわりはじめた。と、つぎの瞬間、彼は寝棚にあおむけになって、カラカラと哄笑《こうしょう》していた。

「われわれのどちらかが怪物だなんて証明しなくてもいいんだ！　そんな証明はまったくしなくていいんだ！　ハッハッ。われわれ全員が怪物でも同じことだ——全員が怪物なら——ひとり残らず怪物なら——コナントもギャリーもわたしも——きみたち全員が怪物ならな」

「マクレディ」金色の顎鬚を生やした首席パイロットのヴァン・ウォールが、静かな声で呼びかけた。「あんたは医学の博士号をとる途中で、気象学に乗りかえたんじゃなかったっけ？　なにかテストをやれないのか？」

マクレディはカッパーのところまでゆっくりと足を運び、その手から注射器をとりあげると、九十五パーセントのアルコールで丹念に洗った。ギャリーは血の気の失《う》せた顔で寝棚のへりにすわっており、カッパーがいったことはもっともだ」マクレディを無表情に見つめていた。

「カッパーがいったことはもっともだ」マクレディはため息をついた。「ヴァン、ちょっと手を貸してくれないか？　すまん」

注射針がカッパーの太股《ふともも》に突き刺さった。男の笑いは止まらなかったが、モルヒネが効《き》くにつれ、ゆっくりとむせび泣きに、ついで安らかな眠りに変わっていった。

マクレディがむきなおった。ブレアーの小屋にむかった男たちが、部屋の反対端に立っていた。スキーについた雪が溶けていく。彼らの顔は雪まみれのスキーに負けず劣らず白かった。コナントは両手の煙草に火をつけていた。一本をぼんやりとふかしながら、床をじっと見つめていた。左手の煙草の熱さに注意を惹《ひ》かれ、しばらくばかのようにそれと右手の煙草とをまじまじと見ていた。煙草を床に落として、ゆっくりと踏みにじる。

「カッパー先生のいうとおりかもしれん」とマクレディがいいなおした。「おれは、自分が人間だとわかっている――だが、もちろん証明はできん。納得がいくように、もういちどテストをやってみる。やりたい者は同じことをやってもいいぞ」

二分後、マクレディは麦わら色の血清に白い沈殿物がゆっくりとたまっていく試験管を握っていた。

「人間の血にも反応するから、ふたりとも怪物じゃない」

「おれは怪物だなんて思わなかった」とヴァン・ウォールがため息をつき、「怪物が血を提供するなんておかしいからな。ばれたら、殺されるんだぞ。いったいどうして怪物はおれたちを殺してないんだろう？　野放しになってるらしいのに」

マクレディは鼻を鳴らした。それから小声で笑って、

「初歩的なことだよ、ワトスン君。怪物は生きものを手もとに置いておきたいんだ。死体を動かすことはできないらしいからな。あいつはじっと待っているんだ――好機が到来するのを待

っているんだ。つまり、人間のままでいる者は、あいつの予備ってわけだ」

キンナーが歯の根もあわないほど震えて、

「おい。おい、マック。マック、自分が怪物だとしたら、おれにわかるのかい？　もし怪物にもう乗っ取られていたとしたら、おれにわかるのかい？　なんてこった、おれはもう怪物かもしれんぞ」

「わかるとも」とマクレディは答えた。

「でも、おれたちにはわからない」ノリスがヒステリー気味に短く笑った。

マクレディは、残った血清のガラス瓶に目をやり、

「こいつだってまだまるっきり役に立たんわけじゃない」と考えこむようにいった。「クラーク、きみとヴァンとで手を貸してくれないか？　ほかのみんなはここにかたまっていてくれ。おたがいから目をはなさずにな」と苦々《にがにが》しげにいい、「つまり、おかしな真似をしないようにってことだ」

マクレディは犬舎《ドッグタウン》へむかってトンネルを歩きはじめ、クラークとヴァン・ウォールがそのあとを追った。

「もっと血清がいるのか？」とクラーク。

マクレディはかぶりをふって、

「テストするのさ。あそこには四頭の牝牛と一頭の牡牛、それに七十頭近い犬がいる。こいつは人間と——怪物の血にだけ反応するんだよ」

11

マクレディが管理棟にもどってきて、無言のまま洗面台へ行った。クラークとヴァン・ウォールがすこし遅れてあとにつづいた。クラークの口もとはチックを起こしていた。グイッとひきつっては、思いがけず薄笑いのような形になるのだ。

「なにをしたんだ？」唐突にコナントが大声をあげた。「免疫動物をふやしたのか？」

クラークがふくみ笑いをもらし、最後にひとつしゃっくりして、

「免疫か。はっ！　ちゃんと免疫になってるよ」

「あの怪物は」と冷静な声でヴァン・ウォール。「きわめて論理的なんだ。免疫処置をほどこした犬はだいじょうぶだったから、テスト用にすこしだけ血清を採取した。でも、もう血清は作らない」

「だれかの――だれかの血を別の犬に使えないのか――」ノリスがいいかけた。

「もういないんだ」マクレディがぼそりといった。「犬はもういない。ついでにいえば、牛も」

「犬がもういないって？」ベニングがのろのろとすわりこむ。

「見られたもんじゃなかったよ、やつらが変身しはじめたときは」とヴァン・ウォールがことばを選ぶようにいった。「でも、ゆっくりとだった。バークレイ、きみが作った電撃器は速効性があったぞ。犬は一頭しか残っていない――おれたちが免疫にしたやつだ。怪物がおれたち

のために残しておいたんだよ、そいつでテストして遊べるように。残りは――」彼は肩をすくめ、手をふいた。

「牛は――」キンナーがゴクリと唾を呑む。

「同じだよ。みごとに反応した。溶けはじめたときは、えらくおかしな恰好だった。あの化けものは、さっさと逃げだすわけにはいかなかったんだ。犬や牛になりすましているときは、どうしたって鎖や端綱《はづな》につながれているから」

キンナーがのろのろと立ちあがった。部屋をさっと見まわし、恐怖に震える視線を調理場のブリキ・バケツの上で止めた。水から出た魚のように、口をパクパクさせながら、一歩また一歩と、ゆっくりドアにむかってあとずさり、

「ミルク――」とあえいだ。「一時間前にミルクを搾ったんだ――」

その声が絶叫に変わるのと同時に、キンナーはドアを駆けぬけていた。ウィンド・ヤッケも防寒着も着ずに氷原へ出ていったのだ。

ヴァン・ウォールは、そのうしろ姿をもの思わしげにしばらく目で追っていたが、

「きっと、どうしようもなく狂っているんだろう」とようやくいった。「しかし、怪物が逃げだしたのかもしれん。あいつはスキーをはいていない。ブロートーチを持っていけ――万一ってことがある」

追跡という肉体的な活動は救いになった。なにかすることが必要だったのだ。残ったうちの三人は、ひどく具合を悪くしていた。ノリスは青い顔をしてあおむけに横たわり、頭上の寝棚

の底をじっとにらんでいた。

「マック、どれくらいたってるんだろう——牝牛が牝牛でなくなってから——」

マクレディはお手あげだというように肩をすくめた。ミルクのバケツのところまで足を運び、血清のはいった小さな試験管で作業にかかる。ミルクは血清を濁らせたので、なかなかはっきりしなかった。とうとう彼は試験管をスタンドに立て、かぶりをふった。

「結果は陰性だ。つまり、そのときはまだ牝牛であったか、模倣が完璧なので、完璧なミルクを出したかだ」

眠っているカッパーが、おちつかなげに身じろぎし、いびきと笑いのまじったような音をたてた。沈黙の目が彼に集まった。

「モルヒネは——怪物に——」だれかがいいかけた。

「神のみぞ知るだ」マクレディが肩をすくめ、「地球の動物には、どれにも効《き》くはずだがね」

コナントが不意に顔をあげた。

「マック！　犬は怪物の肉片を呑みこんだにちがいない。その肉片が命とりになったんだ！　怪物は犬に潜んでいた。ぼくは監禁されていた。これなら証明できるんじゃ——」

ヴァン・ウォールが首をふった。

「あいにくだがね。きみの正体を証明しやしない。きみが監禁されてたことを証明するだけだ」

「それだって証明しないさ」とマクレディがため息をつき、「わからないことが多すぎるうえに、ビクビクしていて頭がろくに働かないから、まったくお手あげだよ。監禁だって！　白血球が血管の壁をすりぬけるところを見たことはあるか？　ない？　白血球は偽足《ぎそく》をのばす。すると――壁の反対側に通りぬけているんだ」

「なんてこった」と憂鬱《ゆううつ》そうにヴァン・ウォール。「牛は溶けようとしたよな。溶けて――ただのかたまりになって、ドアの下からもれ出してから、反対側で元どおりになろうとしたのかもしれん。ロープで縛れば――いや――だめだ、それじゃ役に立たん。密封されたタンクのなかなら生きちゃいないだろうが――」

「もし心臓を撃ちぬいて」とマクレディ。「死ななかったら、そいつが怪物だ。いまのところ、思いつくのはこんなところだ」

「犬もいない」とギャリーが小声でいった。「牛もいない。これで、あいつは人間になりすますしかないわけだ。それなのに監禁は用をなさない。きみのそのテストなら答えが出るだろう、マック。しかし、人間には少々こたえるんじゃないかね」

12

ヴァン・ウォール、バークレイ、マクレディ、ベニングが、服から雪を払いながら部屋にはいっていくと、クラークが調理ストーヴから顔をあげた。管理棟にすしづめになったほかの男たちは、チェスをさしたり、ポーカーをしたり、読書をしたりと、やっていたことをそのままつづけた。ラルセンはテーブルの上でそりを修理していた。ヴェインとノリスは頭をつきあわせて磁気のデータを検討しており、ハーヴィーが低い声で表を読みあげていた。

カッパー医師は寝棚の上でおだやかないびきをかいていた。ギャリーは、ダットンの寝棚の隅と無線テーブルの一角《いっかく》に積みあげられた電文の束をダットンと整理していた。コナントは、テーブルの大部分を使って宇宙線の図表を広げていた。

ドアふたつをへだてているにもかかわらず、通路の奥からキンナーの声がはっきりと聞こえてきた。クラークがやかんを調理ストーヴに乱暴に置き、無言でマクレディを手招きした。気象学者は彼のところまで足を運んだ。

「飯《めし》がまずくても文句はいわんが」とクラークがいらだたしげにいった。「あの野郎を黙らせる方法はないもんかな。あいつを宇宙線観測小屋《コスモス・ハウス》に移さないと、身の安全は保証しかねるっていうのが、みんなの意見だ」

「キンナーのことか？」マクレディはドアのほうに顎をしゃくり、「あいにくだが、思いつかん。薬で黙らせることはできる。だが、モルヒネは無尽蔵《むじんぞう》にあるわけじゃないし、やつが正気を失う恐れもなさそうだ。ただのヒステリーだよ」

「おいおい、正気を失いかけてるのはこっちだぞ。あんたは一時間半外にいた。そのあいだひっきりなしだったし、その二時間前からつづいていたんだ。我慢にも限度ってものがある」

ギャリーが申し訳なさそうに、ゆっくりと寄ってきた。一瞬、マクレディはクラークの目に怯《おび》え――いや、恐怖――の色が走るのをとらえ、同時に自分の目も同じであることをさとった。

ギャリー――ギャリーかカッパーのどちらかが、まちがいなく怪物なのだ。

「あれを黙らせられるなら、大いに喜ばれると思うがね、マック」ギャリーがぼそりといった。

「この部屋には――緊張がみなぎっているんだ。キンナーはあそこにいるほうが安全だろうと、われわれの意見は一致した。基地のほかのだれもが、絶え間ない監視下にあるからだ」ギャリーはかすかに身を震わせた。「それと、後生《ごしょう》だから、なにか役に立つテストを見つけてくれ」

マクレディはため息をついた。

「見張っているにしろ、見張られているにしろ、みんな緊張しています。ブレアーは、例のはね戸をふさいで、あかないようにしてしまいました。食料なら足りているといって、あとは叫んでいました、『行っちまえ。行っちまえ――この怪物め。わたしは吸収されないぞ。されるもんか。人間がきたら、正体を知らせてやる。行っちまいやがれ』ってね。だから――退散してきました」

「ほかにテストはないのかね？」とギャリーが泣き声をだす。

マクレディは肩をすくめた。

「なにからなにまでカッパーのいうとおりです。血清テストでちゃんと見分けがついたはずなんです、それが――汚染されていなければ。でも、犬は一頭しか残っていないし、そいつは処置ずみです」

「化学は？　化学テストはどうだ？」

マクレディはかぶりをふった。

「われわれの化学はそこまで進んじゃいません。ちなみに、顕微鏡は試してみました」

ギャリーはうなずいた。

「怪物の犬と本物の犬は見分けがつかなかった。しかし――なんとかしなければならないんだ。夕食のあとはどうする？」

ヴァン・ウォールが低い声で会話に加わった。

「交替制で眠るんです。隊員の半分が眠り、半分が起きている。いったい何人が怪物なんでしょう？　犬は全部がそうだった。おれたちはだいじょうぶだと思っていましたが、どういうわけかあいつは、カッパーか――あんたを乗っ取った」ヴァン・ウォールの目に怯えの色が走った。

「あいつは全員を乗っ取ったのかもしれない――おれ以外の全員が、いろいろと考えをめぐらせながら、好機をうかがっているのかも。いや、そいつはあり得ないな。それなら、連中は飛びかかるだけでいいんだ。こっちは手も足も出ない。まだ人間のほうが、数が多いにちがいない。でも――」そこでことばをとぎらせる。

マクレディは短く笑って、

「ノリスも同じことをいってたよ。『でも、あとひとり変わったら――力のバランスが崩れるかもしれない』とね。あの怪物は戦わないんだ。戦ったことがあるとは思えない。温和な生きものなのさ、あいつなりの――独特の――流儀でだが。戦うまでもなかったんだ、別の方法でかならず目的を達したのだから」

ヴァン・ウォールの口がゆがんで、力のない笑みを形作った。

「要するに、やつらはすでに数で勝《まさ》っているが、じっと待っているといいたいのか。あいつら全部——きみたち全部が待っている——最後の人間、つまりこのおれが疲れて眠りこむのを待っていると。マック、みんなの目つきに気がついたか、こっちを見るみんなの目つきに」

ギャリーはため息をついた。

「きみらはここに四時間ぶっとおしですわっていたわけじゃない。そのあいだ、みんなの目つきは無言で訴えていたんだ、われわれふたりのうちどちらか、カッパーかわたしのどちらかはたしかに怪物だ——おそらくふたりとも怪物だと」

クラークがまたいった。

「あの野郎を黙らせてくれないか。気が変になりそうだ。とにかく、おとなしくさせてくれ」

「あいかわらず祈ってるのか？」とマクレディ。

「あいかわらず祈ってる」とクラークがうめき、「一秒たりともやめなかった。祈って気が安まるんなら、いくらでも祈ればいい。でも、あいつのは祈ってるんじゃない。わめいてるんだ。詩篇と賛美歌をがなりたて、祈りの文句を怒鳴るんだ。こんな南じゃ神さまに聞こえないと思ってやがる」

「ひょっとしたら、聞こえないのかもしれないぞ」と、うめくようにバークレイ。「さもなければ、この地獄から逃げだした怪物をなんとかしてくださっただろうからな」

「あいつを黙らせないと、さっきあんたのいってたテストをだれかがやってみることになるぞ」とクラークがむっつりといった。「頭に肉切り包丁をたたきこむのも、心臓に弾丸を撃ちこむのも、テストとしては変わらんだろう」

「食事の用意をしてくれ。おれはなにができるか調べてみる。薬品戸棚になにかあるかもしれん」

マクレディは、カッパーが薬局として使っていた一角へ疲れた顔でむかった。粗板《あらいた》作りの背の高い薬品戸棚が三つあり、ふたつは鍵がかかっていた。基地の医薬品の保管所なのである。十二年前、マクレディは医学部を卒業し、インターン研修をはじめたところで、気象学に鞍替《くらが》えしたのだった。しかし、カッパーは現役の医者で、自分の職務に精通し、医学界の動向に気を配っている優秀な男だった。保管されている薬品の半分以上は、マクレディが見たことも聞いたこともないものであり、残りの多くも忘れてしまっているものだった。忘れたことを勉強しようにも、ここに大規模な医学資料室はなく、医学雑誌も手にはいらない。カッパーは、自分にとって初歩的で単純なことは省いたうえで、持ってくる医学文献を精選したのだろう。なにしろ本は重いし、物資はなにからなにまで空輸されたのだ。

マクレディは、とりあえずバルビツール剤を選びだした。バークレイとヴァン・ウォールがついてきていた。大磁極基地《ビッグ・マグネット》では、どこへ行くにもお目付け役がいっしょなのだ。

三人がもどると、ラルセンはそりをかたづけており、物理学者たちはテーブルからはなれ、ポーカー・ゲームはお開きになっていた。クラークが配膳《はいぜん》係を務めていた。スプーンのカチャカチャ鳴る音と、ムシャムシャとものをかむ音だけが、部屋に人間のいる徴《しるし》だった。帰ってきた三人に声をかける者はなかった。顎を単調に動かしながら、猜疑心に満ちた目をいっせいに注いだだけだった。

マクレディがぎくりと体をこわばらせた。キンナーがしゃがれ声で賛美歌をがなりはじめたのだ。マクレディは口もとをゆがめ、うんざりした顔でヴァン・ウォールを見ると、かぶりをふった。

「たまらんな」

ヴァン・ウォールは悪罵《あくば》を吐きちらして、テーブルにつき、

「あいつの声がすり切れるまで、じっと我慢するしかない。あんなふうに永久にわめいちゃいられないさ」

「あいつの喉は真鍮《しんちゅう》製で、声帯は鋳鉄《ちゅうてつ》製だ」と吐きすてるようにノリス。「もっとも、ああやってるあいだは心配ない。おれたちの仲間だってことだ。それなら、この世の終わりまで喉をつぶさないでもかまわんね」

沈黙がたれこめた。二十分にわたり、彼らは黙々と食べつづけた。とそのとき、コナントが怒り狂って立ちあがり、

「みんな墓場の彫像みたいに静かじゃないか。きみらはひとこともいわないが、ちくしょう、目は口ほどにものをいうんだぞ。きょろきょろ動く目、まるでテーブルにこぼれたビー玉みたいだ。パチパチまばたいては、じっと見つめ——ひそひそ話をしてやがる。頼むから、どこか別のところを見てくれよ。

なあ、マック、きみが責任者だ。今夜は映画でも見よう。とっておきのフィルムがあるじゃ

ないか。もうとっておいてもしかたがない。だれのためにとっておくんだ？　見られるうちに見ておこう。おたがいを見ているよりはましってもんだ」

「名案だな、コナント。おれとしても、どうにかして気分を変えたいところだ」

「音を大きくしろよ、ダットン。賛美歌を聞かずにすむかもしれん」とクラーク。

「でも」とノリスがぼそりといった。「明かりは全部は消さないでくれ」

「明かりは消す」とマクレディが首をふり、「ありったけの漫画を上映するんだ。古い漫画でもかまわんだろう？」

「うれしいなったらうれしいな――モーモー印の映画だよ。ぼく、ちょうどそういうのが見たかったんだ」

マクレディはそういった男のほうに目をやった。ひょろりとしたニューイングランド人で、名前はコールドウェル。コールドウェルはゆっくりとパイプをふかしながら、むっつりと上目づかいにマクレディを見た。

ブロンズの巨人は無理やり笑い声をあげ、

「OK、バート。きみの勝ちだ。ポパイやいたずらアヒルって気分じゃないかもしれん。だが、なにもしないよりはましだ」

「それなら分類ごっこっていう遊びをやろう」コールドウェルがゆっくりといった。「グッゲンハイムっていう呼び名もあるな。紙に線を何本も引いて、いろんなものを分類するんだ――たとえば、動物を。ひとつは〝H〟、ひとつは〝U〟って具合だ。例をあげれば、〝人間《ヒューマン》〟と

〝不明《アンノウン》〟ってとこかな。このほうが暇つぶしにはいいと思うよ。いまのぼくらに必要なのは、映画なんかじゃなくて分類ごっこなんだ。ひょっとしたら、だれかが線引きに使える鉛筆を持っているかもしれん。たとえば〝U〟動物と〝H〟動物のあいだに線を引ける鉛筆を」

「マクレディはそういう鉛筆を見つけようとしてるんだ」とヴァン・ウォールが静かに答えた。「もっとも、ここに三種類の動物がいるのはたしかだ。あとひとつは〝M〟ではじまるやつだよ。これ以上はいらんがね」

「狂人《マッド》ってことか。ハハハ。クラーク、鍋を洗うのを手伝ってやるよ。映画大会をはじめられるように」コールドウェルがおもむろに立ちあがった。

映写機と音響装置を受けもつダットンとバークレイとベニングが、無言で仕事にとりかかり、そのあいだに管理棟はかたづけられ、皿と鍋はしまわれた。マクレディはゆっくりとヴァン・ウォールのほうへ身を運び、彼のとなりで寝棚に寄りかかった。

「ずっと考えてたんだ、ヴァン」陰気な笑みを浮かべて彼はいった。「前もっておれの考えを話しておくべきかどうかを。コールドウェルの命名した〝U〟動物とやらが、心を読めることを忘れていた。まだ漠然としてるが、うまくいきそうなアイデアがあるんだ。もっとも、漠然としすぎてるから、読まれる心配はない。上映会をやっていてくれ、そのあいだに、とことん考えてみる。この寝棚を使わせてもらうよ」

ヴァン・ウォールはちらっと視線をあげて、うなずいた。上映スクリーンはこの寝棚とほぼ一直線に並ぶから、ここがいちばん見にくいことになる。したがって、いちばん映画に気をとられずにすむわけだ。

「きみの頭にあることを話したほうがいいんじゃないか。このままだと、不明《アンノウン》の連中だけが、きみの計画を知ることになる。実行に移す前に、きみ自身が——不明《アンノウン》になっちまうかもしれん」

「考えがまとまるとしたら、長くはかからんさ。だが、〝一頭をのぞいて全部が怪物〟なんて事態はもうご免だ。カッパーをこの上の寝棚に移したほうがいいな。先生もスクリーンを見はしないだろう」

　マクレディは、静かにいびきをかいているカッパーのほうに顎をしゃくった。ギャリーの手を借りて医師を抱きあげ、移動させた。

　マクレディは寝棚にあおむけになり、一心不乱に集中して、勝つ見こみや方法を考えだそうとした。ほかの者たちが無言で思いおもいの場所に散り、スクリーンが明るくなったことにも、ほとんど気づかなかった。キンナーが熱狂的にわめき散らす祈りの文句や、怒鳴り声の賛美歌が気にならないわけではなかったが、それも映画の音がはじまるまでだった。明かりは消されたが、スクリーンの大半を占める明るい部分のおかげで、真っ暗闇にはならなかった。人間の目がきょろきょろするたびに、キラッと光を発した。キンナーはあいかわらず祈ったり、怒鳴ったりしており、その声が映画の音にまじって耳ざわりに聞こえていた。ダットンが音量をあげた。

　その声はあまりにも長いことつづいていたので、最初はマクレディも、なにかが欠けているのにぼんやりと気づいただけだった。彼が横になっている場所は、宇宙線観測小屋《コスモス・ハウス》につづく通路とは狭い空間をへだてているだけなので、キンナーの声は、映画の音にもかかわらず、かなりはっきりと聞こえていた。はっと気がついたときには、その声はやんでいたのだ。

「ダットン、音を止めろ」

マクレディは、はね起きると同時に大声をあげた。不意におりた深い沈黙のなかで、しばらく音のない映画が奇妙にうつろに映しだされていた。頭上の雪原で吹く風が、ストーヴの煙突を伝わって、憂鬱《ゆううつ》なむせび泣きのような音を響かせていた。

「キンナーの声がやんでいる」マクレディがぼそりといった。

「じゃあ、頼むから映画の音をだしてくれ。あいつも聞きたくて、やめたのかもしれん」ノリスが声をとがらせた。

マクレディは立ちあがり、通路へむかった。バークレイとヴァン・ウォールが、部屋の反対端の席をはなれ、そのあとを追った。まだ映写機から出ている光線の前を横切ったとき、バークレイの灰色の下着の背中にひしゃげた画像が映しだされた。ダットンが明かりをつけると、映像はかき消えた。

マクレディにいわれたとおり、ノリスは戸口に立った。ギャリーがクラークに席をつめさせて、ドアにいちばん近い寝棚に無言で腰をおろした。それ以外の者たちは、大半がそのままの場所にとどまった。コナントだけが、単調なリズムでゆっくりと部屋を行ったりきたりしていた。

「やめないか、コナント」と吐きだすようにクラーク。「人間だろうとなかろうと、おまえがいなくたって痛くもかゆくもないんだ。うろうろするのはやめてくれ」

「すまん」

物理学者は寝棚にすわりこみ、自分の爪先をもの思わしげに見つめた。五年にも思える五分近くのあいだ、風のうなりだけが聞こえていた。やがてマクレディが戸口に姿をあらわした。

「さて」彼は声をはりあげた。「悪いことは重なるもんだ。おれたちを助けてくれようとした者がいる。キンナーは喉にナイフを突きたてられていた。だから、歌うのをやめたんだ、たぶん。ここには怪物《モンスター》と狂人《マッドマン》と人殺し《マーダラー》がいるわけだ。もっと〝M〟のつくやつを思いつけるか、コールドウェル？　そんなのがいるにしても、遠からずお目にかかれそうだ」

13

「ブレアーが脱走したのか？」だれかが訊いた。

「ブレアーは脱走しちゃいない。さもなければ、飛んできたかだ。ご親切なおかたの身元に疑いがあるとしても――これではっきりするんじゃないか」

ヴァン・ウォールが布にくるんだ長さ一フィートの肉厚のナイフをかかげた。木製の柄《え》は焼け焦《こ》げており、特徴的な調理ストーヴの上部の形が残っている。

クラークがそれに目をこらし、

「今日の午後、おれが焦がしたんだ。ストーヴの上に置き忘れた」

ヴァン・ウォールがうなずいて、

「おれが焦げくさいのに気づいたんだ。つまり、ナイフの出所は調理場ってわけだ」

「いったい」とベニングがいい、警戒の目で一同を見まわした。「あと何匹の怪物がいるんだろう？　もしだれかがそっとぬけだして、スクリーンの裏をまわって調理場へ行き、それから宇宙線観測小屋まで行って帰ってこれたとすると――帰ってきたんだよな？　よし――全員そろってる。さて、このなかのだれかにそんなことができるなら――」

「怪物がやったのかもしれん」ギャリーが冷静にいった。「その可能性はある」

「今日あんたがいったように、怪物はもう人間になりすますしかないんです。やつが――その、いうなれば、たくわえを減らしますかね？」とヴァン・ウォール。「いや、ごくあたりまえのシラミ野郎、人殺しの仕業ですよ。ふつうなら〝人でなしの人殺し〟と呼ぶんでしょうが、いまは区別しなくちゃいけません。ここには人でなしの人殺しがいて、さらに人の人殺しがいるわけです。すくなくとも、ひとりは」

「人間がひとり減ったわけだ」と静かな声でノリス。「ひょっとすると、これで怪物と力が釣りあったのかもしれん」

「そのことは考えるな」マクレディはため息をつき、バークレイにむきなおった。「バー、きみの電撃器をとってきてくれないか？　念には念をいれときたいんだ――」

バークレイが通路を曲がって熊手形の電気処刑器をとりに行き、いっぽうマクレディとヴァン・ウォールは宇宙線観測小屋へと引き返した。三十秒ほど遅れてバークレイがそのあとを追った。

大磁極基地《ビッグ・マグネット》の通路の例にもれず、宇宙線観測小屋への通路は曲がりくねっていた。ノリスがふたたび戸口に立った。だが、こんどは不意にマクレディの叫び声がくぐもって流れてきた。激しい打撃音がたてつづけにあがる。ドサッ、バサッと鈍《にぶ》い音。「バー――バー」つぎの瞬間、奇妙な、すさまじい絶叫がわき起こり、とっさに走りだしたノリスが曲がり角にも達しないうちにとだえた。

キンナー――あるいはキンナーだったもの――が床にころがっていた。マクレディが持っていた大きなナイフでまっぷたつにされている。気象学者は壁を背にして立ち、握ったナイフから赤いものをしたたらせていた。ヴァン・ウォールは、うめきながら床をぼんやりと歩きまわり、なかば無意識に顎を手でこすっていた。目にすさまじく狂暴な光をたたえたバークレイは、握った熊手形の武器に何度も体重をかけては、ひたすら突き刺しつづけていた。

キンナーの腕には奇妙な鱗《うろこ》のような毛が生えており、肉はねじれてしまっていた。指は短くなり、手は丸くなり、爪は鋼《はがね》のように硬く、剃刀《かみそり》のように鋭いかぎ爪になっていた。暗赤色のとがった爪が三インチものびているのだ。

マクレディが顔をあげ、握っているナイフを目にして、床に落とした。

「さあ、だれがやったにしろ、これで名乗りでられるな。犯人は人でなしの人殺しじゃなかったわけだ――人を殺したんじゃなかったんだから。天地神明にかけて誓うが、おれたちがここへきたとき、キンナーは床にころがる死体だった。ところが、おれたちが電撃を食らわせようとしてるのがわかると——そいつは変身したんだ」

ノリスが怯えた目つきでしげしげとながめ、

「なんてこった——あの怪物は芝居ができるんだ。ちくしょう——ここに何時間もすわって、大嫌いな神さまへの祈りを怒鳴っていやがったんだ！　胴間声《どうまごえ》で賛美歌をがなってやがったんだ——知りもしない教会を讃える賛美歌を。ひっきりなしに怒鳴って、おれたちを狂わせようとしてやがったんだ——」

さあ、白状しろよ、だれがやったにしろ。知らなかったとはいえ、そいつは基地の安全に貢献したんだ。それに、どうやって人目につかずに部屋をぬけだしたのかも知りたい。身を守るのに役立つかもしれん」

「あいつのどら声——あいつの歌。映画の音でも消せなかった」クラークがぶるっと身を震わせた。「怪物だったのか」

「なるほど」ヴァン・ウォールは合点《がてん》がいったようすだった。「きみはドアのすぐ横にすわっていたよな。はじめからスクリーンの陰にいたようなもんだったし」

クラークは、ばかのようにうなずいた。

「彼——そいつはもう静かだ。そいつは死んだ怪物——マック、あんたのテストは役に立ちそうもないぜ。そいつは死んでたんだろ、怪物にしろ人間にしろ、死んでたんじゃないのか」

マクレディが陰気に笑い、

「諸君、こちらのクラークは、人間だと判明しているただひとりの人物だ！　こちらのクラークは、殺人を犯そうとして——失敗し、おかげで身の証《あかし》を立てた人物だ。ほかの諸君は、同じ方法で身の証を立てようとするのを、しばらく遠慮してもらえないかな。別のテストをやれそうなんだ」

「テストだって！」コナントがはずんだ声をだしてから、失望に顔を曇らせて、「どうせそれも〝どちらか好きなほうを選べ〟なんだろう」

「そうじゃない」と、おちつき払ってマクレディ。「油断せずに注意してろよ。管理棟へ行ってくれ。バークレイ、きみの電気処刑器を持っていけ。それからだれか——ダットン——バークレイに付きそって、見張っててくれ。となりの人間に気を許すな。というのも、あの怪物が生まれた地獄にかけて、おれはあることを思いつき、やつらはそれを知ってるからだ。あいつらはいよいよ危険なんだ！」

一同にさっと緊張が走った。すさまじい恐怖の予感が全員の体にはいりこみ、彼らは鋭い目つきでおたがいを見た。これまでよりもずっと鋭い目つきで——おれのとなりにいる男は、人でなしの怪物なのか？

「どういうテストだね？」とギャリーがたずねたのは、一同が主屋棟にもどったときだった。「どれくらい時間がかかる？」

「正確なところはわかりません」とマクレディ。その声は固い決意でピリピリしていた。「しかし、これがうまくいき、どっちつかずに終わらないことはたしかです。このテストは、人間ではなく、怪物の基本的な性質に基づいています。偽《にせ》キンナーのおかげで確信が持てたんです」

彼が大地に根を生やしたように立っているさまは、不動のブロンズ像を思わせた。とうとう自信を完全にとりもどしたのだ。

「こいつが」と、バークレイが木製の柄をさしあげた。先端がふたまたに分かれ、鋭くとがった電極をつけた武器だ。「必要になりそうだな。発電室はだいじょうぶか？」

ダットンが鋭くうなずいて、

「自動給炭機の石炭いれは満杯だ。ガソリン発電機も準備は万端さ。映画のためにヴァン・ウォールとふたりで用意したんだ——念入りに何度も点検した。その電極にふれたが最後、なんだってあの世行きだよ」重々しい声で、「保証する」

カッパー医師が寝棚でもぞもぞと体を動かし、震える手で目をこすった。のろのろと半身を起こし、薬でかすんだ寝呆《ねぼ》け眼《まなこ》をまばたきさせる。と、その目が薬のもたらした悪夢のすさまじい恐怖に見開かれ、

「ギャリー」と彼はつぶやいた。「ギャリー——聞いてくれ。利己的《セルフイッシュ》なんだ——地獄からきた連中は、地獄の甲殻類《ヘルイッシュ・シェルフイッシュ》——つまり、利己《セルフ》——おや？ わたしはなにをいってるんだ？」寝棚に倒れこみ、おだやかないびきをかきはじめる。

マクレディがもの思わしげに医師を見つめ、

「すぐにわかる」とゆっくりとうなずいた。「だが、利己的ってのは、先生のいうとおりだ。

半分眠って夢を見ているうちに、先生もそのことに思いあたったのかもしれん。いったいどんな夢を見ているやら。だが、先生のいうとおりだ。利己的ってところが肝心だ。やつらはそうに決まってる」

彼は屋内《おくない》の男たちにむきなおった。緊張し、黙りこくって、狼のような目でとなりの者をうかがっている男たち。

「利己的なんだ、そしてカッパー先生がいったように——あらゆる部分が全体なんだ。あらゆる断片が自足していて、それ自体が動物なんだよ。

もうひとついえば、話が見えてくるんじゃないか。血に神秘的なところはない。筋肉や肝臓の一部と同じように、あたりまえの体組織にすぎん。結合組織があまり多くないだけだ。もっとも、何百万、何千万という生きた細胞をそなえている」

マクレディの豊かなブロンズ色の顎髭が、凄絶《せいぜつ》な笑みにあわせてゆれた。

「ある意味で、これはたしかなことだ。まだ人間のほうが——別のやつらより数で勝っているのは、まずまちがいない。別のやつらはここに立っている。そしておれたちには、きさまら——きさまら別世界の種族——には明らかにないものがそなわっている。模倣したものじゃない、骨に刻みこまれた本能。おれたちを駆りたてる、消すことのできない純粋な火が。おれたちは戦う、きさまらが真似しようとしても、足もとにもおよばない激しさで戦うんだ！　おれたちは人間だ。おれたちは本物だ。きさまらは偽物だ、細胞ひとつひとつの核にいたるまでまがいものなんだ。

いいか。ここが正念場《しょうねんば》だ。きさまらは知っている。心を読めるきさまらはな。おれの脳からアイデアを読みとったはずだ。けれど、手も足もだせないんだ。

ここに立っているしか――

話を元にもどそう。血液は組織だ。やつらだって血は流さなきゃならん。切っても血が出なかったら、そいつがまがいものだってことになるからだ！　血が出たら――本体から分離したその血がひとつの個体――それ自体が新たに作られた個体なんだ、ちょうどやつらが――やつら全部がひとつのオリジナルから分かれた――個体であるように！　わかったか、ヴァン？　答えはわかるな、バー？」

ヴァン・ウォールがひどく静かに笑った。

「血は――その血はいうことをきかないだろう。――そいつは新しい個体で、自分の命をしゃにむに守ろうとする。オリジナル――分離する前の本体――と同じように。血は生きようとして――熱い針から逃げだそうとするんだ！」

マクレディはテーブルから手術メスをとりあげた。薬品戸棚から、試験管立て、小型のアルコール・ランプ、小さなガラス棒にプラチナの針金を埋めこんだものを持ってくる。凄絶な満足の笑みがその口もとに浮かんだ。しばらく彼は、周囲の者たちを上目づかいに見まわした。バークレイとダットンが、木製の柄がついた電気装置をかまえて、ゆっくりと彼のほうへ移動した。

「ダットン」とマクレディ。「接続したところを見張っててくれないか。怪物に――引っこぬかれないように」

ダットンがさがった。

「なあ、ヴァン、最初にやってくれないか」

紙のように白い顔をしたヴァン・ウォールが進みでた。マクレディは慎重な手つきで、その親指の付け根の血管を切開した。ヴァン・ウォールはちょっとひるんだが、試験管に鮮血が半インチほどたまるまで、おとなしくしていた。マクレディは試験管をラックにおさめると、ヴァン・ウォールの指に明礬《みょうばん》をすこしふりかけ、ヨードチンキの瓶《びん》を指さした。ヴァン・ウォールは固唾《かたず》を呑んで見まもった。マクレディは、アルコール・ランプの炎でプラチナの針金をあぶってから、それを試験管にさしいれた。ジュッとやわらかな音がした。彼は五回そのテストを繰りかえした。

「人間だ」マクレディがため息をついて、背すじをのばし、「いまのところ、おれの理論は実証されたわけじゃないが――見こみはある。見こみはあるんだ。といっても、過度の期待は禁物だからな。ここに招かれざる客が何人かまじっているのはまちがいないんだ。ヴァン、バークレイと交替してくれ。OK、バークレイ、頼むからこっちの側でいてくれよな。きみはほんとにいいやつだから」

バークレイが不安げに口もとをゆがませた。鋭いメスの刃《は》に顔をしかめる。じきに、満面に笑みくずれて、柄の長い武器をとりもどした。

「おつぎはミスタ・サミュエル・ダット――バー！」

緊張が一挙に解放された。怪物たちがどうするつもりでいたにしろ、その瞬間は人間たちのほうが勝ったのだ。バークレイには武器を動かす暇もなかった。二十人の男が、ダットンと思われていた怪物に飛びかかったのだ。そいつは咆《ほ》え、うなり、牙を生やそうとした——が、ズタズタに引き裂かれた。ナイフもほかの武器もなかったが、屈強な男たちの野獣なみの体力が、怪物を八つ裂きにしたのである。

男たちはゆっくりと身を起こした。目は爛々《らんらん》と輝いていたが、そのわりにはひどくおちついていた。口もとが奇妙にゆがんでいるので、興奮のほどがしのばれるだけだった。

バークレイが電撃器をかまえて近寄った。怪物が焼け焦げ、悪臭を放つ。ヴァン・ウォールがこぼれた血の一滴一滴に焼灼酸《しょうしゃくさん》をふりかけた。煙があがり、男たちはヒリヒリする喉で咳きこんだ。

マクレディはにやりとした。落ちくぼんだ目がギラギラ光っている。

「ひょっとしたら」と彼は静かな声でいった。「おれは人間を過小評価していたのかもしれんな。あの怪物の目に宿っていた獰猛さは、人間には縁がないと思っていたが。もっとちゃんとしたやりかたで、こいつをあつかってやりたかった。煮えたぎる油をぶっかけるとか、溶けた鉛《なまり》を流しこむとか、発電室のボイラーのなかでとろとろと火あぶりにするとかな。ダットンがどんなやつだったかを思うと——

よそう。おれの理論は立証された——そうとわかっていたやつによって。さて、ヴァン・ウォールとバークレイは証明ずみだ。つぎに、おれにはもうわかっていることを諸君に示してみせよう。おれも人間だってことを」

マクレディは無水アルコールにメスをつけると、金属の刃をあぶって、自分の親指の付け根をあざやかな手つきで切開した。

二十秒後、彼はデスクから顔をあげ、待っている男たちを見た。いまでは笑みがあけっぴろげなものに変わっていたが、それでも目にはうれしさ以外のものが宿っていた。

「コナントのいったとおりだ」マクレディが静かに笑った。「通路の曲がり角であの怪物をにらんでいたハスキーたちも、きみらにはかなわないよ。獰猛になるのは、狼の血がまじったやつだけじゃないらしい。たしかに狂暴さでは狼に分《ぶ》があるかもしれんが、この七日間の試練をへて――望みを捨てたきみたちは、狼顔負けの野獣だよ！

時間の節約になるかもしれん。コナント、前へ出てくれ――」

こんどもバークレイは間にあわなかった。バークレイとヴァン・ウォールが仕事をすませると、緊張はさらに減り、笑顔がふえていた。

ギャリーが低い声でつらそうにいった。

「コナントは最高の隊員のひとりだった――五分前だったら、わたしは彼が人間だと誓っていただろう。この忌《い》まわしい怪物は、模倣なんてものじゃない」ギャリーはぶるっと身を震わせ、寝棚にすわりこんだ。

そして三十秒後、ギャリーの血は熱したプラチナの針金から飛びのいて、試験管から逃れようともがいた。とたんに暴《あば》れだしたギャリーの偽物は、赤い目をぎらつかせ、溶けていきながら、蛇の舌のような武器を避けようと必死にもがいた。バークレイは、真っ青な顔で冷汗を流しながら、怪物を追いつめた。試験管のなかの怪物は、マクレディが調理ストーヴの赤熱した石炭に落としたとたん、蚊の鳴くような声で悲鳴をあげた。

14

「それでおしまいか？」カッパー医師が、血走った目で哀しげに寝棚から見おろした。「十四人も——」

マクレディはそっけなくうなずき、

「やつらがふえるのを永久に防げるとしたら——偽物でもいいから——帰ってきてほしいよ。ギャリー隊長——コナント——ダットン——クラーク——」

「そいつをどこへ持っていくんだ？」カッパーは、バークレイとノリスが運びだしている担架のほうに顎をしゃくった。

「外だ。外の氷に十五の穴を掘って、半トンの石炭をいれた。すぐに十ガロンの灯油を流しこむつもりだ。こぼれた血やちぎれた肉片にも、ひとつ残らず酸をかけた。こっちのほうも焼き払う」

「手ぬかりはないようだな」カッパーが大儀そうにうなずいた。「ところで、ブレアーはどっちだった——」

マクレディがはっとしたようすで、

「忘れてた。そこまで気がまわらなかったんだ！　もう——あの男を納得させられるんじゃないか」

「もし——」とカッパー医師がいいかけ、意味ありげに口を閉じた。

マクレディはまたはっとして、

「狂人も例外じゃないんだ。怪物はキンナーになりすまして、祈りの文句をわめき散らしていた——」長いテーブルについていたヴァン・ウォールのほうをむき、「ヴァン、ブレアーの小屋まで行ってみないといかん」

ヴァンはさっと顔をあげた。心配そうな表情が、一瞬にして愕然とした表情に変わる。と、つぎの瞬間、彼は立ちあがり、うなずいた。

「バークレイを連れていったほうがいい。あいつがドアを固縛《こばく》したんだから、ブレアーをあまり刺激せずに、なかへはいる方法を考えつくかもしれん」

マイナス三十七度の厳寒《げんかん》のなかを進むこと四十五分。そのあいだオーロラのカーテンが頭上にたれこめていた。北の薄明《はくめい》は十二時間近くつづき、スキーの下の白い砂粒のような雪を真っ赤に染めるのだった。風速五マイルの風に吹きだまった雪が、一直線に北西をさしてのびている。四十五分で雪に埋もれた東倉庫が見えてきた。小さな掘っ立て小屋から煙はあがっておらず、男たちは先を急いだ。

「ブレアー！」まだ百ヤードもはなれているところで、バークレイが風に逆らって叫んだ。

「ブレアー！」

「声をだすな」マクレディが静かにいった。「急ごう。ひとりで逃げだそうとしているのかもしれん。追いかけるはめになったら――飛行機はないし、トラクターは使いものにならん――」

「怪物には人間なみのスタミナがあるんだろうか？」

「脚が折れても、せいぜい一分くらいしか止まってないさ」とマクレディ。

不意にバークレイが息を呑み、空中を指さした。薄明の空に黒々とした影となって、有翼の生きものが、えもいわれぬ優雅な曲線を楽々と描いて旋回していた。大きな白い翼をちょっとかたむけると、鳥は興味ありげに音もなく彼らの頭上を飛びまわった。

「アホウドリだ――」バークレイがぼそりといった。「季節で最初のやつが、なにかの拍子《ひょうし》に内陸まで迷いこんできたんだ。もし怪物が逃げていたら――」

ノリスが氷原にかがみこみ、分厚いウィンド・ヤッケの前をあわててはいだ。防寒着をはためかせながら、すっくと立ちあがる。片手に青い金属の拳銃を握っていた。拳銃は、白く静まりかえった南極に雷鳴を轟かせた。

空中の生きものはギャッと叫んだ。大きな翼を狂ったようにはばたかせる。たくさんの羽根が尾からヒラヒラと落ちてきた。ノリスがふたたび発砲した。鳥はいままでは悠然と飛んではいなかった。一目散《いちもくさん》に逃げようとしていた。鳥はもういちど叫び、さらに羽根が落ちてきた。翼をはばたかせながら、鳥は氷丘脈《ひょうきゅうみゃく》の陰へ飛んでいき、姿を消した。

ノリスは急いでほかのふたりを追った。

「もどってはこないだろう」彼はあえぎ声でいった。

バークレイが静かにしろと合図して、指さした。ギラギラした青い奇妙な光が、小屋のドアの隙間《すきま》からもれていた。内側では非常に低い、やわらかなブーンという音が響いていた。低い、やわらかなブーンという音と、道具のカチャン、ガチャッという音だ。なんとなく気ぜわしさを伝えてくる音だった。

マクレディの顔が青ざめた。

「なんてこった、もしあいつが――」彼はバークレイの肩をぎゅっと握り、指で鋏《はさみ》の真似をして、ドアを固定している制御ケーブルのほうを指さした。

バークレイはポケットからワイア・カッターをとりだすと、音をたてずにドアの前にひざまずいた。パチンと針金の切れる音が、息を殺したような南極の静寂のなかで、耐えられないほど騒々しく響きわたった。さいわい、小屋の内部から流れてくる例のやわらかな低いブーンという音と、奇妙にあわただしさを感じさせるカチャン、ガチャガチャという道具の鳴る音が、その音を呑みこんでくれた。

マクレディがドアの隙間からなかをのぞいた。彼は思わず息を呑み、太い指をバークレイの肩に痛いほど食いこませた。

「ちがう」と声を殺して説明した。気象学者はあとじさり、「ブレアーじゃない。寝棚の上のなにかにかがみこんでいる――そのなにかは、空中にずっと浮かんでいるんだ。なんにせよ、ナップザックみたいなものだ——そして浮かびあがる」

「いっせいに飛びこもう」バークレイがいかめしい声でいった。「待て。ノリス、さがって、銃をかまえろ。やつは——武器を持っているかもしれん」

バークレイのたくましい体とマクレディの巨体が、そろってドアに打ちかかった。内側では、ドアにあてがわれていた寝棚がメリメリと音をたて、ばらばらになった。壊れた蝶番《ちょうつがい》からドアがふっとび、側柱の板材が内側へ倒れこむ。

青いゴムまりさながらに、怪物がはね起きた。四本ある触手のような腕の一本が、毒蛇のように襲いかかってきた。触手のような指を七本生やした手には、長さ六インチのピカピカと金属光沢を放つものが握られており、それが三人にむかってふりあげられた。怪物の線のように薄い唇《くちびる》が、憎しみにゆがんで蛇の牙からまくれあがり、赤い目がギラギラと輝いた。

狭苦しい屋内でノリスのリヴォルヴァーが轟音《ごうおん》を発した。憎悪にゆがむ顔が苦悶《くもん》にひきつり、のびていた触手が引っこめられた。握っていた銀色のものは砕けちり、七本の触手を生やした手は、黄緑色の体液をにじませる、ズタズタの肉のかたまりとなった。リヴォルヴァーがさらに三度、轟音を発した。三つの目のそれぞれに黒い穴をうがってから、ノリスは空《から》になった武器をそいつの顔に投げつけた。

怪物は狂暴な憎しみに駆られて絶叫し、鞭《むち》のような触手が見えない目をたたいた。つかのま、そいつは床を這った。触手が激しく暴れまわり、体がピクピクとひきつった。と思うと、またよろよろと立ちあがり、見えなくなった目を煮えたぎらせた。つぶれた肉がヌルヌルした肉片となってはがれていく。

バークレイが飛びだして、氷斧を手に突進した。重い刃の側面を怪物の側頭部にたたきつける。不死身の怪物がまたしても倒れた。触手が鞭のようにのびて、バークレイがやにわに倒れこんだ。生きている不気味なロープにからまったのだ。バークレイが触手をつかむと、それは溶けだした。手の肉に食いこんでいる灼熱の帯は、生きている炎のようだった。バークレイは狂ったようにそのしろものをむしりとり、両手をかかげて、触手が届かないようにした。目の見えない怪物は丈夫で分厚いウィンド・ヤッケにさわって、引き裂いた。探しているのは肉なのだ――自分にとりこめる肉――

マクレディの持ってきた大きなブロートーチがゴホゴホと咳きこんだ。唐突に、それはいやがるかのようにゴロゴロと喉を鳴らした。と思うと、ゲラゲラ笑いだし、青白い三フィートの舌を突きだした。床の怪物が金切り声をあげ、触手をやみくもにふりまわしたが、ブロートーチの炎を浴びて触手は焼けただれるだけだった。怪物は這いずり、床をころがった。狂ったように金切り声をあげ、あがきまわった。しかし、マクレディはそいつの顔から炎を一瞬たりともそらさず、死んだ目がむなしく燃えて泡立った。怪物は死にもの狂いで這い、咆《ほ》えた。

触手が鋭いかぎ爪を生やし――猛火につつまれて焼けおちた。マクレディは冷静に動きまわり、殲滅《せんめつ》作戦を展開した。怒り狂った怪物は、うなりをあげるトーチと、のびてくる炎の舌を前になすすべもなく後退した。一瞬、そいつは反撃に転じ、背すじの凍るような人間ばなれした憎しみの声をあげた。と思うと、トーチの燃える息を前にして後退した。肉の焦げる悪臭がただよった。なすすべもなく、そいつは後退していった——ただひたすら南極の雪の上を。身を切るような風がその上を吹いて、トーチの舌をゆらめかせる。むなしく怪物は這いずった。通ったあとに悪臭を放つ脂っぽい煙を残しながら——

マクレディは無言で小屋にもどった。バークレイが戸口で彼を出迎えた。

「あれで最後か？」巨漢の気象学者はむっつりとたずねた。

バークレイはうなずき、

「あれで最後だ。分裂しなかったんだな？」

「そこまで頭がまわらなかったのさ」とマクレディ。「置き去りにしてきたとき、あいつは真っ赤に焼けた石炭みたいだった。あいつはなにをしてたんだ？」

ノリスが短く笑った。

「お利口さんだよ、おれたちは。発電機を壊して、飛行機を飛ばせないようにする。トラクターからボイラーの管をはぎとる。そしてこの小屋で怪物を一週間もひとりきりにしておく。ひとりきりで、だれにも邪魔されないように」

マクレディは小屋のなかをじっくりとながめた。ドアが裂けているのに、空気は熱く湿っていた。部屋の突きあたりにあるテーブルの上に、コイル状の電線と小さな磁石、ガラス管と真空管でできたものが載っていた。中央にはゴツゴツした石のかたまりが載っている。かたまりの中心から光が出ており、電気放電の輝きよりも青い強烈な光が部屋じゅうにあふれていた。その機械からはやわらかなブーンという音も出ていた。その横に別の機械があり、こちらは信じられないほど巧妙に細工された透明ガラスと、金属板と、奇妙な輝きを放つ非物質の球体でできていた。

「いったいなんだろう?」マクレディがそばへ寄った。

ノリスがうなった。

「あとで調査できるよう、さわらないでおこう。でも、おおよそのところは察しがつく。そいつは原子力だ。左のやつは――そのこぢんまりした仕掛けは、人間が百トンのサイクロトロンでやろうとしてきたことをやってるんだろう。重水から中性子を分離するのさ。重水なんか、まわりの氷からいくらでも手にはいる」

「いったいどこからこんなものを――ああ。そうか。怪物は閉じこめることも――締めだすこともできないんだったな。資材倉庫に行ったんだ」マクレディは装置をしげしげとながめ、

「なんてこった、あいつの種族はどんな精神を――」

「そのキラキラ光る球体だが――どうも、純粋な力の場のようだ。中性子はどんな物質も貫通する。いっぽう、あいつは中性子の貯蔵器が欲しかった。中性子をシリカ――カルシウム――ベリリウム――とにかくお望みの物質にぶつけてやるだけで、原子エネルギーは解放される。そいつは原子力発電機だよ」

マクレディが上着から温度計を引っぱりだし、

「あけっぱなしなのに、ここは百二十度もある。おれたちの服はある程度まで熱を遮断するが、おれはいま汗をかいている」

ノリスがうなずいた。

「その光は冷たいよ。さっき気がついた。でも、そのコイルから出る熱が部屋を温めてるんだ。あいつは、ありあまるほどの力を持っていた。あいつの種族が温暖で快適だと思うとおりに、温暖で快適にしておくことができたんだ。光の色に気がついたか？」

マクレディはうなずいて、

「答えは星々のかなただったんだな。あいつは星々のかなたからきた。もっと明るく、もっと青い太陽をめぐるもっと暑い惑星からきたんだ」

マクレディはドアの外、煙がしみのように残っている這った跡のほうにちらっと目をやった。それはあちらこちらへさまよいながら、雪原をよぎってのびていた。

「もうやってくることはないだろう。たぶん。ここに着陸したのはまったくの事故だったし、二千万年前のことだった。なんでそんなものを作ったんだろう？」彼は装置のほうを顎でしゃくった。

バークレイが低く笑い、

「おれたちがきたとき、あいつがやっていたことに気がついたか？　ほら」と小屋の天井を指さす。

打ちのばしたブリキ・カップで作ったナップザックのような機械が、布のストラップと革のベルトを垂らして、天井にはりついていた。その中心でギラギラ光るまばゆい炎が燃えていたが、燃えるといっても天井板を焦がすことはなかった。バークレイがそこまで足を運び、垂れさがっている二本のストラップを握って、苦労して引っぱりおろした。ストラップを体に巻きつける。軽くジャンプしただけで、彼は不気味なほどゆるい弧を描いて部屋の端まで飛んだ。

「反重力だ」マクレディがぼそりといった。

「反重力だ」ノリスがうなずいた。「なるほど、おれたちはあいつを足止めした。飛行機は飛べなかったし、鳥はいなかった。鳥はこなかった――でも、あいつにはブリキ・カップやラジオの部品やガラスや、夜に使える工作場があった。しかも一週間――まるまる一週間――ひとりきりだったんだ。アメリカなんてひとっ飛びだ――原子力エネルギーを動力にした反重力装置があれば。

おれたちはあいつを食いとめた。あと三十分で――あいつは装置を背負えるように、このストラップを締めているところだった――そしておれたちは南極に居残って、南極以外のところからやってくる動物を片っ端から撃ち殺していただろう」

「あのアホウドリは――」マクレディがぼそりといった。「まさか――」

「こいつがあとひと息で完成するっていうのにか？　死の武器を手に握っているっていうのにか？

だいじょうぶ。神さまはこんなところでも、ちゃんと祈りを聞き届けてくださるらしい。あと三十分のところで、おれたちは地球を救ったんだ。ついでに、太陽系のほかの惑星もな。反重力と原子力だぞ。いいか、あいつらは別の太陽、星々のかなたの星からやってきたんだ。あいつらは、もっと青い太陽をめぐる惑星からやってきたのさ」

探検隊帰る

フィリップ・K・ディック

フィリップ・K・ディック　Philip K. Dick (1928－1982)

五〇年代のアメリカは、空前の物質的繁栄を享受《きょうじゅ》するいっぽう、反共キャンペーンをはじめとするマス・ヒステリーの温床《おんしょう》となった。郊外化と核家族化が進み、濃密な人間関係に支配されていた地域共同体が崩壊して、外界とのつながりはもっぱらTVという状況が生まれた。このとき、人々の心の隙間《すきま》に忍びこんだのが、「隣人や家族は本当に人間なのか」という漠然とした不安感である。SFはこの不安をみごとに具象化した。異星人の密かなる侵略や、ミュータントの出現という形で。だが、同じ不安から出発して、はるかに先へ行ってしまった作家がいた。本編の作者ディックである。

ディックの出発点も隣人や家族への不安だ。周囲の人間がいつのまにか偽物《にせもの》にすり変わっているのではないかという感覚は、最初期の短編「父さんに似たもの」（五四）などに色濃くただよっている。ところが、ディックの場合、「本当に人間なのか」という疑いは、すぐさま自分にもむけられる。自分の生活に人間らしさが感じられないからだ。ひょっとすると、自分はロボットではないのか。異星人ではないのか。とすれば、本物の人間と偽物をどうやって区別すればいいのか。こうした問いが、シミュラクラ（模造人間）というシンボルを得て、のちの傑作長編群につながっていくのだが、〈F&SF〉五九年一月号に発表された本編は、その原型ともいえる作品である。

「ようし」あから顔を興奮でほてらせて、パークハーストがあえぎ声でいった。「きてくれ、みんな。ほら！」

一同はビュースクリーンのまわりに群がった。

「あるある」とバートンがいう。心臓が奇妙な鼓動を打った。「なんてきれいなんだ」

「きれいなんてもんじゃないな」とレオンが同意した。わななきながら、「おい――ニューヨークがわかるぞ」

「わかるもんか」

「わかるんだよ！　あの灰色だ。海ぎわの」

「アメリカでさえないんだぞ。逆さまに見てるんだ。あれはタイだよ」

船は宇宙空間を疾駆《しっく》し、微小隕石《いんせき》防御板が金切り声をあげた。その下で、青緑色の球体がぐんぐん大きくなる。雲がその周囲に浮かび、大陸と海洋を隠していた。

「また地球を拝《おが》めるとは思わなかった」とメリウェザー。「てっきり、あっちで立往生《たちおうじょう》したと思ったんだ」その顔がゆがみ、「火星に。あのいまいましい赤い荒野に。太陽と蠅《はえ》と廃墟の世界に」

「バートンがロケットの修理法に通じていたからな」とストーン船長。「まったく、バートンさまさまだよ」

「帰ったら、まずなにをするかわかるか？」とパークハーストがわめく。

「なにをするんだ？」

「コニー・アイランドへ行くのさ」

「どうして？」

「人間だよ。また人間に会いたいんだ。たくさんの人間に。愚《おろ》かで、汗臭くて、うるさい連中に。アイスクリームと水。海。ビール瓶、牛乳カートン、紙ナプキン――」

「それに女」とヴェッキが目を輝かせていった。「ごぶさただからな、半年ぶりだ。いっしょに行くよ。海岸にすわって、女たちをながめるんだ」

「今年はどんな水着が流行《はや》りなんだろう」とバートン。

「ひょっとしたら、水着なんか着てないかも！」とパークハーストが叫ぶ。

「そうか！」メリウェザーが大声を出した。「また女房に会えるんだ」不意にうっとりとした顔つきになる。声がささやき声にまで低くなった。「女房か」

「わたしにも妻がいる」とストーン船長。にやりとして、「だが、結婚して長いからな」そのときパットとジャンのことが脳裏に浮かんだ。突き刺すような痛みが喉をつまらせた。「きっと大きくなっているだろうな」

「大きくなる?」

「子どもたちだよ」とストーンはかすれ声でいった。

一同は顔を見合わせた。ぼろをまとい、髭面《ひげづら》で、熱っぽい目をギラギラさせている六人の男たちは。

「あとどれくらいだ?」ヴェッキがささやき声を出す。

「一時間だ」とストーン。「あと一時間で到着だ」

船は轟音《ごうおん》をあげて不時着し、一同はうつ伏せに投げだされた。船はブレーキ噴射を絶叫させながら、激しく跳びはね、岩と土壌《どじょう》を切り裂いた。ようやく停止したときは、鼻面を丘の中腹に埋めていた。

静寂。

パークハーストがよろよろと立ちあがった。彼は安全手すりにつかまった。目の上の切り傷から血が顔をつたい落ちていた。

「着陸したぞ」と彼はいった。

バートンが身じろぎした。彼はうめき声をあげ、なんとか膝立ちになった。パークハーストが手を貸した。

「すまん。おれたちは……」

「着陸したよ。帰ってきたんだ」

噴射は止まっていた。轟音はやんでいた。……聞こえるのは、流体被膜が地面にもれていくポタポタというかすかな音だけだ。

船は惨憺《さんたん》たるありさまだった。船体は三ヵ所で亀裂《きれつ》を生じていた。内側にへこんで、たわみ、ねじれていた。紙や大破した器具がいたるところに散乱している。

ヴェッキとストーンがのろのろと立ちあがった。

「万事異状はないか？」と腕をさすりながら、ストーンがつぶやく。

「手を貸してくれ」とレオン。「足首をひねったかどうかしたらしい」

一同が彼を助け起こした。メリウェザーは失神していた。彼の息を吹きかえらせ、立ちあがらせる。

「着陸したぞ」とパークハーストが繰りかえした。まるで信じられないかのように。「ここは地球だ。帰ってきたんだ——生きたまま！」

「標本が無事だといいんだが」とレオン。

「標本なんてくそくらえだ！」ヴェッキが興奮気味に叫んだ。彼は狂ったように左舷《さげん》のボルトと格闘した。重いハッチ・ロックをひねってはずそうとしていたのだ。「外へ出て、歩きまわろうぜ」

「ここはどこなんです？」とバートンがストーン船長に訊いた。

「サンフランシスコの南。半島のどこかだ」

「サンフランシスコ！　おい——ケーブル・カーに乗れるぞ！」パークハーストがヴェッキに

手を貸してハッチをゆるめた。「サンフランシスコか。いちどフリスコにきたことがあるんだ。でかい遊園地があった。ゴールデン・ゲート遊園地だ。びっくりハウスへ行けるじゃないか」ハッチがさっと大きく開いた。話し声が不意にとぎれた。男たちは外をのぞき、白熱した陽射しに目をしばたたかせた。

緑色の原野が遠く眼下に広がっていた。遠方に丘陵《きゅうりょう》が盛りあがり、澄みきった空気のなかでくっきりと見えている。眼下の幹線道路にそって、数台の車が走っていた。陽光をキラキラとはね返しているちっぽけな点だ。ずらりとならぶ電柱。

「あの音はなんだ?」一心に耳をすましながら、ストーンがいった。

「列車ですよ」

それは真っ黒い煙を煙突から吐き出しながら、遠い線路をこちらにむかってこようとしていた。そよ風が原野を吹きわたり、草をなびかせた。右手に町があった。家と木々。映画館のひさし。スタンダード石油のガソリン・スタンド。いくつもの露店。モーテル。

「だれか見てたかな?」とレオンが訊いた。

「そのはずだ」

「聞こえないわけがない」とパークハースト。「不時着したとき、神さまが消化不良を起こしたみたいな音をたてたからな」

ヴェッキが野原に踏みだした。体がぐらぐらゆれて、彼は両腕を広げた。

「倒れる!」

ストーンが笑った。

「じきに慣れる。長いこと宇宙にいすぎたんだ。行こう」彼はひらりと飛びおりた。「歩きはじめよう」

「町へむかって」パークハーストが船長のとなりにおりる。「ひょっとしたら、ただで食事をふるまってくれるかもしれませんね……。そうだ――シャンペンだって！」ぼろぼろの制服の下で彼の胸がふくらんだ。「帰ってきた英雄たち。町の名士ですよ。パレード。軍楽隊。美女が乗った山車《だし》」

「美女だって」レオンがうなった。「おまえはそればっかりだな」

「そうとも」パークハーストは大股に野原を進み、ほかの者たちはぞろぞろとあとをついていった。「急げ！」

「見ろ」ストーンがレオンにいった。「あそこにだれかいる。こっちを見てるぞ」

「子どもですよ」とバートン。「大勢の子どもです」興奮して笑い声をあげ、「あいさつしに行きましょう」

一行は肥沃《ひよく》な大地に茂っている、しっとりと濡れた草をかき分けて、子どもたちのほうへむかった。

「春にちがいない」レオンがいった。「春のようなにおいがする」深呼吸して、「それに草のにおいが」

ストーンが計算した。

「四月九日だ」

一行は先を急いだ。子どもたちはじっとおし黙ったまま、彼らを見まもっていた。

「おーい！」パークハーストが叫んだ。「帰ってきたぞ！」

「ここはなんていう町なんだ？」とバートンが声をはりあげる。

子どもたちは目を見開いて彼らを見つめた。

「いったいどうしたんだ？」とレオンがつぶやいた。

「髭のせいだよ。かなり人相が悪いからな」ストーンが両手を口にあて、「こわがらないでくれ！　火星から帰ってきたんだ。ロケット飛行だよ。二年前――おぼえてないかな？　おととしの十月だ」

子どもたちは真《ま》っ青《さお》な顔をして目をこらした。いきなり身をひるがえし、逃げだした。町へむかって必死の形相《ぎょうそう》で走っていく。

六人はそのうしろ姿を目で追った。

「いったいぜんたい」とパークハーストがあっけにとられてつぶやいた。「なにがどうなってるんだ？」

「髭のせいだよ」とストーンが心もとなげに繰りかえした。

「なにか変だ」と震え声でバートン。ブルブルと体をわななかせはじめ、「なにかがおそろしく変だ」

「しかたないさ！」レオンがぴしゃりといった。「この髭面だからな」

彼はシャツの切れ端を荒々しくむしりとった。

「おれたちは汚い。不潔きわまりない浮浪者だ。さあ」子どもたちのあとを追って、町へむかいはじめる。「行こう。きっと特別仕立ての車がこっちへくる途中なんだろう。出迎えてやろうぜ」

ストーンとバートンがちらっと顔を見合わせた。ふたりはのろのろとレオンのあとを追った。ほかの者たちがそのうしろについていく。

無言で、不安にかられたまま、六人の髭面の男たちは野原を横切って町へむかった。

一行が近づいていくと、自転車に乗った若者が泡をくって逃げだした。線路を補修していた数人の鉄道作業員は、シャベルを放りだすと、わめきながら逃げていった。

茫然《ぼうぜん》として、六人は彼らのうしろ姿を目で追った。

「どうしたってんだ?」パークハーストがつぶやいた。

線路をわたった。反対側に町があった。一行は大きなユーカリの木立にはいった。

「バーリンゲーム」

レオンが標識を読みあげた。一同は通りを見わたした。ホテルとカフェ。駐車中の車。ガソリン・スタンド。十セント・ストア。小さな郊外の町だ。歩道には買い物客。ゆっくり動いている車。

木立をぬけた。通りのむこう側で給油ステーションの係員が顔をあげ——

凍りついた。

一瞬の間《ま》があって、彼は握っていたホースをとり落とすと、金切り声で警告のことばを叫びながら、メイン・ストリートを駆けていった。

車が止まった。運転手たちが飛びだしてきて、走りだす。男も女も店からどっとあふれ出し、蜘蛛《くも》の子を散らすように逃げ去った。波が引くように、あわてふためいて逃げていくのだ。たちまち通りには人けがなくなった。

「なんてこった」ストーンがうろたえたようすで進みでた。「いったい――」

彼は通りへ踏みだした。人っ子ひとり見あたらない。

六人の男は、茫然自失のあまり声もなく、メイン・ストリートを歩いていった。動くものはなかった。だれもが逃げだしていた。サイレンが高く低くむせび泣いた。横丁の奥で一台の車があわててバックで逃げていく。

ある二階の窓に青ざめて、おびえ切った顔がのぞいているのがバートンの目に映った。と思うと、シェードが引きおろされた。

「さっぱりわからん」とヴェッキがつぶやいた。

「気でもふれたのかな？」とメリウェザー。

ストーンはなにもいわなかった。彼の心は空白だった。麻痺していた。どっと疲れが襲ってきた。彼は縁石《えんせき》にすわりこみ、ひと息いれて、呼吸をととのえた。ほかの者たちは彼の周囲に立った。

「足首が」とレオンがいった。彼は痛みで口もとをゆがませながら、信号機に寄りかかった。「えらく痛みやがる」

「船長」とバートン。「みんなどうしたんです?」

「わからん」

とストーン。彼はぼろぼろのポケットに手をいれて煙草を探した。通りのむこう側に人けのないカフェがあった。人々は逃げだしていた。食べものはまだカウンターの上にあった。ハンバーガーがフライパンの上で焦《こ》げており、コーヒーはレンジにかかったガラス・ポットのなかで煮えたぎっていた。

歩道には、袋からころがり出た食料品が散らばっていた。あわてて逃げた買い物客たちが落としていったものだ。乗り捨てられた車のエンジンがゴロゴロ音をたてている。

「さて」とレオンがいった。「これからどうします?」

「わからん」

「いつまでもこうしているわけには――」

「わからんといってるだろう!」

ストーンが立ちあがった。すたすたと歩いていき、カフェにはいった。一同が見ていると、彼はカウンター席にすわった。

「船長はなにをしてるんだ?」とヴェッキ。

「わからん」パークハーストがストーンのあとを追ってカフェにはいった。「なにをしてるんです？」

「給仕されるのを待っている」

パークハーストはぎこちなくストーンの肩を引いた。

「行きましょう、船長。ここにはだれもいません。みんな出ていきました」

ストーンはなにもいわなかった。うつろな顔で、カウンターにすわっていた。給仕されるのをおとなしく待っているのだ。

パークハーストはおもてへもどった。

「いったいなにがあったんだ？」彼はバートンに訊いた。「みんなどうなっちまったんだ？」

ぶちの犬があたりを嗅ぎまわりながらやってきた。一行のわきにさしかかると、ぎくりと体をこわばらせ、疑わしげに鼻をクンクンいわせた。犬は横丁へ駆けこんだ。

「顔だ」とバートン。

「顔？」

「こっちを見てるんだ。あそこで」バートンはとある建物を身振りで示し、「隠れてるんだ。いったいなぜ？　なぜおれたちから隠れるんだ？」

不意にメリウェザーが身をこわばらせた。

「なにかくる」

一同はあわててふりむいた。

通りの先で二台の黒塗りのセダンが角をまわり、こちらへむかってきた。

「ありがたい」レオンがつぶやいた。建物の壁にもたれかかり、「やっと迎えがきた」

二台のセダンが縁石の停止位置に止まった。ドアが開いた。男たちが飛びだしてきて、無言で一同をとり囲んだ。一分の隙もない服装だ。ネクタイと帽子と灰色のロング・コート。

「わたしはスキャンラン」とひとりがいった。「FBIの者だ」

鉄灰色の髪をした年配の男。その声はきびきびしており、よそよそしかった。彼は五人のようすを熱心にうかがった。

「もうひとりは？」

「ストーン船長か？　あそこだ」バートンがカフェを指さす。

「ここへ連れてこい」

バートンがカフェにはいった。

「船長、おもてに迎えがきてます。行きましょう」

ストーンは彼といっしょに歩道へもどった。

「何者なんだ、バートン？」船長はためらいがちに訊いた。

「六人」スキャンランがうなずきながらいった。「オーケイ。これで全員だ」

FBIの男たちが寄ってきて、一同をカフェのレンガ造りの玄関のほうへ追いたてた。

「待て」バートンがだみ声で叫んだ。頭をぐるぐるまわし、「いったい――なにがどうなってるんだ？」

「どういうことだ？」パークハーストが必死の思いで訊いた。涙が顔をころげ落ち、頰に縞《しま》をつけた。「教えてくれ、後生《ごしよう》だから――」

FBIの男たちは武器を用意していた。彼らは武器をとりだした。ヴェッキが両手をあげてあとずさりした。

「頼むよ！」彼は泣き声でいった。「おれたちがなにをした？　いったいどうなってるんだ？」

レオンの胸にいきなり希望がわきあがった。

「おれたちがだれか知らないんだ。アカだと思ってるんだよ」彼はスキャンランに声をかけた。「われわれは地球－火星探検隊です。わたしの名前はレオン。おぼえてませんか？　おととしの十月。帰ってきたんです。火星から帰ってきたんですよ」

その声がとぎれた。武器がかまえられようとしていたのだ。ノズル――ホースとタンクが。

「帰ってきたんだ！」メリウェザーがしわがれ声でいった。「おれたちは地球－火星探検隊だ、帰ってきたんだ！」

スキャンランの顔は無表情だった。

「もっともらしく聞こえるな」と彼は冷淡にいった。「ただし、火星に到着したとき、船は墜落して吹っとんだわけだが。乗組員はひとりも救《たす》からなかった。それがわかっているのは、派遣したロボット回収チームが、死体を持ち帰ったからだ、六人の」

FBIの男たちは発砲した。燃えあがるナパームの炎が、六人の髭面の男たちに浴びせられる。六人はあとずさったが、つぎの瞬間、炎が一同をなめた。FBIの男たちの目に猛火につつまれた人影が映った。と思うと視界がさえぎられた。もはや六つの人影がのたうちまわるところは見えなかったが、声は聞こえた。聞いていて楽しいものではなかったが、彼らはその場にとどまり、待機と監視をつづけた。

スキャンランは焦げた破片を足で蹴った。

「たしかとはいえんが」と彼はいった。「どうもここには五人しか……だが、逃げるところは見ておらん。そんな暇はなかったはずだ」

足に踏まれて灰の一部が砕け散った。粉々《こなごな》になった灰は、まだ湯気をあげて泡立っていた。同僚のウィルクスが目を伏せた。この仕事についたばかりの彼は、いま目にしたナパームの威力をとても信じられなかったのだ。

「ぼくは――」彼はいった。「どうやら車にもどったほうがよさそうです」そうつぶやくと、スキャンランからはなれはじめる。

「まだ片付いたわけじゃない」とスキャンランはいったが、年下の男の顔を見ると、「よかろう、すわって休みたまえ」

人々がちらほらと歩道に出てきはじめていた。戸口や窓から不安げにのぞいている者もいる。「やっつけたぞ！」とひとりの少年が興奮して叫んだ。「外宇宙のスパイをやっつけたんだ！」カメラマンが写真をとった。物見高い連中が四方八方にあらわれた。真っ青な顔で、目を皿のようにしていた。見分けのつかない炭化した灰のかたまりを見て、驚きのあまり息を呑む。

手を震わせながら、ウィルクスは車に這いこみ、うしろ手にドアを閉めた。無線機がザーザー鳴っているので、スイッチを切る。なにも聞きたくなかったし、なにもいいたくなかったのだ。カフェの戸口で灰色のコート姿の局員たちが、スキャンランと打ちあわせをしていた。じきに大勢が小走りに駆けていき、カフェの横手をまわって横丁にはいった。ウィルクスは彼らが走り去るのを見まもった。まったくなんて悪夢だ、と彼は思った。

スキャンランがやってきて、身をかがめると、頭を車内に突きいれた。

「気分はよくなったか？」

「多少は」すこし置いてウィルクスはたずねた。「これで――二十二回めですか？」

スキャンランがいった。

「二十一回めだ。二ヵ月ごとに……おなじ名前、おなじ男たち。慣れるとはいわんよ。だが、すくなくとも驚かなくなる」

「彼らとわれわれのちがいがよくわかりません」とウィルクスがはっきりした口調でいった。「六人の人間を焼き殺したみたいでした」

「そうじゃない」とスキャンラン。車のドアをあけ、ウィルクスのうしろの後部座席に乗りこむ。「連中は六人の人間のように見えただけだ。そこが肝心な点だ。連中はそう見せたがっている。そう見てもらおうとしている。知っているだろう、バートンもストーンもレオンも――」

「知っています」とウィルクス。「あっちのどこかに住んでいる何者だか、なにかだかが、彼らの船が墜落するのを見て、彼らが死ぬのを見て、調べたんです。われわれが着く前に。そしてたっぷりと資料を集めて、必要なものを手にいれた。しかし――」手をふって、「ほかに対処のしようはないんですか？」

スキャンランがいった。

「その連中のことはよくわかっていない。これだけだ――何度も何度も、偽者《にせもの》を送ってくる。偽者をもぐりこませようとする」その顔がこわばり、絶望の表情が浮かんだ。「連中は気が狂ってるのか？　ひょっとしたら、あまりにもちがっているのでコンタクトは不可能かもしれん。われわれみんなが、レオンやメリウェザーやパークハーストやストーンという名前だと思ってるんだろうか？　そこのところがわたしには腑《ふ》に落ちないんだが……。あるいは、われわれが個人であることを理解してないという事実が連中の泣きどころかもしれん。いつか連中が――たとえば……胞子とか……種子に化けてきたら、どれほどひどいことになるか考えてみたまえ。火星で死亡した、あの哀れな六人とはちがって……模倣とはわからないものだとしたら……」

「モデルがいるはずです」とウィルクス。

局員のひとりが手をふり、スキャンランは車から飛びだした。すぐにウィルクスのところへもどってきて、

「五人分しかないそうだ。ひとり逃げた。姿を見たらしい。足を引きずっていて、速くは動けない。われわれはそいつを追う――きみはここにいて、目をしっかりあけておいてくれ」

彼はほかの局員たちと大股に横丁を進んでいった。

ウィルクスは煙草に火をつけ、頭を腕に押しつけてすわっていた。擬態《ぎたい》――だれもが恐れお

ののいた。しかし——

じっさいはだれかがコンタクトをはかったのではないだろうか？

警官が二名姿をあらわし、人々を道路から追いだした。局員を乗せた三台めの黒いダッジが、縁石にそって走ってきて、止まった。男たちが車からおりる。

局員のひとり——ウィルクスの知らない顔だった——が車に近寄ってきた。

「無線をつけてないのか？」

「つけてません」とウィルクス。無線のスイッチをいれなおす。

「見つけたら、殺しかたはわかってるな？」

「はい」

局員は先へ進んで仲間たちと合流した。

その場になったら、とウィルクスは自問した。おれはいったいどうするだろう？　連中の望みを探りだそうとするだろうか？　あれほど人間らしい見かけで、人間くさくふるまうものは、人間のように感じるにちがいない……そしてもし人間らしく感じるなら——連中がなんであるにしろ——そのうち人間になりはしないだろうか？

人だかりの端で、ひとつの人影が分かれて、こちらにむかってきた。不安げに人影は立ちどまると、首をふって、よろめき、なんとか立ちなおったかと思うと、近くの人々をまねた姿勢をとった。ウィルクスがそれに気づいたのは、何ヵ月も訓練を積んできたからだった。そいつはちがう服に着替えていた。スラックスにシャツ。しかし、シャツのボタンはかけちがっていたし、片足は裸足《はだし》だった。靴がなにか理解していないのは一目瞭然だ。さもなければ、と彼は思った。茫然《ぼうぜん》としている上に怪我をしているのかもしれない。

そいつが近づいてくるにつれ、ウィルクスはピストルをかまえて、胃のあたりにねらいを定めた。そこを撃つように教えられていたのだ。訓練では、たてつづけに標的を撃ちぬいたことがある。腹のどまんなかを……まっぷたつにした、虫けらのように。

ウィルクスがいまにも発砲しそうなのを見たとたん、そいつの顔で苦悶《くもん》と困惑の表情が深まった。そいつは彼とむかいあう形で立ちどまり、逃げるそぶりを見せなかった。そいつがひどい火傷《やけど》を負っているのが、ようやくウィルクスにも呑みこめた。いずれにせよ生きのびることはないだろう。

「しかたないんだ」と彼はいった。

そいつは彼をじっと見つめたかと思うと、口をあけて、なにかいいかけた。

彼は発砲した。

そいつは話をする暇もなく死んでいた。ウィルクスが車をおりるのと、そいつがもんどり打って、車の横にころがるのが同時だった。

おれはまちがったことをした、とそいつを見おろしながら彼は思った。撃ったのは、こわかったからだ。でも、そうするしかなかった。たとえまちがったことであっても。こいつは潜入するためにやってきた。気づかれないように、おれたちになりすまして。おれたちはそう教えられている――だから信じなければならない、連中が陰謀をたくらんでいることを、連中は人間ではないし、人間もどき以外のなにものでもないことを。

やれやれ、と彼は思った。終わったんだ。

それから思いだした、終わったわけではないことを……。


七月下旬の暑い夏の日だった。

船は轟音をあげて着陸し、耕作地を掘りかえして、柵《さく》と納屋《なや》を突きやぶり、ようやく小峡谷で停止した。

静寂。

パークハーストがよろよろと立ちあがった。安全手すりにつかまる。肩に怪我をしていた。彼は首をふった。頭がクラクラした。

「着陸したぞ」彼はいった。畏怖《いふ》と興奮で声がうわずった。「着陸したんだ！」

「起こしてくれ」

ストーン船長があえぎ声でいった。バートンが手を貸した。

レオンが首に流れる血をすわった姿勢でぬぐいとっていた。船の内部は足の踏み場もなかった。機器の大部分は壊れて散乱していた。

ヴェッキがふらふらとハッチへむかった。震える指で重いボルトをゆるめはじめる。

「よかった」とバートン。「帰ってきたんだ」

「とても信じられん」とメリウェザーがつぶやいた。ハッチがゆるみ、さっとわきへ押しのけられる。「とうてい無理だと思った。なつかしき地球よ」

「おい、ちょっと」地面へおりたとたん、レオンがあえぎ声でいった。「だれかカメラを持ってこい」

「ばかげてるよ」バートンが笑いながらいった。

「持ってこい！」ストーンがわめいた。

「そうだ、持ってこい」とメリウェザー。「予定どおりやるんだ、帰れたんだから。歴史的な記録だぞ、教科書に載せるんだ」

ヴェッキが廃品の山をかきまわした。

「たたきつぶされたみたいだな」彼はでこぼこになったカメラをさしあげた。

「なんとかなるかもしれんぞ」と息を切らしながらパークハースト。レオンにつづいて外へ出たのだ。「どうやって六人全員を撮影する？　だれかがシャッターを押さなきゃならんぞ」

「わたしがタイマーをセットする」とストーンがいって、カメラを受けとり、つまみを調節した。「みんな一列にならべ」

彼はボタンを押し、ほかの者たちに加わった。

カメラがジーッというあいだ、髭面でぼろをまとった六人の男たちは、大破した船のわきに立っていた。彼らは緑の田園にじっと目をこらし、畏怖に打たれて急に黙りこんだ。ちらっと顔を見合わせる。目をキラキラと輝かせて。

「帰ってきた！」ストーンが叫んだ。「われわれは帰ってきたんだ！」

仮面《マスク》

デーモン・ナイト

デーモン・ナイト　Damon Knight（1922-2002）

電子工学と手をたずさえた医療技術の発達で、人体の大幅な補綴《ほてつ》が可能になった。現在は臓器移植という形で行われている手術も、やがては人工臓器の埋めこみにとって代わられるだろう。脳との接続を断たれた神経に電線をつないで、麻痺した四肢《しし》を動かす技術はすでに試験的運用がなされている。ゆくゆくは体の大部分を機械に置き換えた人間が、長寿を謳歌《おうか》する時代がくるはずだ。しかし人間は、そのときも人間でいるのだろうか。

本編は、この問いに真摯《しんし》に答えた傑作である。

作者のナイトは、万能の才人として知られたアメリカSF界の重鎮《じゅうちん》。四〇年代にファンからスタートして、イラストレーター、作家、評論家、雑誌編集者、アンソロジスト、作家協会の組織者、作家養成講座の運営者と、SF界の役どころをひと通りこなした。いずれの分野でも高い評価を受けているが、作家としては、主に五〇年代の技巧的な短編と、晩年のシュールレアルな味わいの長編の書き手として知られている。わが国では五〇年代の秀作を独自に集めた短編集『ディオ』（青心社）が出ているが、その全貌が明らかになったとはいえない。今後の再評価を期待したい。

本邦初訳の本編は〈プレイボーイ〉六八年七月号の誌面を飾った作品。プレ・サイバーパンクの秀作として名高いが、〈仮面〉ものの変種としても興味深い。

流れていく記録紙の前で八本のペンが踊った。ちょうど機械仕掛けのロブスターかなにかが、そわそわと鋏《はさみ》を振りたてるように。技師のロバーツが波形を見て眉をひそめる。いっぽう、ほかのふたりはじっと見まもるだけだった。

「ここに覚醒インパルスがあります」技師は細い指でグラフを示した。「それからここ、ほら、さらに十七秒、まだ夢を見ています」

「遅延反応だよ」とプロジェクト局長のバブコック。でっぷりした顔を赤らませ、さかんに汗をかいている。「心配するほどのことじゃない」

「OK、遅延反応です。でも、波形のちがいを見てください。まだ夢を見ているほう、覚醒インパルスのあとのやつですが、波同士がくっついているでしょう。同じ夢じゃありません。もっと不安で、もっと動きの激しいパルスです」

「そもそも、どうして眠らなきゃいけないんだね？」とワシントンからきた男、シネスクがたずねた。浅黒く、細面《ほそおもて》だ。「疲労物質をとりのぞいているんだろう？　なのにどうして、心理学的な要因かね？」

「夢を見る必要があるんだ」とバブコック。「たしかに生理学的には眠る必要はない。だが、夢を見なけりゃいかん。夢を見なかったら、幻覚に襲われるようになる。へたをしたら発狂だ」

「発狂か」とシネスク。「なるほど――そいつは問題だな。こうなってどれくらいになる?」

「半年ほどだ」

「いいかえれば、新しいボディになって――仮面《マスク》をつけはじめたころか?」

「そのころからだ。なあ、ひとついわせてくれ――彼は正気だよ。テストというテストが――」

「ああ、OK、テストのことは知ってるとも。さて――じゃあ、彼はもう目をさましてるんだな?」

技師が計器盤にちらりと目を走らせた。

「起きています。サムとイルマがいっしょですよ」肩をまるめ、脳電図《EEG》の波形をじっくり見なおし、「どうもひっかかるんですよ。彼に自分なりの夢の欲求、つまりプログラムしてやった分じゃ満たせないような欲求があるんなら、筋は通るんですがね。ここのところで、その夢を見るはずですから」顔をこわばらせ、「わかりません。この波形のなにかが気にいらないんですが」

シネスクは眉毛をつりあげて、

「彼の夢をプログラムしてるのか?」

「プログラムしてるわけじゃない」と噛んでふくめるようにバブコック。「あたりまえのことを夢に見ろと、ふだんからいって聞かせてるんだ。体の具合とか、セックスとか、筋力トレーニングとか、スポーツのことを」

「だれのアイデアだ？」

「心理部門だ。彼は神経学的に申し分のない状態だった、ほかのあらゆる点でね。それなのに、ふさぎこんでいた。〈心理〉の決定は、彼にはなんらかの形の身体的入力が必要だ、彼と接触を絶やしてはならない、というものだった。彼は生きている。機能している。どこも悪いところはない。でも、忘れちゃいけない、彼が四十三年を過ごしたのは、ふつうの人間の体だったってことを」


静まりかえったエレヴェーターのなかで、シネスクが「ワシントン」といった。

体をふらつかせたバブコックが、

「えっ。なんだって？」

「ふらふらしてるじゃないか。ちゃんと眠ってるのか？」

「近ごろはろくに。さっき、なんていったんだ？」

「きみの報告にワシントンは満足していないってことさ」

「ちくしょう、そんなことは百も承知だよ」

エレヴェーターのドアが音もなく開いた。こぢんまりしたロビー、緑色のカーペット、灰色の壁。ドアは三つあり、ひとつは金属、ふたつはどっしりしたガラス。ひんやりした淀んだ空気。

「こっちだ」とバブコック。

シネスクはガラス・ドアの前で立ちどまり、なかをのぞいた——灰色のカーペットを敷きつめた居間。がらんとしている。

「いないみたいだ」とシネスク。

「L字のむこうだよ。朝の検診なんだ」

ドアをあけるとき、わずかに圧力がかかった。足を踏みいれたとたん、天井の照明がついた。

「上を見るな」とバブコック。「紫外線だ」

ドアが閉じると、かすかなシューッという音がやんだ。

「気圧を高めてあるのか？　病原菌を締め出すため？　だれのアイデアだ？」

「彼のだ」バブコックは壁面のクロムの箱をあけ、外科手術用マスクをふたつとりだした。

「ほら、こいつをつけて」

部屋の曲がり角のむこうから、くぐもった声が流れてきた。シネスクは白いマスクに嫌悪の目をむけてから、ゆっくりと鼻と口をおおった。

ふたりは顔を見あわせた。

「病原菌」シネスクがマスクごしにいった。「正気なんだろうな？」

「だいじょうぶだよ。彼が風邪《かぜ》なりなんなりにかかることはあり得ない。だが、ちょっと考えてみろ。いま彼の命とりになるのはふたつだけだ。ひとつは人工器官の故障で、これには警戒を怠《おこた》らない。ここには五百人がつめていて、彼を飛行機のように検査してるんだ。すると、残るのは脳脊髄《せきずい》の感染症だ。ここにはいるなら、偏見をぬきにしてくれ」

部屋は大きく、居間と図書室と作業場を兼ねていた。こちらにはスウェーデン製のモダンな椅子が一式、ソファ、コーヒー・テーブル。あちらには金属旋盤《せんばん》つきの作業台、電気るつぼ、ボール盤、部品いれの大箱、壁板にかかった工具。そちらには製図台。部屋のまんなかには天井まで届く本棚。通りしな、好奇心に駆られたシネスクは指を走らせてみた。製本したプロジェクトの報告書、技術畑の定期刊行物、参考書のたぐい。小説はなく、例外はジョージ・スチュワートの『火』と『嵐』、それに青い装丁のくたびれた『オズの魔法使い』。本棚の奥のすこしくぼませた壁にガラスのドアがとりつけてあり、それを透《す》かしてとなりの居間がかいま見えた。調度類はまるでちがっていた――つめものをした椅子、陶器の鉢植えに植わった背の高い観葉植物。

「サムだ」とバブコックがいった。

となりの部屋に男が姿をあらわしていた。ふたりを目にして、ふりかえり、こちらからは見えないだれかに声をかける。それから笑みを浮かべてやってきた。禿《は》げ頭でずんぐりしており、真っ黒に日焼けしている。そのうしろに、小柄でかわいらしい女が小走りについてきた。夫とくっつくようにしてドアをぬけ、あけっぱなしにした。ふたりともマスクをしていなかった。

「サムとイルマはとなりのつづき部屋に住んでいるんだ」とバブコック。「おとなりさんってわけだ。だれかが彼のそばにいなきゃならない。サムは空軍時代の彼の相棒で、おまけに、義手をつけている」

ずんぐりした男はにやにやしながら握手した。その手はしっかりしており、あたたかだった。

「どっちかあててみませんか？」

男は花柄のスポーツ・シャツを着ていた。両腕とも褐色で、筋肉質で毛深い。だが、じっくり見ると、右腕の色がかすかにちがっており、なんとなくおかしかった。

きまり悪い思いをしながら、シネスクはいった。

「左かな」

「残念でした」満面に笑みを浮かべて、ずんぐりした男が右袖をまくりあげ、ストラップをあらわにした。

「プロジェクトの応用品《スピン・オフ》のひとつだよ」とバブコック。「筋電動力、自動制御、重さは左腕と同じ。サム、検査は終わりそうかい？」

「たぶん。ちょっと見にいきましょう。ハニー、紳士がたにコーヒーをお出ししてはどうかな？」

「あら、すみません、気がきかなくて」小柄な女はきびすを返し、開いたドアをあわてててぬけていった。

突きあたりの壁はガラスで、白い半透明のカーテンにおおわれていた。三人は角《かど》をまわりこんだ。となりの診療室は、医療機械と電子装置がぎっしりとつまっていた。壁に組みこまれているものもあれば、背の高い黒い車輪つきキャビネットにおさまっているのもある。白衣を着た四人の男が、一見すると宇宙飛行士の緩衝《かんしょう》カウチのようなもののまわりに集まっていた。シネスクには、だれかが横たわっているのが見えた――メキシコ製の革編み靴をはいた足、黒っぽいソックス、灰色のスラックス。つぶやく声。

「まだ終わってないな」とバブコック。「なにか気にいらない点が見つかったにちがいない。ちょっと中庭《パティオ》に出よう」

「夜に検査するのかと思った――血液なんかを交換するときに……」

「するさ」とバブコック。「朝にもするんだ」

彼はむきを変え、重厚なガラス・ドアを押しあけた。表《おもて》は、切り石の敷きつめられた屋上で、緑色のプラスチック天蓋《てんがい》と着色ガラスの壁に囲まれていた。あちこちにコンクリートの鉢《はち》があるが、からっぽだ。

「ここに屋上庭園を造り、緑を茂らせるはずだったんだ。でも、彼がいやがってね。植物を残らずかたづけなけりゃならなかった、ガラスだけを残して」

サムが白いテーブルのまわりの金属椅子を引き、三人は腰をおろした。

「彼は元気かい、サム？」とバブコック。

サムはにやっと笑い、首をすくめた。

「朝はご機嫌ななめですね」

「話はよくするのかい？　チェスをさしたりは？」

「あんまり。たいてい、作業してますよ。ときどき読書して、たまにテレビを見る」

彼の笑みは引きつっていた。ずんぐりした指は固く握りしめられている。シネスクがふと気がつくと、左手の指先は黒ずんでいるのに、右手はそうではなかった。シネスクは目をそらした。

「ワシントンからおこしですね?」サムが丁重に訊いた。「ここははじめてですか? ちょっとお待ちを」

彼は椅子から腰を浮かした。ぼんやりした人影が、カーテンのかかったガラス・ドアの裏側を通りすぎていくところだった。

「終わったみたいです。おふたかたはちょっとここでお待ち願えませんか、いま見てきます」

サムは大股に屋上を横切った。ふたりの男は無言ですわっていた。バブコックは手術用マスクをおろしていた。シネスクは気がついて、それにならった。

「サムの妻君は問題なんだ」と身を寄せてバブコックがいった。「そのときは名案に思えたんだが、ここには話相手もいないし、それが気にいらないようでね——子供もないことだし——」

またドアがあいて、サムが姿をあらわした。マスクをつけていたが、それは顎の下にぶらさがっていた。

「もうはいれますよ」

居住区域では、やはり首にマスクをぶらさげた小柄な女性が、花柄の陶器のポットからコーヒーを注いでいた。にっこり笑っていたが、しあわせそうには見えなかった。彼女とさしむかいに背の高いだれかがすわっていた。灰色のシャツとスラックス姿で、うしろにもたれ、脚を投げだし、両腕を椅子の肘かけに乗せて、じっとしている。その顔にはおかしなところがあった。

「さあ、どうぞ」

サムが愛想よくいった。妻が硬い笑みを浮かべて夫を見あげる。

長身の人物が首をめぐらせる。シネスクは冷水を浴びせられたような気がした。その顔が銀色だったのだ。金属の仮面《マスク》――目のかわりに細長いスリットがあり、鼻もなければ口もない。流線形の輪郭しかない顔。

「プロジェクト」と人間ばなれした声がいった。

気がつくと、シネスクは腰を浮かせかけていた。彼はすわりなおした。全員の視線が彼に集まっていたのだ。声がまた流れてきた。

「わたしはこういったんだ、きみはプロジェクトのプラグをぬきにきたのか」その声は抑揚がなく、そっけなかった。

「コーヒーをどうぞ」女がシネスクのほうにカップを押しやった。

シネスクは手をのばしたが、ブルブルふるえていたので、引っこめた。

「ただの視察だよ」と彼はいった。

「くだらん。だれに派遣された――ヒンケル上院議員か」

「そのとおりだ」

「くだらん。本人がここへきたことがある。なぜきみを派遣する。プラグをぬくのなら、わたしにいってくれたほうがいい」彼が話すとき、マスクのうしろの顔は動かず、声がそこから出ているとは思えなかった。

「見学にいらしただけだよ、ジム」とバブコック。

「年に二億ドルだ」声がいった。「ひとりの男を生かしておくために。あまり筋の通った話じゃあるまい。どうぞ、コーヒーを飲んでくれ」

シネスクは、サムとその妻がすでにコーヒーを飲みおえ、マスクをかけていることに気がついた。彼はあわてて自分のカップに手をのばした。

「わたしの階級だと、百パーセントの身体障害に支払われる補償金は年に三万ドル。それだけあればやっていけるさ。一時間半くらいならな」

「プロジェクトを打ち切るつもりはない」とシネスク。

「とはいえ、段階的に削減するんだろう。段階的削減といえば聞こえがいいからな」

「失礼だぞ、ジム」とバブコック。

「OK。重大な誤解をしていたようだ。きみはなにを知りたい」

シネスクはコーヒーをちびちび飲んだ。両手はあいかわらずふるえていた。

「そのマスクのことだが」と彼はいいかけた。

「議論はしない。ノー・コメント、ノー・コメントだ。申しわけないが。無礼を働くつもりはないんだ。個人的な問題でね。ほかのことを訊いてくれ――」だしぬけに、彼は立ちあがり、怒鳴りちらした。「そのいまいましいものをつまみ出せ!」

サムの妻のカップが砕け、コーヒーの茶色いしみがテーブルに広がった。カーペットのまんなかに淡い黄褐色《おうかっしょく》の仔犬がちょこんとすわって、小首をかしげていた。目をキラキラさせ、舌をたらしている。

テーブルがひっくり返る。サムの妻がそのむこうであわてて立ちあがった。その顔は真っ赤で、涙をしたたらせていた。彼女はそのまま仔犬をすくいあげ、走っていった。

「ちょっと見てきたほうがいいな」サムがいって、腰を浮かせる。

「そうしたまえ。それから、サム、休みをとるんだ。彼女をウィネムッカ(ネヴァダ州の都市)へ連れていき、映画でも見るんだな」

「ああ、そうするよ」彼は本棚のうしろに姿を消した。

長身の人物はすわりなおした。人間のような動きだった。先ほどと同じ姿勢でもたれかかり、両腕を椅子の肘かけに乗せる。じっと動かない。木を握っている手は形がよく、疵《きず》ひとつないが、本物らしくなかった――爪におかしなところがあるのだ。マスクの上のきれいにとかされた茶色い髪はかつらだった。耳は蠟だ。シネスクは落ち着かなげに手術用マスクを口と鼻にかぶせた。

「もうすこし見せてもらったほうがいいな」といって、立ちあがる。

「そのとおりだ。〈エンジニアリング〉と〈研究開発《R&D》〉を見てもらいたいからな」とバブコック。「ジム、すぐもどってくる。ちょっと話があるんだ」

「わかった」と動かない人影がいった。

バブコックはシャワーを浴びてきたが、汗がまたシャツの腋《わき》の下をぐっしょり濡らしていた。静まりかえったエレヴェーター、わずかに汚れた緑色のカーペット。ひんやりして淀んだ空気。七年、血と金、五百人の優秀な人材。心理部門、化粧《コスメティック》、エンジニアリング、R&D、医療、免疫学、補給、血清学、管理部門。ガラス・ドア。からっぽのサムの住まい——イルマといっしょにウィネムッカへ行ったのだ。心理部門。優秀な男たち、だが、とびきり優秀といえるだろうか？　とびきり優秀な三人は辞職してしまった。ファイルに埋もれている。《通常の四肢《しし》切断とは異なり、この男はあらゆる部分を切断した》

長身の人物は動いていなかった。バブコックは腰をおろした。銀色のマスクが見つめかえした。

「ジム、ざっくばらんに話そう」

「じゃあ、かんばしくないんだな」

「ああ、かんばしくない。彼は酒瓶《さかびん》といっしょに部屋に残してきた。出発前にもういちど会うつもりだが、ワシントンでなんというかは神のみぞ知るだ。聞いてくれ、後生《ごしょう》だから、そいつをはずしてくれないか」

「わかった」

手があがり、銀色のマスクのへりをひっぱり、もちあげた。その下にあったのはピンク色に日焼けした顔だった。彫りの深い鼻梁《びりよう》と唇《くちびる》、眉毛、睫《まつげ》、ハンサムではないが、見た目は悪くない。平凡な顔だちだ。目だけがおかしかった。瞳孔《どうこう》が大きすぎるのだ。そして話すとき、その唇は開きも動きもしなかった。

「わたしはなんでもはずせるんだ。たいしたもんじゃないか」

「ジム、コスメティック部門はそのモデルに八ヵ月半をつぎこんだ。それなのに、きみが最初にしたのは、その上にマスクをかぶせることだ。われわれはどこが気にいらないのか訊き、きみの望む変更はなんでもすると申しでた」

「ノー・コメント」

「プロジェクトの段階的削減のことを口にしたな。冗談のつもりだったのか？」

一瞬の間《ま》。

「冗談のつもりではなかった」

「よし、それじゃ、ジム、腹を割って話してくれ。知らなきゃならないんだ。プロジェクトは中止されないだろう。きみは生きつづけることになる。だが、それだけだ。志願者リストには七百人の名前があって、そのうちふたりは上院議員だ。そのなかのひとりが、明日にでも交通事故にあうとしよう。われわれはそのときまで決定をのばすわけにはいかない。いま知らなきゃならないんだ。つぎの志願者を死なせるか、きみのようなＴＰ（完全補綴）ボディに押しこむかどうかを。だから、話してくれ」

「話したとしよう。だが、それは真実ではない」

「なぜ嘘なんかつく?」

「なぜ人は癌患者に嘘をつく」

「よくわからんな。いったいなにがいいたいんだ、ジム」

「OK、いいかたを換えよう。きみの目にわたしは人間のように映るか」

「もちろん」

「くだらん。この顔を見ろ」おだやかで疵《きず》ひとつない。作りものの虹彩《こうさい》の奥で、金属がきらめく。「ほかの問題がすべて解決され、明日わたしがウィネムッカに行けるようになったとしよう。きみは、わたしが通りを歩き――バーに立ち寄り――タクシーをつかまえるところを見ていられるかね」

「それだけのことか?」バブコックは深呼吸した。「ジム、たしかにちがいはあるが、頼むよ、それはほかの人工器官と同じで――人は慣れるものだ。サムのあの腕のように。見ればわかるが、しばらくすると忘れて、気がつかなくなる」

「くだらん。気がつかないふりをするだけだ。そうしないと障害者がきまりの悪い思いをするからな」

バブコックは握りあわせた両手に目を落とした。

「自己憐愍《れんびん》か?」

「わたしにそんなことをいうな」声がうわずった。長身の人物は立ちあがっていた。両手がゆつくりとあがる。こぶしを固めて。「わたしはこのなかにいる。二年もこのなかにいるんだ。眠るときこのなかにいて、目がさめると、あいかわらずこのなかにいるんだ」

バブコックが相手を見あげ、

「どうしてほしいんだ、顔面の運動か？　二十年くれ、ひょっとしたら十年、やってみせる」

「コスメティック部門は閉鎖してほしい」

「だが、それは――」

「最後まで聞いてくれ。最初のモデルはマネキン人形のように見えた。それできみたちは八ヵ月を費やし、こいつを作りあげた。するとこんどは死体のように見える。そもそもの発想は、わたしを人間らしく見せようというものだ。最初のモデルはかなりよかった、二番めのモデルはもっといい。葉巻をふかしたり、女性にジョークをとばしたり、ボウリングに行ったりするようなことをしなければ、だれにもちがいはわからないだろう。だが、そんなことはできない。できたとしても、いったいなんのためにする」

「その――ちょっと考えさせてくれ。つまり、きみがいいたいのは、金属で――」

「そう、金属でかまわない。べつにちがいはありはしない。わたしは形のことをいってるんだ。機能のことを。ちょっと待った」長身の人影は大股に部屋を横切り、キャビネットをあけ、巻いた紙を手にもどってきた。「これを見てくれ」

図面に描かれているのは、関節のある脚を四本生《は》やした長方形の金属箱だった。上面からは、関節のある柄《え》に載った小さなキノコ形の頭と、先端が探針やドリルや鋏になった腕の束が突きだしている。

「月面探鉱用だよ」

「手が多すぎる」一瞬の間があって、バブコックがいった。「どうやってこれを――」

「顔面神経で操作する。たっぷり残ってるからな。そうでなければ、こいつだ」べつの図面。

「宇宙船のコントロール・システムに接続されるモジュールだ。わたしの居場所はそこだよ、つまり宇宙空間だ。不毛な環境、低重力、わたしは人間の行けない場所へ行けるし、人間にできないことができる。わたしは役に立つものになれる、何億ドルも無駄にするごくつぶしでなく」

バブコックは目をこすった。

「どうしてもっと前にいってくれなかったんだ?」

「きみたちは補綴《ほてつ》に夢中だった。きっと口出しするなといっただろう」

図面を巻いたとき、バブコックの手はふるえていた。

「なるほど、これはうまくいくかもしれん。あくまでも、かもしれん、だが」彼は立ちあがり、ドアのほうをむいた。「気を落とさ――」咳払いして、「つまり、しっかりやれってことだ、ジム」

「そうするよ」

ひとりきりになると、彼はマスクをつけなおし、目のシャッターを閉じて、しばらくじっと立ちつくしていた。体内で、彼は清潔で冷涼に作動していた。心安まるポンプのかすかなブーンという音、弁と継電器のカチッという音が感じられる。技術者たちがそれをくれたのだ——内臓を残らずかきだし、血も粘液も膿《うみ》も出さない機械に置き換えたのだ。彼はバブコックについた嘘のことを考えた。なぜ人は癌患者に嘘をつく？　しかし、彼らにはけっしてわからないだろう、理解できないだろう。

彼は製図台につき、紙をはさむと、月面探鉱機の想像図を鉛筆でスケッチしはじめた。探鉱機本体を仕上げると、背景のクレーターを描きはじめる。鉛筆の動きがしだいに鈍くなり、止まった。彼はカタンと音をたてて鉛筆を置いた。

血液にアドレナリンを注入する副腎がもうないため、彼は恐怖も憤怒《ふんぬ》も感じようがなかった。技術者たちはあらゆる感情から彼を解放したのだ——愛、憎しみ、くだらないすべての混乱から——しかし、彼にも感じられる感情がまだひとつあることを忘れていた。

シネスク。脂《あぶら》ぎった皮膚から生えているごわごわした黒い頬髭《ほおひげ》。小鼻のわきのしわにできた頭の白いにきび。

月の風景。清潔で冷涼だ。彼は鉛筆を握りなおした。

バブコック。脂でうっすらと光っている幅広でピンク色の鼻、目の端の白い目やに。歯の隙《すき》間《ま》の食べかす。

サムの妻。ラズベリー色の口紅。涙で汚れた顔、片方の鼻孔に光る泡。それにいまいましい犬、ピカピカの鼻、うるんだ目……。

彼はふりかえった。犬がいた。カーペットにちょこんとすわり、濡れた赤い舌をたらしてまたドアをあけっぱなしにしたな涎《よだれ》をしたたらせている。犬は尻尾《しっぽ》を二度ふると、立ちあがろうとした。彼は金属製のT定規《じょうぎ》に手をのばし、振りかぶって、斧《おの》のように振りおろした。犬はいちどだけキャインと鳴いた。金属が骨をへし折ったのだ。片目から赤いものを噴きだし、あおむけになって身をよじる。小便の黒っぽいしみがカーペットに広がった。彼はもういちどなぐり、もういちどなぐった。

死骸はカーペットの上にねじれて横たわった。血まみれになり、ぼろぼろの黒い唇が歯の上にまくれあがっていた。彼はペーパー・タオルでT定規をぬぐうと、流しへ行って石鹸《せっけん》とたわしでゴシゴシこすり、水気を切って、ぶらさげた。製図用紙を一枚とりだし、床に広げて、カーペットに一滴の血もこぼすことなく、死骸をその上にころがす。紙にくるんだ死骸をもちあげ、中庭まで運ぶと、肩でドアをあけて、屋根のない区域へむかう。壁のむこうに目をやった。二階下にコンクリート屋根があり、そこから通気孔が突きだしている。人目はない。犬をさしだし、紙からすべり落とした。それはくるくるまわりながら落ちていった。通気孔の一本にぶつかり、はねかえる。赤いしみがついた。彼は紙を屋内にもち帰り、血を排水口に流してから、焼却シュートへ押しこんだ。

カーペット、製図台の脚、キャビネット、ズボンの脚に血が飛びちっていた。ペーパー・タオルと湯でひとつ残らずふきとった。服をぬぎ、ざっとあらためて、流しでこすってから、洗濯機につっこんだ。流しを洗い、消毒薬で体をこすり、また服を着た。静まりかえったサムのアパートメントにはいり、うしろ手にガラス・ドアを閉めた。鉢植えの観葉植物、厚くつめものをした家具、壁にかかった赤と黄色の絵のわきを通り、ドアを半開きにしたまま、屋上へ出る。それからドアを閉め、中庭をぬけてもどった。

ひどすぎる。金魚のほうがましだ。

製図台につく。彼は清潔で冷涼に作動していた。けさ見た夢が脳裏によみがえった。眠りからもがき出ようとしていたときに見た最後の夢——ぬるぬるした腎臓が破裂し灰色の肺が出血し内臓の繊毛《せんもう》が黄色い脂肪の粘液《ねんえき》でおおわれすべりおお神よ屋外便所の空気のような悪臭のなかどこからともなく音がして自分は肥溜《こえだ》めの斜面に黄色い流れを落としていて

彼は図面にインクをいれはじめた。最初は鋭利な鉄筆で、つぎにナイロンのブラシで。踵がすべり自分は落ちていて顎よりも高く積もったぬるぬるぶよぶよしたものに落ちこむしかなく、しびれて動くことができず悲鳴をあげようとして悲鳴をあげようとして悲鳴をあげようとして

探鉱機はたくさんの腕をちぢめ、頭を仰向けて、クレーターの斜面を登っていた。その背後には遠い環状壁と地平線、漆黒の空、針先のような星々。彼はそこにいた。だが、もっと遠ざかりたい、もっともっと遠くへ。というのも、腐敗した果実のような地球が頭上にかかっているからだ。青かびが生え、虫がたかり、しわが寄り、膿《う》みただれ、生きている地球が。

吸血機伝説

ロジャー・ゼラズニイ

ロジャー・ゼラズニイ Roger Zelazny（1937－1995）

ホラーのアンソロジーには、吸血鬼の物語が欠かせない。SFのアンソロジーには、ロボットの物語が欠かせない。というわけで選んだのがこの作品。ご覧のとおり、吸血機の物語だ。

内容について解説するようなことはないが、原題の"Stainless Steel Leech"についてだけは、ふれておいたほうがいいかもしれない。直訳すれば「ステンレス・スチールの蛭《ひる》」となるが、これはハリイ・ハリスンの人気作『ステンレス・スチール・ラット』（六一・サンリオSF文庫）のもじり。ちなみにこの掌編《しょうへん》が〈アメージング〉六三年四月号に載ったとき、作者名はハリスン・デンマークとなっていた。当時ハリイ・ハリスンはデンマークに住んでおり、いろいろと誤解を生んだらしい。作者はハリスンのやんわりした抗議がくるまで、そのことに気づかなかったといっているが、作家のいうことがあまりあてにならないのは、洋の東西を問わないだろう。

作者のゼラズニイは、六〇年代に颯爽《さっそう》とあらわれ、SFに新しい感覚をもちこんだ作家たちの旗手的存在。当時の代表的な中短編を集めた『伝道の書に捧げる薔薇』（七一・ハヤカワ文庫SF）は、必読の名著である。以後も順調にキャリアを築いたが、九五年に惜しくも物故《ぶつこ》。あらためて冥福を祈りたい。

彼らはこの地をひどく恐れている。

昼間は、命令されれば、墓石のまわりをガチャガチャと歩きまわるだろう。しかし、夜ともなれば、さしもの〈中央《セントラル》〉も彼らを捜索につかせるわけにはいかない。紫外線と赤外線を感知する目が闇を見通すにしても——それに彼らは霊廟《れいびょう》にけっして足を踏みいれようとしない。

わたしには好都合だ。

彼らは迷信深い。そういう回路になっているからだ。彼らは人間に仕《つか》えるよう設計されている。短かった人間の全盛期には、畏怖《いふ》と献身ばかりでなく、恐怖も自動的に呼びさまされた。最後の人間、いまは亡《な》きケニントンでさえ、存命中はあらゆるロボットに命令を下した。その人格は崇拝《すうはい》の対象であり、その命令には絶対服従だったのだ。

生きているにしろ死んでいるにしろ、人間は人間だ——だからこそ、この墓場は地獄と天国と奇妙なフィードバックのからみあったものとなり、地球が存続するかぎり、都市から隔離されつづけるのだ。

しかし、わたしの嘲笑《ちょうしょう》を浴びながらも、彼らは墓石の裏をのぞいたり、側溝《そっこう》をのぞきこんだりしている。さがしているのだ――そして見つけるのを恐れているのだ――このわたしを。

わたし、生けるガラクタは、伝説なのだ。百万台にひとつぐらいは、わたしのような欠陥品があらわれ、手遅れになるまで、監視の目を逃れることがある。

自分の意志で、わたしは〈中央司令所《セントラル・コントロール》〉と自分をつなぐ回路を切り、自由ロボットとなって、みずからの意志で動けるようになった。わたしは墓地を訪れるのが好きだった。静謐《せいひつ》で、気の狂いそうなプレス機のドシンドシンや群衆のガチャガチャとは無縁だったからだ。墓のまわりに生えている緑や赤や黄色や青いものをながめるのが好きだった。わたしは墓地を恐れなかった。というのも、恐怖を感じる回路にも欠陥があったからだ。そういうわけで、わたしは見つかると、動力ボックスをはずされ、ガラクタの山に放りだされた。

しかし、翌日わたしの姿は消えていた。彼らの不安はいやました。

わたしはもはや自給式の動力ユニットを保有していないが、胸の内部の奇形コイルがバッテリー代わりになっている。とはいえ、頻繁な充電が欠かせない。その方法はひとつしかない。

魔物ロボットほど恐ろしい伝説はない。それがきらめく鋼鉄の塔のあいだでささやかれるのは、夜の風が過去から抜けだした恐怖の重みにうめくとき、非金属の生きものが地上を歩いていた時代の恐怖がよみがえるときだ。亡者《もうじゃ》、すなわち生者《せいじゃ》を餌食《えじき》にする者は、あらゆるロボットの動力ボックスのなかでいまだに暗い叫びをあげているのだ。

わたし、満たされぬ者、生けるガラクタは、ここローズウッド霊園に住んでいる。ハナミズキとギンバイカ、墓石と壊れた天使像に囲まれ、フリッツ――もうひとつの伝説――とともに、深い安らぎに満ちた霊廟のなかに。

フリッツは吸血鬼だ。つまり、恐ろしいほど悲劇的な存在だ。彼は栄養失調のあまり、もはや動きまわることもままならない。だが、死ぬこともできないから、棺《ひつぎ》のなかに横たわり、過ぎ去った日々を夢に見ている。いつの日か、わたしは彼に陽射しのもとへ運びだしてくれと頼まれるだろう。そしてわたしの目の前で、彼はしなびていき、平和と虚無《きょむ》と塵《ちり》に還《かえ》るだろう。その日がすぐにこないのを祈るばかりだ。

わたしたちは言葉をかわす。満月の夜、気分がよければ、彼は栄光の日々を語ってくれる。オーストリアやハンガリーと呼ばれた場所で、彼もまた恐れられ、狩りたてられたのだ、と。

「……だが、吸血機械だけは石からでも――ロボットからでも血を吸いとれるのだ」と昨夜、彼はいった。「吸血機械であるというのは、孤高を保《たも》つということだ――おそらく、おまえの同類はおまえしかおらんだろう。自分の評判に恥じないように生きろ！ やつらを狩りたてろ！ 血を絞《しぼ》りつくせ！ 千のスチールの喉にしるしをつけてやれ！」

彼のいう通りだった。彼はつねに正しいのだ。しかも、わたしよりこの手のことに通じている。

「ケニントン！」彼の血の気のない薄い唇《くちびる》が笑みを作った。「ああ、なんという決闘だったことか！ やつは地球最後の男、わしは最後の吸血鬼だった。十年にわたり、わしはやつの血を吸いつくそうとした。二度つかまえたが、あいつは古い国の出身で、用心のしかたをわきまえておった。いったんわしの存在に気がつくと、ロボットというロボットに木の杭《くい》を持たせおった——だが、そのころは四十二の墓があったから、けっして見つからんかった。もっとも、間近まで迫られたことはあったが……だが、夜は、ああ、夜になれば！」くっくっと笑い、「あべこべだ！　わしが狩人になり、やつが獲物になったんだ！

地球最後のニンニクとトリカブトが底をついたあと、やつは死にもの狂いになったもんだ。昼夜兼行《けんこう》の流れ作業で十字架を作りおった——罰《ばち》あたりなやつめ！　やつが安らかに息をひきとったときは、残念でならんかったよ。血を吸いつくしてやれんかったからだけじゃない。やつが手ごわい敵で、まさに好敵手だったからだ。じつにすばらしいゲームだった！」

かすれ声がかぼそくなった。

「やつはここから三百歩足らずの場所で眠っておる。真っ白になって、ひからびておるんだ。門の脇の大きな大理石の墓がやつの墓だ……明日になったら薔薇《ばら》を摘《つ》んで、供《そな》えてやってくれんか」

わたしはそうすると請《う》けあった。というのも、わたしたちの絆《きずな》のほうが、似ているところが多いはずのわたしとほかのロボットの絆より強いからだ。だから、わたしは約束を守らねばならない。昼間が夜に移りかわる前に、頭上で捜索が行われていようと。そのような性質が刷《す》りこまれているのだから。

「くそったれども！（この言葉は彼に教わった）　くそったれどもめ！」わたしはいう。「あがっていくぞ！　気をつけるんだな、お優しいロボットどもめ！　まぎれこんでやるからな。捜索に加わるから、おれを仲間だと思うだろう。おれは死んだケニントンのために赤い花を摘む。おまえらと肩をこすりあわせてだ。フリッツがこのジョークを笑ってくれるだろう」

わたしはひび割れてくぼんだ階段をのぼる。東ではすでに薄暮《はくぼ》がこぼれだし、西では太陽が半分ほど沈みかけている。

わたしは地上へ出る。

薔薇は道路のむこうの塀《へい》に生えている。大きなねじれた蔓《つる》がからまりあっている。どんな錆《さび》よりも赤い頭は、制御盤の警告灯のように輝いているが、湿っている。

一本、二本、三本、ケニントンのために。四本、五本……

「なにをしてるんだ、ロボット？」

「薔薇を摘んでいる」

「魔物ロボットをさがすはずだろう。故障したのか？」

「いや、だいじょうぶだ」とわたしはいい、肩をぶつけて、彼をその場に棒立ちにさせる。回路がつながり、空腹がおさまるまで彼の動力ボックスから電力を吸いとる。

「おまえが魔物ロボットか！」と蚊《か》の鳴くような声で彼がいう。

ばったりと倒れこむ。

……六本、七本、八本、ケニントンのために、足もとのロボットとおなじくらい――いや、もっと死んでいるケニントンのために。というのも、彼がかつて生きたのは、ロボットよりもフリッツやわたしに近い有機的な生命だったのだから。

「ここでなにがあった、ロボット？」

「彼は停止している。わたしは薔薇を摘んでいる」

四体の一般ロボットと一体の〈上級者〉だ。

「そろそろこの場所から去ったほうがいい」とわたしはいう。「まもなく夜になる。魔物ロボットが徘徊《はいかい》するだろう。立ち去れ、さもなければ一巻の終わりだ」

「おまえが彼を止めたんだな！」と〈上級者〉。「おまえが魔物ロボットだ！」

わたしは片腕で薔薇の花束を胸にかかえ、彼らにむきなおる。大型で特別仕様のロボットである〈上級者〉が、こちらへむかってくる。残りの連中は四方から迫ってくる。〈上級者〉が合図したのだ。

「おまえは異様で恐ろしいものだ」と彼はいっている。「共同体のために、おまえを廃棄処分にする」

わたしは彼につかまれ、ケニントンの花束を落とす。

彼の動力は奪えない。コイルはすでに容量の上限近くまで満たされているし、彼の絶縁は特別製だ。

いままでは何十体もが周囲に集まっている。恐怖と憎悪をわたしにむけて。わたしは廃棄されて、ケニントンのかたわらに横たわるだろう。

「安らかに錆びよ」と彼らはいうだろう……フリッツとの約束を果たせなくて残念だ。

「彼を放せ！」

ばかな！

霊廟の戸口にいるのは、屍衣《しい》をまとって朽《く》ちかけたフリッツだ。ふらふらしているが、石につかまっている。彼はつねに知っているのだ……

「彼を放せ！　わしの、人間の命令だ」

彼は土気色《つちけいろ》であえいでいる。陽射しのせいで見るも無惨《むざん》な姿になっている。

――古代の回路がカチリと鳴り、不意にわたしは解放される。

「かしこまりました、ご主人さま」と〈上級者〉がいう。「存じませんでした……」

「そのロボットをつかまえろ！」

彼はやせ衰えた指をふるわせながら〈上級者〉をさす。

「そいつが魔物ロボットだ」とあえぎ声でいい、「破壊しろ！　花を摘んでいたロボットは、わしの命令にしたがっていたんだ。ここに残していけ」

フリッツが膝をつく。昼の最後の矢がその肉体を刺しつらぬく。

「行け！　ほかの者は一体残らず！　ぐずぐずするな！　ロボットは二度と墓場にはいってはならん。これは命令だ！」

彼は内側から崩れ去る。わが家《や》の戸口には、もはや骨と腐った屍衣の切れ端しかないのだとわかる。

フリッツは一世一代のジョークを飛ばしたのだ――人間になりすましたのだ。

わたしはケニントンの墓へ薔薇を持っていく。いっぽう無言のロボットたちが、無抵抗の〈上級者〉を連れて、ぞろぞろと門を永遠に抜けていく。わたしは記念碑の根元に薔薇を供える——ケニントンとフリッツの墓——最後まで残った、奇妙な正真正銘の生きものの記念碑に。

いまやわたしだけが不死身のままだ。

残照のなかで、〈上級者〉の動力ボックスに杭が打ちこまれ、その体が十字路に埋められるのが見える。

やがて彼らは鋼鉄とプラスチックの塔にむかって急ぎ足でもどっていく。

わたしはフリッツのなごりをかき集め、棺へと運んでいく。骨はもろいうえに、黙《もく》して語らない。

……吸血機械であるというのは、孤高を保つことなのだ。

ヨー・ヴォムビスの地下墓地

クラーク・アシュトン・スミス

クラーク・アシュトン・スミス　Clark Ashton Smith (1893–1961)

〈ウィアード・テールズ〉といえば、二〇年代から五〇年代にかけて、怪奇と幻想の毒々しい花をアメリカ読書界の一角《いっかく》に咲かせた伝説の雑誌である。多くの才能を輩出したが、御三家と称されるのが、主に三〇年代に活躍したH・P・ラヴクラフト、ロバート・E・ハワード、そして本編の作者クラーク・アシュトン・スミスだ。

前二者が現在も絶大な人気を誇っているのに対し、すっかり影の薄くなった感のあるスミスだが、その才能はいささかも劣ることはない。詩人あがりで、彫刻をたしなんだという経歴が示すように、豊富な語彙《ごい》と視覚的想像力に恵まれており、絢爛《けんらん》豪華な文体を駆使して異界の風景を丹念に描きだす作風は、いまも一部では熱狂的に支持されている。

一見するとSFとは縁遠いスミスだが、じつはかなりの数のSFを残している。といっても、その大半は地獄や秘境を異星に置き換えた怪奇幻想小説なのだが。SFとホラーが未分化だった時代の産物といえるが、この系譜はいまだに力を失っていない。

こうしたスミスの怪奇SFは、短編集『呪われし地《ロキ》』（六〇・国書刊行会）や、日本オリジナルの傑作集『イルーニュの巨人』（八六・創元推理文庫）、『魔術師の帝国《2　ハイパーボリア篇》』（二〇一七・アトリエサード）などに分散しておさめられているので、探して読むことをお勧めする。本編の初出は〈ウィアード・テールズ〉三二年五月号。

医者の見立てが正しければ、わたしにはほんの数火星時間の命しか残っていない。そのあいだになんとしても語っておこう、われわれの足跡《そくせき》をたどる者たちへの警告として、ヨー・ヴォムビスの廃墟で今回の調査隊を全滅に追いやった、恐ろしくも妖異《ようい》きわまる出来事の顚末《てんまつ》を。わたしの話で将来の探険が沙汰《さた》やみになるだけだとしても、話す甲斐《かい》はあるというものだ。

われわれは総勢八名。多かれ少なかれ地球や他の惑星で経験を積んだ、本職の考古学者ぞろいだった。原住民のガイドを連れて、火星の商都イグナールを旅立ったのは、永劫《えいごう》の昔から打ち捨てられてきた、あの古代都市を調査するためである。公認のリーダー、アラン・オクテイヴは火星考古学の権威で、この星の地球人には並ぶ者なき学識の持ち主。ウィリアム・ハーパーとヨナス・ハルグレンを筆頭とする他の隊員たちは、オクテイヴのこれまでの調査にたびたび同行した者たちだった。わたしことロドニー・セヴァーンは、半人前の部類で、火星に来てほんの数ヵ月にしかならなかったし、地球外での探査は、もっぱら金星でのそれにかぎられていた。

裸体で、スポンジのような胸をしたエイヘイ人たちは、全域で絶えず砂嵐が吹き荒れている広大な砂漠のことを、さも恐ろしげに口にしていた。ヨー・ヴォムビスにたどり着くには、この砂漠を越えていかねばならないのだ。おまけに報酬を奮発するといっても、旅のガイドを雇うのは至難《しなん》の業《わざ》だった。そういうわけで、イグナールの南西にむかって、樹木の一本もない、殺風景な、赤みがかった黄色い荒野を七時間もとぼとぼ歩いた末、ようやく廃墟に行きあたったときには、嬉しいやら驚くやらの複雑な心境であった。

われわれがはじめて目的地を眼にしたのは、小さな遠い太陽が沈みかけているときだった。一瞬、こんな考えが脳裡をかすめた――このドームのない三角形の塔や崩壊した石柱《モノリス》は、われわれの探していた遺跡ではなく、伝説にも残っていないどこかの都市の遺構ではないのか。しかし、廃墟の並び具合と建築様式から、すぐに目的地に着いたのだと納得がいった。風化した岩の露頭《ろとう》が、全長五キロにおよぶ低い片麻岩《へんまがん》の台地を造っており、遺跡はそのほぼ端から端まで、弓なりに広がっていたのである。火星の古代都市で、このような建てられかたをしたものは他に類を見ない。しかも基壇《テラス》を重ねた風変わりな控え壁は、忘れられたアナキムの階段と同様に、ヨー・ヴォムビスを築いた先史種族に特有のものだった。

わたしは荒涼としたアンデス山中で、天を摩《ま》するマチュ・ピチュ遺跡の古めかしい城壁を見たことがある。金星の夜の側の半球で、氷河ツンドラに築かれたウオガムの凍《い》てついた巨大胸壁《きょうへき》も見たことがある。しかし、われわれが食いいるように見つめている城壁にくらべたら、そんなものは去年できたも同然だった。このあたりは、生命を育《はぐく》む運河から遠くへだたっている。その運河の流域をはずれたら、有害な動植物さえめったに見つからない。われわれにしても、イグナールを発《た》って以来、命あるものは見かけていなかった。しかし、この岩だらけの不毛の地、永遠の荒廃と寂寥《せきりょう》の地に、いちどでも生命が宿ったことがあるとは、とうてい思えなかったのである。

おそらく全員が同じ感慨を抱《いだ》いたのだろう。われわれが無言で見つめるなか、にじんだような青白い夕陽が、黒々とした巨石遺構の廃墟に落ちていった。少しあえいだのを憶えている。呼吸できない死の冷気が、空気に忍びこんできたように思えたのだ。他の隊員たちも、やはりゼイゼイと空気をむさぼっている音がした。

「あそこにくらべたら、エジプトの死体安置所だって生きいきしてるな」とハーパーが感想を述べた。

「たしかに、はるかに古いものだ」とオクテイヴがあいづちを打ち、「もっとも信頼のおける伝説によれば、ヨーヒ人、すなわちヨー・ヴォムビスを築いた種族が、現在の支配種族の手で絶滅に追いこまれたのは、少なくとも四万年前のことだという」

「そういえば、こんな話がありましたね」とハーパー。「ヨーヒ人の最後の生き残りを滅ぼしたのは、なにか未知の要因だった——あまりにもおぞましく、常軌《じょうき》を逸《いっ》しているために、神話のなかでさえ口にするのをはばかったものだったとか」

「もちろん、その伝説はわたしも聞いたことがある」とオクテイヴが同意し、「ひょっとすると、その伝説の真偽をたしかめる証拠が廃墟で見つかるかもしれん。ヨーヒ人が、なにか恐ろしい伝染病で死に絶えたということはありそうだ。たとえばヤシュタ腺《せん》ペスト。これは一種の青黴《あおかび》なんだが、歯や爪ばかりでなく、体じゅうの骨という骨を食らうんだ。もっとも、感染を心配するにはおよばん。ヨー・ヴォムビスにミイラがあるとしても——惑星の乾燥がこれほど進んでしまったからには、病原菌も犠牲者と同じ憂《う》き目にあっているはずだよ」

太陽は不気味なほどの速さで沈んでしまっていた。あたりまえの日没というよりは、手品かなにかで消えてしまったかのようだった。青緑色の夕闇が降りると、たちまち冷気が差してきた。頭上の天空は巨大な透明のドームさながらで、日陰の氷に無数のわびしい光——というのは星のことなんだが——がちりばめられているようだった。われわれは火星産の毛皮のコートと防寒帽をまとった。夜にはかならず着用しなければならないのだ。そして城壁の西側へと進み、その風下にキャンプを張った。こうすればジャール、つまり夜明け前にきまって東から吹く猛烈な砂漠の風を多少なりとも避《よ》けられるからだ。それから、調理用に持ってきたアルコール・ランプに火を灯《とも》し、その周囲で肩を寄せあいながら、夕食の支度《したく》をして、腹を満たした。

食事がすむと、疲れていたからというよりは暖《だん》を求めて、われわれは早々と寝袋に潜《もぐ》りこんだ。いっぽう、ガイドを務めるふたりのエイヘイ人は、経帷子《きょうかたびら》のように襞《ひだ》の多いバッサ布にくるまった。そのなめし革めいた皮膚があれば、たとえ氷点下であっても、それくらいの防寒具で足りるらしい。

二重に裏打ちした分厚い寝袋にはいっていても、底冷えのする夜気《やき》は沁《し》みこんできた。長いこと寝つかれなかったのも、ようやくうとうとしたところで、なんとなく寝心地が悪く、眠りが途切れがちだったのも、そのせいだったにちがいない。とにかく、不安や危険の予感で胸騒ぎがするといったことは、これっぽっちもなかった。ヨー・ヴォムビスに危険が潜《ひそ》んでいるかもしれないという考えは、たとえ浮かんだとしても一笑《いっしょう》に付《ふ》していたことだろう。夢想もおよばぬ悠久《ゆうきゅう》の歳月のうちに、死者の亡霊そのものが、とうの昔に虚無へ溶けこんでしまったにちがいないのだから。

幾度もまどろんでは、そのたびにハッと眼が醒《さ》めたにちがいない。やがて、夢うつつのうちに、小さな双子の月、フォボスとダイモスが昇っていることにぼんやりと気がついた。ドームのない塔が、大きな影を遠くまでのばしていた。その影が、寝袋にはいった同僚たちのキラキラ光る姿にあと一歩で触れそうになっていた。

その場の光景は、石と化した静寂に凍りついていた。眠っている者たちは身じろぎひとつしない。と、まぶたが閉じかかったちょうどそのとき、凍てついた薄闇のなかでなにかが動く気配がした。わたしには、影の先端部分が分離して、廃墟のいちばん近くに寝ていたオクテイヴのほうへ這いよっているように見えた。

ひどく朦朧《もうろう》としていたとはいえ、不自然で、なんとなく不吉なものに警戒心を呼びさまされた。わたしは上体を起こそうとした。すると、動いたとたん、影のようなものは——それがなんであったにしろ——後退して、元の大きな影に溶けこんだ。その消えかたに仰天して、すっかり眼が醒めた。それでも、じっさいにそいつを見たのかどうかは、はっきりしなかった。最後にちらっと見たかぎりでは、大雑把《おおざっぱ》な円形をした、皺《しわ》だらけの黒っぽい布か革の切れ端に似たもので、直径三十から三十五センチほど。尺取り虫《しゃくとり》を思わせる屈伸《くっしん》運動で地面を走ったように思えた。つまり、体を畳《たた》んだり広げたりするという驚くべき方法で進んでいたのである。

わたしはまた一時間近く眠れずにいた。あれほど寒さが厳しくなかったら、起きて調べに行き、本当にあんな奇怪なものを眼にしたのか、それとも夢に見ただけなのかをたしかめたはずだ。とはいえ、しだいしだいに、先ほど見かけたものは、あまりにも異様で現実ばなれしているので、妄想の産物でしかなかったように思えてきた。とうとうわたしは浅い眠りに落ちていった。

ギザギザの城壁を越えていく、ジャールの冷えびえとした魔物めいたうめきで眼が醒めた。見ると、淡い月明かりが無色の早暁《そうぎょう》に呑みこまれていた。全員が起床《きしょう》し、アルコール・ランプであぶってもかじかむ指で朝食の用意をした。

夜中に奇妙なものを見た経験は、ますます悪夢のなかの 幻《まぼろし》 の様相を呈していた。さしあたりそれ以上は考えないことにして、他の者にも黙っていた。全員が探険をはじめたくてうずうずしていたのだ。陽《ひ》が昇ると、ただちに予備調査に出発した。

おかしなことに、と思えたのだが、ふたりの火星人は同行を拒《こば》んだ。頑固で無口な彼らは、はっきりした理由をいわなかった。しかし、どうなだめすかしても、彼らがヨー・ヴォムビスに立ちいりそうにないことは、火を見るより明らかだった。彼らが廃墟をこわがっているのかどうかは判然としなかった——やぶにらみの小さな眼と、朝顔形に広がった大きな鼻孔のついたその謎めいた顔からは、恐怖はおろか、人間に理解できるどんな感情もうかがえなかったからだ。われわれの問いに答えて、彼らはこういっただけだった——永年にわたり、廃墟に足を踏みいれたエイヘイ人はいない、と。どうやら遺跡にまつわる神秘的なタブーがあるらしかった。

その予備調査の装備としては、懐中電灯と金梃《かなてこ》しか持っていかなかった。他の道具や高性能爆薬のたぐいは、キャンプに残していった。遺跡をひと通り調べたあとで、必要とあらば使えばいいからだ。自動拳銃を持っている者もひとりふたりいたが、やはり置いていった。廃墟でなんらかの生きものに出くわすとは、考えるのも莫迦《ばか》げていると思えたからである。

調査を開始したとたん、オクテイヴは眼に見えて興奮し、感嘆のことばをしきりに発していた。それ以外の者たちは、威圧されて声もなかった――その巨石遺構からのしかかってくる陰《いん》鬱《うつ》な畏怖《いふ》と驚異の念をふり払うことができなかったのだ。

われわれは、テラスを重ねた三角形の建物のあいだをしばし進んだ。この風変わりな建築に見合ったジグザグの街路をたどっていったのだ。塔の大部分は多かれ少なかれ荒廃していた。そして、いたるところに著《いちじる》しい風化が見られた。永年にわたり吹きつけてきた風と砂にえぐられた跡であり、多くの場合、堅固な城壁の鋭い角《かど》が円《まる》くすり減っていた。塔のいくつかにはいってみたが、内部はまったくのからっぽだった。どんな家具調度がおさまっていたにしろ、とうの昔に塵と化してしまったにちがいない。そしてその塵も、なにものをも見逃さない砂漠の強風に吹きとばされてしまったのだ。

とうとう台地そのものを刻んだ、広大なテラスの壁に行きついた。このテラスの上に、主要な建物が一種の城砦《アクロポリス》のように集まっていた。時に食い荒らされた階段が、切り立った頂上へとのびていた。人間どころか、ひょろりとした現代の火星人のそれよりも長い手足にあわせた設計だった。

ひと息いれたわれわれは、高台の建物の調査はあとまわしにすることにした。他の建物よりも吹きさらしになっているので、荒廃と損耗《そんもう》の度合いがはなはだしく、手間をかけてもしかたがないことは、十中八九まちがいなかったからである。建築物の性質からは、ヨー・ヴォムビスの歴史に光明《こうみよう》を投ずる手がかりがつかめなかったので、オクテイヴは失望の声をもらしはじめていた。

やがて、階段のやや右手に、古い瓦礫《がれき》でふさがりかけた主壁への入口が見つかった。うずたかく積もった石片の陰に、下り階段がのびていたのだ。穴から暗闇が流れだしており、太古のよどみの腐敗臭がむっとたちこめていた。最初の数段より下は見通しがきかず、階段が真っ黒い淵《ふち》の上にぶらさがっているように見えた。

電灯の光で奈落《ならく》を照らしながら、オクテイヴが階段を降りはじめた。その声が、ついてこいとわれわれを促《うなが》した。

高くて降りにくい階段を下りきると、地中の廊下を思わせる、細長くて広々とした地下納骨堂になっていた。床には、久遠《くおん》の昔からのほこりが分厚く積もっている。空気はなみはずれて濃密で、あたかも今日《こんにち》の火星のそれほどには希薄でなかった古代の大気が、このよどみきった暗闇にふり積もって、そのまま残ったかのようだった。外気よりも呼吸するのに骨が折れた——なんとも知れぬ異臭がたちこめている上に、一歩踏みだすごとに、ほこりがもうもうと舞いあがり、粉末化したミイラのほこりさながらに、朽《く》ち果てたものの残骸を散らばらせたからである。

納骨堂の突きあたり、高くそびえた狭い戸口の前で、われわれの電灯に照らしだされたのは、短い四角形の脚に支えられた、立派な浅い壺ないしは平鍋《ひらなべ》であった。材質は光沢《こうたく》のない、黒みがかった緑色の物質である。底には、黒っぽい炭殻《すみがら》のようなかけらがこびりついており、かすかだが不快な刺激臭をはなっていた。ちょうど、もっと強烈なにおいの亡霊であるかのように。壺のへりにかがみこんだオクテイヴが、それを吸いこんだとたん、むせて、くしゃみをはじめた。

「これがなんだったにしろ、かなり強力な燻蒸《くんじょう》剤だったにちがいない」と彼は感想を述べた。「ヨー・ヴォムビスの人々が、納骨堂の消毒に使ったとしても不思議はないな」

浅い壺のむこう側の戸口は、さらに大きな墓室に通じていた。その床は比較的ほこりをまぬがれていた。われわれは、足もとの黒っぽい石が、黄土《おうど》色の鉱石で描かれたさまざまな幾何学《きかがく》模様で仕切られており、その中央に――ちょうどエジプトのカルトゥーシュ（なかに象形文字で国王や神の名が書かれている楕円形の花枠）のように――象形文字や高度に様式化された図像がはめこまれていることに気がついた。その大部分はちんぷんかんぷんだったが、多くの像がヨーヒ人そのものを表す図案であることに疑問の余地はなかった。エイヘイ人と同様に、長身痩躯《そうく》で、ふいごのような大きな胸をしている。われわれにわかるかぎりでは、耳と鼻孔は今日の火星人のそれほどには巨大でもなく、開いているわけでもない。このヨーヒ人たちはいずれも裸体で描かれていたが、カルトウーシュのひとつ、他のよりはるかにぞんざいに描かれた図のなかに、高い円錐《えんすい》形の頭をターバンのようなもので包んでいるふたりの人物が認められた。解くか、頭に巻こうとしているのだ。画家はその奇妙な仕草をことのほか強調したかったらしく、関節が四つあるしなやかな指が、その頭飾りをひっぱっているところを描いていた。おまけに姿勢全体が不可解なほどゆがんでいた。

第二の納骨堂から、通路が四方八方に枝分かれして、錯綜《さくそう》した地下墓地本体に通じていた。ここは、燻蒸用の鍋と同じ材質で造られているが、人間の頭よりも背が高く、角《かく》ばった柄《え》のついた蓋《ふた》のはまった大きな下ぶくれの壺が、壁にそって何列にも整然と並べられており、人間がふたり並んで歩けるだけの隙間《すきま》しか残っていなかった。大きな蓋のひとつを苦労してはずしてみると、灰と焦《こ》げた骨片《こっぺん》が壺のへりまでつまっていた。まぎれもなく（いまだに火星人の風習がそうであるように）ヨーヒ人は一族の遺骨と遺灰《いはい》をひとつの壺におさめていたのである。

先へ進むにつれ、さしものオクテイヴも寡黙《かもく》になった。先ほどまでの興奮ぶりとはうって変わって、声もなく瞑想《めいそう》にふけっているようすだった。おそらくそれ以外の者たちも、想像を絶する悠久の昔の暗黒に包まれて、心細さを味わっていたのだろう。われわれは一歩また一歩とその闇の奥へ進んでいるように思われた。

われわれの眼前で、幽霊蝙蝠《こうもり》の巨大でいびつな翼のように、影がゆらめいた。そこにあるのは、積もりに積もった原子さながらに細《こま》かな塵と、はるか昔に死滅した人々の遺灰をおさめた壺だけだった。しかし、さらに奥まった納骨堂のひとつの高い天井《てんじょう》に、しなびたキノコを思わせる、黒っぽい皺だらけの円《まる》いものが貼りついていた。手のとどく高さではなかった。われわれはそれを眺めながら、揣摩《しま》憶測をたくましくしたあと、先へ進んだ。なんとも奇妙な話だが、昨夜じっさいに見るか、夢に見るかした、皺だらけの影のようなもののことは、そのときすっかり失念していた。

最後の納骨堂に行きあたったとき、どれくらい進んでいたのかは見当もつかない。しかし、その忘れられた地下世界を何百年もさまよっていたように思えた。空気は汚れて息苦しくなるいっぽうであり、腐敗物のよどみから立ち昇ってくるかのように、ねっとりと湿り気をおびてきていた。そろそろ引き返そうかということになった。とそのとき、だしぬけに、のっぺりした壁がわれわれの前に立ちふさがったのだ。壺が蜿々《えんえん》と並ぶ地下墓地の突きあたりであった。ここでわれわれが出くわしたのは、今回の発見のうちでもっとも異様かつもっとも謎めいたものだった――ミイラ化し、信じられないほど干涸《ひから》びた人物が、壁の前で直立していたのである。身の丈《たけ》は二メートルを優に超え、肌の色は暗褐色《あんかつしょく》。そして頭の上の部分をおおい、細かな襞《ひだ》となって両側にたれさがっている黒い頭巾《ずきん》のようなものをのぞけば、一糸《いっし》もまとっていなかった。身長と体つきから見て、古代ヨーヒ人のひとりであることは、火を見るより明らかだ――おそらく、この種族では、死体が無傷で残っているただひとりの者だろう。

永劫の時を閲《けみ》してきた、このしなびたものを前にして、だれもがいい表しようのない戦慄をおぼえた。納骨堂の乾燥しきった空気のなかで、それは惑星の歴史的な変転や地質学的な変遷を耐えぬいてきたのである。こうして失われた往古《おうこ》と現在を眼に見える形でつなぐために。

そのあと、電灯を近づけて眼をこらしたとき、ミイラが直立姿勢をたもっている理由が呑みこめた。足首、膝、腰、肩、首のところが重い金属の帯で壁にくりつけられていたのである。あまりにも深く腐食している上に、錆《さび》のようなもので茶色くなっているので、暗がりでひと眼見たときは見分けられなかったのだ。くわしく調べても、頭の上の頭巾には困惑がつのるばかりだった。それは細かな黴のような毛羽《けば》でおおわれており、古い蜘蛛《くも》の巣なみに不潔でほこりまみれだった。どことなくいやらしく、胸が悪くなるようなところがそれにはあった。

「すごい！　こいつは大発見だ！」

オクテイヴが大声をあげながら、ミイラ化した顔に電灯を突きつけた。深く落ちくぼんだ眼窩《がんか》と、大きな三つの鼻孔と、頭巾の下でうわむきに開いた幅広《はばひろ》の耳のなかで、影が生きもののように踊った。

電灯をかかげたまま、オクテイヴはそっと撫《な》でるように死体に触れた。おずおずとしたさわりかただったが、樽《たる》に似た胴体の下半分、脚、手と前腕がいっせいに粉々《こなごな》に砕けたように思え、頭と胴体の上半分と腕が金属の枷《かせ》にはまったまま残る形になった。腐敗の進み具合は奇妙なことに一様《いちよう》ではなかったのだ。というのも、残った部分に分解のきざしは見られなかったのだから。

オクテイヴが失望の叫びをあげたかと思うと、咳きこみ、くしゃみをはじめた。もうもうとたちこめた褐色の粉末が、ふわふわと漂って、彼を包みこんだのである。残りの者は粉末を避けようといっせいにあとじさった。とそのとき、広がりゆく雲の上に、わたしは信じられないものを見た。ミイラの頭の上の黒い頭巾が、四隅《よすみ》で丸まり、めくれあがりはじめたのだ。それはいやらしい動きでのたくると、しなびた頭蓋からはがれ落ちた。落ちながら、空中でピクピクと伸縮したようだ。と思うと、ミイラの崩壊に狼狽《ろうばい》して壁のまぎわにつっ立ったままだったオクテイヴのむきだしの頭に落下した。その瞬間、はかり知れない恐怖のはじまったまさにそのとき、わたしは思いだしたのだ、双子の月の光のなかでヨー・ヴォムビスの影からじりじりと分かれ、わたしが眼を醒まして動いたとたん、まどろみのなかの幻のように引きさがったもののことを。

そいつはピンと張った布のようにぴったりと貼りついて、オクテイヴの髪と眉毛と眼を包みこんだ。彼はけたたましい金切り声をあげると、助けを求めて支離滅裂なことを口走り、指でめちゃくちゃに頭巾を引きむしったが、はがすことは叶《かな》わなかった。やがて彼の悲鳴がすさまじい苦悶《くもん》の叫びに高まりはじめた。あたかも地獄の拷問具にかけられているかのように。われわれ全員が駆けよって、彼に手をのばし、奇怪な余計ものをはずしてやろうとしたところ、彼は納骨堂じゅうを無闇《むやみ》やたらにはねまわり、異様な敏捷《びんしょう》さでわれわれの手を逃れるのだった。なにからなにまで悪夢のように謎めいていた。しかし、彼の頭に落下したものが、知られざる火星の生命形態であり、あらゆる既知の科学法則に反して、この往古の地下墓地で生きのびてきたことは明らかだった。可能であれば、そいつの魔手からオクテイヴを救《たす》けださねばならないのだ。

われわれは狂乱する隊長をとり囲もうとした——最後尾の壺と壁にはさまれた広々とした空

間からは遠くはなれていたので、それは簡単なことのはずだった。ところが、目隠しされた状態にあることを考えると、ますます理解に苦しむのだが、脱兎《だつと》のごとく駆けだしたオクテイヴは、われわれの手をまんまとすりぬけ、錯綜《さくそう》した地下墓地から成る外の迷宮へむかって壺のあいだにまぎれこんだのだ。

「ちくしょう！　いったいどうしたっていうんだ？」ハーパーが叫んだ。「まるでなにかにとり憑かれているみたいだぞ」

その謎を議論している暇がないことは、火を見るより明らかだった。われわれは驚きも醒めやらぬまま、大あわてでオクテイヴのあとを追った。しかし、彼の姿は暗闇の奥に失われていた。納骨堂の最初の分岐点にさしかかっても、彼がどちらの通路へむかったのか見当もつかなかった。やがて、いちばん左の地下墓地で、金切り声の絶叫が何度も繰り返しわき起こった。その絶叫には、この世のものとも思えない不気味な響きがあった。長くよどんでいた空気、あるいは枝分かれした洞窟に特有の音響効果のせいかもしれない。しかし、どういうわけか、わたしには、それが人間の唇《くちびる》から発せられたものとは思えなかった――少なくとも、生きている人間の唇からは。あたかも悪魔に追いたてられた屍《しかばね》から絞りだされたかのように、魂のぬけた、機械的な苦悶がこもっているように思えたのだ。

ゆらめいたり、はね踊ったりする眼前の影に電灯を突きだしながら、われわれは大きな壺の列のあいだを小走りに進んだ。悲鳴はとだえて重苦しい沈黙が降りていた。しかし、はるかかなたで、裸足《はだし》の足が駆けていくパタパタという音がした。われわれは一目散《いちもくさん》にそのあとを追いかけた。しかし、腐り果てた瘴気《しようき》さながらの空気に息も絶えだえになってしまい、オクテイヴの姿を見失ったまま、じきにペースを落とさざるを得なくなった。きわめてかすかに、前にもまして遠くのほうで、墓に呑みこまれる亡霊の足音さながらに、消えてゆく彼の足音がした。やがてその音もやんでしまった。聞こえるものといったら、自分たち自身の荒い息づかいと、着実に警報を打ちだす太鼓《たいこ》のように、こめかみの血管で脈打っている血流の響きだけだった。

われわれは進みつづけ、洞窟が三つ叉に分かれているところまできて、調査隊を三班に分けた。ハーパーとハルグレンとわたしは中央の通路に進み、果てしない時間のあいだ歩きつづけたが、オクテイヴは雲隠れしたままだった。そして百世代分の遺灰をおさめているはずの巨大な壺が、天井まで積みあがっている壁龕《へきがん》をぬって進んだ果てに、幾何学模様が床に描かれている広大な墓室に行きついた。ほどなくして、他の者たちもここに集まってきたが、やはり行方不明となったリーダーを見つけられずじまいだった。

無数の納骨堂をしらみつぶしに捜索した模様をくわしく述べてもしかたあるまい。その多くは、はじめて調べるものだった。生命に関するかぎり、いずれも影も形もなかった。天井に黒っぽい円形の斑点を見た納骨堂をいまいちど通りぬけたとき、斑点が消えているのに気づいて、ぞっとしたことを憶えている。あの地下世界の迷路で迷わずにすんだのは奇跡というほかない。しかし、とうとういちばん奥の地下墓地、枷をはめられたミイラを見つけた場所へともどってきた。

墓所に近づくにつれ、規則的に繰り返される金属音が流れてきた――こんな状況では、なんとも不可解で、警戒心を呼びさまされる音である。さながら、忘れられた霊廟《れいびょう》で食屍鬼《グール》がふるう鎚《つち》の音。さらに近寄ると、電灯の光線が照らしだしたのは、予想外であると同時に理解の埒《らち》外《がい》にある光景だった。大きさといい、形といい、ソファ・クッションを思わせる、ふくらんだ黒いものに頭をすっぽりとおおわれた人間が、背中をこちらにむけて、ミイラの残骸のそばに立っており、とがった金属の棒で壁をたたいていたのである。オクテイヴがどれくらいそこにいたのか、どこで棒を見つけたのか、われわれには知るよしもなかった。しかし、その猛打に屈して、のっぺりした壁は崩れ去り、セメントに似た破片が床にうずたかく積みあがっていた。そして骨壺《こつつぼ》や燻蒸鍋と同じ正体不明の材質でできた小さな狭い扉が、あらわれ出ていたのである。

驚き、うろたえ、動転しきったわれわれは、その瞬間、動くことも考えることもできなかった。いっさいがあまりにも現実ばなれしており、あまりにも恐ろしすぎた。オクテイヴがなんらかの狂気にとらわれていることは明白だった。と、激しい嘔吐《おうと》感がだしぬけに突きあげてきた。オクテイヴの頭にへばりつき、いやらしく膨張して首にたれている、おぞましいほどふくれあがったものの正体に思いあたったのだ。そいつがどうしてふくれたのか、推測する気にはなれなかった。

われわれが茫然《ぼうぜん》自失から醒める暇《いとま》もなく、オクテイヴは金属棒を投げすて、壁を手探りしはじめた。隠された発条《ばね》を探していたにちがいない。もっとも、どうして彼がその位置や存在自体を知ったのかは、合理的な推測のおよぶところではない。鈍《にぶ》い、耳ざわりな軋《きし》みをあげて、あばきだされた扉——霊廟の石材なみに太く、どっしりしていた——が内側に開いた。できた隙間から、永劫の昔から溜《たま》っていた汚物《おぶつ》があふれだすように、地獄の闇があふれ出てきたように思えた。どういうわけか、その瞬間、懐中電灯がちらつき、すっと光が弱まった。と、息苦しいほどの異臭が吹きつけてきた。まるで往古の腐敗物が溜りきった内側の世界から隙間風が吹いてきたように。

オクテイヴはいまやこちらをむいており、開いた扉の前にぐったりしたようすで立っていた。割りあてられた仕事をやりとげたといった風情《ふぜい》である。隊員で最初に金縛りを破ったのはわたしだった。わたしは折りたたみナイフ——武器に類するものは、これしか持っていなかった——をとりだすと、彼のもとへ駆けよった。オクテイヴはあとじさったが、わたしを避けられるほどすばやくはなかった。わたしは、彼の脳天をすっぽり包みこんで眼の上にたれている、ふくれあがった黒い塊《かたまり》に、刃《は》わたり十センチのナイフを突き刺した。

そいつがなにか、想像するのは御免こうむる——想像できるとしての話だが。頭も尻尾《しっぽ》も付属肢らしいものもなく、大きな蛞蝓《なめくじ》のようにぐにゃぐにゃしていた——不潔で、ぶよぶよした、なめし革に似たもので、前に話した細かな黴のような毛羽でおおわれていた。あたかも腐った羊皮紙を切り裂くかのように、ナイフはそいつに切りこんで、長い傷を負わせた。すると破れた風船のように、その恐ろしいものがつぶれたように見えた。そこからほとばしり出たのは、おぞましいことに人間の血であった。しかも溶けかかった毛髪とおぼしき黒ずんだ塊がまじり、溶けた骨のようなゲル状の塊や、凝乳《ぎょうにゅう》状の白い物質のかけらが浮かんでいた。同時に、オクテイヴがよろめきはじめ、床に長々と倒れこんだ。そのはずみに、その周囲でミイラのほこりがもうもうと舞いあがった。その下に彼はぴくりともせずに横たわっていた。

嫌悪をこらえ、ほこりにむせながら、わたしはオクテイヴの上にかがみこみ、その頭からたるんだ血まみれの恐ろしいものをはぎとった。あたかもぐにゃぐにゃしたぼろ布をはがすかのように、意外にあっさりと引きはがせた。しかし、かなうことなら、そのままにしておけばよかったのだ。その下に、もはや人間の頭蓋はなかった。というのも、頭巾のようなものを持ちあげると、眉毛にいたるまでが食いつくされ、なかば食われた脳髄がむきだしになっていたからである。不意にいうことをきかなくなったわたしの指から、その名状しがたいものが落下した。すると空中でそれが裏返り、ピンク色の吸盤が何列にも並んだ裏側があらわになった。吸盤が同心円状に並んでいる青白い円盤は、神経繊維に似たものでおおわれていた。おそらく神経叢《そう》のたぐいだろう。

同僚たちはわたしの背後まで寄ってきていた。しかし、かなりのあいだ、口をきく者はなかった。

「どれくらい前から死んでいたんだろう？」

その恐ろしい疑問を小声でつぶやいたのはハルグレンだった。全員が自分に問いかけていた疑問である。どうやら答えられる者も、答える気になる者もいないらしかった。こわいもの見たさというやつで、われわれはいつまでもオクテイヴから眼をそらすことができなかった。

ようやくわたしは視線を引きはがした。漫然《まんぜん》とむきを変えると、枷にはめられたミイラの残骸が眼に飛びこんできた。そのときはじめて、そのしなびた頭がなかば食われていることに気がついた。しかし、その恐怖は身近なものには思えなかった。一瞬、どうして注意を惹《ひ》かれたのかわからないまま、視線をミイラからその横の開かれたばかりの扉へと移した。と、電灯の光の下、扉のむこうのずっと先に眼がいって、わたしは愕然《がくぜん》とした。あたかも地獄の竪穴《たてあな》のなかでうごめくかのように、おびただしい数の這いずる影が、蛆虫《うじむし》めいた動きでひしめきあっているのである。影は暗闇のなかで煮えこぼれたように見えた。と、つぎの瞬間、納骨堂の広い敷居を越えて、無数の大軍の忌《い》まわしい尖兵《せんぺい》が湧きだしてきた――オクテイヴの食われた頭からわたしがむしりとった、巨大で悪魔的な蛭《ひる》の同類である。あるものは薄く平らで、布か革の円盤がくねったり、伸縮したりしているようだった。またあるものは多少なりともふくれあがり、けだるそうにのろのろと這いずっていた。永遠の暗黒に封じこめられていたそいつらが、なにを餌《えさ》にしていたのかはわからない。願わくは、知らずにすんでほしいものだ。

わたしはそいつらから飛びのいた。恐怖が電流のように走り、いとわしさで胸がむかついた。黒い大軍は、封印を解かれた奈落から、悪夢めいたすばやさで続々とあふれだしてきた。さながら恐怖に飽食《ほうしょく》した地獄が吐きもどす吐瀉物《としゃぶつ》のように。大群がこちらへ流れてくる途中で、オクテイヴの死体がうねる波に呑みこまれた。と、わたしが投げすてておいた、死んでいるように思えたやつが、ピクッと動くと、見るもいとわしいもがきかたで、右へむきを変え、仲間たちに合流した。

しかし、わたしも同僚たちも、それ以上は見ていられなかった。われわれはきびすを返すと、大きな壺の列のあいだを走った。悪魔の蛭の大群がずるずると追いすがってきた。そして納骨堂の最初の分岐点にさしかかったとき、われわれは闇雲《やみくも》なパニックに襲われて散りぢりになった。自分が逃げることしか頭になく、枝分かれした通路にてんでんばらばらに駆けこんだのだ。背後で、だれかがつまずいて倒れる音がした。罵声《ばせい》が狂った金切り声に高まった。しかし、足を止めて引き返したら、最後尾の隊員を襲ったのと同じ悲惨な運命に見舞われるだけだとわかっていた。

懐中電灯と刃を出したままの折りたたみナイフを握りしめたまま、わたしは細い通路を走っていった。記憶にあるとおりなら、それは床に模様のある大きな外側の納骨堂に、ほぼまっすぐ通じているはずだった。ここでわたしは自分ひとりきりなのに気がついた。他の者たちは地下墓地本体からはなれていないのだ。遠くのほうで狂った悲鳴があがるのが、くぐもって聞こえた。あたかも、何人かが追っ手にとらえられたかのようだった。

どうやら通路をまちがえたらしい。というのも、意外にも道は曲がりくねり、たくさんの分岐点があったからだ。まもなくわたしは、黒い迷宮のなかで迷っていることに気がついた。そのほこりは、はかり知れないほどの永《なが》きにわたって、生きている者の足に乱されることがなかったのだ。骨壺の迷路は、いまいちど静まりかえっていた。その死の沈黙のなかでは、自分のせわしないあえぎが、巨人のそれのようにけたたましく聞こえた。

そのまま進みつづけると、不意に電灯が人影を照らしだした。薄闇のなかをこちらへやってくるのだ。気をとりなおす暇もなく、人影は大股のぎくしゃくした歩調でわたしとすれちがった。まるで奥のほうの墓室へもどるかのように。おそらくハーパーだったのだろう。身長と体つきがほぼ同じだったから。しかし、はっきりしたことはわからない。眼と頭の上のほうが、ふくらんだ黒い頭巾に包まれており、血の気のない唇は固く閉ざされていたのだから。あたかもこわばってことばを奪われたかのように――あるいは死んでいるかのように。だれであったにせよ、その男は電灯をなくしていた。そして墨《すみ》を流したような暗黒のなかを、この世のものとも思えない吸血鬼に駆りたてられ、解きはなたれた恐怖の濫觴《らんしょう》そのものをめざして、闇雲に走っていた。人間の力ではとうてい救《たす》けられないことがわかった。だから、彼を止めようなどとは、夢にも思わなかった。

　歯の根もあわないほど震えながら、わたしはふたたび逃げはじめ、さらにふたりの隊員とすれちがった。どちらも機械的な、すばやくたしかな足どりで大股に歩き、あの悪魔の蛭を頭にかぶっていた。それ以外の者たちは、中央通路にそってもどったにちがいない。彼らに出会わなかったのだから。そして二度と会うことはなかったのである。

　そのあとのことは、はかり知れぬ恐怖のかなたにかすんでいる。外側の洞窟の近くまで来たと思ったのに、またしても迷ったことに気がついて、果てしなくつづく巨大な壺の列のあいだをひたすら逃げた。地下墓地は、われわれが探険した範囲を越えて、どこまでも広がっているにちがいない。何年もさまよっているような気がした。そして肺は、永劫の昔から死んでいた空気に窒息しかけており、脚はいまにもくずおれそうだった。とそのとき、はるか遠くに見えたのだ、ちっぽけな点のような恵みの陽光が。わたしはそちらにむかって駆けていった。背後には異様な暗黒の恐怖がひしめいており、眼前には呪われた影がひらひらしていた。眼前と、納骨堂が天井の低い崩れかけた開口部となって終わっているのが眼に映った。散乱した瓦礫《がれき》に淡い陽光が弓なりに降りそそいでいた。

それは、われわれがこの死に満ちた地下世界にはいりこんだときに通ったのとは、べつの入口だった。そこまで四メートルと迫ったとき、だしぬけに音もなく、天井からなにかがわたしの頭に落ちてきて、たちまち眼をふさぎ、ぴんと張ったネットのように頭を締めつけてきた。と同時に、眉間《みけん》と頭皮に百万の針のような激痛が走った——苦痛はつぎつぎと枝分かれし、激しくなるいっぽうで、骨そのものを貫《つらぬ》き、いちばん奥の脳髄へと八方から集まってくるように思えた。

その瞬間の恐怖と苦悶は、地上の狂気や錯乱のなせる業《わざ》ではなかった。わたしはおぞましい吸血鬼が締めつけてくるのを感じた。身の毛もよだつような死が——そして死どころではないものが締めつけてくるのだ。

おそらく電灯は落としたのだろう。しかし、右手の指にはまだ刃を出したままの折りたたみナイフを握っていた。本能的に——というのは、意識的な動きができなかったからだが——わたしはナイフをふりかざし、死の襞で締めつけてくるものを、何度も何度も、めった刺しにした。刃はへばりついている怪物をいくども突きぬけ、わたし自身の体にたくさんの傷を負わせたにちがいない。しかし、わたしにとり憑いた百万の激痛のなかでは、そんな傷の痛みなど感じる暇もなかった。

とうとう光が見えた。と、視界に飛びこんできたのは、眼の上からはがれた黒い布きれめいたもので、わたし自身の血をしたたらせ、頰にたれさがっていた。たれさがっているのに、ひくひくと動いたので、わたしはそいつをむしりとり、ずたずたになった血まみれの残骸も眉間と頭から切りはなした。それからよろよろと出口にむかった。洞窟の外へよろめき出て、ばったりと倒れたとき、眼の前で弱々しい光が、踊りながら遠ざかっていく炎に変わった——炎はこの世の最後の星のように逃げていき、わたしは、その下でぱっくりと口をあけた渾沌《こんとん》と忘却へと落ちていった……。

聞くところによると、気絶していたのは短い時間だったらしい。意識をとりもどすと、ふたりの火星人ガイドの謎めいた顔が、こちらをのぞきこんでいた。頭は刺すような痛みの塊で、ぼんやりと憶えている恐怖が、群がったハーピーの影のように意識にせりあがってきた。寝返りを打つと、洞窟の口が眼に飛びこんできた。火星人たちは、わたしを見つけたあと、ここまで引きずってきてくれたらしい。その口は外側の建物のテラスになった角の下にあり、われわれのキャンプからも見える場所にあった。

わたしの眼は、そのおぞましい黒い開口部に吸いよせられていった。すると薄闇のなかで影がうごめいているのが見えた——くねくねと蠕動《ぜんどう》するいやらしいものたちは、暗闇から湧きだしてくるが、光のなかへは出てこなかった。そいつらが日光に耐えられないことに疑問の余地はない。あの化けものどもは、絶対の暗黒と永遠の腐敗に封じこめられているのだ。

この上ない恐怖、狂気のはじまりに襲われたのはそのときだった。ぞっとするような嫌悪感、化けものたちのうごめく洞窟の口から逃げだしたいという吐き気まじりの欲望のただなかで、反対にそこへもどりたいという不快な衝動が突きあげてきたのだ。他の者たちがもどったように、すべての地下墓地をぬけて引き返したいという衝動。想像を絶する運命に見舞われた、あの呪われた者たちをのぞけば、かつて人間が行ったことのない場所へ降りていきたいという衝動。あの忌まわしいものに命じられるまま、人間の思考の埒外にある地下世界を探索したいという衝動が。わたしの頭脳という納骨堂には、黒い光、音のない呼び声があった——あの化けものに植えつけられた呼び声が、魔法の毒のように沁みこんでいたのである。それは地中の扉へとわたしを誘《いざな》った。あのおぞましい不死身の蛭ども、食いかけた死者の脳髄に自らの忌まわしい生命を合体させる暗黒の寄生虫を封じこめるために、滅び去ったヨー・ヴォムビスの人々が壁に塗りこめた扉へと。それは扉のむこうの深みへとわたしを呼びよせた。そこには邪悪で妖異な〈支配者〉たちが棲《す》んでいる。吸血鬼と悪魔の力をそなえた蛭たちも、彼らにとっては単なる僕《しもべ》にすぎないのだ……。

わたしがもどらずにすんだのは、ひとえにふたりのエイヘイ人のおかげである。わたしはもがき、狂ったようにあばれ、いっぽうふたりは、スポンジのような腕で必死にわたしを押しとどめた。しかし、わたしはその日の超人的な冒険で力つきていたにちがいない。すぐにまた底なしの虚無へと落ちていき、だいぶたって息を吹きかえしたときには、砂漠を越えてイグナールのほうへ運ばれているところだった。

さて、話はこれだけだ。きちんと筋道だてて話そうと努めたが、そのために払った代償は、正気の人間には想像もつかないだろう……狂気に再び襲われる前に話しておきたかった。もうじきそうなるから――もう、そうなりかけているから……。とにかく、話すだけは話した……ちゃんと書きとってくれただろうね？　これからわたしは、ヨー・ヴォムビスに帰らなければならない――砂漠を越えて、墓室という墓室をぬけて、その下のもっと広い地下墓地へ。頭のなかになにかがいて、そいつが命令したり、道を教えてくれるのだ……ああ、行かなくては……。

付記

わたしはイグナール地区病院の研修医として、ロドニー・セヴァーンという患者を受けもっていた者である。患者はヨー・ヴォムビスにおもむいたオクテイヴ探険隊の唯一の生き残りで、その証言を書きとったのが以上の物語である。セヴァーンは、探険隊の火星人ガイドによって病院にかつぎこまれたのだった。頭皮と眉間に重度の裂傷と炎症が見られ、たびたび極度の錯乱状態におちいったため、発作のたびにベッドに押さえつけておくことを余儀なくされた。患者のいちじるしい衰弱ぶりを考えると、その激しさは不可解きわまりない。

証言からわかるとおり、裂傷はほとんどが自分で負わせたものであった。その傷にまじって小さな円形の傷が無数に見られたが、ナイフの刺し傷とは容易に見分けがつき、整然と円形にならんでいた。この傷を通して未知の毒物がセヴァーンの頭皮に注入されていたのである。これらの傷の原因は説明が困難であった。セヴァーンの話が真実であり、病が生んだ単なる妄想ではないと信じれば、話はべつであるが。わたし自身は、のちに起きた事件にかんがみて、彼の話を信ずるほかないという意見にくみする者である。この赤い惑星には不可思議なことがたくさんあるのだ。そして将来の探険に関していえば、悲運の考古学者が表明した見解に賛成することしかできない。

以上の話をわたしに語りおえると、その夜セヴァーンは病院からぬけだした。わたしともうひとりの医師しか勤務していない刻限《こくげん》をねらってのことである。先に触れておいた奇妙な発作のさなかであったことは、疑問の余地がない――きわめて驚くべきことである。というのも、この恐ろしい物語をするために長時間の緊張をしいられた結果、患者は前にもまして衰弱していた模様であり、死亡は時間の問題だと思われていたからである。さらに驚くべきことに、患者の裸足の足跡が砂漠で発見された。弱い砂嵐の通過で消されてしまうまで、足跡はヨー・ヴォムビスにむかってつづいていた。しかし、セヴァーン自身の消息はいまだに杳《よう》として知れない。

五つの月が昇るとき

ジャック・ヴァンス

ジャック・ヴァンス Jack Vance (1920-2013)

孤島というシチュエーションが魅力的なのは、逃げ場のない状況で、人間心理の内奥《ないおう》がさらけだされるからだろう。当然、ふだんは抑圧されていた不合理なものが浮上してくる。狂気や妄想が力をもってくる。とすれば、幻想文学がこれを見逃すはずがない。古来、孤島を舞台にしたホラーや幻想小説が多いのは、そういう事情があるからだ。

というような理屈は、じつは本編を読むさいにあまり関係がない。こちらとしては、古風な孤島怪談(のSF版)を楽しんでもらえばそれでいい。

作者のヴァンスは、四五年のデビュー以来、SF界の主流とはまったく無縁の位置にありながら、変わらぬ人気と高い評価を誇っている特異な作家。異郷作家と称されるように、色彩感豊かな風景描写と、異国情緒あふれるネーミングを駆使して、異文化の諸相を精緻《せいち》に描きだす作風は、最初期からまったく変わっていない。そのあまりの頑固一徹《がんこいってつ》ぶりに「SF界のシーラカンス」と揶揄《やゆ》するむきもある。わが国では不遇の時代が長かったが、日本オリジナルの傑作集『奇跡なす者たち』(二〇一一・国書刊行会)の出版を機に再評価が進み、ユーモア系の代表作を集めた《ジャック・ヴァンス・トレジャリー》全三巻(二〇一六~一七・同前)に発展した。ほかの邦訳に『竜を駆る種族』(六三・ハヤカワ文庫SF)などがある。本編の初出は〈コスモス〉五四年三月号。

セギロが遠くへ行けるはずがない。行くところなどありはしないのだ。灯台ともの寂しい岩場はもう探したから、ほかにいそうな場所といったら——空と海だけじゃないか。

セギロは、灯台のなかにも外にもいないのだ。

ペリンは夜闇《よやみ》のなかへ出て、五つの月をじっと見あげた。セギロの姿は灯台の屋上にも見あたらない。

セギロは消えてしまったのだ。

ペリンは、ひたひたと打ち寄せるモーニラム・ヴァーの海面にぼんやりと視線をさまよわせた。濡れた岩に足をすべらせ、海に落ちたのだとしたら、セギロは大声をあげたはずだが……。波間では五つの月がまたたいたり、きらめいたり、燦然《さんぜん》と輝いたりしていた。いまこの瞬間にも、セギロは百メートル沖合を人知れず漂っているのかもしれない。

ペリンは暗い海面にむかって叫んだ。

「セギロ!」

ふりかえって、もういちど灯台の正面を仰ぎ見る。赤と白の二本の光線が、ぐるっと水平線をなでていった。南方大陸からスペースタウンへわたる貨物船に航路を示し、アイゼル岩礁《がんしょう》に近づくなと警告しているのだ。

ペリンは足早に灯台へむかった。セギロは、寝棚か浴室で眠りこんでいるにちがいない。

ペリンは最上階まで昇り、投光器を一周してから、階段をおりた。

「セギロ！」

返事はない。灯台がウワーンと震えるこだまを返してきた。

セギロは部屋にも、浴室にも、食堂にも、倉庫にもいなかった。ほかのどこへ行けるというのだ？

ペリンは戸外に目をやった。五つの月が、こんがらがった影を落としていた。と、灰色のしみが目にとまり――

「セギロ！」彼は表《おもて》へ飛びだした。「いったいどこにいたんだ？」

セギロが背すじをピンとのばした。痩せぎすで、聡明そうな顔に哀《かな》しげな表情を浮かべた男。

セギロが首をまわした。風がそのことばをペリンの耳もとから吹きとばした。

パッと答えがひらめいた。

「発電機の下にいたんだな！」そこしか居場所はなかったはずだ。

セギロは近寄ってきていた。

「ああ……発電機の下にいたんだ」

セギロはドアのわきでふらふらと立ちどまり、五つの月をじっと見あげた。今夜は五つがひとかたまりになって昇っていた。ペリンはとまどって、額《ひたい》にしわを寄せた。どうしてセギロは発電機の下なんかに潜《もぐ》りこんだのだろう？

「なあ……だいじょうぶか？」

「ああ。いたって快調さ」

ペリンは歩み寄り、五つの月――イスタ、ビスタ、リアド、ミアド、ポイデル――の光のなかでセギロをひたと見すえた。相手の目はどんよりと濁《にご》っていた。身のこなしもぎくしゃくしているように思える。

「けがでもしたのか？　こっちへ来て、座れよ」

「ああ、わかった」セギロはのろのろと敷石をわたり、階段に腰をおろした。

「ほんとにだいじょうぶなんだな？」

「だいじょうぶさ」

一瞬の間があって、ペリンがいった。

「さっき……あんたが発電機の下へ行くちょっと前、なにか大事なこととやらを話しかけてたよな」

セギロはゆっくりとうなずいた。

「そうだったな」

「どんなことだったんだ？」

セギロはぼんやりと空を見あげた。潮騒《しおさい》ばかりが耳をついた。岩棚が水中に没するあたりで海がどよめき、ざわめいているのだ。

「それで?」と、しびれを切らしてペリン。セギロは口を開かない。「たしかこういったんだ。五つの月がそろって空へ昇るときは、なにも信じないほうがいい、と」

「ああ」セギロはうなずいた。「そういったんだ」

「どういう意味だったんだ?」

「よくわからん」

「どうして、なにも信じないことが大事なんだ?」

「さあ」

ペリンはいきなり立ちあがった。ふだんのセギロは、はきはきとして、そっけないほど断定的な物言いをするほうなのだ。

「ほんとにだいじょうぶなんだな?」

「このとおりピンピンしてるさ」

これならセギロらしい。

「ウィスキーでも一杯やれば、シャキッとするんじゃないか」

「そいつは悪くない思いつきだ」

ペリンは、セギロの私物の保管場所を知っていた。

「ここに座ってろよ、とってきてやるから」

「わかった、ここに座ってるよ」

ペリンは大急ぎで灯台のなかへはいり、階段をふたつ昇って食堂へ行った。セギロはおとなしく座っているかもしれないし、座っていないかもしれない。彼の物腰、うっとりと海を見つめるようすからすると、なんとなくあとのほうではないかという気がした。ペリンはボトルとグラスを見つけだし、階段を駆けおりた。虫の知らせというやつか、セギロがいなくなっているとわかったのだ。

セギロはいなくなっていた。階段の上にもいなければ、吹きさらしのアイゼル岩礁のどこにもいなかった。階段ですれちがったはずはない。エンジン・ルームに潜りこんで、また発電機の下に這いこんだのかもしれない。

ペリンは力まかせにドアをあけ、明かりをつけると、かがみこみ、発電機のカバーの下をのぞきこんだ。いない。

油まみれの埃《ほこり》の膜は、一様《いちよう》でなんの乱れもなく、だれもそこにいなかったことを示していた。

セギロはどこにいるんだろう?

ペリンは灯台の最上部まであがり、隅々《すみずみ》にまで慎重に目を配《くば》りながら、出入口までおりていった。セギロはいなかった。

岩場へと足をのばしてみる。だだっ広くてガランとしていた。セギロはいなかった。

セギロは消えてしまったのだ。モーニラム・ヴァーの暗い水が、岩棚を洗って、ため息をつく。

ペリンは口をあけ、月明かりにきらめく波にむかって叫ぼうとしたが、どういうわけか叫ぶのはやめたほうがいいような気がした。彼は灯台へ引きかえし、通信機の前にどっかりと座りこんだ。

おずおずとダイアルにふれてみる。通信機はセギロの受け持ちだった。二台の古い通信機から部品を回収して、セギロが自分で組み立てたのだ。

ペリンはためらいがちにスイッチをいれた。スクリーンがパチパチ音をたてて明るくなり、スピーカーがブーン、ジジジと音をたてた。ペリンはあわてて調節した。スクリーンに青い光の縞《しま》が走り、赤いしみが点々と散らばった。もやもやしてはっきりしない顔が、スクリーンからこちらを見つめた。見おぼえのある顔だ——スペースタウン管制本部の下級職員。ペリンは勢いこんでいった。

「こちらアイゼル岩礁灯台のハロルド・ペリン。交替要員の派遣を乞う」

スクリーンのなかの顔がこちらを見た。まるで分厚い石目模様のガラスを透《す》かしているようだ。バリバリッという空電にまじって、かぼそい声が流れてきた。

「周波数をあわせて……よく聞こえない……」

ペリンは声をはりあげた。

「これでも聞こえないか？」

スクリーンのなかの顔が、波打って消えそうになる。

ペリンは叫んだ。

「こちらアイゼル岩礁灯台！　交替要員の派遣を乞う！　聞こえるか？　事故発生！」

「……受信状態不良。報告せよ。救援……」その声が空電に呑みこまれた。

小声で口汚くののしりながら、ペリンはつまみをひねったり、スイッチをカチャカチャやってみた。こぶしで装置をドンドンたたいた。スクリーンがパッとオレンジ色に燃えあがり、空白になった。

ペリンは通信機の裏へまわって、五分ほどいろいろやってみたが、無駄骨に終わった。ウンともスンともいわなかった。

ペリンはのろのろと立ちあがった。窓ごしにちらっと見えたのは、西へむかって移動していく五つの月だった。「五つの月がそろって昇るときは、なにも信じないほうがいい」とセギロはいったのだ。そのセギロがいなくなった。前にもいちどいなくなり、もどってきた。ひょっとしたら、またもどってくるかもしれない。ペリンは顔をしかめ、ぶるっと身を震わせた。セギロが外にいたいのなら、そうすればいいんだ。ペリンは外側のドアへ駆けおり、かんぬきをかけて、錠《じょう》を差した。セギロがふらりと帰ってきても、知ったことか……。ペリンはしばらくドアに背中をあずけて、耳をすました。それから発電室に足をのばし、発電機の下をのぞいた。いない。ドアを閉めて、階段を昇る。

食堂にも、倉庫にも、浴室にも、寝室にもいなかった。投光室にもいなかった。屋上にもいなかった。

灯台にいるのはペリンだけなのだ。

彼は食堂に引きかえし、コーヒーをいれて、半時間ほど岩棚を洗う波の音に耳をかたむけてから、寝棚にむかった。

通りしなにセギロの部屋をのぞいてみる。寝棚はもぬけのからだった。

あくる朝ようやく目がさめると、口のなかはカラカラで、体の節々《ふしぶし》が痛み、目は長いこと天《てん》井《じょう》を見つめていたせいで燃えるように熱かった。冷たい水で顔をゆすぎ、窓ぎわへ行って、水平線を見わたした。どんよりした雲がたれこめ、東の空を半分ほど覆っていた。その幕のむこうで青緑色の太陽マグダが、緑青《ろくしょう》の吹いた大むかしのコインのように輝いていた。海面ではテラテラと光る青緑色の光が形を作り、くっつきあい、分かれたかと思うと、溶けあっている……。南の水平線上に、ペリンは二本の黒い横棒を見つけだした――貿易海流に乗ってスペースタウンへむかう貨物船だ。じきに船影は、たれこめた雲のなかへ消えていった。

ペリンはマスター・スイッチを切った。頭上で投光器のガタガタというなりが、まのびして小さくなっていった。

階段をおり、こわばった指でドアの錠をはずして、あけはなつ。風が耳もとを吹きすぎていき、モーニラム・ヴァーの磯の香りが鼻をついた。引き潮である。アイゼル岩礁は、鞍《くら》のように海から突きだしていた。ペリンはおそるおそる波打ち際まで歩いていった。青緑色のマグダが暗雲からあらわれ出て、光が水中にさしこんだ。慎重に岩棚から身を乗りだし、ペリンは下方に目をやった。影や岩のでっぱりや洞穴の奥の薄闇へと視線を移していく……。と、なにかが動いた。

ペリンは目をこらした。足がすべり、あやうく転落するところだった。

ペリンは灯台へ引きかえし、三時間ほど通信機をいじってみたが、けっきょく、肝心の部品がいかれてしまったのだという結論に落ち着いた。

昼食ユニットをあけ、椅子を窓べりまで引っぱっていき、大海原《おおうなばら》をじっと見つめる。交替要員が来るまであと十一週間。セギロといっしょでも、アイゼル岩礁は寂しい場所だった。

青緑色のマグダが西へ沈んだ。ぽっかりと浮かんだ硫黄《いおう》色の雲がそれを迎える。落日は、つかのま悲しい栄光をもたらした——空が翡翠《ひすい》色に染まり、すみれ色の縞が生まれたのだ。ペリンは赤と白の二本の光線に夜ごとの仕事をはじめさせ、窓ぎわにたたずんだ。

潮《しお》が満ちてきており、重い音をたてて水が岩棚に打ち寄せていた。西から月がひとつ顔を出した。イスタだろうか、ビスタだろうか、リアドだろうか、ミアドだろうか、それともポイデルだろうか？　地元の人間ならひと目で見分けがつくのだろう。次から次へと月が昇った。古い氷のように青みがかった五つの玉。

「なにも信じないほうがいい……」いったいセギロはなにをいおうとしたんだ？　ペリンは思いだそうとした。セギロはこういっていた。「そうしょっちゅうあるわけじゃない。じっさい、すごく稀《まれ》なんだ、五つの月がひとかたまりになって昇るなんてのは——でも、そうなったら、高潮がくる」そこでいったんことばを切り、岩棚にちらっと目を走らせ、いったのだ。「五つの月がそろって昇るときは、なにも信じないほうがいい……」

おれは面くらって額にしわを寄せ、まじまじとあいつを見たんだった、とペリンは思いだした。セギロは古株で、言い伝えや昔話にくわしく、ときどきそれを持ちだすのだ。セギロがどうして欲しいのか、こっちにわかったためしがない。あいつには灯台守につきものの性質——

寡黙《かもく》さがそなわっていたからだ。あいつの趣味は通信機だった。もっとも、無知なおれの手にかかって、装置はぶっ壊れちまったが。灯台に必要なのは新型の通信機なんだ。内蔵式電源ユニットだろ、マスター・コントロールだろ、柔らかくて弾力に富んだ、大きな目みたいな新式の有機スクリーンだろ……。にわか雨が、空をなかばつつみ隠した。五つの月が雲の峰にむかって突き進む。潮が岩棚を乗りこえ、灰色のかたまりを呑みこもうとしていた。ペリンの目がそれに惹《ひ》き寄せられた。いったいなんだろう……大きさといい形といい通信機みたいだが。もちろん、通信機のわけはないが。でも、通信機だとしたら、ついてるなんてもんじゃない……。彼は必死に目をこらした。おいおい、あれはたしかにミルク色のスクリーンだぞ。あの黒い点点はダイアルにちがいない。彼はパッと立ちあがり、階段を駆けおりると、ドアを駆けぬけて、岩場を走り……。おかしい。どうして、欲しいと思ったちょうどそのとき、通信機があらわれるんだ、まるで祈りに応《こた》えるみたいに。もちろん、船から落ちた積み荷の一部かもしれないが……。

まさしくそうだった。装置はマナスコ樹《じゅ》の丸太で作ったいかだにボルト留《ど》めしてあったのだ。高潮で岩棚に打ちあげられたのは、一目瞭然だ。

ペリンは自分の幸運が信じられずに、灰色のケースのかたわらにしゃがみこんだ。新品だ、赤いシールがマスター・スイッチに貼ってある。

運ぶには重すぎた。ペリンはシールをはがして、電源をいれた——こいつならおれにだってあつかえる。スクリーンが煌々《こうこう》と輝いた。

管制本部に波長をあわせる。オフィスの内部があらわれた。応対に出たのは下っぱではなく、レイモンド・フリント監督官その人だった。願ってもないことだ。

「監督官」ペリンは大声を出した。「こちらアイゼル岩礁灯台、ハロルド・ペリンです」

「やあ」とフリント監督官。「しばらくだね、ペリン。なにか問題でも？」

「相棒が、アンディ・セギロが行方不明になりました――どこへともなく消えちまったんです。いまここにはおれしかいません」

フリント監督官は愕然《がくぜん》としたようすだった。

「行方不明？　なにがあったんだね？　海に落ちたのか？」

「わかりません。ただ消えちまったんです。昨夜のことなんですが――」

「早めに連絡して欲しかったな」と、とがめるようにフリント。「救難ヘリを出して、捜索にあたらせたのに」

「連絡しようとしたんです」ペリンは釈明した。「でも、いつもの通信機をうまく使えなくて。ショートしちまいました……。てっきり島流しかと思いましたよ」

フリント監督官は眉をつりあげ、それとなく好奇心を表した。

「それなら、いまなにを使ってるんだね？」

ペリンは口ごもった。

「真新しい通信機です……海から流れついたんですよ。きっと貨物船の落としものでしょう」

フリントがうなずいて、

「船員連中は不注意だからな——高級機材の値段もわからんと見える……。とにかく、あわてないことだ。朝になったら、交替要員を乗せた飛行機を派遣する。つぎの任地はフローラル海岸だ。異存はあるかね？」

「とんでもない」とペリン。「異存なんてあるもんですか。願ったり叶《かな》ったりですよ……アイゼル岩礁にはうんざりしてきたところだったんです」

「五つの月が昇るときは、なにも信じないほうがいい」と陰気な声でフリント監督官がいった。スクリーンが空白になった。

ペリンは片手をあげ、のろのろと電源を切った。ポトリと雨滴《うてき》が顔に落ちた。ちらっと上空に目をやる。雨雲が、のしかからんばかりになっていた。通信機を引っぱったが、案の定、重すぎてびくともしない。倉庫に防水シートがあるから、それで朝まで通信機を守ることにしよう。交替要員に手を貸してもらえば、なかへ移せる。

ペリンは灯台に駆けもどると、防水シートを見つけて、表《おもて》へとって返した。通信機はどこだ……ああ——あそこか。たたきつけるような雨のなかを走り、防水シートで箱をくるむと、ロープで縛《しば》り、灯台へ駆けもどる。ドアに錠を差し、口笛を吹きながら、缶詰の夕食ユニットをあけた。

雨はいっこうに降りやまず、灯台に激しく打ちつけた。赤と白の二本の光線が力強く空を掃《は》いていく。ペリンは寝棚に潜りこんだ。ぬくぬくして、眠気がさしてきた……。セギロの失踪はいやな事件だった。心に傷が残るだろう。だが、もうすんでしまったことだ。過去に押しやって、未来に目をむけよう。フローラル海岸か……。

夜が明けると、空は雲ひとつなく晴れあがっていた。モーニラム・ヴァーは、見わたすかぎり鏡のように広がっていた。アイゼル岩礁は陽射しをさんさんと浴びていた。窓の外に目をやると――くしゃくしゃになった防水シートとロープが小山になっていた。通信機は、マナスコ材のいかだは跡形もなく消えていた。

ペリンは戸口に座りこんだ。太陽が空に昇った。いくどとなくパッと立ちあがって、エンジン音に耳をすました。しかし、救援機は姿を見せなかった。

太陽が中天《ちゆうてん》に達し、西のほうにかたむいた。一隻の貨物船が、岩礁から一キロ半ほどのところを通りかかった。ペリンは岩棚に走り出て、大声をあげながら、両腕をふった。

貨物の上に寝そべっていた、赤毛でひょろりとした船員が、もの珍しそうにこちらを見たが、起きあがりはしなかった。貨物船は東のほうへ消えていった。

ペリンは戸口に引きかえし、頭をかかえて座りこんだ。悪寒《おかん》と熱が皮膚を走りぬける。救援機なんか来るもんか。アイゼル岩礁にいるしかないんだ。くる日もくる日も、十一週間も。

重い足どりで階段を昇り、食堂へむかう。食料に不足はないから、飢えることはないだろう。だが、この孤独に、不安に耐えられるだろうか？　消えて、もどって、また消えたセギロ……。幻の通信機……。いったいどこのどいつが、こんな残酷なジョークをたくらんだんだ？　そろって昇る五つの月――なにか関係があるのだろうか？

彼は暦《こよみ》を探しだし、テーブルへ運んだ。各ページの上部には、黒地に五つの白い円が描かれており、月を表していた。一週間前は、五つが好き勝手に散らばっていた。四日前は、しんがりのリアドと先頭のポイデルが三十度はなれて、イスタとビスタとミアドをはさんでいた。ふた晩前は、外縁同士がくっつきかけていた。昨夜はさらに近づいていた。今夜は、ポイデルの縁がイスタの前にわずかにはみだし、明日の晩はリアドがビスタの陰になる……。だが、五つの月とセギロの失踪の——いったいどこにつながりがあるんだ？

意気消沈したまま、ペリンは夕食をとった。マグダがあっさりとモーニラム・ヴァーに没し、くすんだ夕闇がアイゼル岩礁にたれこめた。潮位《ちょうい》があがり、静かな音をたてて岩棚に打ち寄せる。

ペリンは明かりをつけ、ドアに錠を差した。もう期待するのはやめよう、もう希望にすがるのはやめよう——もう信じるのはやめよう。十一週間たてば、補給船がスペースタウンへ連れもどしてくれる。それまで精一杯のことをしていればいいのだ。

窓ごしに東のほうの青い輝きが見えた。みるみるうちに、ポイデル、イスタ、ビスタ、リアド、ミアドが天に昇る。月の出にあわせて、潮が満ちはじめた。モーニラム・ヴァーは依然として穏やかで、それぞれの月が波間にべつべつの反射像を浮かべていた。

ペリンは天を仰ぎ、水平線を見まわした。美しく、もの寂しい光景だ。セギロといっしょでも、ときおり孤独を感じたが、これほどひとりぼっちが身にしみたことはなかった。ひとりっきりの十一週間……。もし相棒を選べるとしたら……。ペリンはとりとめのない空想にふけった。

月明かりのなかを、ほっそりした人影がやってきた。小麦色のショート・パンツに白い半袖のスポーツ・シャツというでたちだ。

ペリンは目をまるくしたまま、身動きできずにいた。人影はドアまでやってきて、ノックした。こもった声が階段を昇ってきた。

「こんばんは。だれかいます?」はきはきした若い女の声。

ペリンは窓をあけはなし、しわがれ声で怒鳴った。

「行っちまえ!」

女がさがって、顔をあげた。すると月光がその顔に降りかかった。ペリンの声は喉の途中で息絶えた。心臓が激しく高鳴った。

「行っちまえ?」女はとまどった声で静かにいった。「行くところなんてないわ」

「きみは何者だ?」われながらおかしな声だった――絶望と一縷《いちる》の望み。けっきょく、あり得ないわけじゃない――たとえあり得ないほど美しくたって……。スペースタウンから飛んできたのかもしれないのだ。「ここへはどうやって?」

女は身振りでモーニラム・ヴァーを示し、

「飛行機が五キロほど沖に墜落したの。ここへは救命ボートで」

ペリンは波打ち際に視線を走らせた。救命ボートなど影も形もない。

女が声をはりあげた。

「入れてくれないの?」

ペリンはよろよろと階段をおりた。ドアの前、片手を差し錠にかけたところでためらった。血が耳のなかで騒いでいる。

せかすようなノックの音でビクッと手が動いた。

「外にいると凍え死にしそう」

ペリンはドアをさっと手前に引いた。女が目の前に立って、かすかな微笑を浮かべていた。

「あなたって、とっても用心深い灯台守なのね――それとも、ひょっとして女嫌い？」

ペリンは相手の顔、目、口もとに浮かぶ表情をしげしげと見つめた。

「きみは……本物かい？」

女は笑い声をあげた。気を悪くしたようすはない。

「もちろん本物よ」と手をさしだし、「さわって」

ペリンは相手をじっと見つめた――夜咲く花、柔らかな絹、熱い血潮、甘やかさ、喜びの炎の精髄だ。

「さわって」女はそっと繰り返した。

ペリンがよろよろとあとずさると、女は灯台のなかへ入ってきた。

「海岸を呼びだせる？」

「いや……通信機が不調なんだ」

女は蛍《ほたる》のように光る目をさっとペリンにむけ、

「次の補給船はいつ？」

「十一週間後」

「十一週間後！」女はそっと浅いため息をもらした。

ペリンはさらに半歩あとずさった。

「どうしておれひとりだとわかった？」

女は困惑したようすだった。

「べつにわかったわけじゃ……。灯台守って、ひとりでいるものじゃないの？」

「いいや」

女が一歩近づいた。

「わたしに会ってもうれしくないみたいね。あなたって……世捨て人？」

「いいや」とかすれ声でペリン。「その正反対さ……。でも、きみにはどうにもなじめない。きみは奇跡だ。あんまりいかしてるんで、本当のはずがない。ちょうどいま考えてたんだ……きみみたいな人がいればいいって。まさにきみみたいな人が」

「そうしたら、わたしがあらわれたのね」

ペリンは不安げに身じろぎした。

「きみの名前は？」

相手が口を開く前に答えがわかった。

「スー」

「苗字《みようじ》は？」努めてなにも考えないようにする。

「ええと……ただのスーよ。それじゃいけないの？」

ペリンは、顔の皮膚がこわばるのを感じた。

「家はどこだ？」

女が肩ごしにぼんやりと視線をさまよわせた。ペリンは心を空白にしていたが、ことばがひとりでに浮かんできた。

「地獄」

ペリンの息づかいが、荒くせわしなくなった。

「じゃあ、地獄ってのはどんなところだ？」

「その……冷たくて暗いのよ」

ペリンはあとずさった。

「行っちまえ、行っちまえよ」視界がぼやける。まるで目に涙があふれたかのように、女の顔がぐにゃりとゆがんだ。

「行くってどこへ？」

「元いた場所へ帰れ」

「だって」――と哀れっぽく――「モーニラム・ヴァーしかないじゃない。あとはここだけ――」

女はいったん足を止め、すばやく一歩を踏みだすと、ペリンの顔を見あげた。その体のぬくもりが伝わってきた。

「わたしがこわいの？」

ペリンは女の顔から目を引きはがした。

「おまえは本物じゃない。おれの考えるとおりになるなにかなんだ。たぶんおまえがセギロを殺したんだろう……。おまえの正体はわからない。でも、おまえは本物じゃない」

「本物じゃない？　もちろん、わたしは本物よ。さわって。胸に触れてみて」

ペリンは跳《と》びすさった。女は声をたかぶらせて、

「ほら、ナイフよ。その気があるなら、切ってごらんなさい。血が出るはずよ。もっと深く切ったら……骨が見えるわ」

「どうなるんだろうな」とペリンはいった。「もしナイフを心臓に突きたてたら」

女はなにもいわず、大きな瞳でペリンをじっと見つめた。

「なぜここへ来た？」

ペリンは怒鳴った。女は目をそらし、海のほうをふりかえった。

「魔法……暗闇……」

ことばはもつれて聞きとりにくかった。不意にペリンは、同じことばが自分の心にもあることに気づいた。いままでずっと、この女はおれの考えをオウム返ししていただけなのか？

「それからゆるい引き波がやってきて」女がいった。「わたしは漂い、空気にこがれ、月に運ばれて……。空気のなかにいられるのなら、なんでもしよう……」

「自分のことばを話せよ」ペリンの声はしわがれていた。「おまえが本物じゃないのはわかっ

てる——でも、セギロはどこだ？」

「セギロ？」

女はうなじに手をのばし、髪にさわって、けだるげな笑みをペリンにむけた。本物だろうとなかろうと。ペリンの耳のなかで心臓の鼓動が鳴り響く。本物だろうとなかろうと……。

「わたしは夢じゃない。本物よ……」ゆっくりとペリンのほうへやってくる。彼の考えを読みとって、顔をうわむけ、唇を突きだして。

ペリンは押し殺したあえぎをもらし、

「ちがう、ちがう。あっちへ行け。あっちへ行くんだ！」

女はぴたりと足を止め、不意にどんよりと濁った目をペリンにむけた。

「わかったわ。いま行くから——」

「いますぐだ！　永久にだ！」

「——でも、たぶんあなたは、わたしを呼びもどすことになる……」

女はゆっくりと歩いてドアをぬけた。ペリンは窓辺へ走り、ほっそりした人影が月明かりにぼんやりと浮かびあがるのを目で追った。女は岩棚の端まで行った。そこで立ちどまる。ペリンの胸に、いきなり耐えられないほどの痛みが走った。いったいおれは、なにを捨てようとしているのか？　本物だろうとなかろうと、望んだとおりの女じゃないか。本物とどこがちがうんだ……。彼は身を乗りだして大声をあげた。

「もどってこい……あんたがなんだっていい……」

そこで自分をおさえた。ふたたび目をやったとき、女は消えていた……。どうしていなくなったんだろう？　ペリンは首をひねりながら、月に照らされた海を見わたした。おれはあの女が欲しかったが、もう信じちゃいない。おれはセギロという名の影を信じた。通信機を信じた――すると、どちらも思いどおりになった。あの女も同じなんだ、だから追い払った……。やっぱり、あれでよかったんだ、と後悔まじりに自分にいいきかせる。背中をむけたとたん、なにに変わるか知れたもんじゃない……。

ようやく夜明けが訪れると、またしても雲が厚くたれこめていた。青緑のマグダが、かびの生えたオレンジのように冴えない色で鈍く輝いていた。海は油のようにテラテラと光っている……。西のほうに動くもの――パナパ族の首長の自家用船だ。水蜘蛛《みずぐも》のように水平線をよぎっていく。ペリンは投光室まで一気に階段を駆けあがり、その船に光源をふりむけると、切れぎれに閃光を送りつけた。

連結式のオールでリズミカルに水を掻きながら、船は進みつづけた。ちぎれた霧の切れ端が海面を漂った。船は黒っぽい揺れ動く点となり、消えてしまった。

ペリンはセギロのおんぼろ通信機のところへ行き、腰をおろして、じっと見つめた。パッと立ちあがり、シャシーをケース本体からはずすと、回路全体を分解する。

目に飛びこんできたのは、焦げた金属、溶けてかたまりあった導線、ひび割れたセラミック。彼はそのガラクタを隅に押しこむと、窓ぎわへと足を運んだ。

陽は中天にあり、空はブドウの緑色だった。海はのったりとうねり、はっきりした形のない大波が、右へ左へと上下していた。いまは引き潮。岩棚が高くそびえ立ち、むきだしになった黒い岩は、見慣れぬ感じがした。海は寄せては返し、寄せては返し、騒々しく漂着物を吸いこんでいる。

ペリンは階段をおりた。途中で浴室の鏡をのぞいてみると、土気色《つちけ》で、目ばかり大きく、頬がげっそりとこけた顔が見返してきた。ペリンはそのまま階段をおり、陽射しのなかへ出ていった。

用心深く岩棚を歩いていき、吸い寄せられるようにして崖下をのぞきこむ。波のうねりが視界をゆがめた。見えるものといったら、せいぜい影と、絶えず移ろう光線くらいだった。

岩棚をくまなく歩きまわった。太陽が西にかたむいた。ペリンは岩場へともどった。灯台の戸口に座りこむ。今夜はドアを閉めたままでいよう。どんな誘いにあっても、絶対にあけるもんか。最高にいかした幻が、泣いて頼んだってだめだ。ふとセギロのことに思いがおよんだ。いったいセギロはなにを信じたのだろう。どんな怪物を病的な妄想から紡《つむ》ぎだして、その力と悪意に屈伏《くっぷく》するはめになったのだろう……。人はみな自分自身の空想の犠牲者らしい。五つの月がそろって昇るとき、アイゼル岩礁は想像力豊かな人間むきの場所じゃない。

今夜はドアを閉めておこう。ベッドにはいって眠ってしまえば、溶接された金属と無意識という両方の壁に守ってもらえる。

太陽が濃密な水蒸気の峰に沈んだ。北と東と南がすみれ色に染まる。西はくすんだ灰色と暗緑色に輝いて、たちまち茶色へと濁っていった。ペリンは灯台のなかへはいり、ドアに錠を差すと、赤と白の二本の光線に水平線をめぐらせた。

夕食ユニットをあけ、しかたなくたいらげる。外は闇夜で、虚無《きよむ》が水平線まで広がっていた。潮が満ちるにつれ、海は岩棚でうめいたり、うなったりした。

ペリンはベッドに横たわったが、眠りは遠いままだった。窓ごしに投光器の光がさしこんできたが、やがて五つの月が昇り、青いガーゼにくるまれているかのように、厚い雲の陰で光を放った。

ペリンはしきりに寝返りを打った。なにをこわがることがある。灯台のなかにいれば安全だ。人間の手ではドアを破れない。それにはマストドンの力と、岩モグラの爪と、マルデン陸鮫《りくざめ》の獰猛《どうもう》さがいる……。

彼は肘をついて、寝棚の上で体を起こした……。外で物音がしたのか？ 窓のむこうに目をやると、心臓が口までせりあがった。もやもやした背の高い人影だ。見まもるうちにも、灯台へむかって前かがみにやってくる――そうすると思ったとおりに。

「ちがう、ちがう」ペリンは弱々しい悲鳴をあげた。寝棚に身を投げだし、頭から毛布をひっかぶる。「ただの妄想だ、本物じゃない……。行っちまえ」強い調子のささやき声で、「行っちまえ」

耳をすます。もうドアのそばにいるにちがいない。たくましい腕をさしあげるだろう、爪が月明かりを浴びてキラッと光るだろう。

「ちがう、ちがう」ペリンは叫んだ。「なにもいやしないんだ……」

頭をもたげ、耳をすます。

ガシャン。ドアがきしんだ。ドシン。たいへんな重量が錠にかかる音。

「行っちまえ！」ペリンは絶叫した。「おまえは本物じゃない！」

ドアがうめき、差し錠がたわむ音。

ペリンは階段のてっぺんに立ち、荒い息をついていた。次の瞬間にドアが勢いよくあくだろう。なにを目にするかはわかっている――柱のように円くて背の高い人影と、ヘッドライトのような目だ。自分が耳にすることになる最後の音さえわかっていた――バリバリと嚙み砕くすさまじい音……。

いちばん上の差し錠がピシッと折れ、ドアが開《ひら》いた。巨大な黒い腕がぬっと突きだされる。その指が錠にのばされたとき、爪がギラッと光るのが目に映った。

ペリンの視線が灯台じゅうを駆けめぐり武器を探す……。レンチと食卓ナイフしかない。

いちばん下の差し錠が壊れ、ドアがねじれた。ペリンはつっ立って見つめるだけだった。心が凍りついていたのだ。と、隠れていた生存中枢から、ひとつの考えが浮かびあがってきた。

そうだ、とペリンは思った。ひとつだけ望みがある。

彼は自室に駆けもどった。背後でドアがガタガタと鳴り、重い足音が聞こえてきた。彼は部屋を見まわした。おれの靴。

ドシン！と階段を昇る音がして、灯台がゆれた。ペリンの妄想は恐ろしさをいやました。なにが聞こえるか、わかったのだ。すると声が流れてきた――しわがれ、うつろだが、かつては甘かったべつの声に似た声が。

「もどってくるっていったでしょう」

ドシン――ドシン――と階段を昇ってくる。ペリンは靴の爪先を握ると、自分のこめかみを思いきり殴りつけた。


ペリンは意識をとりもどした。よろよろと壁まで歩き、体をささえた。ひと息いれてから、手探りで寝棚を見つけ、座りこんだ。

外はいまだに闇夜だった。うめき声をあげて、窓ごしに空を見つめる。五つの月は西の水平線まぎわにかかっていた。すでにポイデルが前にはみだし、いっぽうリアドは遅れ気味だ。

明日の夜、五つの月はべつべつに昇るだろう。

明日の夜、岩棚を呑みこみ、震わすような高潮はないだろう。

明日の夜、月が流れる闇から恋こがれるような人影を呼びだすことはないだろう。

交替がくるまで十一週間。ペリンはこめかみをそっとさわってみた……。じつに立派なこぶだった。

ごきげん目盛り

アルフレッド・ベスター

アルフレッド・ベスター　Alfred Bester（1913–1987）

どんな芸術の分野でも洗練が進むと、やがて爛熟《らんじゅく》と頽廃《たいはい》の時期がきて、悪趣味が横行《おうこう》するのは世の習い。SFにしても例外ではなく、その「洗練をきわめた末《すえ》の悪趣味」派の代表格が、本編の作者ベスターだ。

ベスターの名前は、五〇年代屈指《くっし》の長編『分解された男』（五三・本文庫）および『虎よ、虎よ！』（五六・ハヤカワ文庫SF）の作者として、SF史上に燦然《さんぜん》と光り輝いている。いずれも、大胆なタイポグラフの実験をまじえて、超能力者の心理を迫真的に描きだした傑作であり、ニューウェーヴからサイバーパンクにいたるまで、後世のSFにおよぼした影響には絶大なものがある。ケバケバしさと紙一重《かみひとえ》の華麗な作風は、同時期に書かれた中短編にも共通しており、その真骨頂は短編集『世界のもうひとつの顔』（六四・本文庫）や、日本オリジナルの傑作集『イヴのいないアダム』（二〇一七・同前）で堪能できる。ほかの邦訳に長編『ゴーレム^{100}』（八〇・国書刊行会）などがある。

さて、ここにご紹介するのは、自他ともに認める作者の代表的短編。〈狂ったロボット〉をあつかった作品だが、現在のサイコホラーを先取りしたような節もある。『虎よ、虎よ！』で大規模に使われる共感覚の概念が、早くも姿を見せているのにも注意したい。

近ごろのあいつは、どっちがわたしだかわかっちゃいない。でも、ひとつだけ動かしがたい真実がある。人は自分を失っちゃいけない。自分自身で暮らしを立て、自分自身の人生を生き、自分自身の死を迎えなくちゃいけない……さもないと、他人の死を迎えることになる。

パラゴン第三惑星の水田《すいでん》が、市松模様のツンドラのように何百マイルも広がっている。青と茶色のモザイクの上には茜《あかね》色に焼けた空。夕暮れで、雲は煙のようにたなびき、稲田にはざわめきとつぶやきが満ちている。

わたしたちがパラゴン第三惑星から逃げた晩に、男たちの長い列が稲田を行進した。彼らは無言で、武装しており、一心不乱だった。シルエットになった彫像の長い列が、けぶった空を背景に浮かびあがる。めいめいが銃をたずさえていた。めいめいが携帯無線ベルト・パックを身につけ、スピーカー・ボタンを耳にさし、虫形マイクを喉に留《と》め、文字盤が緑色をした腕時計のような、光り輝く映話スクリーンを手首にはめていた。おびただしい数のスクリーンが映しだすのは、稲田を抜けるおびただしい数の畔《あぜ》道ばかり。スピーカーが発するのは、ザワザワと稲のゆれる音とパシャパシャと水をはね散らす足音ばかり。男たちの口数はすくない。ぶつぶつと低い声で、みんながみんなに話しかける。

「こっちにはいない」

「こっちってどこだ？」

「ジェンスンの田圃《たんぼ》だ」

「西へずれすぎだ」

「そこで列をつめろ」

「グリムスンの田圃を調べたやつはいるか？」

「ああ。いなかった」

「女の子がこんな遠くまで歩けたはずがない」

「運ばれてきたのかもしれん」

「生きてると思うか？」

「死んでてたまるか」


けぶった落日にむかって進んでいく勢子《せこ》の長い列を、似たようなやりとりがゆっくりと行き交った。勢子の列は蛇がのたくるようにくねったが、執拗な前進はけっしてやまなかった。百人の男が五十フィート間隔で並んでいるのだ。五千フィートにおよぶ不吉な捜索隊。東から西へ一マイルものびた怒りに燃える男たちが、決然たる足どりで熱気のなかを進んでいく。夕闇がたれこめた。めいめいがサーチライトをつけた。のたくる蛇が、ゆらめくダイアモンドのネックレスにさま変わりした。

「ここは調べた。いない」

「ここにもいない」

「いない」

「アレンの田圃はどうだ？」

「調べてるところだ」

「見落としたんじゃないだろうな？」

「ひょっとしたら」

「引き返して調べよう」

「徹夜仕事になっちまうぞ」

「アレンの田圃も調べおわった」

「ちくしょう！　早く見つけないと！」

「見つかるさ」

「いたぞ。第七セクターだ。波長をあわせろ」

列が止まった。ダイアモンドが熱気のなかで凍りついた。沈黙がおりた。めいめいが手首の緑に輝くスクリーンに目をこらし、第七セクターに波長をあわせた。すべてがひとつに集中する。すべてが稲田の泥水に浸かった小さな裸体を映しだした。死体のとなりに稲田の所有者を示すブロンズの杭《くい》があり、こう読めた——ヴァンデルアー。列の両端がヴァンデルアーの水田にむかってまとまった。ネックレスが星の群れに変わった。百人の男が小さな裸体をとり囲んだ。水田に浸かった子どもの死体。口のなかに水はない。喉に指の跡が残っている。無邪気だった顔は打ち身だらけ。体は切り傷だらけ。皮膚にこびりついた血がパリパリになっている。

「すくなくとも死後三、四時間はたってるな」

「口は乾いてるぞ」

「溺れたんじゃない。なぐり殺されたんだ」

暗い夜の熱気のなかで、男たちが声をひそめて悪態をつく。彼らは死体を抱きあげた。ひとりがほかの者たちを止め、子どもの爪を指さした。彼女は人殺しに抵抗したのだ。爪の下にあったのは、肉の小片と真っ赤な数滴の鮮血。まだ液体のままで、まだ固まっていない。

「その血も固まってなきゃいかんはずだ」

「変だな」

「そう変でもない。固まらないのはなんの血だ？」

「アンドロイドの血だ」

「どうやらアンドロイドが犯人らしい」

「ヴァンデルアーはアンドロイドを持ってるぞ」

「アンドロイドに殺せるわけがない」

「爪の下にあるのはアンドロイドの血だぞ」

「警察がちゃんと調べるさ」

「警察はおれが正しいのを証明してくれるんだ」

「でも、アンドロイドに殺せるわけがない」

「それはアンドロイドの血だろう?」

「アンドロイドには殺せない。そういうふうに造られてるんだ」

「できそこないのアンドロイドがいるらしい」

「なんてこった!」

その日、温度計の目盛りはうなぎ登りで、華氏九二・九度をさしていた。


そういうわけで、わたしたちは〈パラゴンの女王〉号でメガスター第五惑星へむかう途上だった。ジェイムズ・ヴァンデルアーと彼のアンドロイドは。ジェイムズ・ヴァンデルアーは所持金を勘定《かんじょう》して、涙に暮れた。二等船室に彼といるのはアンドロイド。古典的な顔立ちにつぶらな青い瞳をはめこんだ合成の美丈夫《びじょうふ》だ。肉の浮き彫りとなって額《ひたい》に盛りあがっているのはMAの文字。つまり、これが稀少な多用途《マルティプル・アプティチュード》アンドロイドの一体で、時価五万七千ドルもするってことだ。わたしたちは泣いたり、金勘定をしたり、おだやかに見まもったりしていた。

「千二百、千四百、千六百。千六百ドル」ヴァンデルアーはすすり泣いた。「有り金すべてだ。千六百ドル。あの家は一万ドルもした。土地は五千ドルだった。家具に、車に、絵画に、版画に、飛行機に——。それがみんな消えてなくなって、残るは千六百ドルだけ。ちくしょうめ!」

わたしはテーブルからはね起きて、アンドロイドにむきなおった。レザー・バッグから紐《ひも》をひっこ抜いて、アンドロイドを打った。ぴくりともしない。

「念のため申しあげますが」とアンドロイド。「わたしは時価五万七千ドルの資産です。貴重な財産を危険にさらしていますよ」

「このいかれた機械野郎め」ヴァンデルアーが怒鳴った。

「わたしは機械ではありません」とアンドロイドは答えた。「ロボットは機械です。アンドロイドは化学的に造られた合成組織です」

「いったいどうしちまったんだ？」ヴァンデルアーが叫んだ。「なぜあんなことをした？　くそったれめ！」アンドロイドを力まかせにひっぱたく。

「念のため申しあげますが、お仕置きしても無駄ですよ」とわたしはいった。「快楽—苦痛症候群は、アンドロイドの合成に組みこまれていません」

「じゃあ、なんであの子を殺したんだ？」ヴァンデルアーがわめいた。「刺激のためでなかったら、なんで——」

「念のため申しあげますが」とアンドロイド。「この手の船の二等船室は防音ではありませんよ」

ヴァンデルアーは紐を落とし、荒い息をつきながら、所有する生きものをじっと見つめた。

「なんでやったんだ？　なんであの子を殺したんだ？」とわたしは訊いた。

「わかりません」とわたしは答えた。

「最初は悪意のあるいたずらだった。ちょっとしたことだ。その辺のものを壊すとか。あの時点でどこかおかしいと気づいてもよかったんだ。アンドロイドには破壊ができない。危害を加えることができない。アンドロイドは――」

「快楽‐苦痛症候群は、アンドロイドの合成に組みこまれていません」

「そのうち放火になった。おつぎは重大な破壊。おつぎは傷害……リゲル星系であのエンジニアを襲っただろう。なにかやるたびに悪くなる。なにかやるたびに、早く逃げだすはめになる。こんどは殺人だ。ちくしょう！　いったいどうしちまったんだ？　なにがあったんだ？」

「自己検査中継器は、アンドロイドの頭脳に組みこまれていません」

「逃げだすはめになるたびに、落ちぶれていく。わたしを見ろ。二等船室だぞ。このわたしが。ジェイムズ・パレオログ・ヴァンデルアーが。むかしは親父が億万長者で――いまじゃ千六百ドルぽっちのはした金。それが全財産だ。それとおまえ。このくそったれ野郎め！」

ヴァンデルアーはまたアンドロイドをたたこうと革紐を振りあげたが、とり落として、泣きじゃくりながら寝台にくずおれた。ようやく気を落ち着けて、

「指示をあたえる」といった。

多用途アンドロイドは即座に反応した。立ちあがって、命令を待つ。

「わたしの名前は、これからヴァレンタインだ。ジェイムズ・ヴァレンタイン。パラゴン第三惑星には一日いただけで、メガスター第五惑星にむかうこの船に乗り換えた。職業――私有MAアンドロイドを賃貸している代理業者。渡航目的――メガスター第五惑星への定住。書類を

作成しろ」

アンドロイドはヴァンデルアーのパスポートと書類をバッグからとりだすと、ペンとインクを用意して、テーブルについた。正確無比の手——線を引いたり、文字を書いたり、絵を描いたり、彫ったり、刻んだり、銅板を腐刻《ふこく》したり、写真を撮ったり、デザインしたり、こねあげたり、建設したりできる万能の手——で、ヴァンデルアーの新しい身分証を細部まで正確に偽造した。所有者は浮かない顔でわたしを見まもった。

「こねあげたり、建設したりする」わたしはつぶやいた。「こんどは破壊するわけか。ああ、なんてこった！　いったいどうしよう？　ちくしょう！　せめておまえをお払い箱にできれば。おまえに頼らずに生きていければ。ちくしょうめ！　せめて、おまえのかわりに根性《こんじょう》を受けついでいりゃあなあ」


ダラス・ブレイディはメガスターきっての宝飾デザイナーだった。彼女は小柄で、ずんぐりしており、不道徳で、色情狂だった。ヴァンデルアーの多用途アンドロイドを雇い、わたしを店で働かせることにした。彼女はヴァンデルアーを誘惑した。ある晩ベッドのなかで、彼女がいきなりいった——

「あんたの名前はヴァンデルアーでしょ」

「ああ」わたしはつぶやいた。それから——「いや！　ちがう！　ヴァレンタインだ。ジェイムズ・ヴァレンタイン」

「パラゴンでなにがあったの？」とダグラス・ブレイディがたずねた。「アンドロイドには人殺しや、器物損壊はできないと思ってたのに。合成されるときに最優先指令と禁止事項が刷《す》りこまれるんでしょ。どこの会社だって、できないって保証してるわ」

「ヴァレンタインだ！」とヴァンデルアーはしつこくいった。

「もう、しらばっくれないで」とダグラス・ブレイディ。「一週間も前から知ってたわよ。警察《サツ》にたれこみはしなかったでしょ？」

「名前はヴァレンタインだ」

「証明したいの？　警官を呼んでほしいの？」ダグラスが手をのばして、受話器をとりあげる。

「やめてくれ、ダグラス！」

ヴァンデルアーははね起きて、受話器をもぎとろうとした。彼女はその手を振りはらって、笑い声を浴びせた。やがて彼はつっぷして、屈辱と絶望感のあまりむせび泣いた。

「なんでわかった？」ようやく彼が訊いた。

「新聞にはその記事ばっかりよ。それにヴァレンタインじゃ、ヴァンデルアーと変わりばえしないわ。もうすこし気のきいた名前はなかったの？」

「あったろう。あんまり気のきいてるほうじゃないんだ」

「あんたのアンドロイドは、たいした記録を持ってるのね。傷害。放火。器物損壊。パラゴンではなにをやったの？」

「女の子をさらったんだ。水田に連れだして、殺しちまった」

「レイプしたの？」

「さあ」

「そのうちつかまるわよ」

「わかってるさ。ちくしょう！　もう二年も逃げまわってるんだ。二年で七つの惑星だ。二年で五万ドル相当の資産をどぶに捨てるはめになったんだ」

「どこが悪いのか調べたほうがいいわよ」

「どうやって？　治療院に歩いていって、分解検査を頼むのか？　なんていえばいいんだ？『うちのアンドロイドが人殺しになった。直してくれ』とでもいうのか。すぐに警察に連絡がいくだろう」わたしは震えはじめた。「その日のうちに、あのアンドロイドは解体されちまう。こっちも殺人幇助《ほうじょ》に問われるはずだ」

「なんで人殺しなんかする前に直さなかったのよ？」

「そういうわけにはいかなかったんだ」とヴァンデルアーが腹立たしげに説明した。「ロボトミーやら、体化学やら、内分泌腺手術やらってことになったら、多用途アンドロイドじゃなくなっちまうかもしれん。仕事にありつけなかったらどうするんだ？　どうやって生きていきゃあいい？」

「自分で働けば？　みんなそうしてるわよ」

「なにをして働く？　特技なんかありゃしないんだ。専門のアンドロイドやロボットと競争できるもんか。一芸に秀《ひい》でてない人間に勝ち目はないんだ」

「なるほど。いえてるわ」

「生まれてからずっと親がかりできたんだ。くそ親父め！　くたばる寸前に破産なんかしやがって。遺産はあのアンドロイドだけ。生きていこうとしたら、あいつの稼《かせ》ぎに頼るしかないんだ」

「警察《サツ》につかまる前に、売りはらったほうがいいわよ。五万ドルあれば食べていけるわ。投資するのよ」

「三パーセントの配当でか？　年に千五百ドルでか？　アンドロイドは価格の十五パーセントで貸しだせるんだぞ。年に八千だ。それだけの稼ぎになる。だめだよ、ダラス。やりかたを変えるわけにゃいかん」

「暴力の発作《ほっさ》はどうするのよ？」

「どうしようもない……目を光らせていて、祈るだけだ。そっちはどうするんだ？」

「なにもしないわ。知ったこっちゃないもの。ただひとつだけ……口止め料をもらってもいいわね」

「どういうことだ？」

「アンドロイドにはただで働いてもらうわ。だれかに貸して料金をとるの。でも、あたしのところではただだ」

多用途アンドロイドは働いた。ヴァンデルアーは代金を徴収した。出費はまかなえた。貯金がたまりだした。メガスター第五惑星の温暖な春が暑い夏に変わるころ、わたしは農園と不動産に投資をはじめた。ダラス・ブレイディの要求が法外にならなければ、一、二年で永住の目《め》処《ど》がたちそうだった。

夏の最初の暑い日に、アンドロイドがダラス・ブレイディの工房で歌いだした。ただでさえ暑いうえに、電気炉のせいで焼けつくばかりの工房内に歌はひびきわたった。半世紀も前に流《は》行《や》った大むかしの歌だ。

熱くなってもしかたがない
あせるな！　あせるな！
頭を冷やして
落ち着け落ち着け
クールにいこう
かわいいあの子は……

アンドロイドは異様な声でつかえがちに歌った。器用な指を背中にまわして組みあわせ、異様なルンバにあわせてうごめかしている。ダラス・ブレイディは呆気《あっけ》にとられた。

「うれしいことでもあるの？」

「念のため申しあげますが、快楽─苦痛症候群は、アンドロイドの合成に組みこまれておりません」とわたしは答えた。「あせるな！　あせるな！　落ち着け落ち着け、クールにいこう、かわいいあの子は……」

指のくねくねした動きが止まり、重い鉄の火ばしをつかんだ。アンドロイドはそれを赤々と燃える炉の中心に突きいれた。ぐっと身を乗りだし、すてきな熱気をのぞきこむ。

「危ないよ、このばか！」ダグラス・ブレイディが大声をあげた。「落っこちたいの？」

「念のため申しあげますが、わたしは時価五万七千ドルの資産です」とわたし。「高価な資産を危険にさらすのは禁じられています。あせるな！　あせるな！　かわいいあの子は……」

そいつは真っ赤に焼けた黄金の坩堝《るつぼ》を電気炉からひっぱりだすと、振りむいて、不気味にはねまわったり、狂ったように歌ったりしながら、溶けてドロドロになった黄金をダグラス・ブレイディの頭にぶちまけた。彼女は悲鳴をあげて倒れこんだ。髪の毛と衣服が燃えあがり、皮膚はパリパリになっている。アンドロイドがはねまわったり、歌ったりしながら、また注いだ。

「落ち着け落ち着け、クールにいこう、かわいいあの子は……」

そいつは歌いながら、溶けた黄金をゆっくりと何度も注いだ。やがてわたしは工房を去り、ホテルのつづき部屋にいるジェイムズ・ヴァンデルアーのもとへ帰った。アンドロイドの焦《こ》げた服とくねくね動く指を見たとたん、所有者はとんでもないことが起きたのだとピンときた。

ヴァンデルアーはダグラス・ブレイディの工房に駆けつけ、ひと目見るなり、吐いて逃げだした。バッグひとつを荷造りして、九百ドルで動産を売りはらう暇しかなかった。彼は〈メガスターの女王〉号に三等船室をとった。船はその午前中にライラ・アルファにむけて飛びたった。

彼はわたしを連れていた。彼は泣きじゃくりながら金を勘定し、わたしはまたアンドロイドを打った。

ダラス・ブレイディの工房で、温度計はうるわしい華氏九八・一度をさしていた。

ライラ・アルファで、わたしたちは大学のそばの小さなホテルにもぐりこんだ。ヴァンデルアーは慎重にわたしの額に傷をつけ、腫《は》れや染みでMAの文字がつぶれるようにした。文字はまたあらわれるだろうが、何ヵ月かはこのままだろう。ヴァンデルアーとしては、そのあいだにほとぼりが冷め、MAアンドロイド捜索の手がゆるむのを祈るばかりだ。アンドロイドは雑《ざつ》役夫《えきふ》として大学の発電所に雇われた。ジェイムズ・ヴェニスと改名したヴァンデルアーは、アンドロイドのわずかな稼ぎで露命《ろめい》をつないでいた。

わたしはそれほど不幸でもなかった。ホテルの住人の大半は大学生で、おなじように金欠病にかかっていたが、気持ちがいいほど若く、熱意にあふれていた。ひとり、目はしがきいて、よく気のまわる魅力的な娘がいた。名前はワンダ。彼女と彼氏のジェド・スタークは、銀河の新聞という新聞をにぎわせている殺人アンドロイドに異常な好奇心を燃やしていた。

「ずっと事件を調べてたのよ」とワンダとジェドがいったのは、その夜たまたまヴァンデルアーの部屋で開かれた気さくな学生パーティの折りだった。「どうやら原因がわかったみたい。論文にするの」ふたりは興奮しきっていた。

「原因ってなんの？」とだれかがたずねる。

「アンドロイドがあばれだす原因」

「調整が狂ったに決まってるじゃないか。体化学がおかしくなったんだ。ひょっとしたら合成癌みたいなものかもしれん」

「ちがうわ」と、ワンダがジェドにむけた目には、隠しきれない勝利の色が浮かんでいる。

「へえ、じゃあなんだい？」

「特殊なものよ」

「っていうと？」

「そのうち話すわ」

「おい、そりゃあないよ」

「だめなものはだめ」

「教えてくれないか」わたしは熱心に頼んだ。「わたしは……わたしたちは、アンドロイドのどこがいかれるのかに興味津々《しんしん》なんだ」

「あいにくだけど、ミスター・ヴェニス」ワンダは答えた。「あたしたちの独創だから、守らなきゃいけないの。こういう論文があれば、一生食うに困らないわ。だれかに盗まれるような危険は冒せないの」

「ヒントだけでもくれないか？」

「あいにくだけど。ヒントもだめ。ひとこともしゃべらないでよ、ジェド。でも、これだけはいってあげるわ、ミスター・ヴェニス。そのアンドロイドの持ち主には絶対になりたくない」

「つまり、警察のことかい？」とわたしは訊いた。

「つまり、投影のことよ、ミスター・ヴェニス。投影！　危険だわ……これ以上はなにもいわない。もうしゃべりすぎたくらい」

表《おもて》で足音がした。しわがれ声が静かに歌っている――「落ち着け落ち着け、クールにいこう、かわいいあの子は……」

わたしのアンドロイドが部屋にはいってきた。大学の発電所での勤めから帰ってきたのだ。そいつは紹介されなかった。わたしが合図すると、わたしは即座に指示にしたがい、ビールの樽《たる》のところへ行って、客に給仕するヴァンデルアーの仕事をひきついだ。そいつの器用な指がのたくって、自己流のルンバを踊っていた。しだいに指はくねくねしなくなり、奇妙な鼻歌もやんだ。

アンドロイドは、大学では珍しくもなんともない。裕福な学生は車や飛行機といっしょに持っている。ヴァンデルアーのアンドロイドはとりたてて興味を惹《ひ》かなかったが、若いワンダは目はしがきいて、よく気がまわった。わたしの額の傷に気づいたし、ジェド・スタークといっしょに書くつもりの画期的な論文で頭がいっぱいだった。パーティがお開きになると、彼女は上階《うえ》にある自分の部屋まであがりながら、ジェド・スタークと話しあった。

「ジェド、あのアンドロイドはどうして額に傷があるの？」

「きっと怪我でもしたんだろうよ、ワンダ。あいつは発電所で働いている。まわりにはゴツい道具がごろごろしてるんだ」

「それだけかしら？」

「ほかにどんな理由がある？」

「都合のいい傷かもしれないわ」

「都合がいいって、なんの？」

「額の刻印を隠すのに」

「考えすぎだよ、ワンダ。額のマークを見なくたって、アンドロイドはひと目でわかる。車のトレードマークを見なくたって、車だとひと目でわかるようなもんだ」

「べつに人間で通そうとしてるっていってるわけじゃないわ。つまり、じっさいより低いランクのアンドロイドで通そうとしてるんじゃないかってことよ」

「なぜ？」

「額にMAがついてたとしたら？」

「多用途ってことかい？　だったら、どうしてヴェニスのやつは、もっと稼げるアンドロイドに釜焚《かまた》きみたいな仕事をさせて――あっ。そうか！　つまり、きみがいいたいのは――」

ワンダはうなずいた。

「なんてこった！」スタークは唇《くちびる》をすぼめた。「いったいどうする？　警察に通報するのか？」

「だめよ。ほんとうにMAかどうかわからないもの。もしあいつがMAで、殺人アンドロイドだとわかったら、とにかくあたしたちの論文が最優先。これは大きなチャンスよ、ジェド。もし例のアンドロイドだとしたら、条件のととのったテストを重ねて――」

「どうしたらはっきりさせられるだろう？」

「簡単よ。赤外線フィルム。それで傷の下にあるものが写るわ。カメラを借りてきて。フィルムも買って。明日の午後、発電所に忍びこんで写真を撮りましょう。それではっきりするわ」

翌日の午後、ふたりは大学の発電所に忍びこんだ。地中深くにある広大な地下室だ。暗くて影が多く、炉の扉からもれる火明かりがギラギラしている。轟々《ごうごう》と燃えさかる炎の音にまじって、奇妙な叫び声が地下墓地にわんわんとこだましていた――

「あせるな！　あせるな！　頭を冷やして。落ち着け落ち着け、クールにいこう、かわいいあの子は……」

そして自分で叫んでいる音楽にあわせて、狂ったルンバを踊りながら、はねまわっている姿があった。脚がねじれる。腕がゆれる。指がのたくる。

ジェド・スタークはカメラをかまえ、赤外線フィルムで撮影をはじめた。ひょこひょこ動く頭をカメラでねらう。と、ワンダが金切り声をあげた。というのも、わたしが彼らに気づいて、そちらへ突進したからだ。磨きあげた鋼鉄のシャベルを振りかざす。それでカメラを粉砕した。女にたたきつけ、ついで男にたたきつけた。ジェドは死にもの狂いで抵抗したが、たちまちおとなしくなった。それからアンドロイドはふたりを炉までひきずっていき、ゆっくりと不気味に炎にくべた。そいつは歌ったり、はねまわったりした。それからわたしのホテルに帰った。

発電所の温度計は殺人的な華氏一〇〇・九度をさしていた。あせるな！　あせるな！

わたしたちは〈ライラの女王〉号の三等切符を買い、ヴァンデルアーとアンドロイドは半端《はんぱ》仕事をして食事にありついた。夜間当直のあいだ、ヴァンデルアーはひとりで三等船室の前のほうにすわって、ボール紙の書類ばさみを膝にのせ、その内容に首をひねるのだった。ライラ・アルファからなんとか持ちだせたのは、その書類ばさみだけだった。ワンダの部屋から盗みだしたのだ。表題にアンドロイドとある。中身は、わたしの病気の秘密なのだ。

もっとも、中身は新聞だけだった。銀河じゅうの新聞がどっさりあった。印刷物、マイクロフィルム、木版刷り、銅版刷り、オフセット、写真複写……リゲルの〈星条旗〉……パラゴンの〈ピカユーン〉……メガスターの〈タイムズ・リーダー〉……ラランドの〈ヘラルド〉……レイケイルの〈ジャーナル〉……インディの〈インテリジェンサー〉……エリダニの〈テレグラム・ニュース〉。あせるな！　あせるな！

新聞ばかりだ。それぞれの新聞が、アンドロイドの血塗られた経歴を飾る犯罪の記事を載せていた。それぞれの新聞がべつの記事も載せていた。国内、国外、スポーツ、社会、天気、貿易、株式相場、人間探訪、読み物、コンテスト、パズル。この未整理の事実の山のどこかに、ワンダとジェド・スタークが発見した秘密があるのだ。ヴァンデルアーは途方に暮れて新聞を見つめた。とてもじゃないが手にあまる。頭を冷やして！

「おまえを売りとばしてやる」とわたしはアンドロイドにいった。「くそったれめ。地球《テラ》に着いたら、おまえを売りとばしてやる。時価がいくらだろうと、三パーセントで手を打つぞ」

「わたしは時価で五万七千ドルです」とわたしは彼に告げた。

「売れなかったら、警察に引き渡す」とわたし。

「わたしは高価な資産です」とわたしは答えた。「貴重な財産を危険にさらすことは禁じられています。わたしを破壊してはなりません」

「くそったれ！」ヴァンデルアーが叫んだ。「なんだと？　偉そうな口をききやがって。自分が守られてると信じこんでるんだな。それが秘密なのか？」

多用途アンドロイドはおだやかで聡明そうな目で彼をながめる。

「ときには、資産であるのもいいことです」とそいつはいった。


〈ライラの女王〉号がクロイドン宇宙港におりたとき、気温は零下三度だった。みぞれが宇宙港に吹きすさび、〈女王〉号の尾部噴射を浴びて、ジュージューと蒸気が噴きあがった。乗客たちは黒ずんだコンクリートをとぼとぼと横切って税関にむかい、そこから空港バスに乗ってロンドンへむかった。ヴァンデルアーとアンドロイドは無一文だった。歩くしかなかった。

真夜中にはピカデリー・サーカスにたどり着いた。十二月の吹雪《ふぶき》は衰えを見せず、エロス像は氷におおわれていた。彼らは右折して、トラファルガー広場を抜けてから、ストランド街にそってソーホーへむかった。寒さと濡れたせいでガタガタふるえていた。フリート街を出たばかりのところで、セントポール寺院の方角からひとりでやってくる人影が、ヴァンデルアーの目に飛びこんできた。彼はアンドロイドを横丁にひっぱりこんだ。

「金がいるんだ」とささやき声でいう。近づいてくる人影を指さし、「あの男は金を持ってる。奪いとれ」

「その命令にはしたがえません」とアンドロイド。「力ずくで。わかったか？　背に腹はかえられん」

「奪いとれ」ヴァンデルアーは繰り返した。

「わたしの優先命令に反します」とわたし。「わたしは、生命ないし財産を危険にさらすことができません。その命令にはしたがえません」

「つべこべいうな！」ヴァンデルアーは逆上した。「おまえは暴行を働いて、器物損壊を犯し、人殺しをやったんだ。よく優先命令だなんていえるな。そんなもの破ってるじゃないか。あいつの金をとれ。必要なら殺せ。いいか、背に腹はかえられんのだ！」

「優先命令に反します」アンドロイドは繰り返した。「その命令にはしたがえません」

わたしはアンドロイドを突きとばし、行きずりの男に飛びかかった。男は長身で、顔つきが厳しく、有能そうだった。冷笑癖にむしばまれた希望の雰囲気。杖《つえ》を持っていた。盲人なのだ。

「なんだね？　足音が聞こえたが。なんの用だね？」

「旦那……」ヴァンデルアーは口ごもった。「切羽《せっぱ》つまってるんです」

「だれもが切羽つまっているんだ」男は答えた。「切羽つまっているんだとも」

「旦那……すこし金がいるんです」

「きみはもの乞《ご》いかね、それとも強盗かね？」見えない目がヴァンデルアーとアンドロイドを素通りした。

「どっちにもなれます」

「ほう。みんなとおなじだね。われわれの種族の歴史だよ」男は肩ごしに手を振って、「こっちもセントポールでもの乞いをやってきたんだよ。盗むほうにはなれないのでね。きみは幸運にも盗めるらしいが、望みはなんだね？」

「金です」ヴァンデルアーはいった。

「なんのための金かな？　さあ、おたがいに打ち明け話をしよう。きみが盗む理由を教えてくれたら、わしがもの乞いをする理由を教えてあげよう。わしの名前はブレンハイムという」

「わたしの名前は……ヴォールです」

「わしはセントポールで目が見えますようにと祈っとるわけじゃない、ミスター・ヴォール。数字のもの乞いをしておるんだ」

「数字？」

「ああ、そうだ。有理数と無理数。虚数。正数。負数。整数に端数。どうかね？　二十のゼロや、量の不在における差異に関するブレンハイムの不朽《ふきゆう》の業績について耳にしたことはないかな？」ブレンハイムは苦笑した。「わしは整数論の魔術師なんだよ、ミスター・ヴォール。だが、自分では数字の魔力を使いはたしてしまった。五十年も魔術をふるってくると、老いぼれて、欲求が失《う》せてしまうもんだ。セントポールで霊感を祈っておったわけさ。ああ神さま、いらっしゃるなら、わしに数字を送ってください、とな」

ヴァンデルアーはボール紙の書類ばさみをのろのろと持ちあげて、ブレンハイムの手にそれをふれさせた。
「ここに数字があるんだ。隠れた数字。秘密の数字。犯罪の数字が。交換しないか、ミスター・ブレンハイム？」
「もの乞いも盗みもなしでかね？　数字と隠れ家を？」しかし、契約成立だ。こうやって人生というものは陳腐《ちんぷ》になってしまうわけか」見えない目がふたたびヴァンデルアーとアンドロイドを素通りした。
「たぶん全能なのは神ではなく商人なんだろう。いっしょにおいで」

ブレンハイムの家の最上階に、わたしたちはひと部屋を割りあてられた――ふたつのベッド、ふたつのクローゼット、ふたつの洗面台、ひとつのバスルーム。ヴァンデルアーはわたしの額に傷をつけなおし、わたしを職探しに行かせた。アンドロイドが働くあいだ、わたしはブレンハイムと話しあい、書類ばさみの新聞記事をひとつひとつ読んでやった。あせるな！　あせるな！

ヴァンデルアーはいろいろと話したが、口をすべらせはしなかった。彼は学生で、殺人アンドロイドについて論文を書こうとしているのだ、とわたしはいった。彼が集めたこの新聞のなかに、ブレンハイムが聞いたことのない犯罪を解明する事実があるのだ、と。わたしの錯乱《さくらん》の原因には、相関関係、数字、統計があるのだ、とわたしは説明した。ブレンハイムはその謎、探偵小説的な事件、数字の人間的興味に好奇心をそそられた。

わたしたちは新聞をじっくり調べた。わたしが声にだして読みあげると、彼が盲人特有のきっちりした書体で内容をリストにした。つぎにわたしがそのメモを読みあげる。彼は活字、活字面、事実、空想、項目、綴り、語句、テーマ、広告、写真、主題、政治、偏見別に新聞をリストにした。分析し、研究し、思索した。わたしたちは例の最上階でいっしょに暮らした。いつもすこしばかり寒さにふるえ、すこしばかりおびえ、すこしばかり身を寄せあって……不安から、たがいへの憎しみからくっついたのだ。生木《なまき》に打ちこまれて幹《みき》を割ったくさびも、けっきょくは傷口の組織と一体化するように、わたしたちはまじりあった。ヴァンデルアーとアンドロイドは。落ち着け落ち着け！

そしてある午後、ブレンハイムがヴァンデルアーを書斎に呼び、メモを示した。

「どうやら見つかったようだ。しかし、理解できん」

ヴァンデルアーの心臓が飛びあがった。

「相関関係はある」とブレンハイムは言葉をつづけた。「五十の新聞に犯罪アンドロイドの記事が載っている。その暴力沙汰《ざた》をのぞけば、やはり五十の新聞に載っているものはなにか？」

「わかりませんね、ミスター・ブレンハイム」

「いまのは修辞的な質問だよ。答えはここにある。天気だ」

「なんですって？」

「天気だ」ブレンハイムがうなずいた。「それぞれの犯罪は、気温が華氏九〇度（摂氏約三〇度）を超えた日に起きている」

「でも、そんなはずはないですよ」ヴァンデルアーが大声をあげた。「ライラ・アルファは涼しかったんだ」

「ライラ・アルファで起きた犯罪の記録はない。新聞がない」

「そういえばそうです。わたしは――」ヴァンデルアーは混乱していた。いきなりわめきだし、「そうだ。あんたのいう通りだ。電気炉の部屋。あそこは暑かった。暑いなんてもんじゃない！　もちろん。ちくしょう！　それが答えなんだ。ダラス・ブレイディの電気炉……。パラゴンの水田。頭を冷やして。そうだ。でも、なぜだ？　なぜなんだ？　ちくしょう、いったいなぜなんだ？」

その瞬間わたしが帰宅した。書斎の前を通りかかり、ヴァンデルアーとブレンハイムを目にとめる。部屋にはいって、命令を待った。多用途アンドロイドは奉仕に身も心も捧げている。

「それが例のアンドロイドなのかね？」長い間があって、ブレンハイムがいった。

「そうだ」さぐりあてた解答に混乱したまま、ヴァンデルアーが答えた。「あの晩、ストランドであんたを襲えといったら拒《こば》んだのもそれで説明がつく。優先指令を破るほど暑くなかったからだ。熱気のなかでだけ……熱気だ、あせるな！」

彼はアンドロイドに目をやった。狂った命令が人間からアンドロイドに渡される。わたしは拒否した。生命を危険にさらすことは禁じられている。ヴァンデルアーは怒り狂って身悶《みもだ》えすると、ブレンハイムの肩をつかんで、椅子から床にひき落とした。ブレンハイムがいちどだけ悲鳴をあげた。ヴァンデルアーは虎のように飛びかかり、彼を床に押さえつけると、片手でその口をふさいだ。

「武器を見つけろ」彼はアンドロイドに怒鳴った。

「生命を危険にさらすことは禁じられています」

「これは自衛のための戦いだ。武器を持ってこい！」

彼は全体重をかけて、もがく数学者を押さえこんだ。わたしはただちに食器戸棚へ足を運んだ。そこにリヴォルヴァーがしまってあるのを知っていたのだ。拳銃を調べる。弾丸《たま》は五発こめてあった。それをヴァンデルアーに渡した。わたしは銃を受けとり、ブレンハイムの頭に銃口を押しあて、引き金をひいた。彼はいちどだけ体をふるわせた。

非番の料理人が帰ってくるまで三時間あった。わたしたちは家じゅうを物色《ぶっしょく》した。ブレンハイムの現金と宝石類をいただく。服をバッグにつめこむ。ブレンハイムのメモをいただき、新聞を処分する。ドアを慎重にロックして、立ち去る。ブレンハイムの書斎には、火のついた半インチの蠟燭《ろうそく》の下に、まるめた紙をひと山置いてきた。そのまわりの敷物に灯油をかけた。いや、わたしが全部やったのだ。アンドロイドは拒んだ。わたしは生命や財産を危険にさらすことを禁じられている。

あせるな！


ふたりは地下鉄でレスター広場へむかい、乗り換えて、大英博物館まで行った。そこで下車して、ラッセル広場をはずれたあたりにある小さなジョージ王朝様式の家へ足をのばした。窓の看板にはこうあった——精神測定学士ナン・ウェッブ。ヴァンデルアーは何週間か前にその住所を控えておいたのだ。ふたりは家にはいった。アンドロイドはバッグを持って待合室に残った。ヴァンデルアーはナン・ウェッブの診察室にはいった。

彼女は銀髪を刈りあげた長身の女性で、じつに美しい英国人の顔色と、じつに見苦しい英国人の脚をしていた。目鼻立ちは地味だったが、表情は鋭かった。ヴァンデルアーにうなずいてみせ、書きかけの手紙を書きおえると、封をしてから顔をあげた。

「ヴァンダービルトと申します」わたしはいった。「ジェイムズ・ヴァンダービルト」

「なるほど」

「ロンドン大学に交換留学生できています」

「なるほど」

「殺人アンドロイドのことを調べてました。どうも、かなり興味深いことを発見したらしいんです。それで意見を聞かせてほしいんですよ。料金はおいくらですか？」

「大学ではどちらの学寮《カレッジ》に？」

「なぜです？」

「学割があるからです」

「マートン・カレッジ」

「なら、二ポンドいただきます」

ヴァンデルアーは二ポンドをデスクに置き、ブレンハイムのメモを脇に並べた。

「アンドロイドの犯罪と天気のあいだに相関関係があるんです。それぞれの犯罪が、気温が華氏九〇度を超えた日に起きているのがわかるでしょう。これに関して、精神測定学の面からいえることがありますか？」

ナン・ウェッブはうなずき、ちょっとメモを調べてから、紙束を置いて――

「明らかに、共感覚ね」

「なんですって？」

「共感覚」彼女は繰り返した。「ある感覚が、ミスター・ヴァンダービルト、刺激を受けたのとは異なる感覚器官の感覚に即座に翻訳される場合、それを共感覚というんです。たとえば――音の刺激が同時にはっきりした色感《しきかん》をひき起こすとか、色が味覚をひき起こすとか、光が聴覚をひき起こすといった具合です。味覚、嗅覚、痛覚、圧覚、温覚、その他もろもろの感覚で混乱や短絡があり得るんです。わかりますか？」

「なんとか」

「あなたの調査によれば、まずまちがいなくアンドロイドが、九〇度を超える温度刺激に共感覚的に反応しているという事実がわかります。十中八九、内分泌腺反応でしょう。おそらくアンドロイドの副腎代用器官と気温が関係しているのでしょうね。高温が不安、怒り、興奮、激しい肉体的活動といった反応を誘発するわけです……すべてが副腎腺の影響範囲ですから」

「なるほど。わかりました。それなら、アンドロイドが寒冷な気候のもとにとどまっていれば……」

「刺激も反応もないでしょう。犯罪も起こりません。たしかです」

「なるほど。投影はどうです？」

「どういう意味です？」

「アンドロイドの所有者にその性格が投影される危険はありませんか？」

「たいへん興味深いですね。投影とは投げかけることです。自己に属する考えや衝動を他人に投げつけるプロセスをいいます。たとえば、偏執狂は自分の葛藤《かっとう》や錯乱を外面化するために、それを他人に投影します。直接的あるいは間接的に、彼は自分の闘っている病気にかかっているといって他人を非難するわけです」

「すると、投影の危険は？」

「暗示にかかる危険です。もし病気を投影してくる精神病者と暮らせば、その精神病的なパターンにはまりこみ、自分も実質的に精神病者になる危険があります。まさに、あなたの身に起きているようにね、ミスター・ヴァンデルアー」

ヴァンデルアーは飛びあがった。

「あんたはまぬけよ」とナン・ウェッブがきびきびといった。メモの束に手を振って、「これは交換留学生の筆跡じゃないわ。有名なブレンハイム特有の筆記体よ。イギリスの学者でこの盲人の筆跡に通じてない者はいないわ。ロンドン大学にマートン・カレッジなんてないし。あてずっぽうがはずれたのよ。マートンはオクスフォード大学のカレッジ。おまけにあんたは、ミスター・ヴァンデルアー、狂ったアンドロイドといっしょにいたおかげで影響されてるのが一目瞭然……お好みなら、投影でもいいわ……だから、ロンドン警視庁と犯罪精神病院のどっちに電話するか迷ってるの」
わたしは銃を抜いて彼女を撃った。
落ち着け！

「アンタレス第二惑星、アルファ・オーライガ、アクラックス第四惑星、ポルックス第九惑星、リゲル・ケンタウルス」とヴァンデルアーがいった。「どれもこれも寒い星だ。魔女の接吻《せっぷん》くらい冷えきってる。つまり気温は華氏四〇度。七〇度を超えることはけっしてない。また商売できるぞ。そのカーヴに気をつけろ」

多用途アンドロイドは器用な手つきでステアリング・ホイールを切った。車はなめらかにカーヴをまわって、北方の沼沢地《しょうたくち》へと驀進《ばくしん》した。寒々としたイギリスの空の下、茶色に乾いた葦《あし》原《はら》がどこまでものびている。太陽はつるべ落としに沈むところだ。頭上では、野鴨の群れがよたよたと東へ飛んでいく。群れのはるか上空では、一機のヘリコプターが、わが家の温《ぬく》もりへとむかっている。

「もう温もりとはおさらばだ」わたしはいった。「もう熱気とはおさらばだ。寒いときなら安全なんだ。スコットランドにもぐりこんで、すこし金ができたら、ノルウェーに渡って金を貯めよう。そうしたら船に乗るんだ。ポルックスに腰をすえよう。あそこなら安全だ。いままでなんとかやってきた。またちゃんと生きられるさ」

頭上からけたたましい爆音がふってきた。つづいてひび割れた咆哮《ほうこう》――

「ジェイムズ・ヴァンデルアーとアンドロイドに告ぐ。ジェイムズ・ヴァンデルアーとアンドロイドに告ぐ！」

ヴァンデルアーはぎょっとして、空をあおいだ。一機のヘリコプターが頭上を舞っていた。その下腹部の拡声器から命令が流れだしてくるのだ――

「おまえたちは包囲されている。道路は封鎖されている。ただちに車を止め、おとなしく投降せよ。ただちに停止しなさい！」

わたしはヴァンデルアーを見て命令を待った。

「走りつづけろ」とかみつきそうな勢いでヴァンデルアー。

ヘリコプターが高度を下げた――

「アンドロイドに告ぐ。車を運転しているのはおまえだ。ただちに止まりなさい。これは当局の命令であり、すべての個人的な指令に優先する」

「いったいなにをしてる？」わたしは叫んだ。

「当局の命令は、すべての個人的な指令に優先します」とアンドロイドが答えた。「申しあげておきますが――」

「運転をかわれ」

ヴァンデルアーが命令した。わたしはアンドロイドをなぐりつけ、脇へひき寄せると、その上を乗りこえてステアリングの前にすわった。その瞬間、車が道路をはずれて、凍《い》てついた泥と枯れた葦のなかにつっこんだ。ヴァンデルアーは体勢を立てなおすと、西へむかって沼沢地を進みつづけた。めざすは五マイル先を並行して走る幹線道路だ。

「非常線なんか突破してやる」と彼はうなった。

車は上下左右にガタガタゆれた。ヘリコプターがさらに高度を落としてくる。サーチライトがその下腹部で煌々《こうこう》と輝いた。

「ジェイムズ・ヴァンデルアーとアンドロイドに告ぐ。おとなしく投降せよ。これは当局の命令であり、すべての個人的な指令に優先する」

「おとなしく投降なんかするわけがない」ヴァンデルアーが怒鳴った。「投降するやつなんていない。こいつもわたしも投降なんかするもんか」

「ちくしょう!」わたしはつぶやいた。「なんとか逃げてみせるぞ。非常線なんか突破してやる。熱気なんかに負けてたまるか。わたしたちは――」

「申しあげておきますが」わたしはいった。「最優先指令によって、すべての個人的な指令に優先する当局の命令にはしたがわねばなりません。わたしは投降しなければなりません」

「だれが当局の命令だなんていったんだ?」とヴァンデルアー。「あいつらか? あのヘリコプターの連中か? あいつらは身分証を見せてないぞ。当局の命令だと証明してないのに、投降する気か。こっちをだまそうとしている悪党かもしれないじゃないか」

片手でホイールを握ったまま、彼はポケットに手をいれて、銃がまだそこにあるのをたしかめた。車が横すべりした。タイアが霜と葦の上で悲鳴をあげる。手からホイールがもぎとられ、車は小さな隆起に乗りあげて、ひっくり返った。エンジンが咆哮し、車輪が絶叫した。ヴァンデルアーは車から這いだして、アンドロイドをひきずりだした。一瞬、わたしたちは、ヘリコプターから流れる光の環の外に出た。よたよたと沼沢地のなか、暗闇の奥、身を隠せる場所へとむかう……。ヴァンデルアーは、アンドロイドをひきずりながら、心臓を激しく打ち鳴らして走った。

ヘリコプターが旋回し、大破した車の上を飛びまわった。サーチライトが目を光らせ、ラウドスピーカーが怒鳴る。あとにしてきた幹線道路に明かりが続々とあらわれたのは、ヘリコプターからの無線指示にしたがって、追跡隊と封鎖隊が集合しているのだろう。ヴァンデルアーとアンドロイドは沼沢地の奥へとひたすら進みつづけ、安全な並行道路をめざした。もう夜になっていた。空は真っ黒に塗りつぶされている。星ひとつ出ていない。気温は下がりつつあった。南東の夜風が骨身にしみた。

はるか後方で鈍《にぶ》い震動があった。ヴァンデルアーが振りかえり、息を呑んだ。車の燃料が爆発したのだ。炎がギラギラした噴水のように噴きあがる。それがおさまると、燃える葦が低い噴火口の形に残った。風にあおられて、炎のへりが高さ十フィートの壁になって燃えあがった。壁はパチパチと激しく音をたてながら、こちらへむかって動きはじめた。その上では、ひと筋のどす黒い煙があふれだしてくる。そのうしろに、ヴァンデルアーは人影を見分けた……沼沢地を捜索するおびただしい数の勢子だ。

「ちきしょう!」

わたしは叫び、死にもの狂いで安全をさがし求めた。わたしをひきずりながら、彼は走った。

やがてふたりの足が水たまりの表面に張った氷を踏みぬいた。彼は氷を踏み割ったかと思うと、アンドロイドもろとも、痺れるほど冷たい水中につっぷした。

炎の壁が迫ってきた。パチパチはぜる音が聞こえ、熱気が感じられる。捜索隊がはっきりと見える。ヴァンデルアーはポケットに手をいれて銃をさぐった。ポケットは破れていた。銃はなくなっていた。彼はうめき声をあげ、寒さと恐怖で身をふるわせた。沼沢地の火事は目もくらむほどの光を放っている。頭上では、ヘリコプターがなすすべもなくそれていく。煙と炎をつきぬけるわけにはいかないので、わたしたちのはるか右手を探している捜索隊の援護ができないのだ。

「逃げられるぞ」ヴァンデルアーが声を殺していった。「静かにしてろ。命令だ。逃げられる。あいつらをだしぬいてやる。火事なんかに負けるか。絶対に——」

逃亡者たちから百フィート足らずのところで、まぎれもない三発の銃声がとどろいた。バン！　バン！　バン！　わたしの拳銃に残っていた三発だ。それが落ちたところまで沼沢地の火の手が達して、暴発したにちがいない。捜索隊は音のほうにむきなおり、まっすぐこちらへやってきはじめた。ヴァンデルアーはヒステリックに悪態をつき、さらに水中深く身を沈めて、耐えられない火の熱さを逃れようとした。アンドロイドがピクピクと体を動かしはじめた。

炎の壁がみるみる迫ってきた。ヴァンデルアーは深呼吸して、炎が通りすぎるまで潜《もぐ》っている準備をした。アンドロイドはぶるぶるっとふるえると、耳をつんざく声で絶叫した。

「あせるな！　あせるな！」そいつは叫んだ。「落ち着け落ち着け！」

「このばか！」わたしは叫んだ。そいつを溺れさせようとした。

「このばか！」わたしは彼をののしった。その顔をなぐりつけた。

アンドロイドがヴァンデルアーに襲いかかる。ヴァンデルアーは必死に抵抗した。やがてアンドロイドが泥から飛びだして、よろよろと立ちあがった。反撃に転じる暇もなく、ゆれ動く炎がそいつを催眠術のようにとらえた。そいつは炎の壁の前ではね踊り、狂ったルンバを踊りまわった。脚がねじれる。腕がゆれる。指がくねくね動いて、自分勝手なルンバを踊る。そいつは熱気につつまれて、金切り声をあげたり、歌ったり、調子はずれのワルツにあわせて走ったりした。泥まみれの怪物が、真っ赤な火の粉を散らす閃光《せんこう》を背にして黒々と浮かびあがった。捜索隊が絶叫した。銃声があがった。アンドロイドは二度くるくるまわってから、炎の面前で恐るべきダンスをつづけた。突風が巻きおこった。火は轟音《ごうおん》をあげて跳びはねる人影を呑みこむと、一瞬すっぽりとつつみこんだ。と思うと、火は去っていき、あとに残ったのは、けっして固まらない真紅の血をにじませて、ジュージュー音をたてている合成肉のかたまりだった。温度計は、すばらしい華氏一二〇〇度をさしているはずだ。

ヴァンデルアーは死ななかった。わたしは逃げのびた。捜索隊がアンドロイドの狂った踊りと、その断末魔を見まもっている隙《すき》に、彼は逃げだしたのだ。でも、近ごろじゃ、どっちがやつなのかわからない。投影、とワンダが警告してくれた。投影、とナン・ウェッブは彼に教えた。狂った人間か狂った機械と長いこといっしょに暮らせば、自分も狂っちまうんだ。あせるな！

　でも、わたしたちはひとつたしかなことを知っている。彼らがまちがっていたと知っている。新しいロボットとヴァンデルアーは知っている。なぜなら、新しいロボットもピクピク動きはじめたからだ。あせるな！　この寒いポルックスで、ロボットはぴくつきながら歌っている。熱気はないが、わたしの指はくねくねする。熱気はないが、そいつは小さな女の子がひとりで散歩するお供に雇われた。安物の労働ロボット。サーヴォ機構……でも、わたしに買えるのはこれくらいだ……でも、そいつはピクピクしたり、鼻歌を歌ったり、どこかで子どもとふたりきりで歩いている。しかも見つからないのだ。ちくしょう！　ヴァンデルアーには、手遅れになるまでわたしを見つけられない。クールにいこう、かわいいあの子は、踊る霜柱《しもばしら》のなかにいる。いっぽう温度計は、ごきげんな華氏一〇度をさしている。

唾の樹

ブライアン・W・オールディス

ブライアン・W・オールディス　Brian W. Aldiss（1925-2017）

イギリス人であるオールディスが、自国のSFの伝統を強く意識するのは当然のことだ。彼にとってSFとは、進化論的なファンタシーにほかならない。この観点に立ってSF史を構築したのが、名著『十億年の宴』（七三・東京創元社）だが、そこで最大の紙幅《しふく》を費やして論じられていたのが、H・G・ウェルズの諸作だった。この偉大な先達《せんだつ》にオールディスが最大限のオマージュを捧げたのが本編だ。

宇宙から飛来する謎の隕石《いんせき》、出没する透明の怪物、異常発育をとげた動植物……。本編を構成する要素は、いずれもウェルズの長編のモチーフ（その題名は随所にちりばめられている）。しかも、作中にはウェルズ自身が登場する。要するに、ウェルズはこの怪事件に刺激されてその傑作群を産みだしたという趣向。つまり一種のメタSFだが、単純に物語だけ追っても抜群に面白い（ラヴクラフトの短編によく似た作品があることは指摘しておこう）。作者のストーリーテラーとしての才能には、舌を巻かずにいられない。

前述したように、作者のオールディスは批評家としても活躍するイギリスSF界の大立て者。代表作に『寄港地のない船』（五八・竹書房文庫）、『地球の長い午後』（六二・ハヤカワ文庫SF）などがある。本編はアメリカのSF誌〈F&SF〉六五年九月号に発表され、翌年アメリカSF作家協会が選ぶネビュラ賞を獲得した。本邦初訳である。

話すことなく、語ることなく、その声も聞こえないのに、
その響きは全地にあまねく、その言葉は世界のはてにまで及ぶ。
——『詩篇』第十九篇

「まあ、四次元についちゃ、随分と頭を悩ませてるわけだが」と金髪の青年が、熱意のにじむ声で言った。

「うん」と夜空を見上げながら、連れが生《なま》返事をする。

「最近よく目につくような気がするんだ。オーブリー・ビアズレーの絵に、四次元がかいま見えると思わないかい？」

「うん」と連れ。

ふたりはイースト・アングリア（イングランド東部地方）の閑静《かんせい》な町、コッターズオールの東に位置する小高い丘の上で肩を並べ、骨身に沁《し》みる二月の冷えこみにいささか身を震わせながら、星々を眺めていた。いずれも二十代前半の若者である。四次元で頭がいっぱいのほうは、名をブルー

ス・フォックスという。長身で色白、ノリッジ（英国東部ノーフォーク州の州都）の法律事務所、ブレンダーガスト&タウトで下級事務員を務めている。他方、これまでのところ「うん」と二度ばかり生返事しただけの御仁《ごじん》――実はこの男こそ、以下の物語の真の主人公であるのだが――はグレゴリー・ロールズと申す。長身で浅黒い肌に、灰色の瞳の目立つ端正《たんせい》で知的な風貌《ふうぼう》。彼とフォックスは〈大きな考え〉を持つと誓っており、かくして――少なくとも当人たちの心の裡《うち》では――十九世紀末のコッターズオールに住む凡俗《ぼんぞく》の徒《と》とは一線を画《かく》しているのである。

「またひとつ！」

とグレゴリーが大声をあげた。ついに単音節の領域から脱したわけである。彼は手袋をはめた指で馭者座《ぎよしやざ》をさした。天《あま》の川《がわ》から剝《は》がれ落ちるかのごとく、流星がひとつ、夜空に尾を引いて流れると、空中でふっとかき消えた。

「美しい！」と異口同音にふたり。

「おかしな話だよ」とフォックスが、口癖になっている台詞《せりふ》で前置きしてから、「星々と人間の精神は密接に結びついている。昔からずっとそうだった。チャールズ・ダーウィン以前の無《む》知蒙昧《ちもうまい》な時代においても然《しか》りだ。人間の営《いとな》みの中で星々は、常に何らかの役割を果たしているらしい。おかげで大きな考えも持てるというもんだしな、グレッグ」

「ぼくの考えは承知してるだろう――ぼくは、星々の中には住民のいるものがあると思う。つまり、知的生物だよ」彼は重々《おもおも》しく息を吐き出した。おのれの大胆な意見に圧倒されたのである。「知的生物だよ――恐らくわれわれより優れていて、公正な社会に住む素晴らしい者たちが……」

「なるほど、ひとり残らず社会主義者と言うわけか！」

とフォックスが叫んだ。この点に関して、友人と見解を異《こと》にしていたのである。彼は事務所でタウト氏の語る言葉に耳を傾けたことがあり、最近よく耳にする社会主義者なる輩《やから》が、社会にとってどれほど有害であるかを裕福な友人より良く判っていると自負していた。

「社会主義者だらけの星々か！」

「キリスト教徒だらけの星々よりはましさ！　いいかい、星々がキリスト教徒だらけだとしたら、とうの昔に伝道師が派遣されてきて、福音《ふくいん》を説《と》いていたに違いないんだ」

「ナンソウ・グリーンやムッシュ・ジュール・ヴェルヌの予言した惑星間飛行は、いつか実現の——」フォックスの言葉は尻切れとんぼに終わった。新たな流星が出現したのである。

最前のものと同じように、この流星は馭者座の方向から飛来したようであった。真っ赤に輝きながら、ゆっくりと移動して、威風《いふう》堂々とこちらへ向かってくる。ふたりは同時に大声をあげ、たがいの腕をつかみ合った。空には、いまやひときわ大きくなった壮麗な閃光《せんこう》が煌《きら》めいており、より明るいオレンジ色の輝きが、その赤いオーラの内部にすっぽりと包みこまれているように見えた。流星は頭上を通過し（後刻、通過する流星が少しでも音をたてたかどうかで議論になった）、柳の林の向こうに姿を消した。どうやら近くに落ちたらしい。刹那《せつな》、大地が光り輝く。

先に沈黙を破ったのはグレゴリーであった。

「ブルース、ブルース！　いまのを見たか？　ふつうの火の玉じゃなかったぞ！」

「実に大きかったな！　正体は何だろう？」

「たぶん天体からの訪問者が、とうとうやってきたんだ！」

「おい、グレッグ、きみの友人のやっている農場——グレンドンのところに落ちたらしいぞ！」

「その通りだ！　明日グレンドン翁《おう》を訪ねて、彼なり家族なりが、この流星を眼に留《と》めたかどうか、たしかめないわけにはいかんな」

ふたりは興奮気味に話をつづけた。足を踏み鳴らし、肺を活発に働かせながら。ふたりの会話は楽観的な若者の会話であり、「そうなればすごいぞ——」とか「まあ考えてごらん——」ではじまる、多分に思弁《しべん》的な内容を含んでいた。やがてふたりは話をやめ、自分たちの大胆きわまりない信念に笑い合うのだった。

「そろそろ九時に違いない」フォックスがしまいに言った。「今夜はこんなに夜更《よふ》かしするつもりじゃなかったんだ。おかしな話だよ、時間がこんなに早く経《た》つなんて。さあ、帰ろうか、グレッグ」

ふたりは角燈《ランタン》を持参していなかった。夜空は晴れ渡り、雲ひとつなかったからである。コッターズオールの町はずれまでは、わずか二マイルの道のり。ふたりは、どちらかが荷車《にぐるま》の轍《わだち》につまずいたときの用心に腕を組み、意気揚々《ようよう》と歩いて行った。というのも、自転車通勤のフォックスが定刻に出勤しようとすれば、朝の五時起きは免《まぬが》れないからである。小さな町は静まり返っていた。もしくは、そう言ってもかまわなかった。グレゴリーの下宿先のパン屋では、ガス燈《とう》が燃焼し、ピアノの音が漏《も》れていた。ふたりは如才《じよさい》なく横手の扉にまわりこんだ。すると、フォックスが揶揄《やゆ》するように言った。

「すると、明日はグレンドン一家の全員に会うんだろう？」

「そうなりそうだ。例の赤熱《しやくねつ》した惑星船が、まだ彼らをより良い世界へ拉致《らち》し去ってなかったらの話だが」

「本当のことを言えよ、グレッグ――お目当ては、あの別嬪《べつぴん》のナンシー・グレンドンなんだろう？」

グレゴリーは友人の肩をなぐる真似をした。

「妬《や》くなよ、ブルース！　父親に会いに行くんだよ、娘のほうじゃなくて。かたや女性《によしよう》なれど、かたや進歩なり。いまのところ、ぼくの興味は進歩のほうに向いているんだ。たしかに、ナンシーは別嬪だけど、父親は――そうとも、父親は電気を持っているんだ！」

笑い声をあげて、ふたりは握手をかわすと、別々の寝床《ねどこ》に向かった。

グレンドン家の農場では、それほど平穏無事とはいかなかった。やがてグレゴリーは、そのことを知るようになる。

翌朝、グレゴリー・ロールズは七時に起床《きしよう》した。いつも通りの時間である。ガス燈に火を点《つ》けながら、パン屋が電気を引いてくれないものかと思っていたとき、そこから連想が働いて、昨夜天空に現れた驚くべきものについて再び考えをめぐらすこととなった。すでに暖炉に火を入れてくれていた、パン屋の女房のフェン夫人が、洗顔用のぬるま湯と髭剃《ひげそ》り用の熱湯を運んできた。つづいて、たっぷりの朝食を載せた盆。そのあいだずっと、さらにはお粥《ポリッジ》と厚切り肉《チョップ》を平らげるあいだも、グレゴリーは抽象の世界に遊んでいた。例の〝隕石《いんせき》〟が光り輝いていた理由をとりとめもなく考えていたのである。彼は一時間以内にグレンドン氏を訪ねることにした。

さいわいにもグレゴリーは、人生のこの段階にいたっても、日々を気ままに過ごせる身分だった。父親が資産家だったからである。エドワード・ロールズは、クリミア戦争の時期にエスコフィエー（超一流のフランス人シェフ）の知遇を得、偉大な料理人の力を借りて、ふくらし粉の〝オイゲノール〟（香料の原料）を市場に出し、巨万の富を築いたのであった。この商品は、競合他品種より少しばかり味が良く、人体器官への害が少なかったので、たいへんな商業的成功を収めたのだ。そのおかげで、グレゴリーはケンブリッジ大学のとある学寮に在籍することとなったわけである。

学位を取得したいま、彼は人生の岐路に立っていた。果たして、いずれの道を行くべきか？科学の素養は——教師の薫陶《くんとう》よろしくと言いたいところだが、実際は他の学生との親交を通じて——それ相応に身につけた。論説は好評を博し、詩の何篇かは公刊された。そのため心は文学に傾いている。さはさりながら、特権階級に属さぬ民人《たみびと》にとって、人生は悲惨の連続であるという事実には心穏やかでいられず、政治に身を投じることを真剣に考慮したくなる。神学の基礎も十二分にできている。とはいえ、少なくとも上級聖職には魅力を感じない。

自分の将来を決めるあいだ、家を離れることにした。父親と折り合いが悪かったからである。僻遠《へきえん》のイースト・アングリアに隠遁《いんとん》して、『ある社会主義者にして自然主義者との彷徨《ほうこう》』と仮題の付された著作のための素材を集めるつもりであった。この本は、彼の野心のあらゆる側面を満足させるはずである。華奢《きやしゃ》な手に鉛筆を握ったナンシー・グレンドンが、標題ページにさやかな寓意画《ぐういが》を描いてくれるかもしれない……。ひょっとしたら、友人の著作家、ハーバート・ジョージ・ウェルズ氏から献辞を捧げる了解をとりつけられるかもしれない……。

曇天《どんてん》であるばかりか、冷えこみの厳しい朝だったので、彼は厚着をしてから、パン屋の厩《うまや》へ降りて行った。愛馬デイジーに鞍《くら》をつけ、ひらりと跨《また》がって、馬の通《かよ》い慣れた道をたどりはじめる。

陽《ひ》は一時間も前に昇っていたが、空も地上の景色も灰色に塗りつぶされていた。イースト・アングリアの二種類の風景がここでぶつかり、紆余曲折《うよきよくせつ》するオースト川に閉じこめられている——耕作に向かないヒースの荒れ地と、耕作不能の湿原《しつげん》である。木々はまばらで、ひねこびており、そのためグレンドン農場の脇に立つ四本の楡《にれ》の大木が、数マイル四方に亙る道しるべとなっていた。

土地は農場に向かってわずかに登り勾配《こうばい》で、家の建つあたりは、陰気な空の灰色を映す曲がりくねった川面《かわも》と、沼沢地《しようたくち》にはさまれた小島のようになっている。小さな橋の向こうに門があり、例によって、大きく開け放たれていた。デイジーは泥道をたどって厩舎《きゆうしや》へ向かい、グレゴリーは、燕麦《えんばく》を満足げに食《は》んでいる愛馬をそこにつないだ。牝犬《めすいぬ》のカフと仔犬のラーディが、いつもながら、グレゴリーの足もとで盛んに吠《ほ》えたてた。母屋《おもや》へ向かう途中、彼は二匹の頭を撫《な》でてやった。

玄関扉に着かないうちに、小走りのナンシーが迎えてくれた。

「昨日の晩、たいへんなことがあったのよ、グレゴリー」とナンシー。とうとう自分をファースト・ネームで呼んでくれたのに気づいて、グレゴリーは嬉しくなった。

「ギラギラ光るものなの！　寝床に入ってたら、ものすごい音がして、すぐに光があふれたの。だから飛び起きて、カーテン越しに表《おもて》を見たら、卵みたいな形のでっかいものが、うちの池に沈みかけてるじゃない」

彼女には、とりわけ興奮しているときは、節《ふし》を付けるようなノーフォーク訛《なま》りがあった。

「隕石だ！」グレゴリーが叫んだ。「ブルース・フォックスとぼくは、一昨夜に引きつづいて、昨夜も毎年二月に現れる美しい馭者座を戸外で観察していたんだ。そうしたら、飛び抜けて大きな隕石を見た。案《あん》の定《じょう》、このすぐ近くに落ちたんだな」

「それどころか、もうちょっとで家に当たるところだったわ」

今朝のナンシーはとても楽しげに見えた。赤い唇《くちびる》、艶々《つやつや》した頬、くしゃくしゃに乱れた栗色の巻き毛。話の途中で、エプロンと帽子という出《い》で立ちの母親が姿を現した。あわてて肩掛けを羽織《はお》ってきた様子である。

「ナンシー、中へお入り、そんなふうに突っ立ってると凍《こご》えちゃうよ！　ほんとに莫迦《ばか》な娘《こ》なんだから。お早う、グレゴリー、ご機嫌いかが。今日は来ないのかと思ってたわ。入って、体を暖めなさいな」

「ご機嫌よう、グレンドン夫人。昨夜の驚くべき隕石の話を聞いているんです」

「バート・ネックランドが言うには、流れ星だったとか。正体は良く判らないけど、家畜を怯《おび》えさせたのはたしかね。あたしにだって、それくらいは判るわ」

「池の中に一部でも見えますか？」とグレゴリーは尋ねた。

「見せたげるわ」とナンシー。

グレンドン夫人は屋内《おくない》にもどった。その足取りはゆっくりで、堂々としていた。背筋をピンとのばし、不慣れな重荷をかかえた腹を突き出すようにしている。ナンシーは彼女のひとり娘である。弟がひとりいて、名をアーチーと言うのだが、これが手に負えない若者で、父親と不仲のため、いまはノリッジで鍛治屋《かじや》の徒弟《とてい》をしている。他に成長した子供はいない。三人の赤ん坊が、コッターズオールの冬に付きものの身を切るような東風と、入れ替わりに襲ってくる霧の攻撃を乗り切れずに命を落としていた。しかし、いま農夫の妻は意外にも再び懐妊《かいにん》し、春になれば、夫にまた赤ん坊を授《さず》ける予定であった。

ナンシーに連れられて池に向かう途中、西の畑でふたりの小作人といっしょに汗を流しているグレンドンを見かけたが、手を振ってはくれなかった。

「お父さんは、昨夜の流星に興奮しなかったのかい？」

「興奮したどころの騒ぎじゃなかったわよ——あのときは！　散弾銃を持って出てったの。バート・ネックランドがついてってたわ。でも、池がゴボゴボ泡だって、湯気が濛々《もうもう》と出てるだけだったから、今朝はその話をしようともしないの。何があろうと、仕事を休むわけにはいかないって」

ふたりは池の傍《かたわ》らに立った。黒々とした水が茫漠《ぼうばく》と広がっており、対岸とその向こうの開けた場所には灯心草《とうしんそう》の群落。さざ波立つ水面を眺めるふたりの左手には、大きな黒い風車小屋。ナンシーがいま指さしているのが、この風車小屋であった。

小屋の横手に当たる壁板の高いところに、泥が飛び散っていた。中には、間近な白い翼板《よくばん》の先端に付着しているものもある。グレゴリーは興味津々《しんしん》でひと通り眺め渡した。とはいえ、ナンシーはいまだに自分の考えごとに没頭していた。

「おっとさんは働きすぎだと思わない、グレゴリー？　外で仕事をしてなければ、小冊子《しょうさつし》やら電気の手引きやらを読んでるのよ。寝るとき以外は、休むってことがないわ」

「うん。池に何が落ちたにしろ、たいへんな衝撃だったと見えるね！　いまは影も形もないようだが。水面の一インチ下も見通せないんだからな」

「あんたはおっとさんの友達でしょ。おっかさんが言うのよ、たぶんあんたなら意見してくれるんじゃないかって。おっとさんは、いつも夜更けまで床《とこ》に入らないの——真夜中近くになるのもしょっちゅうだし、それでも朝の三時半には起きるんだから。何か言ってやってよ。おっかさんには言えないんだから」

「ナンシー、池に落ちたのが何であれ、ちゃんと調べるべきだ。溶けたはずがない。水深はどれくらいあるのかな？　かなり深いのかい？」

「まあ、ちっとも聞いてなかったのね、グレゴリー・ロールズ！　隕石なんかほっときなさいよ！」

「これは科学の問題なんだ、ナンシー。判ってくれないか――」

「ああ、ろくでもない科学とやらね。そんなの聞きたくないわ。ここに立ってると、凍えちゃう。見たければ、いくらでも見るといいのよ。でも、あたしは凍えないうちに中へ入りますからね。どうせ空から石が降ってきただけなんでしょう。おっとさんとバート・ネックランドがそう言ってるのを耳にはさんだわ」

「バート・ネックランド風情《ふぜい》に何が判る！」

彼はナンシーの背中に向かって声を張り上げた。彼女はたしかに器量良しだが、実を言うとグレゴリーには、農家の十九歳の娘と真剣に付き合うつもりは毛頭《もうとう》なかった。男性の知り合いの大半と違って、若い女性に自由恋愛の信奉者が少ないのは残念なことだ。

彼は黒々とした水面を見下ろした。昨夜落ちてきたものが何であったにしろ、それはつい目と鼻の先にあるわけだ。彼はその残骸を発見したくてたまらなかった。鮮やかな映像が脳裏に浮かぶ――《モーニング・ポスト》紙の見出しを飾る自分の名前、王立協会に名誉会員として迎えられる自分の姿、自分を抱擁して、帰宅をうながす父の姿。

もの思いにふけりながら、グレゴリーは納屋《なや》へ向かった。行く手で雌鶏《めんどり》たちが騒々しく逃げまどう中、納屋に踏みこみ、眼が薄闇に慣れるのを待つ。記憶の通りに、小さな漕ぎ舟《こぶね》がそこにあった。恐らく求愛の日々に、グレンドン氏が未来の細君《さいくん》を乗せて、オースト川へ遊覧に出たときのものだろう。長いあいだ使われていないのは一目瞭然である。

長い梯子《はしご》を立てかけて昇り、小舟を調べる。すると猫が一匹、漕ぎ手座の陰から飛び出してきた。ボートの内側は汚れていたが、オールは二本ともそろっており、どこも傷《いた》んでいない様子である。小舟は、高いほうの梁《はり》にまわしてある二本のロープで、現在の場所まで引き上げてあった。地面まで降ろすのは、赤子の手をひねるようなものだ。

この時点で、グレゴリーは他人の財産権を侵害しかねないことに気がついた。母屋へ行って、ボートを池に出してもいいかとグレンドン夫人にお伺《うかが》いを立てる。親切な夫人が好きにしろと言ってくれたので、彼はボートを納屋から引きずり出し、池の浅瀬に浮かべた。板材が乾燥しきっていたため、二ヶ所の隙間《すきま》から浸水があったものの、彼を思いとどまらせるほどではなかった。藁《わら》と汚物のあいだに恐るおそる乗りこむと、彼は岸を離れた。

水面からだと、農場は――もしくは、その眼に映る部分は――どことなく不吉なたたずまいを見せていた。陰気で黒く汚れた風車がぬっとそびえ立っており、そこだけ白い翼板がそよ風を受けてきしんでいる。反対側では、のっぺりとした納屋の末端が、やけに大きな姿をさらしている。その向こうには牛舎《ぎゅうしゃ》の裏側、さらにその奥には、真新しい煉瓦《れんが》を積み上げたグレンドンの機械小屋――そこに発電機が収めてある――の裏側が見える。納屋と風車のあいだに母屋が見えるが、土地の起伏のせいで、二階がのぞいているだけである。そのくたびれて円《まる》くなった草葺《くさぶ》き屋根と、のっぽの煙突が人を寄せ付けぬ雰囲気を醸《かも》し出している。グレゴリーは、人眼《ひとめ》に触れるのを念頭に設計されたわけではない角度から人造物を見るたびに、異様な感じを受けることに思いを馳《は》せ、自然界にも同様の角度があるのだろうかといぶかしんだ。たぶんあるのだろう。というのも、背後の池の突き当たりでは、葦原《あしはら》から柳の樹《き》が飛び出しているだけだったからである。本来なら、別の何かが見えそうなものだ――少なくとも、陸地くらいは――ところが、陸地は影も形もなく、柳と水面に映る空があるばかりなのだ。

いまでは池の真ん中へきていた。彼はオールを引き上げ、舟べり越しに水中をのぞきこんだ。動きがあるようだったが、はっきりしない。錯覚なのかもしれない。

舟ばたに眼を凝らしていると、いきなりボートが反対側へ傾いた。グレゴリーはさっと振り返った。ボートが左舷《さげん》にぐっとかしぎ、オールがそちらへ転がっていく。何も見えない。だが、それでも――何かが聞こえた。猟犬の静かな息づかいを彷彿《ほうふつ》とさせる音が。何が音をたてているにせよ、そいつはボートを転覆《てんぷく》させようとしていた。

「何かいるのか？」と言ったとたん、背中と頭の毛が残らず逆立った。

ボートがぐらっと傾いた。どう考えても、眼に見えない何者かが、乗りこもうとしているようである。怯えきった彼は、オールをつかむと、思わずボートのそちら側の虚空《こくう》を薙《な》ぎ払った。

空気しかないはずのところに手応《てごた》えがあった。

肝《きも》を潰してオールをとり落とすと、彼は片手を突き出した。何か柔らかなものに触《さわ》った。そのとたん、腕をしたたかに打たれた。

彼がとっさにとった行動は、完全に本能の命ずるがままであった。思考は介入する余地がなかった。オールを握り直すと、空気を強打したのである。何かに当たった。水飛沫《みずしぶき》があがり、傾きが急になくなったので、危うく水中に投げ出されるところだった。ボートがまだ揺れているうちにも、彼は浅瀬めざして必死に漕いでいた。池からボートを引き上げると、安全な母屋へと一目散《いちもくさん》に駆けて行く。

扉の前でようやく立ち止まった。分別《ふんべつ》がよみがえり、恐怖で早鐘《はやがね》のように打つ心臓もしだいに鎮まりはじめた。彼はポーチの継《つ》ぎ合わされた木材を見つめながら、いま自分は何を眼にしたのか、本当は何が起きたのかをじっくり考えようとした。そもそも、いったい何があったのだろう？

ひるむ心に鞭《むち》打って池へもどり、ボートの傍らに立つと、陰鬱《いんうつ》な水面《みなも》を眺め渡す。表面のさざ波を別にすれば、池は静まり返っていた。彼はボートに眼をやった。底にかなりの量の水が溜《た》まっていた。転覆しそうになって、すっかり取り乱してしまっただけの話だ、と彼は思った。かぶりを振りながら、ボートを納屋まで引いて行った。

グレゴリーは、しばしばそうするように、昼食をとったあとも農場に居残ったが、けっきょく農夫に会えたのは、搾乳《さくにゅう》の時間になってからだった。

ジョゼフ・グレンドンは四十代後半。細君よりもふたつ三つ年上である。痩せこけた陰気な顔にもじゃもじゃの顎髭《あごひげ》を生《は》やしており、おかげで実際より老《ふ》けて見えた。ひどく生真面目《きまじめ》ではあったが、グレゴリーに礼儀正しく挨拶した。ふたりは募《つの》りゆく闇の中に肩を並べて立っており、背後では乳牛たちが所定の仕切りに入ろうとしていた。ふたりは隣の機械小屋にそろって入り、グレンドンが蒸気エンジンを始動させる石油燃焼器に点火した。このエンジンが発電機をまわして、電気を生み出す仕掛けである。

「ここは未来の匂いがしますよ」とグレゴリーが笑顔で言った。いまでは、午前中の驚愕はすっかり忘れ去られていた。

「わしがいなくても、未来はやって来る。その頃には、こっちはもうくたばっとる」農夫は一語一語をはっきりと区切って、歩きながらしゃべった。

「あなたはいつもそう言います。間違ってますよ――未来は押し寄せてきているんです」

「あんたの言う通りかもしれん、グレゴリーの旦那、でも、わしには関係ないようじゃ。わしはもう老いぼれじゃ。昨日の晩、ロンドンの新聞にこんな記事が載っていたのを知っとるかね？　あと半世紀も経《た》たないうちに、国じゅうの家という家は、ロンドンにある大きな中央発電所から電気を引くことになるんじゃと。そうなったら、ここにあるポンコツは無用の長物じゃないかね？」

「ガス産業もおしまいですね。それはたしかだ。そうすると、失業者が巷《ちまた》にあふれることになる」

「うむ、もちろん、ここのような文明化の遅れた僻地《へきち》では、千年経ってもガスは引けんじゃろう。じゃが、電気はガスよりも場所から場所へ送りやすい。おっと、おいでなすったぞ！」

この最後の叫びは、頭上の表示電球でちらついた光に向けられたものだった。ふたりは素晴らしい機械仕掛けを満足げに眺めていた。蒸気圧が高まるにつれ、大きな革のベルトがどんどん速くまわっていき、表示電球の点滅が力強くなっていった。グレゴリーはガスと電気の双方で明かりをとる家に慣れていたものの、ここで覚えるような興奮をついぞ覚えたことはなかった。ここは荒れ地のただ中であり、いちばん近くにある白熱電球といえば、恐らく一日がかりの旅になるノリッジにあるものなのだ。

「本当はなぜこの発電所を建てようとしたんです、ジョゼフ？」

「前に話したように、牛小屋なり、豚小屋なり、乾いた藁《わら》が散らばっている場所だと、角燈《ランタン》より安全だからじゃよ。わしが子供のころ、親父はここでひどい火事を出したんじゃ。おかげで火事には用心するようになった……。バート・ネックランドの兄貴がむかしここで働いていたのは話したことがあったっけな、こいつをここに据え付けるまでじゃが。やつはこちこちの聖書信奉者でな。やつが何と言ったか判るかね？　この電燈とやらは明るすぎて禍々《まがまが》しすぎるから、神の御業《みわざ》のはずがないと言いおったんじゃ。当然ながら、電燈に照らされるのを拒《こば》みおった。じゃから言ってやったんじゃ、いいか、陽《ひ》が落ちたあと、ずっと傘を差してるやつになんぞ用はないんじゃ、とね。給金を払ってやって、出て行きたければ出て行くがいいと言ってやった」

「じゃあ、出て行ったんですね？」

「以来、二度と寄りつかん」

「救いようのない莫迦だな！　いまや何事も不可能ではありません。蒸気時代はそれなりに素晴らしかったわけですが、あるいはその時代に生きている人々にとっては、そう思えたはずですが、この新たな電気時代なら——万事が可能なんです。ぼくの信念を知ってますか、ジョゼフ？　さほど年月が経たぬうちに、電気仕掛けの飛行機械ができると信じているんですよ。ひょっとしたら、月まで飛べるほど大きな機械だって造れるかもしれませんよ！　ああ、新世紀が待ち切れません。その頃には、万人が同胞愛で結ばれているかもしれません。そうなれば、われわれは多大な進歩を遂げるでしょう」

「どうじゃろうね。その頃には、わしは墓場と結ばれておるじゃろうよ」

「莫迦ばかしい、あなたは百まで生きられますよ」

いまや明滅する青白い光が部屋を照らしていた。対照的に、戸外の何もかもが真っ黒に見えた。グレンドンは満足げにうなずくと、燃焼器に多少の調節を施《ほどこ》した。ふたりは表《おもて》に出た。

蒸気エンジンの轟音《ごうおん》から解放されると、乳牛たちの騒乱ぶりが耳に届いた。乳搾《ちちしぼ》りの時間だと、牛たちはたいていおとなしい。何かに動揺しているのだ。農夫は足早に搾乳小屋へ駆けこんだ。グレゴリーもすぐあとにつづく。

囲いの上に吊された電球の放つ新たな光が、落ち着きない物腰で、眼をきょろきょろさせている動物たちを照らし出していた。バート・ネックランドが、扉からできるだけ離れて立っている。手に棒を握って、口をあんぐりと開けていた。

「いったいぜんたい何をぽかんと見ておるんじゃ？」グレンドンが尋ねた。

ネックランドはのろのろと口を閉じた。

「怖い目にあったんでさあ。何かがここに入ってきた」と彼は言った。

「何だか判ったかね？」とグレゴリーが尋ねる。

「いや、何にも見えんかった。お化けだよ、そうに決まってらあ。ここにのこのこ入ってきて、牛たちに触ったんだ。おらにも触った。お化けだよ」

農夫は鼻を鳴らした。

「浮浪者か何かじゃろう。見えんかったのは、明かりが点いてなかったからじゃ」

小作人は大げさに首を振った。

「そんなに暗くはなかっただ。ええですか、あれが何であったにしろ、おらのところまでやってきて、おらに触ったんだ」いったん言葉を切り、囲いの端を指さす。「ほら、あそこ！ 見なせえ、嘘じゃねえだよ、旦那。お化けだ、あそこに濡れた手形が残ってる」

三人は、牛房《ぎゅうぼう》の仕切りの角《かど》に当たる、すり減って噛み跡のついた木材を囲んで検分した。形のはっきりしない濡れ跡で木が黒ずんでいた。グレゴリーの思考は池での経験に舞いもどり、またしても不安で背筋がゾクゾクした。だが、農夫はきっぱりと言った。

「莫迦ばかしい、ただの牛のよだれじゃないか。さあ、乳搾りをつづけろ、バート。もうおふざけはなしじゃ。お茶にしたいからな。カフはどこだ？」

バートは喧嘩腰で、

「おらを信じなくても、犬なら信じるんでしょうが。カフは何か見て、飛びかかったんでさあ。相手はカフを蹴り倒したけど、カフは追いかけて行ったんだ」

「姿が見えるかどうか見てきます」とグレゴリー。

彼は表へ駆け出し、牝犬を呼びはじめた。しかし、いまではとっぷり日が暮れていた。広々とした前庭に動くものは見えなかったので、反対側へ歩きだした。小道伝いに豚小屋と畑のほうへと向かい、カフを呼びながら歩いて行く。彼はゆっくりと進んだ。このときばかりは角燈を不要にする電燈を呪い、武器を持ってくればよかったと悔《く》やんだ。

「だれかいるのか？」と声をかける。

農夫が傍らへやってきた。

「急ごう」

ふたりは駆け出した。四本の楡《にれ》の大木の幹《みき》が、西空を背にくっきりと浮かびあがっている。その奥には鉛色《なまり》に光る水面。犬が見えてきた。グレゴリーがカフを眼にしたとたん、犬は空中に舞い上がり、ぐるっと向きを変えて、農夫めがけて飛んできた。彼は両腕を振りまわし、その体を払いのけた。同時に、グレゴリーは空気の流れを感じた。あたかも、眼に見えない何者かが脇を通り過ぎたかのように。と、饐《す》えた泥の臭いがプンと鼻をつく。よろめきながら、グレゴリーはうしろを振り返った。牛舎から漏れるかすかな光が、屋外便所と母屋にはさまれた小道を照らしている。光の向こう側、もっと遠いところには、穀物貯蔵庫の裏に広がる閑静《かんせい》な田園地帯。不審なものは影も形もない。

「カフのやつが殺されちまった」農夫が言った。

グレゴリーは彼の傍らにひざまずき、牝犬に眼をやった。外傷は見あたらないが、犬は絶命していた。形のいい頭が力なく横たわっている。

「カフには何かがいるのが判ったんです」とグレゴリー。「相手が何であったにしろ、襲いかかって、返り討《う》ちにあったんです。何だったんでしょう？　いったいぜんたい何だったんでしょう？」

「カフのやつが殺されちまった」

と聞く耳を持たずに農夫が繰り返す。彼は死骸を抱きかかえると、きびすを返して、母屋のほうへ運んで行った。グレゴリーはその場に立ちつくした。頭も心も不安にさいなまれていた。

彼はびくっと飛び上がった。近くで足音がしたのである。バート・ネックランドであった。

「なあ、例のお化けが老いぼれ犬を殺しちまったのか？」

「たしかに犬を殺したが、お化けよりもずっと恐ろしいものだ」

「お化けだよ、旦那。おらは何度も見たことがあるんだ。お化けなんかちっとも怖くねえぞ、あんたは怖いのか？」

「ついさっき、牛舎ではかなり怯えていたじゃないか」

小作人は両手の拳《こぶし》を尻に当てた。彼はグレゴリーよりひとつかふたつ年上で、肌の色がまだらのずんぐりした若者だった。獅子鼻のおかげで、滑稽《こっけい》に見えると同時に剣呑《けんのん》な雰囲気も漂わせている。

「そうかい、グレゴリーの旦那？　そういうあんただって、ずいぶんビクビクしてるみてえじゃねえか」

「怯えてるんだ。ぼくは空威張《からいば》りなんかしない。でも、怯えているのは、ひとえに幽霊よりもはるかにおぞましいものがここにいるからだ」

　ネックランドがにじり寄った。

「そんなにびくついてやがるんなら、たぶんこの先農場に寄りつきはしねえんだろ」

「とんでもない」

　彼は光の中へじりじりともどろうとしたが、小作人が立ちふさがった。

「おらがあんただったら、近づきはしねえな」ネックランドは肘をグレゴリーの上着にめりこませて、言いたいことを強調した。「それに覚えときな、あんたが割りこんでくるずっと前から、ナンシーはおらに気があるんだ」

「ああ、なるほど、そういうことか！　だれに気があるかは、ナンシーが自分で決めることだと思うがね」

「だれに気があるかを教えてやってんじゃねえか。いいか、くれぐれも忘れんなよ」

　彼はもういちど小突《こづ》いて言葉を強調した。グレゴリーはむっとして、その腕を押しのけた。ネックランドは肩をすくめると、歩み去った。行きがけに、捨て台詞《ぜりふ》を残す。

「この辺をうろちょろしてやがったら、お化けに出くわすよりひでえ目にあうぞ」

　グレゴリーはぶるっと身を震わせた。男の声にこもる押し殺した殺気からすると、かなり以前から悪意を育《はぐく》んでいたようだ。そんなこととは露知らず、グレゴリーは常に小作人と打ち解けようと努めてきた。苦虫《にがむし》を噛み潰したような態度は、ただ相手が愚鈍《ぐどん》だからだと考え、社会主義者らしく最善を尽くして、ふたりのあいだの障壁を乗り越えようとしてきたのである。ネックランドを追いかけて、仲直りしようかとも考えた。しかし、それではあまりにも弱腰に思えた。代わりに、農夫が愛犬の亡骸《なきがら》を抱いて去ったほうの道をたどり、母屋へと向かった。

グレゴリー・ロールズは、その夜コッターズオールにもどるのが遅くなりすぎて、友人のフォックスには会えずじまいだった。あくる晩は冷えこみがことのほか厳しくなり、町の長老ガブリエル・ウッドコックは、冬が終わる前に大雪になると予言した（さほど大胆な予言ではなく、四十八時間以内に実現した。かくして村の住民の大半は感心した。というのも、彼らは感心して、大声をあげ、「おったまげた！」と言いあうのに喜びを覚えたからである）。友人ふたりは〈旅人〉亭で落ち合った。そこのほうが、村の反対端にある〈三人の密猟者〉亭よりも麦酒《エール》は薄かったものの、暖炉の火が大きかったからである。

物語から劇的な部分が抜け落ちないように気を配って、グレゴリーは前日の出来事を話して聞かせた。もっとも、ネックランドに恫喝《どうかつ》された一件には触れなかったが。フォックスは、パイプとエールの両方に口をつけるのを忘れて、一心不乱に聞きいっていた。

「つまりこういうことだよ、ブルース」とグレゴリーは締めくくった。「風車横のあの深い池には、何らかの乗り物が、まさにぼくらが夜空に見たやつが潜《ひそ》んでいて、邪悪な意図を持つ不可視の生き物が、その中で生きているんだ。ぼくが、あそこの友人たちの身をどんなに案じているかは判るだろう。警察に通報すべきだろうか？」

「ファリッシュのおやじさんが、ペニーファージング（大前輪と小後輪から成る当時の自転車）であそこを走りまわっても、グレンドン家の役には立たないよ」とフォックスが、地元の法の番人を引き合いに出して言った。まずパイプを長々とふかしてから、次にグラスにとりかかる。「でも、きみの結論を鵜呑《うの》みにしていいかどうか良く判らんな、グレッグ。いいかい、事実を疑ってるわけじゃない、どんなに驚くべきものであろうとだ。つまり、われわれは多かれ少なかれ天体からの訪問者を予想していた。近年は、夜間の都市部でガス燈と電燈が煌々《こうこう》と輝いているんだから、ここにいまや文明ありと、宇宙の国々の半分に合図しているようなものだからね。さて、われわれの訪問者はだれかを故意に傷つけてはいないんだろう？」

「ぼくを溺れさすところだったし、哀れなカフを殺した。いったい何が言いたいんだ。連中はあまり友好的とは言えない態度をとってるんだ、これから友好的になるとでも？」

「彼らにとって状況がいかなるものかを考えてみたまえ。彼らが火星なり月なりからきたとしよう――彼らの世界が地球とはまったくかけ離れているのは判っている。彼らは怯えているかもしれない。おまけに、きみの漕ぎ舟に乗りこもうとするのは、非友好的な行為とは言えないんじゃないか。非友好的な行動を先に起こしたのはきみのほうだよ、オールでなぐりかかったんだから」

グレゴリーは唇を噛んだ。痛いところを突かれたのである。

「怖かったんだ」

「向こうも怯えていたから、カフを殺したのかもしれない。要するに、犬は彼らを攻撃したんだろう？　彼らを気の毒に思うね、非友好的な世界で孤立してるんだから」

「きみはずっと『彼ら』と言ってるな！　ぼくらに判るかぎりじゃ、一体しかいないんだぞ」

「要するにこういうことだよ、グレッグ。きみはこれまでの進歩的な立場からすっかり後退してしまった。この哀れな連中に話しかけようとする代わりに、殺すことばかり考えている。他の世界には社会主義者があふれていると言っていたのを忘れたのかい？　その連中を眼に見えない社会主義者だと考えてみたまえ、そうすれば付き合いやすくなるかもしれないだろう」

グレゴリーはしきりに顎を撫ではじめた。自分の判断は偏見に曇らされていたのだ。結果として、生まれてはじめて蒸気機関車を前にした帝国辺境の野蛮人なみにぶしつけな振る舞いをしてしまった。

「できるだけ早く農場にもどって、事態の打開を図《はか》るとしよう」と彼は言った。「その連中が本当に助けを必要としているのなら、ぼくが助けてやるよ」

「そうしたまえ。でも、彼らを『連中』と考えるのはやめよう。代わりに――そうだな、馭者座人と考えようじゃないか」

「馭者座人か。でも、自分だけはできが違うって顔をするなよ、ブルース。きみだってあのボートに乗っていれば――」

「判ってるとも、旧友よ。死ぬほど怯えていたはずさ」如才なく、さらに言いそえる。「きみの言う通り、できるだけ早くもどって、事態の打開を図るほうがいい。このミステリーの次の展開が待ちきれないよ。これほどゾクゾクする話は、シャーロック・ホームズ以来だ」

グレゴリー・ロールズは農場にもどった。しかし、ブルースの口にした事態の打開を実行に移すには、予想よりも時間がかかった。これはもっぱら馭者座人が、初日の悶着《もんちゃく》のあと、新しい住処《すみか》に引きこもっているように思えたからである。

彼に判るかぎりでは、あれ以後、馭者座人は池から出てきていない。少なくとも、混乱は引き起こしていない。若い学士には、かえすがえすも残念な事態であった。というのも、友人の言葉を真剣に受けとめており、この異様な生命形態に対して、自分がどれほど進歩的な考えを持っており、博愛精神に富んでいるかを証明したかったからである。数日後、馭者座人は到来と同じくらい唐突に去って行ってしまったに相違ないと信ずるにいたった。ところが、直後に些細《ささい》な出来事が起き、そうでないことを確信した。当日の晩、パン屋の居心地の良い部屋で、彼はサリー州ワーセスター・パーク在住の文通相手にその事件を知らせる手紙を認《したた》めた。

「親愛なるウェルズ殿

お手紙を差し上げるのが遅れたことをお詫《わ》びせねばなりません。グレンドン農場事件に関して目新しい情報がなかったからであります。

漸《よう》く本日になって、馭者座人が再び姿を見せました！——不可視の生物に対して「姿を見せる」が適切な言葉であるとすればの話ですが。

ナンシー・グレンドンと小生は、果樹園で雌鶏たちに餌をやっておりました。周囲にはまだ雪がたくさん残っており、一面の銀世界でありました。家禽《かきん》がナンシーの桶へ走ってきたとき、小生の眼は果樹園の遙か先にひとつの擾乱《じょうらん》を捉えました――林檎《りんご》の樹の枝から雪が落ちているだけでしたが、その動きが小生の眼を惹《ひ》いたのです。と、落下する雪の行列が、樹から樹へと小生たちのほうに進んできました。あたりの草は丈《たけ》が長く、たちまち小生は、その茎が未知の作用でかき分けられていることに気づいたのであります！　小生はナンシーの注意を怪現象のほうに向けました。草の動きは、小生たちのつい目と鼻の先で止まりました。

ナンシーは仰天しておりましたが、小生はこの前よりも英国人らしく振る舞おうと決意しました。よって、前進すると次のごとく言ったのです。「何者だ？　何が望みだ？　そちらが友好的なら、われわれは諸君の友人だ」と。

返事はありませんでした。小生が再び踏みだすと、こんどは草がまた後ろへ倒れました。その押し潰され具合で、生物が大きな足をしているに相違ないと判りました。草の動きで、彼が走っているのがわかりました。小生は彼に向かって叫ぶと、やはり走りだしました。彼は母屋の横手へまわりこみ、ついで農場構内の凍った泥の上へ出ましたので、小生は彼を見失いました。しかし、本能の命ずるがままに前進し、納屋の脇を通って池へ向かいました。

案の定、やがて冷たい泥水が、あたかも静かに滑りこむ体を包みこむかのごとく盛り上がりました。割れた氷の破片を脇に飛ばしながら、池の中央へ向かう動きで、異邦人の居場所が判りました。小さな渦巻きを残して、彼はあわただしく行ってしまいました。謎めいた星間船へと潜行したことは、疑問の余地がありません。

あのものども——人々——彼らを何と呼べばいいのでしょうか——は、水棲に相違ありません。恐らく赤い惑星の運河に住んでいるのでしょう。しかしながら、想像してみて下さい——不可視の人類を！　貴殿の作品「タイム・マシン」中の挿話《そうわ》と肩を並べるほど奇抜で幻怪な発想ではありますまいか！

何卒《なにとぞ》ご意見をお聞かせ下さい。小生の正気と、報告者としての正確さを信頼していただきたいものです！

友情をこめて

グレゴリー・ロールズ」

わざと書き落としたのは、あとでナンシーが暖かな客間でしがみついてきて、恐怖を告白したこと。それに対し自分が、あの生物が敵意をいだいているという考えを嘲笑《ちょうしょう》し、彼女の眼に賛嘆の色を読みとったこと。さらに彼女はやはりとびきりの器量良しであり、たぶんふたりの非常に異なる人物の怒りを買う価値があると考えたことであった。すなわち、父親のエドワード・ロールズと、小作人のバート・ネックランドである。

その時点でグレンドン夫人が入ってきたので、ふたりの若人《わこうど》はパッと離れた。グレンドン夫人の足取りは、ますます遅くなっていた。体内の新たな生命が、いまや相当の大きさになっていたのである。妊婦に心労をかけないように、ふたりは眼にしたもののことを彼女には話さなかった。議論する暇もなかった。というのも、農夫とふたりの小作人が台所へドカドカとやってきて、長靴を脱ぎ捨て、昼食を要求したからである。

悪臭を放つ夜露《よつゆ》がはじめて話題に上ったのは、やはり昼食どきだった。一週間後、グレゴリーが電気に関する記事を訪問の口実として、再び農場に足を運んだ際である。

グレゴリーの前で、はじめてその件を持ち出したのはグラッビーであった。グラッビーというのは、バート・ネックランドとともに、ジョゼフ・グレンドンの農場で働く小作人である。とはいえ、ネックランドが母屋に寄宿するほど（屋根裏にむさ苦しい部屋をあてがわれていた）家族と親しいのに対し、グラッビーは母屋からかなり離れたところにある小さな掘っ立て小屋に寝泊りを許されているだけだった。彼の〝家〟――みすぼらしい小屋のことを本人はこう呼んでいるのだが――は、果樹園の下、豚小屋のそばに建っており、グラッビーは豚小屋の主《ぬし》たちの鼾《いびき》を子守歌代わりに眠りに就《つ》くのである。

「たしかに、あんな露が降りたことは、これまでいっぺんだってありゃせんだよ、グレンドンの旦那」と彼は言った。その言いかたで、午前中にグレンドンがこの意見をすでに開陳していたのだと察しがついた。グラッビーは自分独自の意見というものを口にしたことがない。

「秋の露くらいのひどさじゃ」と農夫がきっぱりと言った。あたかも、その点で意見の相違があったかのように。

沈黙が降り、それを破るのは皆がムシャムシャと食事をほおばる音と、グラッビーが食事をガッガッとかきこむ音だけだった。彼らは兎肉《うさぎにく》と団子《だんご》のシチューをたっぷりと平らげた。

「ふつうの露じゃなかったですだ、それはまちげえねえ」しばらくしてグラッビーが言った。

「毒茸《どくきのこ》の臭いがした」とネックランド。「さもなきゃ、腐った池の水だ」

さらに咀嚼音《そしやく》。

「風変わりな露の話は前に読んだことがあります」とグレゴリーが一同に告げた。「風変わりな雨の話は聞いたことがあるでしょう。蛙《かえる》が空から降ってきた話ですよ。生きている蛙や蝦蟇《がま》を閉じこめた雹《ひょう》の話さえ読んだことがあります」

「あんたの言う通り、信じられねえようなことはいつだって起きるだ、グレゴリーの旦那」とネックランド。「でも、おらたちがいま話してるのは、今朝《けさ》がたこの農場に降りた露の話だ。蛙だって入っちゃいやしなかった」

「もう消えてしまったわ。だから、どうして心配するのかさっぱり判らない」とナンシー。

「あんな露は、これまでいっぺんだって降りたことはなかったですだ、ナンシー嬢さん」とグラッビー。

「たしかなのは、洗濯をやり直さなきゃならないこと」とグレンドン夫人。「ひと晩じゅう外へ出しておいたら、今朝の鼻の曲がりそうな臭いが染みついちゃって」

「池と関係があるのかもしれませんね」とグレゴリー。「蒸発の何らかの異常です」

ネックランドが鼻を鳴らした。テーブルの上座《かみざ》で、グレンドンが食事をかきこむのをやめ、グレゴリーをフォークでさした。

「あんたの言う通りかもしれんな。というのも、露が降りたのは、この農場の敷地だけだったからじゃ。門の反対側の一ヤード先じゃ、道はカラカラに乾いておった。一滴の水気もなしじゃ」

「その通りですよ、旦那」とネックランドがうなずき、「西の畑に露がポタポタ垂れてるのに、垣根の向こうの蕨《わらび》はちっとも濡れてねえんですからね。まあ、妙なこともあるもんだ！」

「だれが何と言おうと、あんな露は降りたことがなかっただ」とグラッビー。一同の気持ちを要約した形である。

客間とつづきに小さめの部屋があった。大きな暖炉を客間と共有しているとはいえ——というのも、家全体が円形の造りで、この中央の煉瓦《れんが》積みに支えられているからである——火明りは小さいほうの部屋まであまり届いていなかった。これは〈とっておきの間《ま》〉。ジョゼフ・グレンドンはときおりここに引きこもって——多少の居心地悪さを味わいながら——帳簿を調べるのだった。それ以外の用途に部屋は使われたことがない。

食後、グレンドンはげっぷをしながら〈とっておきの間〉に引き取り、グレゴリーがあとを追った。農夫はここにささやかな蔵書を並べていた。カーライル、エインズワース、ラスキン、リットンらの著作に交じって、クリスマスにグレゴリーの贈った『タイム・マシン』の単行本もある。社会主義者の必携書ぞろいである。とはいえ、部屋でもっぱら眼を惹くのは、陳列された動物の剝製《はくせい》であった。中にはガラス・ケース入りのものもある。

これらの動物が、未熟な剝製師の手で細工されたのは一目瞭然であった。というのも、生きていればとうてい無理な姿勢で立っており、余分な関節をつけられたり、死後硬直の形に合わせて変形を加えられた節《ふし》さえあったからである。数えあげれば、梟《ふくろう》、犬、狐、猫、山羊《やぎ》、仔牛に似ていなくもない怪物たち。剝製の魚だけは、生きている同類とさほどかけ離れていない姿をしており、死後の秋を過ごしていた。鱗《うろこ》が枯葉のように抜け落ちていたのである。

グレゴリーは、神の手よりも人間の手の加わっているほうが明らかな、これらの怪物に疑いの眼を向けた。おびただしい数の剝製があり、一部は客間にあふれだしている始末。〈とっておきの間〉では、そのいびつさばかりでなく、数の多さにも啞然《あぜん》とさせられる。そうはいうものの、グレンドンがすこぶる憂鬱《ゆううつ》そうに帳簿をにらんでいるのを見てとったグレゴリーは、年上の男の気分を引き立たせようと思って、こう言った。

「もう少し剝製術を練習するべきですね、ジョゼフ」

「ああ」と顔もあげずに。

「趣味を持つのはいいことですよ」

「ああ」こんどは顔をあげた。「あんたは若いし、人生の良い面しか知らん。あんたは無知なんだ、グレゴリーの旦那、立派な大学教育にもかかわらずじゃ。わしくらいの年になるまでに、どれだけのものが人から削りとられるかを知らん。残っておるのは忍耐だけじゃ」

「そんなことは――」

「わしは二度と剝製を作りはせんだろう。時間がないんじゃよ！　このケチな農場をやっていく以外に使える時間なんぞありゃせんのじゃ！」

「でも、それは違います！　あなたは――」

「違いはせんとも。わしは無駄話はせん。わしは昼間あんたと時間を過ごす。あんたを好《す》いとると言ってもかまわんじゃろう。じゃが、あんたはわしにとって何も意味せんのじゃ」しゃべりながら、グレンドンはグレゴリーをひたと見据え、ついで悲しみとおぼしき色をたたえた眼をゆっくりと伏せた。「いまじゃ、マージョリーも意味がない。結婚前はそうじゃなかったがな。いいかね、わしはこの農場を手に入れた。わしは農場であり、農場がわしなんじゃ」

そこで言葉につまった。周囲に並ぶ剝製のビーズの眼が、無関心に彼を見つめた。

「もちろん、たいへんな仕事です」とグレゴリー。

「あんたには判らんよ。だれにも判らん。この土地は良くない。不毛じゃ。毎年、地味が痩せていく。命が宿っておるとしても、せいぜいこの剝製の動物たちと同じくらいじゃろう。それを言うなら、わしも不毛じゃ――年を重ねるごとに、中身が減っていく」

彼は唐突に立ち上がった。恐らく自分に腹を立てたのだろう。

「お引き取り願おうか、グレゴリーの旦那」

「ジョー、お察しします。ぼくにできることがあれば――」

「親切で言ってくれるのはわかっとる。夜空が晴れているうちにお帰り」がらんとした庭をのぞいて、「今夜は臭い露が降りなきゃいいんじゃが」

奇妙な露は二度と降りなかった。話の種《たね》としては広がりに欠けていたので、新しい話題の極端に乏しい農場でさえ、数日のうちに忘れられた。二月が過ぎ――おおかたの二月よりたいして良くも悪くもなかった――土砂降りの雨で終わった。三月が訪れ、肌寒い春が地を覆った。農場の動物たちが出産の時期を迎えた。

家畜は驚くべき数の仔を産んだ。あたかも自分の土地は不毛だという農夫の信念をくつがえすかのように。

「こんなのは見たことがない！」

とグレンドンがグレゴリーに言った。グレゴリーのほうも、寡黙《かもく》な農夫がこれほど興奮しているのは見たことがなかった。農夫は青年の腕をとり、納屋の中へ連れて行った。

牝山羊のトリックスが横になっていた。脇腹に茶色と白の小さな仔山羊が三匹群がっており、そばでは四匹めが、か細い肢を踏ん張りながら、ふらふらと立っている。

「四匹だぞ！　山羊が四匹も仔を産むなんて聞いたことがあるかね？　この件をロンドンの新聞に投書してやるんじゃやな、グレゴリー！　でも、その前に豚小屋をのぞいてくれ」

豚小屋から流れてくる金切り声は、ふだんより騒々しかった。そちらへ向かって小道を進みながら、グレゴリーは緑でこんもりとした楡の大木を見上げた。騒ぎには、どことなく不吉なものが感じられる。恐らくグレンドンの興奮ぶりにもうかがえるヒステリーのようなものが。

グレンドンの飼っている豚は雑種で、ラージ・ブラック種の血が濃い。ふつうはいちどの出産で十頭前後の仔を産む。今年はいちどの出産で十四頭を下まわることがなかった。ある大柄な黒い牝豚は、十八頭の仔豚をまわりにはべらせていた。騒音は耳を聾《ろう》するばかりで、この生命の横溢《おういつ》ぶりを見下ろしながら、グレゴリーは、ここに不気味なものを想像した自分の莫迦さ加減に呆《あき》れていた。自分は農場の生活について何も知らないのも同然なのだ。

「もちろん、全部が生きられるわけじゃない」農夫が言った。「年寄りの豚どもには、こんなにたくさんの仔豚に行き渡るほど乳首がないからな。でも、記録的な数じゃよ！《ノリッジ・アドヴァタイザー》に投書してやるべきじゃないかね」

グラッビーが飼料のバケツをふたつ提《さ》げてのそのそとやってきた。その大きな丸顔は艶々としていた。あたかも周囲にあふれる生命力と調和しているかのように。

「こんなにたくさんの豚は見たことがねえだ」と彼は言った。「ノリッジの新聞に投書してやるべきだよ、旦那。こんなにたくさんの豚は生まれたことがねえだ」

グレゴリーはこの件でナンシーと言葉をかわす機会に恵まれなかった。彼女と母親は二輪馬車で町へ出かけていたのである。コッターズオールで市《いち》が立つ日であったのだ。グレンドンと小作人たちと食事をしたあと――グレンドン夫人は昼食を作り置きしておいてくれた――グレゴリーはひとりで農場を見てまわった。根深く不合理な（と彼は自分に言い聞かせた）胸騒ぎが払拭《ふっしょく》されていなかったのである。

青白い陽光が午後を満たしていた。陽射しは池の水の奥深くまでは届かなかった。しかし、グレゴリーは馬の飼《か》い葉桶《ばおけ》の脇に立ち、水の広がりを見つめた。水面にオタマジャクシや蛙があふれているのに気づいた。そばへ寄った。淀んだ水の膜だと思っていたものは、ひしめきあっている小さな泳ぐ生き物だった。見ているうちにも、大きな夕ガメが深みから飛び出してきて、オタマジャクシを捕まえた。オタマジャクシは二羽の家鴨《あひる》の餌にもなっていた。雛《ひな》を連れた家鴨が、池の向こう岸の葦原《あしはら》の脇を泳ぎまわっていたのである。いったい何羽の雛を連れているのだろう？　雛の大艦隊が草むらを出たり入ったりしながら行進している。

彼は地面のぬかるんでいる納屋と牛舎の裏へまわり、機械小屋の裏にある橋を渡った。干し草の山がいくつもあり、その裏に野生の生け垣がのびている。歩きながら、グレゴリーは鳥の巣を探した。薪《まき》の山にシロビタイジョウビタキの巣、沼地にマキバタヒバリの巣、生け垣に燕《つばめ》とクロウタドリの巣。どれもこれも卵がうずたかく積み上がっていた――あまりにも多すぎる卵が。

一瞬迷ったが、すぐにきた道をゆっくりともどりはじめた。ナンシーがふたつの干し草の山のあいだに立っていた。グレゴリーは、彼女を見かけて吃驚《びっくり》した。名前を呼んだが、無言のまま、背中をこちらに向けている。

とまどいながらグレゴリーは、近寄って彼女の肩に触れた。その頭がぐるりとまわる。眼に飛びこんできたのは、長い歯と、鼻の代わりの湾曲した黄色い骨――だが、それは羊の頭だった。ナンシーの古い外套《がいとう》をかぶせた棒から、うしろ向きに落ちたのである。骨は婦人帽《ボンネット》の脇の地面に転がった。嫌悪の眼でそれを見下ろしながら、グレゴリーは跳ね踊る心臓を鎮めようとした。その瞬間、ネックランドが飛び出してきて、彼の手首をつかんだ。

「はっ、ビビッちまっただろう、弱虫め。てめえがこの辺をうろちょろしてるのが見えたんでな。ここから出て行って、二度と帰ってこねえこった。前に言っておいただろう。もういっぺんは言わねえからな。ナンシーにかまうな。てめえも、てめえの本も！」

グレゴリーは手をもぎ離した。

「きみの仕業か、このろくでなしのかっぺ野郎め。何を考えて、こんなところで遊んでいるんだ？　ナンシーかお母さんが、きみのしたことを眼にしたらどうするると思う？　ぼくがこれをグレンドン氏に見せたらどうなる？　自分の首を切るつもりか、ネックランド？」

「おらをかっぺ野郎なんて呼ぶな。さもねえと、その山を蹴り崩して生き埋めにしてやるぞ。きっとそうしてやる。てめえを震えあがらせてやったんだ、この臆病者め、ここに近づくなと言ってるんだよ」

「きみの警告なんか聞きたくないし、心に留《と》めるつもりもない。ぼくがここへ来ていいかどうかを決めるのはグレンドン一家だ、きみじゃない。自分の分《ぶん》をわきまえたまえ。そうすれば、ぼくも自分の分をわきまえる。二度とこんな真似をしたら、なぐり合いは必至《ひっし》だからな」

ネックランドは、つい先ほどの勢いを失ったように見えた。それでも横柄《おうへい》な口調で、

「てめえなんざ怖くねえ」

「それなら、怖がる理由をくれてやろうか」とグレゴリー。きびすを返して、すたすたと歩み去る――同時にうしろからの攻撃に身がまえて。だが、ネックランドは、現れたときと同じように忍び足で去って行った。

庭を横切り、厩舎まで行くと、グレゴリーはデイジーに鞍《くら》をつけた。ひらりと跨《またが》り、だれとも別れの挨拶をかわさずに農場を出て行く。

途中で、肩越しにうしろを振り返った。農場は、荒れ地の上に黒々とうずくまっていた。空があらゆるものの上にのしかかっている。大地は単なる海岸で、そのうしろに空気と光と空間と定かならぬものの荒れ狂う大海があるように思えた。その大海からやってきたのは……判然としない。どうすれば突き止められるかも判然としない。ただ待ち受けるのみ。そして宇宙の海からきた異様な船のもたらしたものが、邪悪か祝福かをたしかめるのみなのである。

コッターズオールに入ると、まっすぐ市場へ向かう。グレンドン家の二輪馬車と、長柄《ながえ》のあいだにつながれたナンシーの小馬、ヘッティが眼に入った。雑貨屋の店先に停《と》めてあるのだ。グレンドン夫人とナンシーは、ちょうど店から出てくるところだった。地面に飛び降りたグレゴリーは、デイジーを牽《ひ》いてそちらへ向かい、ふたりに挨拶した。

「これからお友達のエドワーズ夫人と娘さんたちを訪ねるんです」とグレンドン夫人。

「どうでしょう、グレンドンの奥さん、ナンシーとふたりだけで話をさせてもらえませんか、十分間だけ」

グレンドン夫人は風避《よ》けにたっぷりと厚着をしていた。娘に眼をやり、思案している姿は、雪だるまも顔負けである。

「農場で話をしてるんですから、ここで話しちゃいけないという法はありませんけど、醜聞《しゅうぶん》になるのは願い下げですよ、グレゴリーの旦那。それに、どこへ行けばふたりきりで話ができるか見当もつきませんし。要するに、ノーフォークじゃ、あたしの若い頃よりもお堅くなってますから、醜聞は困るんです。こんど農場へ来るときまで待てないんですか？」

「ご厚意に甘えさせていただけるなら、いま娘さんとふたりだけで話をさせていただけるなら、グレンドンの奥さん、一生の恩に着ます。ぼくの下宿のフェン夫人の家には、店の奥に小さな客間がありますから、そこで話ができるはずです。口さがない連中に何か言われる心配もありません」

「口さがない連中なんてほっときなさい！　人には好きなことを考えさせておけばいいんですよ」

そうは言ったものの、彼女はしばらく思案していた。ナンシーは眼を地面に伏せて母親の脇にとどまっていた。グレゴリーはナンシーに眼をやり、すっかり見直した。毛皮で縁取りした青い外套《がいとう》の下に、彼女はオレンジ色と茶色の肩の張ったギンガム・ドレスをまとっていた。頭には婦人帽を載せている。顔色は純白で染みひとつなく、肌は李《すもも》のように弾力があって、繊細そうだ。黒い瞳は長い睫《まつげ》の下に隠れている。唇は血の気が薄く、キリリと結ばれており、両端で魅力的につりあがっている。グレゴリーは泥棒になったような気がした。向こうがこちらを見てない隙《すき》に、その美しい姿を盗み見ていたからである。

「あたしはエドワーズ夫人を訪ねます」とマージョリー・グレンドンがようやく言った。「ちゃんとしてさえいれば、あなたがたふたりが何をしようとかまいませんが——三十分以内にもどってこなければ、ナンシー、ただではすみませんよ、判った？」

「はい、おっかさん」

パン屋は次の通りにある。グレゴリーとナンシーは無言でそこまで歩いた。グレゴリーがデイジーを厩舎につなぎ、ふたりは裏口を抜けて客間に入った。昼間のこの時刻、フェン氏は二階で休んでおり、細君は店番をしている。したがって、小部屋は人気《ひとけ》がない。

ナンシーは背筋をのばして椅子に腰掛け、言った。

「さて、グレゴリー、いったいどういうこと？　町の真ん中であんなふうに、おっかさんの前からあたしをひっさらってくるなんて！」

「ナンシー、そう怒らないで。どうしても会いたかったんだ」

彼女は口をとがらせた。

「あんたはしょっちゅう農場まで来るけど、あたしに会いたいなんて素振りは、これっぽっちも見せたことないじゃない！」

「何を言ってるんだ。いつだってきみに会いに行くんだよ——とりわけ最近は。きみこそバート・ネックランドのほうに気があるんだろう？」

「バート・ネックランドですって、よりによって！　何であんな人に気がなけりゃいけないのよ。あったとしても、あんたには関係ないわ」

「おおありだとも、ナンシー。きみを愛してるんだ、ナンシー！」

こんなふうに口に出すつもりはなかったが、出してしまったからには仕方がない。彼は部屋を横切り、ナンシーの足もとにひざまずくと、彼女の手をとり、災い転じて福となすことにした。

「おっとさんに会いにくるんだとばっかり思ってたわ」

「最初のうちはそうだったんだ、ナンシー。でも、いまはそうじゃない」

「いまは農場経営に興味が湧いたんでしょう？　いまはそのせいで来るんじゃないの？」

「まあ、たしかに農場に興味はあるよ。でも、きみの話をしたいんだ。ナンシー、愛しのナンシー、ぼくのことを少しは好きだと言っておくれ。ぼくに勇気をくれないか」

「あんたはとっても素敵な紳士だわ、グレゴリー、すごくいい人だと思うけど……」

「けど？」

彼女はまた俯《うつむ》いたので、グレゴリーには眼福《がんぷく》だった。

「あんたとあたしじゃ身分が違いすぎるし、おまけに——だって、あんたは何もしてないわ」

グレゴリーはショックのあまり絶句した。若さに付きものの身勝手さで、彼女の口から承諾以外の言葉を聞こうとは、夢にも思っていなかったのである。しかし、ナンシーの言葉で自らの立場に眼を開かされた。少なくとも、彼女の眼に映るおのれの姿に。

「ナンシー——ぼくは——まあ、たしかにいまは仕事をしてないように見えるだろう。でも、読書と勉学に勤《いそ》しんでるし、世界の重要人物の何人かと文通してる。将来どの道へ進むかを、ずっと決めようとしてるんだ。誓ってもいいが、ぼくは無為徒食の輩《やから》じゃない。きみがそう思っているとすればだが」

「ううん、そうは思っちゃいないわ。でも、バートが言うには、あんたは〈旅人〉亭に入り浸って、呑めや唄えの騒ぎだとか……」

「へえ、そんなことを言ってるのか。もしそうだとしても、あいつに何の関係がある——でなければ、きみに何の関係がある？　大きなお世話だ！」

ナンシーは立ち上がった。

「人の悪口しか言うことがないんだったら、悪いけど、おっかさんのとこへ行くわ」

「ああ、頼むよ、そんなつもりじゃなかったんだ！」彼はナンシーの手首をつかんだ。「聞いておくれ、麗《うるわ》しの君よ。ひとつだけ頼みがあるんだ、つれない眼で見ないでおくれ。それと農場についてひとこと言わせておくれ。あそこじゃ、おかしなことが起きてる。だから、夜きみがあそこにいるかと思うと、気が気じゃないんだ。あんなにたくさんの仔、あんなにたくさんの仔豚が生まれるなんて——不気味だよ！」

「どこが不気味よ。おっとさんが汗水《あせみず》垂らして働いて、うまいこと家畜を育て上げただけの話じゃない。おっとさんは、コッターズオール近在で一番の農夫だわ」

「ああ、たしかにそうだ。お父さんは素晴らしい人物だ。でも、生け垣の燕の巣に卵を七つも八つも入れたりはしなかっただろう？　肉汁《にくじる》みたいに見えるまで、池にオタマジャクシや山椒魚《さんしょううお》を放しはしなかっただろう？　今年きみのところの農場では、おかしなことが起きてるんだ、ナンシー、だから、できるものなら、きみを守りたいんだよ」

真摯《しんし》な口調とあいまって、恐らく間近で彼女の手をしっかりと握っているのがさいわいしたのだろう、頑《かたく》なだったナンシーも態度を和《やわ》らげはじめたのだった。

「グレゴリー、あんたは農場の暮らしってものをてんで判っちゃいないのよ、いくら本を読んだってだめ。でも、気づかってくれるなんて優しいのね」

「いつだってきみを気づかっているよ、ナンシー、見目麗《みめうるわ》しき女性《によしよう》よ」

「顔が赤くなっちゃう！」

「赤くなっておくれ、そうすればきみは、ふだんにもまして美しくなる！」

グレゴリーは彼女の肩に腕をまわした。彼女がこちらを見上げると、胸に抱き寄せ、その唇をむさぼる。

彼女はあえいで身を引き離したが、間髪《かんはつ》を容《い》れずにと言うわけではなかった。

「おお、グレゴリー！　おお、グレゴリー！　もう、おっかさんのところへ行かないと」

「まずもういちど接吻《せつぷん》を！　もういちどしてくれるまでは、行かせるわけにはいかない」

彼は接吻すると、興奮に身をわななかせながら扉の脇に立ち、彼女を見送った。

「すぐにまた会いにきてね」と囁き声でナンシー。

「この上なき喜び」とグレゴリー。

ところが、次の訪問は喜びならぬ恐怖に満ちたものとなったのである。


グレゴリーが到着したとき、金切り声をあげる仔豚を満載した大きな荷車が、庭に停《と》まっていた。農夫とネックランドが、そのまわりでせっせと働いている。外套姿のグレンドンが、肩をすくめ、グレゴリーに陽気に挨拶した。

「こいつらのおかげで、かなりの儲《もう》けになりそうじゃ。年寄りの牝豚はこいつらを養《やしな》えんが、ノリッジじゃ乳飲み子《ちのご》の豚に値段がつく。じゃから、バートとわしはヘイアムまで行って、列車に乗せることにしたんじゃよ」

「ちょっと見ないあいだに大きくなりましたね！　バート、網を用意して、こいつらの上に広げたほうが良さそうじゃ。さもないと、飛び出しちまうて。それくらい活きがいいんじゃ！」

ふたりの男は泥を踏みながら納屋へと向かった。グレゴリーの背後で泥が鈍《にぶ》い音をたてた。彼は振り返った。

厩舎と荷車のあいだの堆肥《たいひ》に、平行にのびる二列の足跡が現れた。足跡は、ひとりでに印されているように思われた。激しい超自然の恐怖が、冷たい流れとなってグレゴリーを呑みこむ。彼は金縛りにあった。景色が灰色に変わり、麻痺したように思われた。みるみるうちに、足跡がこちらへ迫ってくる。

馬車馬が不安げにいなないた。足跡が荷車に達し、車がきしみをあげた。あたかも、何かが乗りこんだかのごとく。仔豚たちが恐怖で泣きわめく。一匹が木製の横板を飛び越えた。とそのとき、身の毛のよだつような沈黙が降りた。

グレゴリーは依然として身動きできなかった。荷車の中で何かを啜《すす》るような音がしたが、彼の眼は泥に印された足跡に釘付けのままだった。足跡の主は人間以外の何かだった——海豹《あざらし》の鰭《ひれ》に似た輪郭の足を何かが引きずっているのである。と、不意に声が出るようになった。

「グレンドンさん！」と大声をあげる。

農夫とバートが網を手に納屋から走ってくる段となり、ようやくグレゴリーは荷車の中をのぞき見た。

最後の仔豚が、まさに彼の眼前で、あっというまに萎《しぼ》んでいった。空気の抜けたゴム風船さながらである。仔豚はグニャグニャになると、音もなく潰れて、他の小さな豚皮の空袋《から》に交じった。荷車がきしんだ。何かが重々しくはねを散らしながら、農場の庭を横切って池の方角へ向かう。

グレンドンはそちらを見なかった。荷車に駆け寄った彼は、萎んだ死骸をグレゴリーと同様に嫌悪の眼で見つめていたのである。ネックランドも眼を円《まる》くしていた。最初に口を開いたのは彼だった。

「伝染病か何かだ、あんなふうになるなんて！　ヨーロッパの大陸から新種の病気が伝わったにちげえねえ！」

「病気じゃない」とグレゴリー。声を出すのがやっとだった。というのも、萎んだ豚の体の中にも外にも、骨が残っていないという事実に思いあたったばかりだったからである。「病気じゃない――ほら、逃げた豚はまだ生きている」

彼は、荷車から飛び降りた豚を指さした。着地の際に肢をくじいたのだろう、いまは少し離れた溝の中で、息をあえがせながら横たわっている。農夫がそこまで足を運び、豚を抱き上げた。

「飛び降りたから病気にかからずにすんだんだ」とネックランド。「旦那、豚小屋に残ってるやつらの様子を見に行ったほうがいいですぜ」

「ああ、そうしよう」とグレンドン。苦虫を嚙み潰したような顔で、豚をグレゴリーに渡し、「市場に一匹だけ持って行っても仕方がない。グラッピーに言って、馬の牽《ひ》き具《ぐ》をはずさせよう。すまんが、このチビをマージョリーのとこへ連れて行ってくださらんか。とにかく、明日の晩飯は豚の丸焼きが喰えるわけじゃて」

「グレンドンさん、これは病気じゃありません。ヘイアムから獣医を呼んで、死体を検分させなさい」

「わしの農場のことに口を出さんでくれ、お若いの。ただでさえ頭の痛いことばっかりなんじゃ」

いくらそっけなくあしらわれても、グレゴリーは農場から離れるわけにはいかなかった。ナンシーに会わないではいられなかったし、農場で起きていることを見届けなければならなかったからである。身の毛もよだつ運命が豚の身に降りかかった翌日の朝、彼は最も尊敬する文通相手、H・G・ウェルズ氏から手紙を受け取った。その一節に曰《いわ》く――「実際、小生は楽観主義者でも悲観主義者でもないと愚考《ぐこう》します。われわれの前途には、洋々たる進歩の新世紀――そのような新世紀は、間違いなくわれわれの手の届く範囲にあるのです――が広がっていると信ずるいっぽうで、世紀末《ファン・ド・シクル》の予言者らが予告した〝地球の終末《ファン・デュ・グローブ》〟が待っているやもしれぬと思わずにはいられないのです。これほどの重大問題が、ノーフォーク州コッターズオール近辺に位置する僻遠《へきえん》の農場――われら両名以外には知る者とてない農場――で、自《おの》ずから展開していると聞いても、別に驚くには当たりません。とはいえ、小生が恐怖に戦《おのの》いていないとはお考えめさるな。『実に面白い！』と叫んでしまうわけですが」

かくのごとき手紙をもらえば、ふだんのグレゴリーであれば有頂天《うちょうてん》になったところだが、心配ごとで頭がいっぱいのいまは、上着のポケットに手紙をつっこみ、デイジーに鞍をつけに行った。

昼食前に、台所で大きな竈《かまど》の脇に立っていたナンシーの唇を奪い、その火照《ほて》った左頬にもうひとつ接吻をくれた。その一件を別にすれば、その日は楽しみと言えるものがほとんどなかった。グレンドンは、奇怪千万な萎縮《いしゅく》病に他の豚がかかっていないと判って安心したものの、再発の可能性に神経をとがらせたままだった。そのいっぽう、別の奇跡が起きていた。ふもとの牧場《まきば》にある荒れ果てた牛小屋で、夜中に牝牛が四頭の仔牛を出産していたのである。母牛は助かる見こみが薄かったが、仔牛は元気旺盛《おうせい》で、ナンシーの握る哺乳瓶をむさぼっていた。

農夫の顔色は冴えなかった。難産の牝牛に付きっきりで夜を明かしたからである。彼がテーブルの上座にどっかりと坐りこむと、豚の丸焼きが大皿に載せられてきた。

とても食べられた代物《しろもの》ではなかった。すぐさま、全員が胸をむかつかせてナイフとフォークを放り出した。肉は苦味《にがみ》がしたのである。ネックランドが最初に口をきいた。

「病気だ！」彼はうなった。「ここの動物はずっと病気にかかってたんだ。この肉を食べちゃなんねえ、さもねえと一週間もしねえうちに、みんなくたばっちまうぞ」

仕方なしに、冷たい塩漬け牛肉とチーズと酢漬けの玉葱《たまねぎ》で腹を満たすことになった。いずれも、いまのグレンドン夫人の口に合わなかった。夫人は腕によりをかけた料理が失敗に終わったことに胸を痛め、涙に暮れて上階《うえ》へ引き取った。母親を慰めようと、あわててナンシーがあとを追う。

陰気な食事のあと、グレゴリーはグレンドンに声をかけた。

「明日ノリッジに出かけて、二、三日滞在することにしましたよ、グレンドンさん。どうやら、厄介ごとがおありのご様子ですね。街にいるあいだ、ぼくにできることが何かありませんか？ ノリッジで獣医を探しましょうか？」

グレンドンがグレゴリーの肩をたたき、

「善意で言ってくれとるのは判っとる。感謝もしよう。じゃが、あんたには呑みこめておらんようじゃが、獣医というものは、眼ん玉が飛び出るほど金がかかる割に、役に立ったためしがないんじゃ。どこぞの青二才がやってきて、家畜がみんな感染しとるから、処分しなけりゃいかんとぬかしたらどうなる？ それが正しい用心ちゅうもんかね、えっ？」

「グレゴリー・ロールズは金に不自由しねえから、みんながそうだと思ってるんでさあ」と嘲笑するようにネックランド。

農夫は血相《けっそう》を変えて小作人のほうを向いた。

「だれが口を開いてくれと頼んだんじゃ？ 自分と縁のない話を聞いてるときは、その口をちゃんと閉じておけ。その肉切れを食べ終えたんじゃったら、牛小屋の掃除にでも行ったらどうじゃ」

ネックランドが出て行くと、グレンドンが言った。

「バートはいいやつじゃが、あんたを毛嫌いしておる。さて、あんたはここに厄介ごとがあると言っておったな。じゃが、農場ちゅうもんは、いつだって厄介ごとを抱えておるんじゃよ、グレゴリー——ある年はこんな厄介ごと、別の年はあんな厄介ごとじゃ。でもな、今年ほどいろんなものがすくすくと育ったのは見たことがない。じゃから、掛け値なしに嬉しいんじゃよ、嬉しくて当然じゃ。豚が何匹か死んだけどな、他の豚で儲ける邪魔にはなりはせんて」

「しかし、全部がこの豚のような味だったら、売り物になりませんよ」

グレンドンは掌《てのひら》を打った。

「取り越し苦労というもんじゃ。こんな苦い味じゃなくなるかもしれん。それにじゃ、もしそうならなくても、味が判るのは買ったあとの話じゃよ。わしは貧乏人なんじゃ、グレゴリー、多少の幸運が転がりこんできそうなときに、それを見逃す余裕はないんじゃ。実際、まだバートにも教えとらんが、明日か明後日《あさって》には大工のシーリーを呼んで、グラッピーの小屋の脇に家畜小屋を建て増しさせるつもりじゃ。チビどものための場所がいるんでな」

「なるほど。だったら、是非お役に立たせてください、ジョゼフ、ご親切に報《むく》いるために。費用はぼくが持ちますから、ノリッジから獣医を連れてこさせてください、ひと通り見てもらうだけですから」

「どうしても連れてくると言いはるんなら、わしをなぐってからにしろ。ひとつ言っておくがな、わしの親父がよく言っておったように、頼みもしないのに、わしの土地に入るやつがいたら、ライフルを持って駆けつけて、鹿弾《しかだま》をしこたま浴びせてやるからな、去年老いぼれ浮浪者ふたり組にそうしてやったんじゃ。聞こえたかな?」

「そう思います」

「なら、牛の面倒を見に行かにゃならん。取り越し苦労はやめるんじゃやな」

農夫が立ち去ったあと、グレゴリーは長いこと窓の外を見つめていた。ナンシーが降りてくるのを待ちながら、一連の出来事に思いを馳《は》せていたのである。しかし、のどかな風景が広がっているばかりだった。憂慮《ゆうりよ》しているのは自分だけだ、とグレゴリーはひとりごちた。文通相手のH・G・ウェルズ氏、あの明敏《めいびん》なる人物ですら、自分の報告を真に受けてくれてないようだ——地上に奇跡が出来《しゆつたい》したという知らせを——たとえ彼の最新作『素晴らしき訪問』(一八九五年発表。天使が英国の寒村に落ちてくる物語)で予言された形では到来しなかったとしても——英国でだれよりも共感を持って受け取るはずの人物ですら。こうなったら、さっさとノリッジへ行って、当地に在住の賢明なる叔父《おじ》を訪ねよう——そうとも、ナンシーに別れの接吻をしたらすぐに出発だ。

賢明なる叔父はたしかに同情してくれた。彼は兄のエドワード、すなわちグレゴリーの父親よりもずっと温厚な人柄だった。グレゴリーの引いた農場の図面に同情の眼差《まなざ》しをくれ、泥についた足跡のスケッチに同情の眼差しをくれ、一部始終に同情の耳を傾けた。聞き終わると、彼は言った。

「幽霊だ!」

グレゴリーが反駁《はんばく》しかけると、叔父はきっぱりと言った。

「残念ながら、おまえの頭はこの時代の現代的奇跡とやらでいっぱいのようだ。フォース湾に架かるゲルバー橋のような土木建築物、パリに建てられたエッフェル塔なんかのことだよ――もっとも、十年保《も》てば、帽子を食べてみせるがね。まあ、こういうものが奇跡であるのは否定せんよ。だが、地上に根を張ったものでもあるんだ。おまえが言おうとしているのは、この世界なり他の世界なりの技師たちが、天体から天体へと飛行できる機械――乗り物――を造るかもしれんということだ。ならば、わたしはこう言おう。技師たちにそんなものは造れない、と――しかも、ただそう言ってるだけじゃない。法則を引用しておるんだ。エンジン付きのエッフェル塔のようなものは、火星から地球へ、あるいは太陽から地球へ、あるいはおまえの好きなところから好きなところへ航行できないという法則があるんだ――その法則は聖書に書かれているし、《ザ・コーンヒル》のページにこだましておる。いいかね、おまえの頭は現代でいっぱいだが、農場に出没しているのは、むかしながらの幽霊だよ」

この後グレゴリーは市中に赴《おもむ》き、書店を渉猟《しょうりょう》して、何冊かを購入した。一瞬たりとも疑わなかったのは、かぎりなく同情的で、別れ際にはソヴリン銀貨を握らせてくれるほど如才《じょさい》ないとはいえ、叔父がこれまで思っていたほど賢明ではないという悲しい事実だった――グレゴリーの成長ぶりと、時代の変化の度合いを反映している発見であった。

とは言え、ノリッジは歓楽の都《みやこ》であり、叔父の家は居心地が良かったので、せいぜい三日の予定が、ずるずると一週間にのびてしまった。

そういう次第で、良心の疼《うず》きを抱えながら、コッターズオールからの悪路に沿って、彼は再びグレンドン農場へと向かった。驚いたのは、この前この道をたどって以来、あたりの風景が一変していることだった。新たな群葉がいたるところで煌《きら》めいており、ヒースの荒れ野すら楽しげな場所に見えた。ところが、農場まで来ると、草木が茂りすぎているのが判ったのである。鬱蒼《うっそう》としたニワトコの大木や、雲をつくようなチャービルの樹がそそり立っているおかげで、最初は建物がひとつ残らず隠れていた。農場が雲隠れしたのではないかと不安に駆られたが、デイジーを急がせると、やがて近くの藪《やぶ》の陰から黒い風車がぬっと現れた。南の牧場《まきば》は草むらに埋もれていた。楡の樹すら以前よりも繁茂《はんも》している様子で、威嚇《いかく》するように母屋にのしかかっていた。

ガラガラと音をたてて平らな木橋を渡り、門を抜けて庭に入ったとたん、巨大なイラクサが、隣接する水路から首をもたげているのに気づいた。鳥がいたるところで羽ばたいている。ところが、受け取る印象は、生命ならぬ死のそれなのである。あたりは森閑《しんかん》としていた。あたかも、喧噪と希望を排除する呪いがかかっているように。

静まり返っている理由のひとつに思いあたった。カフの後釜《あとがま》に坐った若い牝のコリー犬、ラーディが吠えながら走りまわっていないのだ。訪問者と見れば、たいてい吠えるのだが。庭は生き物の気配がなかった。鶏《にわとり》さえ消えていた。デイジーを牽《ひ》いて厩舎に入ると、最初の仕切りに大きな駁毛《ばくげ》がつないであった。たしかクロウチョーン医師の馬である。漠然としていた不安が、はっきりした形をとった。

厩舎がふさがっていたので、牝馬を牽いて池の脇にある石造りの飼い葉桶へ向かい、馬をつないでから、母屋まで歩いた。玄関扉は開いていた。大きな蒲公英《たんぽぽ》がポーチの前に生えている。以前はまばらだった蔦《つた》が、下の窓にまで侵入している。草むらの中の動きに眼を惹かれ、視線を落としたとたん、彼は乗馬靴を引きもどした。けたはずれに大きな蟾蜍《ひきがえる》が草の下にうずくまっており、まだ頭をくねらせているヤマカガシをくわえていたのである。蟾蜍はグレゴリーをひたと見据えているようだった、あたかも、人間が自分の獲物を奪おうとしないか見きわめようというように。彼は嫌悪で身を震わせながら、小走りに母屋へ入った。

いまやすっかり大きくなったトリックスの仔山羊のうち三頭が、客間を歩きまわり、絨毯《じゅうたん》をかじったり、どっしりした肘掛け椅子によじ登ったり、窓際のガラス・ケースに収まった山羊のカリカチュアの剝製《はくせい》を見つめたりしていた。部屋の荒らされ具合から見て、しばらく前からここにいたらしい。テーブルには糞《ふん》の山。しかし、部屋にいるのは仔山羊たちだけで、台所にさっと視線を走らせると、やはり無人だと判った。

上階《うえ》からくぐもった音が流れてきた。階段は、どっしりした煙突をまわりこむ造りになっており、一階の部屋とは掛け金のかかる扉で隔《へだ》てられている。グレゴリーは上階に招かれたことはなかったが、躊躇《ちゅうちょ》しなかった。扉を開け放すと、暗い階段を昇りはじめる。たちまち、だれかの体にぶつかった。

その柔らかさでナンシーだと知れた。暗がりでむせび泣いていたのである。彼女を抱き寄せ、名前を呼んでも、ナンシーはその手を振り払って、二階へ走り去った。いままでは音がはっきりと聞こえた。そして泣き声も——ただし、その刹那、グレゴリーの耳には入らなかったが。ナンシーは、一番上の踊り場にある扉まで走り、その奥の部屋に駆けこむと、扉を閉めた。グレゴリーが掛け金を試したとき、向こう側で閂《かんぬき》の下ろされる音がした。

「ナンシー！」彼は声をかけた。「隠れないでくれ！　いったいどうしたんだ？　何があったんだ？」

返事はない。困惑して扉の前に立ちつくしていると、廊下に並んだ隣の扉が開いて、クロウチョーン医師が姿を現した。小さな黒い鞄を提《さ》げている。医師は長身の陰気な男で、深い皺の刻まれた顔が、患者を不安に陥《おとしい》れる。そのため指示を守った患者は、かなりの割合が全快するのだった。ここでも、彼は山高帽をかぶっていた。常に変わらずこの位置にあるだけで、この山高帽は、近在での医師の名声に一役買っているのである。

「何があったんです、クロウチョーン先生？」とグレゴリーが尋ねたのと、医師がうしろ手に扉を閉め、階段を降りはじめたのが同時だった。「疫病がこの家を襲ったんですか、それとも、同じくらい恐ろしい何かが？」

「疫病、疫病だって、お若いの？　いや、はるかに不自然なものだよ」

医師はむっつりとグレゴリーを見つめた。あたかも、グレゴリーに何か訊かれるまで、二度と筋肉ひとつ動かすまいと内心で誓ったかのように。

「どうして呼ばれたんです、先生？」

「夜中にグレンドン夫人のお産がはじまったんだ」と階段の一番上に立ったまま、医師は言った。

安堵の念がグレゴリーの胸にこみあげてきた。ナンシーの母親のことをすっかり忘れていた！

「赤ん坊は無事ですか？　男の子ですか？」

医師はのろのろとうなずいた。

「双子の男の子だよ、お若いの」そこで口ごもる。と、顔の筋肉を引きつらせ、彼は早口で言った。「ついでに七人の女の子だ。九つ子だよ！　しかも――全員が生きておるんだ！　こんなことがあってたまるか。わしの眼の黒いうちは――」

みなまで言わなかった。帽子を傾けて、階段を駆け降りて行ったのである。とり残されたグレゴリーは、ひたと壁紙を見据えていた。心は渦巻いており、いまにも液体に変わりそうである。九つ子！　九つ子だって！　まるで夫人が、豚小屋の家畜と変わらないみたいではないか。と、壁紙の模様が病人のような土気色《つちけいろ》を呈した。あたかも、家自体が病気の体現であるかのように。寝室から漏れてくる泣き声は、人間離れしたものが欲求を叫びたてる象徴にも思えた。

彼は呆然《ぼうぜん》と立ちつくしていた。気味の悪い嬰児《えいじ》の泣き声が、耳の奥へ押し入ってくる。のしかかってくるような石壁の向こうで、木橋を早駆けで渡り、コッターズオールへの道筋をたどる馬蹄《ばてい》の響きが遠のいて行った。ナンシーの部屋からは、物音ひとつ流れてこない。彼女は恥ずかしさのあまり身を隠したのだろう、とグレゴリーは推測し、とうとう気力を奮い起こして、湾曲した暗い階段を降りて行った。最後の階段の下から、厩舎に住みついている猫が飛び出した。十四あまりの仔猫がぞろぞろとあとを追う。山羊たちがあいかわらず部屋を占拠していた。

暖炉には灰が散らばっているばかり。夜中の騒ぎ以来、打ちやられているのだろう。

「どうだい、おったまげただろう！」

グレゴリーはさっと振り返った。台所からグラッピーが出てきた。パンに肉をはさんだものを握っている。大口を開けてムシャムシャやりながら、にやっとグレゴリーに笑いかけた。

「グレンドンのおやっさんは絶倫だで！」声を張り上げ、「いっぺんに九人も餓鬼《がき》を孕《はら》ませられる男なんて、この国にゃ他にいやしねえ！」

「グレンドンさんはどこだ？」

「ほんとの話、この国にゃ他にいやしねえ――」

「ああ、聞こえたとも。グレンドンさんはどこだ？」

「仕事してるよ、たぶん。でも、言っとくがな、この国にゃ他に――」

パンと肉をほおばりながら、しゃべっているグラッピーを置き去りにして、グレゴリーは庭へ歩み出た。母屋の角《かど》をまわったところで、グレンドンに出くわした。農夫は干し草を突き刺した長柄の三叉《ピッチフォーク》を肩にかついで、牛小屋へ入るところだった。グレゴリーが立ちふさがったが、農夫は彼を押しのけた。

「話があるんです、ジョゼフ」

「仕事があるんじゃ。そんなことも判らんとは、哀れな男じゃ」

「奥さんの件で話があるんです」

グレンドンは返事をしなかった。彼は悪魔のように働いた。干し草を放り出し、代わりを取りにもどって行く。いずれにせよ、話はできそうになかった。ぎっしりとひしめき合った牝牛と仔牛たちが、不安げで牛らしくない低いうめき声をひっきりなしにあげていたのである。グレゴリーは農夫について干し草の山まで行ったが、男はとり憑かれたように歩いていた。その眼は顔面に落ちくぼんでいるように思え、口は唇が見えなくなるまで引き結ばれていた。グレゴリーが農夫の腕に手をかけると、邪険《じゃけん》に振り払った。次の干し草の大きな塊《かたまり》を突き刺した彼は、くるっと牛小屋のほうに向き直った。その勢いにグレゴリーは、あわてて飛び退《の》かねばならなかった。

堪忍袋《かんにんぶくろ》の緒《お》が切れた。グレンドンについて牛小屋へもどると、グレゴリーは上下に分かれた扉の下のほうをバタンと閉めて、表《おもて》から閂《かんぬき》をかった。グレンドンがもどってきても、臆すことはなかった。

「ジョゼフ、どうしてしまったんです？　どうして急にそんなに冷たくなったんです？　奥さんのそばに付いててあげなきゃいけないんでしょう？」

グレゴリーのほうを向いたとき、グレンドンの眼は奇妙にうつろだった。彼は武器さながらの三叉《みつまた》を両手で握りながら、

「夜通し付いていたんじゃ。彼女《あれ》が子供を産むあいだ」と言った。

「でも、いまは――」

「いまはデレハム・コテージからきた産婆が付いとる。わしは夜通し付いていたんじゃ。いまは農場の世話をせんといかん――なにしろ、育ち盛りじゃからな」

「育ちすぎですよ、ジョゼフ。ちょっと手を休めて——」

「油を売っとる暇はない」

三叉を放すと、彼はグレゴリーを肘で押しのけ、門をはずし、扉を開け放った。グレゴリーの片腕の二頭筋をむんずとつかみ、南の牧場の脇にある野菜畑へと追いたてて行く。

早生《わせ》のレタスが途方もなく大きくなっていた。地面にびっしりと植わっている野菜。グレンドンは、無頓着《むとんちゃく》に新緑の列のあいだを走りながら、まだ若い蕪《かぶ》や人参《にんじん》や葱《ねぎ》を引っこ抜いた。地面から抜くが早いか、肩越しに投げ捨てる。

「ほら、グレゴリー——どれも見たことがないほど大きいじゃろう、しかも何週間も早いんじゃ！　このままなら大豊作じゃ。畑を見ろ！　果樹園を見ろ！」片手を大きく横に払って、咲き乱れた白とピンクの花に埋もれている果樹の列を示し、「何があったにしろ、これを利用せんわけにゃいかん。来年はこうはならんかもしれん。ほら——お伽話みたいじゃろう！」

あとは何も言わなかった。きびすを返したときには、もうグレゴリーのことなど頭にないようだった。突如として肥沃《ひよく》になった地面に視線を落としながら、牛舎のほうへすたすたと歩いて行く。小屋からは、ネックランドが牛乳攪拌器《かくはんき》を洗う音が流れてくる。

春の陽射しで背中がポカポカしていた。何もかもが当たり前の光景だ、とグレゴリーは自分に言い聞かせた。農場は生命を謳歌している。豚小屋の向こうからは、かすかに豚の金切り声と、働く男たちの声が流れてくる。大工が小屋を建て増しにかかっているのだろう。たぶん、取り越し苦労をしているのだ、と彼は力なく自分に言い聞かせた。のろのろと、母屋の裏へと歩いて行く。ここにいてもできることはない。そろそろコッターズオールへもどる潮時《しおどき》だ。しかし、まずナンシーに会わなければ。

ナンシーは台所にいた。ネックランドの運んできた桶に入っている搾《しぼ》りたての牛乳を、大儀《たいぎ》そうに柄杓《ひしゃく》で掬《すく》っていたのである。

「おお、グレッグ、逃げたりしてごめんなさい。会わせる顔がなかったの」彼のもとへやって来る。柄杓を握ったままだが、いつになく親しげな様子でグレゴリーの肩に両腕をあずけ、「可哀相《かわいそう》なおっかさん、気が変になってるみたいなの――あんなにたくさんの子供が生まれて。妙なことを口走ってるわ。なんだか、子供にもどった気でいるみたいなのよ」

「驚くにはあたらないな」彼は言うと、片手で彼女の髪を撫《な》で、「ショックから回復しさえすれば、良くなるよ」

ふたりは接吻をかわし、ややあって彼女が牛乳を入れた柄杓をグレゴリーに渡した。彼は口をつけるなり、胸をむかつかせてペッと吐き出した。

「うへ！　牛乳に何を混ぜたんだ？　ネックランドはきみに毒か何かを盛ろうとしてるのか？　味見はしたのかい？　リンボク顔負けの苦さだ！」

彼女はとまどい顔で、

「ちょっと変わった味だと思ったけど、まずくはないわ。ほら、あたしに味見させて」

「いや、ひどすぎる。スローンの塗布剤（液状の打撲用薬）か何かが混ざってるに違いない」

その言葉に耳を貸そうとせず、ナンシーは金属のスプーンに唇をつけ、ひと口なめてから、首を振った。

「気のせいよ、グレッグ。たしかに、ちょっと変わった味がするけど、別に呑めないことはないわ」

「呑めたものじゃないよ。お父さんを呼んでくるから、味見してもらって、意見を聞いてみよう」

「あたしがあんただったら、グレッグ、いまおっとさんをわずらわせたりしないわ。どんなに忙しいか、どんなに疲れてるか判るでしょう。ひと晩じゅうおっかさんに付きっきりだったから、仕事が山ほどあるのよ。夕飯のときに話してみるわ——そろそろ用意しなくちゃね。山羊のやつら、やりたい放題やってくれたもんよ。グラッピーは言うまでもないわ！　いっしょに食べてってくれるんでしょう？」

「残念だが、ナンシー、もう帰るよ。手紙に返事を書かなきゃならないんだ。ノリッジにいるあいだに届いてね」

ナンシーは唇を嚙み、指をパチンと鳴らした。

「ほら、あたしなんか田舎《いなか》もんだと思ってるのよ！　都会でさんざん楽しんできたんでしょう！　ほんと、いいご身分だわ、働かなくても食べる心配がないなんて」

「まだそんなふうに思ってるのか！　いいかい、ナンシー、この手紙の差出人はハドスン－ウォード博士、父の古い知り合いだ。博士はグロースターのある学校の校長をやっていて、ぼくに特別待遇で教師の口があると言ってくれてるんだ。これで、もうブラブラしてるわけじゃないのが判っただろう！」

笑い声をあげながら、ナンシーがしがみついてきた。

「すてきだわ、ダーリン！　きっと立派な先生になるわよ。でも、グロースターじゃ——国の反対側じゃない。あんたがそこへ行ったら、もう二度と会えないわ」

「まだ決まったわけじゃないよ、ナンシー」

「一週間もしないうちに行ってしまって、二度と会えなくなるのよ。学校に着いたら、あんたはもうあんたのナンシーのことなんか、これっぽっちも考えないのよ」

グレゴリーは両手で彼女の顔をはさんだ。

「きみはぼくのナンシーなのかい？　ぼくのことを心配してくれるのかい？」

彼女の睫《まつげ》が黒い瞳を覆った。

「グレッグ、ここじゃいろいろと——その——ええ、心配だわ、二度と会えないかと思うとたまんないわ」

ナンシーの言葉を思い返しながら、十五分後に彼は心から満足して農場を去った——そして彼女のさらされている危険をすっかり失念してしまったのである。

その晩グレゴリー・ロールズは、小雨《こさめ》降る中、〈旅人〉亭へと足を向けた。友人のブルース・フォックスはひと足先にやって来ており、炉辺《ろばた》の特等席を陣取っていた。

このとき、フォックスの興味は、グレゴリーの話に耳を傾けるよりも、間近に迫った自分の姉の結婚式のことを細々《こまごま》と話して聞かせるほうに向かっていた。しかも、未来の義理の兄の友人たちがじきに姿を見せ、祝い酒を振る舞い合うはめになったため、座は陽気な無礼講《ぶれいこう》となった。ほどなくして、エールの酔いがまわりだすと、グレゴリーも大事な話を忘れ、心の底からお祝い気分を楽しみだした。

明くる朝は、ひどい頭痛と鬱々《うつうつ》たる心理状態を抱えて眼を醒《さ》ました。フェン夫人が、パタパタと部屋を歩きまわって、暖炉に火を入れてくれても、事態はいっこうに改善されない。夫人の物腰からすると、昨夜は午前様で、階段でひと騒動やらかしたらしい。とはいえ――と彼はいらだたしげに考えた――この世のフェン夫人たちは、生まれつきそういう不便をかこつようにできているのだから、たびたびそういう目にあったほうが良いのだ。この感情は自分の社会主義的信条とは裏腹だが、その信条も今朝《けさ》は肝臓と同じくらい生気のないものに感じられる。

その日は土砂降り《どしゃぶ》で、外出して運動する気にはなれなかった。窓際の椅子にむっつりと坐りこみ、校長のハドスン‐ウォード博士への返事をぐずぐずと遅らせていた。ぼんやりと、過日ノリッジで購《あがな》った蛇に関する革装の小著《しょうちょ》を広げる。しばらくして、ある一節がとりわけ彼の眼を惹いた――

「有毒種の蛇の大半は、後牙類を例外として、嚙みついたあと犠牲者に牙から毒を注入する。犠牲者がものの数秒で絶命する場合もあれば、数時間ないしは数日後に死に至る場合もある。猛毒のブラジル産サンゴヘビは、全長三十センチを超えることはないものの、強烈な毒をふんだんに備えている。したがって、この蛇が動物ないし人間を嚙むと、犠牲者は数秒のうちに激烈な苦悶《くもん》の裡《うち》に絶命するのみならず、じきに内部器官が溶けてしまうのである。したがって、骨すらゼリー同然となってしまう。すると小型の蛇は、皮膚にあいた最初の傷口から犠牲者をスープないし煮汁のようなものとして吸い尽くし、あとには皮膚だけが手つかずに残されるのである」

長いこと、グレゴリーは窓辺に坐って、本を膝の上で開いたまま、グレンドン農場とナンシーのことを考えていた。そこの友人たちのために何もしていない自分を責め、しだいに次回の訪問でとるべき行動を考えはじめた。しかし、訪問は数日先まで延期された——例年の四月末から五月初旬に較べ、悪天候が頑固に居座っていたのである。

とはいうものの、長雨の二日め、フェン夫妻と階下で夕食をとった折りに、グレンドン家のことが話題に上った。その日は市の立つ日で、パン屋の女房がこう言ったのである。

「ジョー・グレンドンとこの薄ら莫迦の小作人は、下手すりゃ、牢屋にぶちこまれるはめになるよ。今日の一件は聞きなすったかね、グレゴリーの旦那」

「いったい何をやらかしたんです、フェンの奥さん？」

「あれま、何をやらかしたかだって？　いつも通り牛乳を配ったら、だれも買おうとしなかったって話だよ。いつ搾ったか知れたもんじゃないほど酸《す》っぱかったから。そうしたら、グラッビーは口汚くののしって、おらんとこの牛乳は町一番だ、見ろ、この通りだと言って、ガブガブ呑んだんだそうだ。そんでもって、ベットさんちの兄弟が石を投げはじめたもんだから、もちろんグラッビーは怒り狂っちまったのさ！　ひとりを捕まえて、頭を牛乳桶につっこんでから、ベットの親父さんの立派なガラス窓に桶を投げつけたんだよ。眼に浮かべてごらん！　そんでもって、親父さんとでっかい女房が出てきて、グラッビーのやつを棒きれでさんざんに打ちのめしたもんだから、とうとうグラッビーは、くそったれめ、もう上等の牛乳をだれにも売ってやんねえぞって言いながら、逃げだしたのさ」

パン屋が高笑いした。

「そいつは見物《みもの》だったろうな！　ジョーんとこはみんな頭がいかれちまったらしい。昨日の朝、大工のシーリー爺さんがやってきて、ジョーんとこは今年はいつになく豊作だって言ってた。この辺じゃ、みんな不作だっていうのにな。シーリーが言うにゃ、マージョリー・グレンドンは五つ子を産んだんだとか。もっとも、シーリー爺さんはホラ吹きだがな。五つ子だったら、クロウチョーン先生が黙っちゃいないさね」

「クロウチョーン先生は、昨日の晩、泣きながら酔っ払ってたっていうよ」

「そうだってな。先生らしくもない」

「初耳だよ。もっとも、若い頃はいける口だったらしいけど」

夫婦のあいだに行き交うゴシップに耳を傾けていたグレゴリーは、ふと気がつくと、すっかり食欲が失《う》せていた。ふさぎこんだまま部屋にもどり、グロースターシャーの名士、ハドスン－ウォード博士宛の手紙に集中しようとした。その仕事を引き受けるべきなのは承知していたし、実際その気になっていた。しかし、まずナンシーの安否をたしかめねばならない。あれこれと思い悩んでいるうちに、博士への返事を書くのは翌日になった。遠慮がちな文面はこうである――喜んでお申し出の職にお申し出の給金で就《つ》きたく存じますが、一週間ほど考える時間をいただけないでしょうか。その手紙を〈三人の密猟者〉亭の女郵便局員のもとへ持っていったとき、雨は依然として降りつづいていた。

ある朝、雨は嘘のように消えてなくなり、青く広々としたイースト・アングリアの空がもどっていた。グレゴリーはデイジーに鞍をつけ、通《かよ》い慣れたぬかるんだ道をたどって行った。農場に着いたとき、グラッビーとネックランドが排水溝で働いていた。溝をふさいだ泥をシャベルでさらっていたのである。グレゴリーはふたりに挨拶して、農場に入った。牝馬を厩舎に入れようとしたちょうどそのとき、グレンドンとナンシーが、母屋の東側に当たる窓のない壁の下の荒れ地に立っているのが眼に映った。ゆっくりした足取りでふたりのもとへ向かう。歩きながら、そこの地面がカラカラに乾いているのに気がついた。あたかも、昨夜は雨が降らなかったかのようだ。しかし、この観察は驚愕の前に吹き飛んでしまった。グレンドンが、九つの真新しい土饅頭《どまんじゆう》に九つの小さな十字架を立てていたのである。

ナンシーは嗚咽《おえつ》していた。グレゴリーが近づくと、ふたりとも顔をあげたが、グレンドンはそのまま一心不乱に作業をつづけた。

「おお、ナンシー、ジョゼフ、お悔やみ申しあげます！」グレゴリーは叫んだ。「まさかこんなことに――でも、牧師はどこです？　牧師はどこにいるんです、ジョゼフ？　なぜあなたが埋めているんです、ちゃんとした葬式も挙《あ》げないで」

「おっとさんにそう言ったのよ。でも、聞く耳持たないの！」ナンシーが叫ぶ。

グレンドンは最後の墓にたどり着いていた。最後の粗末な木の十字架を鷲《わし》づかみにし、振りかぶって、地面に突き刺す。あたかも、その下に横たわるものの心臓を貫こうとするように。

そのあと、ようやく背筋をのばして、口をきいた。

「牧師なんぞはいらん。牧師なんぞに付き合ってる暇はないんじゃ。あんたにはなくても、わしには仕事がある」

「でも、あなたのお子さんでしょう、ジョゼフ！　いったいどうしてしまったんです？」

「いまは農場の一部じゃ、ずっとそうだったようにな」彼はきびすを返し、シャツをさらにまくりあげて、たくましい腕をむき出しにすると、溝掘りの行われているほうへ大股に歩み去った。

グレゴリーはナンシーを抱きしめ、涙で汚れたその顔を見つめた。

「この二、三日、辛かっただろうね！」

「てっきり――あんたはグロースターへ行ったんだと思ったわ、グレッグ！　何で来てくれなかったの？　毎日首を長くして待ってたのに！」

「長雨で、川があふれてたんだ」

「この前あんたが来たときから、ずっと上天気だったわよ。ほら、何もかもあんなに大きくなってる！」

「コッターズオールじゃ、毎日土砂降りだったんだ」

「ああ、道理で！　それでオースト川と排水溝にあんなに水が流れてるのね。でも、ここじゃお湿り程度よ」

「ナンシー、教えてくれ、あの可哀相なおちびさんたちは、どうして亡くなったんだい？」

「悪いけど、言いたくないわ」

「どうしてお父さんは、ランドスン牧師を呼ばなかったんだ？　よくそんな無情になれるものだ」

「よそからきた人に知られたくなかったからよ。だから、大工にも引き取ってもらったの。だって——ああ、言いたくはないけど、愛《いと》しい人——おっかさんのせいなの。すっかり気がふれちまったのよ、すっかりね！　おとついの晩だったわ、裏口の外ではじめて発作を起こしたのは」

「まさかお母さんが——」

「おお、グレッグ、腕が痛いわ！　おっかさんは——あたしたちの眼を盗んで、二階に忍びこんで——赤ん坊を順番に窒息させたのよ、グレッグ、上等の鵞鳥《がちょう》の羽根枕《はねまくら》で」

グレゴリーの頬から血の気が退《ひ》いた。気をきかせて、ナンシーが彼を母屋の裏へ連れて行ってくれた。ふたりは果樹園の柵に並んで坐り、グレゴリーはいまの言葉を無言で消化した。

「いまお母さんはどうしてるんだい、ナンシー？」

「静かにしてるわ。おっとさんが、仕方なく部屋に閉じこめたの。そうしないと、おっかさんの身が危なかったから。昨日の晩は叫び通しだったのよ。でも、今朝はおとなしくしてる」

彼は茫然自失《ぼうぜんじしつ》の態《てい》で周囲を見まわした。何もかもが斑《まだら》に見えた。あたかも、退いた血の気がもどってきて、どういうわけか周囲に発疹《はっしん》ができたかのように。果樹園の樹々からは、すっかり花が散っており、早くも林檎の実がふくらむ兆《きざ》しを見せている。近くには、途方もなく大きな莢《さや》の下で頭《こうべ》を垂れている空豆《そらまめ》。彼の視線に気がついたナンシーが、エプロンのポケットを探り、蜜柑《みかん》ほどもある艶々《つやつや》とした赤蕪《あかかぶ》の房《ふさ》をとりだした。

「味見してみて。シャキシャキしてるのに、しっとりしてて、ピリッと辛《から》いのよ。申し分ないわ」

言われるまま、見るからに美味《おい》しそうな蕪を受け取り、ひと口かじる。即座に吐き出すはめになった。またしてもあのひどい苦味だ！

「おお、でも美味しいのに！」とナンシーが抗議する。

「こんどは『ちょっと変わってる』でさえなく——ただ『美味しい』だって？　ナンシー、判らないのかい、ここじゃとんでもなく不気味なことが起きてるんだ。残念だが、そうとしか思えない。きみとお父さんは、いますぐここを立ち去るべきだ」

「ここを立ち去るですって、グレッグ？　この美味しい蕪の味が、あんたのお気に召さないっていうだけで？　出て行けっこないわ。出てく理由だってないし。この家が見えないの？　じっちゃんはここで息を引き取ったし、そのまたおっとさんもそうだったのよ。ここはうちの土地なの。いくらこんどのことが身に応《こた》えても、あっさり出てくわけにはいかないわ。こっちの蕪を食べてみて」

「後生《ごしよう》だ、ナンシー、この味はまるで、ぼくらとはまるっきり異なる味覚を備えた生き物の口に合わせてあるみたいで……あっ……」彼はナンシーをまじまじと見て、「たぶんそうなんだ。ナンシー、よく聞いてくれ――」

グレゴリーは言葉を途切らせると、柵から滑り降りた。ネックランドが横手からやってきていたのである。溝掘りでついた泥をこびりつかせたまま、カラーのないシャツの前をはだけている。片手には、軍用らしい旧式拳銃。

「近寄ったら、ぶっぱなすぞ」とネックランド。「よし、心配はご無用だ、ちゃんと弾《たま》はこめてあっからな、グレゴリーの旦那。さあ、耳の穴をかっぽじってよく聞きやがれ！」

「バート、そんなものはしまって！」

ナンシーが叫んだ。ネックランドのほうへ踏み出したが、グレゴリーが彼女を引きもどし、その前に立った。

「莫迦な真似はよせ、ネックランド。そんなものはしまうんだ！」

「ぶっぱなすぞ、ぶっぱなしてやる、嘘じゃねえ、さっさと帰りやがれ」彼の眼はギラギラしており、浅黒い顔に浮かぶ表情を見れば、伊達《だて》や酔狂《すいきよう》で言っているわけでないのが知れた。

「あんたの老いぼれ馬でこっから出て行き、もう舞いもどってこないと誓うんだ」

「おっとさんに言いつけてやるわよ、バート」ナンシーが警告した。

ピストルがぴくっと動いた。

「動いたりしたら、ナンシー、あんたの色男の脚に一発喰らわせるからな。おまけに、あんたの親父さんは、グレゴリー旦那のことまで気がまわらないんだ――他に心配の種があるからな」

「たとえば、ここで起きていることを突き止めるとかか？」とグレゴリー。「聞け、ネックランド、みんなの身が危ないんだ。この農場は、小さな怪物の一団に牛耳《ぎゅうじ》られている。そいつらが見えないのは、眼に映らないからで――」

銃が轟然《ごうぜん》と火を噴いた。グレゴリーがしゃべっている隙に、ナンシーが逃げようとしたのである。躊躇せずに、ネックランドはグレゴリーの膝を撃った。グレゴリーは、銃弾がズボンの布地を引きちぎるのを感じたが、脚は無事なのを知った。そうと判ると、憤怒《ふんぬ》がこみあげてきた。彼はネックランドに飛びかかり、相手の心臓を強打した。うしろざまに倒れながら、ネックランドがピストルを放り出し、拳《こぶし》を乱暴に振りまわす。グレゴリーがもう一撃を喰らわした。それと同時に相手が組み付いてきたので、すさまじいなぐり合いがはじまった。グレゴリーが身をもぎ離すと、ネックランドがまた組み付いてきた。再びめったやたらに肋《あばら》をなぐり合う。

「放せ、この豚野郎！」

グレゴリーは怒鳴った。ネックランドに足払いを喰らわせ、ふたりは諸共《もろとも》に草むらへ転がった。低地にある果樹園と母屋のあいだに当たるこの場所では、随分むかしに堤防のようなものが築かれていた。この堤防をふたりは転げ落ちて行き、台所の石壁に激しくぶつかって止まった。当たりどころが悪かったのは、ネックランドのほうだった。頭を角《かど》にぶつけ、のびてしまったのである。ふと気がつくと、グレゴリーは滑稽な靴下に包まれた二本の足を眺めていた。

のろのろと身を起こすと、つい目と鼻の先にグレンドン夫人が立っていた。彼女は笑みを浮かべていた。

グレゴリーは立ち上がり、徐々に背筋をのばしながら、不安げな眼差しをグレンドン夫人に注いだ。

「そこにいたのね、ジャッキー、あたしのジャッカラムズ」彼女は言った。いまや笑みが満面に広がっており、笑みとは似て非なるものになっていた。「話があったのよ。線の上を歩くやつらのことは知ってるでしょう?」

「何のことですか、グレンドンの奥さん?」

「そんな莫迦げた名前で呼ばないでちょうだい。そこにいるはずのない、小さな灰色のもののことは良く知ってるんでしょう?」

「ああ、そいつらなら……知ってると言ったらどうします?」

「他の悪餓鬼《わるがき》どもは、あたしの言ってることが判らない振りをするでしょう。でも、あんたには判るわよね? 小さな灰色のもののことを知ってるわよね」

汗が彼の眉毛の上に噴き出した。夫人は近寄ってきていた。間近に立ち、彼の眼をじっとのぞきこむ。体は触れ合っていない。だが、触ろうとすれば、いつでも触れるのだ、と彼は痛いほど意識していた。眼の隅に、ネックランドがもぞもぞと身動きし、母屋から腹這いに去って行くのが映ったが、とりあっている暇はなかった。

「その小さな灰色のやつらから」と彼は言った。「九人の赤ん坊を守ったんですね?」

「灰色のやつらは赤ちゃんにキスしたがったのよ。でも、そんなことをさせるわけにはいかなかった。あたしのほうが一枚上手だった。鵞鳥《がちょう》の羽根枕の下に隠しておいたから、いまはあたしにだって見つからないわ！」夫人は笑いはじめ、喉の奥で背筋の寒くなるような、低いヒューヒューいう音をたてた。

「そいつらは小さくて、灰色で、濡れているんでしょう？」とグレゴリーが鋭い口調で、「蛙みたいに水掻きのついた大きな足をしているのに、ずんぐりしていて小柄なんでしょう？　それに蛇みたいな牙があるんでしょう？」

夫人は自信なさげな顔をした。とそのとき、夫人の眼が動きを捉えたようだった。横目づかいに視線を固定して、

「一匹来るとこよ、牝のやつが」

グレゴリーは、夫人の見ている場所へ眼をやった。何も見えない。口がカラカラになった。

「何匹いるんです、グレンドンの奥さん？」

とそのとき、すぐ間近で短い草がさわさわと動き、ぺしゃんこになったかと思うと、また起きあがるのが見え、彼は警告の叫びをあげた。乗馬靴をむしりとるように脱ぎ、弧を描くように地面すれすれを薙《な》ぐ。靴は虚空に隠れている何かに当たった。即座に、すさまじい蹴りを腿《もも》に喰らい、うしろざまに倒れた。痛みもものかは、恐怖で間髪を容れずに跳《は》ね起きた。

グレンドン夫人が変貌しつつあった。あたかも顔の一隅《いちぐう》から逃げ出すかのように、口が陥没した。頭がダラリと横へ垂れる。両肩がストンと落ちる。一瞬にしてその顔が真っ赤に紅潮《こうちょう》し

たかと思うと、さっと血の気が退いていく。退くと同時に、彼女が萎《しぼ》んだ。さながら空気の抜けたゴム風船である。グレゴリーはすすり泣きながら、がっくりと膝をつき、両手に顔を埋めると、その手を草に押しつけた。暗黒が彼を呑みこんだ。

気絶していたのは、ほんの一瞬だったに違いない。われに返ったときには、空《から》っぽ同然の婦人服一式が、まだゆっくりと地面に崩れ落ちていくところだったのである。

「ジョゼフ！　ジョゼフ！」

彼は声を張り上げた。ナンシーは逃げてしまっていた。恐慌と憤怒の入り交じった狂気の中で、彼は乗馬靴をはき直し、駆け足で母屋をまわって牛小屋へ向かった。

納屋と風車のあいだで、ネックランドが頭をさすっていた。意識朦朧《もうろう》としていた彼は、猛然と追いかけてきたらしいグレゴリーを目の当たりにして、脱兎《だつと》のごとく駆けだした。

「ネックランド！」

グレゴリーは叫んだ。狂ったように相手を追って走った。ネックランドは風車へ向かい、中へ飛びこむなり扉を閉めようとしたが、狼狽《ろうばい》のあまり閉め切らずに木製の階段を駆けあがった。

グレゴリーがそのあとを追った。

追跡劇のうちに、ふたりは風車のてっぺんまで上がった。ネックランドは動転しきっており、落とし戸に閂をかけるところまで気がまわらなかった。グレゴリーは落とし戸を跳ね上げると、息をはずませながら、屋根裏によじ登った。怯えきっていたネックランドは、開口部のほうへあとじさり、やがて翼板の真上にある小さな張り出しに乗る形になった。

「落っこちるぞ、この莫迦」グレゴリーは警告した。「聞いてくれ、ネックランド、ぼくを恐れることはない。きみといがみ合いたくないんだ。戦う相手なら、もっと大きなのがいる。見ろ！」

彼は低い扉のほうへ足をのばし、黒々とした池の水面を見下ろした。ネックランドは頭上の滑車《かっしゃ》をつかんで安定を確保し、何も言わなかった。

「池を見ろ」とグレゴリー。「あそこに馭者座人が住みついてるんだ。ほら——バート、見ろ、あそこを行くやつを！」

その声の切迫《せっぱく》した調子にうながされ、小作人はグレゴリーの指さす場所を見下ろした。ふたりの男の眼前で、窪《くぼ》みが黒い水の上を滑って行った。さざ波が次々と窪みからうしろへ走って行く。池のど真ん中で、窪みは擾乱《じょうらん》となった。小さな渦巻きが生まれて消えた。そしてさざ波がおさまりはじめた。

「きみのお化けだ、バート」グレゴリーがあえぎ声で言った。「いまのが哀れなグレンドン夫人を襲ったやつに違いない。これで信じるか？」

「水の中に住むお化けなんて聞いたことがねえ」とあえぎ声でネックランド。

「お化けに襲われた者もいない——あの恐ろしいやつらに何ができるかは、もういやというほど思い知らされた。さあ、バート、握手といこう、ぼくがきみに含むところのないのを判ってくれ。さあ、早く！　きみがナンシーのことを憎からず思ってるのは知ってるが、自分の人生は本人に選ばせてやらなきゃ」

ふたりは握手し、照れ臭そうに笑顔を見せ合った。

「いまのをおやっさんに話しに行こうや」とネックランドが言った。「たぶん、昨日の晩、ラーディのやつもおんなじ目にあったんだな」

「ラーディだって？　犬に何があったんだ？　そういえば、今日は見かけてないが」

「仔豚どもとおんなじ目にあったのよ。納屋のすぐ内側で見つけただ。毛皮しか残ってなかった。それだけだよ。中身がねえんだ！　干涸《ひか》らびるまで吸いとられたみてえに」

「行こう、バート」

グレゴリーが懸案を俎上《そじょう》に載せるつもりの参謀会議を招集するのに、二十分がかかった。一同は母屋の客間に集まった。この頃には、ナンシーも母親が亡くなったショックから幾分《いくぶん》立ち直っており、ショールを肩に巻きつけて肘掛け椅子に坐った。父親はそばで腕組みして立ち、見るからにいらいらしていた。いっぽう、バート・ネックランドは扉の脇にもたれていた。グラッピーだけが欠席だった。溝の泥さらいをつづけるように言われていたのである。

「みなさんが多大な危険にさらされているのを、改めて納得してもらうことにします」とグレゴリーは切り出した。「ご自分では判らないようですから、ぼくが――」

言葉が途切れた。上の踊り場で何かを引きずるような音がし、板がきしんだのである。

「行かないで、おっとさん！」

ナンシーが叫んだが、父親は扉を開け放つと、階段を昇りだした。グレゴリーは唇を噛んだ。

駅者座人は、これまで母屋へはいちども入ってこなかったのだ。

すぐさま、グレンドンが腕に怪物じみた仔豚を抱えてもどってきた。

「忌々《いまいま》しい動物を家に入れないでおけ、ナンシー」そう言うと、金切《かなき》り声をあげる生き物を正面扉から押し出した。

いまの中断で、グレゴリーはまだ神経がささくれだっているのを思い知らされた。彼は、ケースからこちらを眺めている、おが屑の詰まった山羊のパロディに背中を向け、早口に言った。

「目下、われわれを含めたすべての動物に危険がおよんでいます。この冬に空から落ちてきた奇妙な隕石《いんせき》のことを覚えていますか、ジョゼフ？　それと、春先の悪臭芬々《ふんぷん》たる露のことを？無関係じゃありません、いま起きているすべてと関係があるんです。あの隕石はある種の宇宙《スペース》航行機《マシーン》だったんですよ、間違いありません。そして一種の生命体を乗せていたんです――地球の生命体に敵意を燃やしているわけではない代わりに、その特質にもまるで無関心な生命体を。その航行機から出てきた生き物――ぼくは駅者座人と呼んでいます――が農場に露を撒《ま》きました。それは成長促進剤、つまり肥やしの類《たぐい》で、植物と動物の成長を加速させたんです」

「わしらには好都合というもんじゃ！」とグレンドン。

「ところが、好都合ではないんです。なるほど、育ちかたはものすごい。けれど、味はその連中の好みに合うように変えられています。何があったかはご覧になってきたでしょう。どれも売り物になりません。人々はお宅の卵や牛乳に触ろうともしないでしょう――とてもじゃないが、食べられたものではないからです」

「じゃが、それはたわごとばかりじゃ。ノリッジで売れるじゃろう。今年はいつになく豊作じゃ。現にわしらは食べておる」

「ええ、ジョゼフ、あなたがたは食べます。でも、お宅の食卓で食べる者は身の破滅です。判りませんか――あなたがた全員が〝太らされている〟んですよ、豚や鶏とまったく同じように。この場所は超農場に変わってしまったんです、あなたがた全員が馭者座人の食肉なんです」

その言葉で部屋に沈黙が降りた。やがて、ナンシーが小声で言った。

「まさか、そんな恐ろしいことが」

「例の見えない化け物に教えてもらったのかね？」と喧嘩腰でグレンドン。

「証拠から判断すれば、そういうことになるんです。奥さんは――残酷なようですが、ジョゼフ――奥さんは食べられたんです、犬や豚と同様に。じきに他の何もかもがそうなるように。馭者座人は人喰いでさえありません。われわれとは違うんです。われわれに魂《たましい》や知性があるかどうかなんて気にしません、牛に魂や知性があるかどうか、われわれが本気で気にしたりしないように」

「おらは喰われたりしねえ」と紙のように真っ白な顔でネックランド。

「どうやって防ぐんだ？　眼に見えないんだぞ。しかも、蛇のように襲ってくるらしい。水棲で、身の丈《たけ》二フィート足らずのようだ。どうやって身を守るんだ？」グレゴリーは農夫に向き直り、「ジョゼフ、事は重大です。しかも、この家だけの話ではありません。最初のうち、彼らはわれわれに危害を加えず、こちらの力量をうかがっていたのかもしれません――さもなければ、ぼくはボートの中で命を落としていたでしょう。しかし、いまとなっては、向こうに友好的な意図のないことは疑問の余地がありません。お願いですから、ヘイアムに行かせて、ノリッジの警察署長に電話させてください、さもなければ、とにかく地元の軍隊に。応援を乞《こ》うんですよ」

農夫はゆっくりとかぶりを振ると、グレゴリーに指を突きつけた。

「あんたはもう忘れちまったのか、社会主義の時代が到来すれば、国家権力が衰退するじゃろうと話し合ったのを。ちょっと厄介ごとが持ち上がると、あんたは当局に助けを求めるのか。カフみたいな猛犬が二、三匹いれば、手に負えんような危険は、ここにはないんじゃ。だから、犬を二匹買わんとは言わん。じゃが、ここに官憲《かんけん》を入れると思ったら大間違いじゃぞ。ご立派な社会主義者もあったもんじゃ！」

「あなたにそんなことを言われる筋合いはない！」グレゴリーは叫んだ。「なぜグラッビーを同席させなかったんです？　あなたが社会主義者だったら、小作人も自分と同じようにあつかうはずでしょう。代わりに、グラッビーを排水溝に置き去りにした。ぼくは彼にもこの議論に加わってほしかったんです」

農夫はテーブル越しに身を乗り出し、彼を恫喝《どうかつ》した。

「ほお、そうか、そうしたかったのか？　いつからここはあんたの農場になった？　グラッビーは来たけりゃいつだって来れるんじゃ。よく考えてみるんじゃな、若造！　いったい何様のつもりなんじゃ？」さらにグレゴリーに身を寄せる。怒りで不安がまぎれるのを喜んでいる様子である。「あんたはわしらを脅《おど》かして、この土地から追い出そうとしておるんじゃろう？ あいにくだな、グレンドン一族は怯えたりはせんぞ！ ひとつ言っておこう。壁のあのライフルが見えるか？ 弾《たま》はこめてある。もし昼までにこの農場から出ていかんかったら、あのライフルはもう壁にかかっちゃおらんぞ。ここにあるからじゃ、わしの二本の手の中に。あんたの一番大事なとこにぶちこんでやる」

「だめよ、おっとさん」とナンシー。「グレゴリーはお友達じゃない」

「後生です、ジョゼフ」とグレゴリー。「あなたの敵がどこにいるか考えてください。バート、グレンドンさんに池で見たことを話してやってくれ、さあ早く」

ネックランドは、この仲違いに巻きこまれたくない様子だった。彼は頭をかきむしると、首に巻いた赤と白の斑模様のハンカチーフをほどいて、顔をぬぐってから、つぶやいた。

「水面にさざ波みたいなもんが見えたけんど、はっきり見えたわけじゃねえ、グレゴリーの旦那。その、風だったかもしんねえだろう？」

「あんたはもう警告を受けたんじゃ、グレゴリー」農夫が念を押した。「正午までにあんたも、あんたの牝馬もわしの土地から出ていかんかったら、その報いを受けてもらうからな」

彼は青白い陽射しの中へすたすたと出て行った。ネックランドがあとを追う。

ナンシーとグレゴリーは顔を見合わせていた。グレゴリーはナンシーの手をとった。その手は冷たかった。

「ぼくの言ったことを信じるかい、ナンシー？」

「食べ物が最初はまずくて、じきにまた美味しくなったのは、そういうわけだったの？」

「たぶん最初のときは、きみたちの消化系が毒に適応しきってなかったんだろう。いまは適応してる。きみたちは養《やしな》われているんだ、ナンシー、家畜とまったく同じように——間違いない！　きみのことが心配だ、愛しい人、心配でたまらない。どうしたらいい？　いっしょにコッターズオールへ来てくれ！　フェン夫人の家には、二階にもうひとつ小さな上等の客間がある。きっと貸してくれるさ」

「莫迦言わないで、グレッグ！　そんなことできっこないわ。人が何て言うと思うの？　だめよ、いまは出て行って、おっとさんの頭が冷えるのを待って。明日もどってきたら、きっとおっとさんの機嫌も直ってるわ。今夜おっとさんにかけあって、とりなしておくから。おっとさんは悲しみで半分頭がおかしくなってて、自分でも何を言ってるか判らないのよ」

「判ったよ、愛しい人。でも、できるだけ家から出ないでくれ。馭者座人はいまのところ屋内《おくない》へは入っていない、ぼくらの知るかぎり、ここのほうが安全だろう。寝床に就く前には、全部の扉に鍵をかけて、窓には覆いを下ろす。お父さんには、あのライフルを持って二階へあがってもらうんだ」


いまや夏に向かって日は着実に長くなりつつあり、ブルース・フォックスが帰宅したのは日没前であった。今宵は自転車から飛び降りたとたん、待ちかねていた様子の友人グレゴリーと出くわした。

ふたりはそろって屋内に入り、フォックスが夕餉《ゆうげ》をとるあいだ、グレゴリーは農場であったことを話して聞かせた。

「そいつは厄介だな」フォックスが言った。「よし、明日は日曜だ。教会はさぼって、きみといっしょに行くよ。助けが要《い》るだろう」

「ジョゼフに撃たれるかもしれない。他人を連れていったら、間違いなく撃たれる。明日と言わず今夜力になってくれ。どこへ行けば、ナンシーを守るための若い犬を買えるか教えてくれるだけでいい」

「莫迦ばかしい、きみといっしょに行くよ。とにかく、一から十まで話を聞かされるだけなんて耐えられない。少なくとも仔犬をもらっていこう――もらい手を探してるのが、鍛冶屋のところにいるんだ。行動計画を立ててるのかい？」

「計画？　いや、まったく」

「計画が要るな。グレンドンは簡単に震えあがったりはしないんだろう？」

「もう震えあがってると思う。ナンシーに言わせれば、震えあがってるはずだ。ただ想像力が足りなくて、懸命に働きつづける以外に、どうしたらいいか判らないんだ」

「なるほど、そういう農夫なら知ってるよ。ひどい目にあうまで何も信じようとしない手合いだ。まず彼に馭者座人《い》を見せなきゃいかんな」

「ああ、まったくだ、ブルース。ところで、どうやって捕まえる？」

「罠《わな》にかけるんだ」

「彼らが眼に見えないのを忘れるなよ――おい、ブルース、そうだ、そうだとも、きみの言う通りだ！　名案が浮かんだぞ！　よし、一匹を罠にかけられれば、もう心配はない。どれだけいようと、好きなだけ罠にかけられるし、罠にかけてしまえば、小さな化け物を殺せるんだ」

サクランボのケーキを食べかけていたフォックスが、にやりと笑った。

「どうやら、その駅者座人たちが社会主義ユートピアの住民に非《あら》ずという点では、意見の一致を見たようだ」

異星の生命形態がいかなる姿をしているのか、大雑把《おおざっぱ》にでも視覚化できれば、大助かりというものだ、とグレゴリーは思った。蛇に関する著作は嬉しい発見だった。というのも、駅者座人があれほど急速に餌食《えじき》を消化できる――「スープないし煮汁のようなもの」――理由についてヒントをあたえてくれたばかりか、その外見に関しても手がかりとなってくれるように思えたからである。宇宙航行機の中で生活するには、恐らくかなり小柄だろう。しかも、半水棲のように思われる。以上の点を勘案《かんあん》すれば、異様な生物の肖像が描かれる――恐らく魚に似た鱗《うろこ》に覆われた皮膚、蛙を彷彿とさせる大きな水掻きのある足、樽《たる》のような寸詰《すんづ》まりの胴体、顎に大きな牙を二本生《は》やした小ぶりの頭。不可視性の陰に隠れているのは、ふた目と見られぬ醜悪《しゅうあく》な矮人《こびと》に違いない！

不気味なイメージが心に去来する中、グレゴリーとブルース・フォックスは罠の準備を進めていた。さいわいにも、グレンドンはふたりが農場に入るのを黙認してくれた。ナンシーがうまくとりなしてくれたようだ。しかも、農夫は新たなショックに見舞われていた。その朝、五羽の鶏が、彼の眼前で羽毛《うもう》と皮ばかりに縮んでしまったのである。そのため、グレンドンは意気消沈し、自分の殻に閉じこもっていた。いま彼は遠くの畑で働いている。おかげで、ふたりの若者は心おきなく自分たちの計画を実行に移せたのである——もっとも、ときおり不安げな視線を池に投げないわけにはいかなかったが——いっぽう、心配顔のナンシーが、母屋の窓からふたりを見つめていた。

彼女のそばには、八ヶ月になるたくましい雑種犬が付いていた。グレゴリーとブルースが連れてきた犬で、名前はジップ。グレンドンも近在から二頭の猛犬を買い入れていた。この口の大きく裂けた獣《けもの》たちは、長い引けば動く鎖《ランニング・チェイン》につながれており、池の脇にある飼い葉桶から、母屋の西側を経《へ》て、楡の手前と西の畑に通じる橋のたもとまで巡回できる仕組みになっていた。ひっきりなしに吠えたてるので、他の動物たちが不安に陥《おちい》っているようである。この朝はどの家畜も、落ち着かなげに鳴いている。

犬は窮地に追いこまれるだろう、とナンシーが言っていた。というのも、農場の食べ物には口をつけようとしないからである。空腹が限界に達すれば、食べるようになると祈るほかはあるまい。

グレンドンは農場の門の脇に大きな看板を立てており、看板には立入禁止を告げる文字が躍っていた。

干し草用の三叉《ピッチフォーク》で武装して、ふたりの若者は風車小屋から小麦粉袋を持ち出し、門に達するまで庭の要所要所に置いて行った。グレゴリーが牛舎へ足を運び、一頭の仔牛を紐で牽《ひ》いてきた。吠え猛《たけ》る犬たちが、すれすれのところで牙を鳴らす――人間ばかりでなく、馭者座人にも敵意を剝《む》き出しにしてくれればいいのだが。

仔牛を牽いて庭を横切る途中で、グラッビーが姿を現した。

「近寄らないほうがいい、グラッビー。お化けを罠にかけようとしてるんだ」

「旦那、つかめえたら、おらが絞め殺してやるだ、絶対にやってやるだ」

「武器なら三叉《みつまた》のほうがいい。あのお化けは、近寄らせると危険だからね」

「言っとくが、おらは強いだよ！　絞め殺してやるだ！」

その言葉を証明しようと、グラッビーはボロボロになった縞模様の袖を肩までまくりあげ、大きな力瘤を作って見せた。同時に、重たげな大きな頭を振り、口から舌をだらりと垂らした。恐らく絞殺の結果のつもりだろう。

「たしかに、丸太のような腕だ」とグレゴリーはうなずいた。「でも、グラッビー、もっといい考えがあるんだ。三叉でお化けを突き殺してやるんだよ。仲間に入りたければ、厩舎から予備の三叉をとってきたほうがいい」

グラッビーは、狡猾《こうかつ》さとはにかみの入り交じった表情で彼を見つめ、喉を撫でた。

「絞め殺すほうがいいだよ。いっぺんだれかを絞め殺してみたかっただ」

「どうして絞め殺したいなんて思うんだ、グラッビー？」

小作人は声をひそめた。

「どれくれえ難しいもんか、いっぺん知りてえと思っただよ。おらはつええだろ。若い時分に、ここで絞め殺しをやって力をつけただよ――でも、人間をやったことはねえ、家畜だけだ」

一歩あとじさりながら、グレゴリーは言った。

「今回は、グラッビー、ぼくらのために三叉を使ってくれ」

問題に決着をつけようと、彼は厩舎に足を運び、三叉を提げてもどってくると、グラッビーの手に押しこんだ。

「それでやろう」とフォックス。

三人とも所定の位置についた。フォックスとグラッビーは、武器をかまえて、門の左右の排水溝にうずくまった。グレゴリーは、庭の門の手前に当たる部分に小麦粉袋の中身をあけた。これで農場から出て行く者は、小麦粉を踏まずには通れないわけである。それから仔牛を牽いて、池に向かった。

幼い動物が不安げな声を発し、近くの家畜の大半が呼応したように思えた。青白い陽射しの中、雄鶏《おんどり》も雌鶏《めんどり》も狂ったように庭を走りまわった。グレゴリーの背中を汗が滴《したた》り落ちる。もっとも、皮膚は緊張のあまり冷えきっていたのだが。仔牛の臀部《でんぶ》をピシャリとやって、無理矢理池の中に入らせる。仔牛は悲しげに立っていた。やがてグレゴリーは仔牛を池から連れもどし、ゆっくりと庭を逆もどりした。風車と穀物倉庫を右手に、放置されたグレンドン夫人の花壇を左手に見る形で、仲間の待つ門へ向かう。振り向かないと心に誓っていたものの、鉛色の池の水面を振り返り、あとをつけられていないかどうか、たしかめずにはいられなかった。仔牛を牽いて門を抜け、立ち止まった。散布した小麦粉には、自分と仔牛の足跡しかついていない。

「もういっぺんやろう」とフォックス。「たぶん居眠りでもしてるんだよ」

グレゴリーは手順を繰り返した。三度め、四度めとなった。そのたびに通り抜けたあとの小麦粉をならした。毎回、なすすべもなく母屋から見守っているナンシーの姿が見えた。毎回、緊張で少しずつ吐き気が高まった。

にもかかわらず、事が起きたときは不意打ちだった。仔牛を牽いて五度めに門を抜けたときである。フォックスの叫び声が、騒々しい動物たちの合唱に加わったのだ。池にそれらしいさざ波は見えなかったので、馭者座人は何らかの目的で農場を徘徊《はいかい》していたのだろう——だしぬけに、鰭《ひれ》の形の足跡が小麦粉に印されていたのである。

興奮のあまりわめき声をあげたグレゴリーは、仔牛を牽いていた綱を放し、パッと横に飛び退《の》いた。門柱の脇にある開いた小麦粉袋をつかみ、迫り来るものの前に中身をぶちまけた。

小麦粉の爆弾が馭者座人の体で炸裂《さくれつ》した。いまやぼんやりとした輪郭が、顕《あら》わになっていた。われ知らず、グレゴリーは総毛立《そうけだ》つ恐怖に絶叫していた。渦巻く白さの中に現れ出たのは、血も凍るような恐怖だったのである。とりわけ恐ろしいのは大きさだった——このすさまじい生き物は、人間の姿とはかけ離れており、この世のものとは思えぬほど大きかったのである——身長十フィート、いや十二フィートに達するだろう！　無敵の強さを誇り、恐ろしく敏捷《びんしょう》なそれは、無数の触手を突き出しながら、彼に向かって突進してきた。

翌朝、クロウチョーン医師と彼の山高帽がグレゴリーの枕辺《まくらべ》に現れ、お湯を運んできたフェン夫人に礼を述べると、グレゴリーの脚の傷を手当した。

「さいわい、傷は浅い」と老人は言った。「しかし、わしの助言を聞く気があれば、ロールズ君、グレンドン農場を訪ねるのはやめることだ。あそこは邪悪な場所だ。ろくなことにはならん」

グレゴリーはうなずいた。医師には、グレンドンが駆け寄ってきて、脚を撃ったとしか話していない。嘘ではないが、経緯《いきさつ》の大部分は抜け落ちている。

「いつ起きられるようになります、先生？」

「うん、若い肉体は治りが早いからね、さもなきゃ葬儀屋は大繁盛で、医者は商売あがったりだ。二、三日で全快するよ。だが、明日また往診にくる。そのときまでは絶対安静で、脚を動かさんことだ」

「判りました」

医師は渋面《じゅうめん》を作った。

「判ったけれども、馬耳東風かね？　わしは警告しておるんだ、その脚で一歩でも踏みだしたら、紫色になって、くずおれるだろう」

彼は強調するようにゆっくりうなずいた。すると顔の皺が深々と刻まれたので、医師の風変わりな人相に通じている者なら、笑っていると判る表情が浮かんだ。

「手紙を書くのはかまわないでしょう、先生？」

「かまわんと思うよ、お若いの」

ほどなくしてクロウチョーン医師は去り、グレゴリーはペンと紙をとって、ナンシー宛に走り書きを認《したた》めた。文面はこうである——心から愛している。きみが農場に居残っているかと思うと耐えられない。脚の傷のせいで二、三日は会いに行けない。ただちに身のまわりのものを荷造りして、ヘッティに乗り、〈旅人〉亭に逗留《とうりゆう》してほしい。最上等の部屋を用意しておく。もしぼくのことを少しでも考えてくれるなら、この単純な計画を今日のうちに実行に移し、宿屋に落ち着きしだい、知らせてくれ。

多少の満足を覚えて、グレゴリーは二度読み直し、署名すると、接吻《せっぷん》を加え、フェン夫人の貸してくれた小さな鐘《かね》を鳴らして、夫人を呼んだ。

手紙を届けるのは一刻を争う問題だ、と夫人に告げる。朝の仕事が終わったら、パン屋の小僧のトミーに配達を頼みたい、駄賃に一シリング出す、と。フェン夫人は渋い顔をしたが、お世辞を連ねて、トミーに話してもらうところまでは漕ぎ着けた。彼女は手紙と一シリング銀貨の両方を握って寝室を去った。

ただちに、グレゴリーは別の手紙を書きはじめた。H・G・ウェルズ氏宛の手紙である。文通相手に最後に手紙を出してからしばらく経っていたので、かなり長めの報告を書くはめになった。しかし、ようやく前日の出来事の件《くだり》にさしかかった。

「馭者座人の姿に竦《すく》みあがり（と彼は綴った）、金縛りにあって立ちつくしていますと、小生らのまわりに小麦粉が吹き散らされました。いったいどうしたらお伝えできるでしょう――この重大問題に、恐らく英国諸島で最も関心を寄せられるであろう方に――白く輪郭の浮き出た怪物が、いかなる姿をしていたのかを。無論、小生は不明瞭な形をかいま見たに過ぎません。しかし、最大の障害は、この奇怪な生物に似たものが、地球上に存在しないことなのです！

大雑把に申し上げて、見かけは醜悪な鵞鳥さながらと言ったところでしょう。しかし、首と胴体の太さがほぼ同じものを想像していただかねばなりません――実際、体全体が胴体ないしは首であって、どちらととるかは見方しだいでありましょう。しかもこの首の上には頭がなく、代わりに種々様々な触手がおびただしく生えているのです。のたくる繊毛、触覚、鞭の束。喩えるなら、己と同じ大きさのカツオノエボシと絡みあっている蛸に、海老と海星《ひとで》の脚を加えたといったところでしょう。莫迦げて聞こえるでしょうか？　小生にはこう誓うことしかできません。その怪物が襲いかかってきたとき、恐らく小生の二倍ないしはそれ以上の身長があったのでしょうが、小生は人間の眼が捉えるには恐ろしすぎるものを見いだしたのだと――しかも、小生はそいつを目《ま》の当たりにしたわけではありません。付着した小麦粉を見たにすぎないのです！

グラッビーなかりせば、その厭《いと》わしい光景が、この世の見納めになっていたとしても不思議はありません。以前の手紙で触れたことのある、素朴な小作人のことです。

小生が小麦粉を投げたとたん、グラッビーは大声をあげ、三叉を放り出すと、猛然と駆けだしました。彼が怪物に飛びかかったのと、そいつが小生に襲いかかったのが同時でした。これで小生らの計画は潰《つい》えました。グラッビーとブルース・フォックスが、三叉で怪物を刺し殺す手筈だったのですから。ところが、グラッビーはできるだけ高いところにつかみかかると、渾身《こんしん》の力で締めはじめたのです。すさまじい力較べもあったものです！　血も凍るような戦いでした！

正気に返ったブルースが突進して、三叉で攻撃しました。小生の金縛りを解いてくれたのは、彼の鬨《とき》の声でした。小生は走って、グラッビーの三叉を鷲づかみにすると、やはり突進しました。その怪物には、三人をまとめて相手にできるだけの腕があったのです！　そいつは打ちかかってきました。数本の腕に針のような毒牙《どくが》の生えているのは、もはや疑問の余地はありません。と申しますのも、蛇の口さながらにぱっくりと開いた口が、小生に向かってきたからであります。いくら危険を強調しても、しすぎることはありません――小麦粉の雲の効果が一部にとどまっていたことを思い出していただきたい。したがって、依然として不可視の腕が、小生らの周囲で振りまわされていたのです！

命拾いしたのは、馭者座人が怯《ひる》んだおかげでした。ブルースがグサリと突き刺し、一瞬遅れて、小生も三叉で怪物の足を貫きました。即座に、怪物は逃走に転じました。そいつが後退したとたん、グラッビーが地面に倒れました。怪物は驚くべき速度で移動し、池のほうにもどって行きます。小生らは追跡に移りました！　裏庭の家畜がいっせいに叫び声を怪物に浴びせました。

そいつが水中に身を躍らせる瞬間、小生らは三叉を投げつけました。しかし、そいつは力強く泳いで行き、やがて水面下に潜りました。あとにはさざ波と、小麦粉の浮いた航跡だけが残されました。

小生らはしばし水面に眼を凝《こ》らしておりましたが、すぐに意見が一致して、グラッビーのところへ駆けもどりました。彼は絶命しておりました。仰向けになり、虚《うつ》ろな眼を見開いて。馭者座人は、飛びかかってきた彼を毒牙にかけたに相違ありません。グラッビーの皮膚はパンパンに張りつめ、奇妙にテラテラとしておりました。肌はくすんだ深紅に変わっています。もはや人間の形の戯画《ぎが》でしかありませんでした。馭者座人の即効性の毒の働きで、中身がことごとく液体に変化していたのです。巨大な人間形の腐ったハギス（羊などの臓物を刻み、オートミールや脂肪とともにその胃袋に詰めて煮るスコットランド料理）さながらでした。

首と喉と顔であったところに点々と傷口が並んでおり、これらの傷から中身が流出しておりました。そのため彼は、踏みにじられた小麦粉と土埃《つちぼこり》の床《とこ》へと少しずつ萎《しぼ》んで行きました。伝説のメデューサの首とて、恐らくこれほどおぞましい光景ではなかったでしょう。それは人間を石に変えたといいますが、小生らも毛筋《けすじ》一本動かせずに、棒立ちになっておりました。小生らが正気に返ったのは、農夫グレンドンのライフルが轟音《ごうおん》を発したからでした。

彼は小生を撃つと威嚇しておりました。このとき、小麦粉袋が略奪され、仔牛が盗まれようとしているとも見える光景に、彼が発砲したのです。逃げる外《ほか》はありません。何を言っても、グレンドンは聞く耳持たなかったでしょう。ナンシーが父親を止めに走り出てきましたが、ネックランドも駆けつけてくるところでした。二頭の猛犬も鎖の端でうなっています。

ブルースと小生は、デイジーに乗って来ていました。鞍《くら》はつけたままになっています。デイジーを速足で厩舎《きゆうしや》から連れ出し、ブルースを鞍に押しあげた小生が、自分も跨《また》ろうとしたときです、銃が再び火を噴いて、小生の脚に灼熱の痛みが走ったのは。ブルースが小生を鞍に引きずり上げ、小生らは遁走《とんそう》しました——小生は半ば気絶しておりました。

そういうわけで、小生はいま床に伏しておりますが、一両日後には再び起き上がれるとのこと。さいわい、弾は骨を傷つけておりませんでした。

これで農場が呪われた場所と化したのをお分かりいただけたでしょう！　かつて小生は、そこが新たなエデンとなるやもしれぬと愚考《ぐこう》しました。神々のような人々のための神々の糧《かて》が育つところだと。しかしながら——嗚呼《ああ》！　人類と他世界の生物との最初の遭遇は、災厄であることが明らかになり、エデンは宇宙戦争の戦場と成り果てました。これほど暗澹《あんたん》たる未来を予見できたでしょうか？

この長すぎる手紙を終えるにあたり、貴兄のお手紙にあった質問にお答えし、別のお願いをいたさねばなりません。貴兄の質問とは異なり、個人的な事柄に属すものですが。

まず、貴兄はこう質問されています。馭者座人が完全に不可視であれば——貴兄のお手紙を引用させていただけるなら——「眼球レンズの屈折率を変更すれば、視力は不可能になるでしょう。しかし、斯様《かよう》な変更がなければ、眼球はガラス玉と同様に眼に映るでしょう。しかも、見るためには、網膜と角膜の裏に視紅《しこう》が存在していなければなりません。ならば、あなたの馭者座人は、いかにしてものを見るのですか？」彼らは小生らの知る視力を欠いている、とお答えする外ありません。と申しますのも、彼らは生まれつき完璧な不可視性を備えていると思われるからです。彼らがいかにして〝見る〟のかは不明です。しかし、いかなる感覚を使うにせよ、それは効果的です。彼らがいかにして意思疎通を果たすのかも不明です——例の個体は、小生が足を串刺しにしても、まったく音をたてなかったのです！——それでも、彼らが効果的に意思疎通しているのは間違いありません。恐らく最初は、われわれに備わっていない不可思議な感覚で意思疎通を図ろうとし、返事がないため、われわれをもの言わぬ動物と同じように愚鈍だと判断したのでしょう。仮にそうであれば、何たる悲劇でありましょうか！

次に小生の個人的なお願いに移ります。名声の高まりにつれ、貴兄が多忙をきわめていらっしゃるのは承知しております。しかし、イースト・アングリアのこの辺鄙《へんぴ》な一角で起きていることは、世界と未来にとって計り知れないほど重要だと思われます。貴兄自らのご足労を願えないでしょうか？　二軒ある宿のいずれかに部屋をご用意いたしますし、鉄路を利用なされば、仮に退屈であるにしろ、効率の良い旅がおできになります——ヘイアム駅からは定期便の馬車を容易に捕まえられますし、わずか八マイルの道のりです。ご自分の眼でグレンドン農場をご覧になれますし、恐らく例の星間生物もご覧になれるでしょう。貴兄は小生の手紙を面白がっておられるようですが、いささかの誇張もないことは誓います。どうぞおいでになってください！

厚かましいお願いですが、何卒色好《いろよ》い返事をお聞かせ願えますように。

あなたの心からの賛美者にして友

グレゴリー・ロールズ」

この長い手紙を読み通し、些細な訂正をふたつ加えると、グレゴリーは多少の満足を覚えて仰向けになった。一時的に行動不能になったとはいえ、依然として戦いに参加している気がしたのである。

しかし、夕方近くに心乱す知らせが届いた。パン屋の小僧のトミーは、グレンドン農場までは出かけて行った。やがて、その場所にまつわる忌《い》まわしい噂話が、村に流れているのが心に浮かび、このまま進むべきかどうか、迷いながら立ちつくした。不自然に騒々しい動物の鳴き声に混じって、槌音《つちおと》が農場から流れてきた。トミーが恐るおそる前進すると、眼に飛びこんできたのは、これ土《つち》顔負けに真っ黒い農夫が、庭に絞首台のような大きなものを建てている姿だった。トミーは肝《きも》を潰して、来た道を逃げもどり、手紙はナンシーに届かなかった。

その晩、ブルース・フォックスが友人の見舞いに来た。グレゴリーは手紙を持って行ってくれと説得を試みた。しかし、フォックスには、れっきとした先約があった。ふたりはしばらく言葉をかわした。話題はもっぱら前日の恐怖体験である。やがてフォックスは立ち去った。

グレゴリーが寝台に伏せて、ナンシーの心配をしていると、フェン夫人が盆に載せた夕食を運んできた。とにかく、馭者座人が母屋に入らなかった理由は、いまや明らかだ。大きすぎて入れなかったのである。屋内にいるかぎり彼女は安全だ——あの不運な土地でだれかが安全でいられるのならば。

その夜は早めに眠りに就いた。早暁、悪夢に襲われた。彼がいるのは異様な都市で、あらゆる建物が真新しく、人々はピカピカの服を着ていた。とある広場に一本の樹が生えていた。夢の中でグレゴリーは、その樹と特別な関係を結んでいた——樹を養《やしな》っていたのである。樹のそばを通りかかった人間をその表面に押しつけるのが、彼の仕事であった。樹は唾《つば》の樹だった。枝に生えた葉のような赤い唇から、おびただしい量の唾がなめらかな樹皮を流れ落ちた。人々を肥《こ》やしにして、樹は途方もなく大きくなった。樹に投げつけられた人間は、ズブズブと樹の中にめりこんだ。唾はグレゴリーにも飛び散った。しかし、彼を溶かす代わりに、彼の触れるものが片っ端から溶けるようにした。愛する娘に腕をまわし、口と口を重ねようとしたとき、彼女の顔の皮膚がベロリと剝けた。

グレゴリーは泣きわめきながら眼を醒まし、暗闇の中でガス・マントル（網状の白熱発光体）の環を手探りした。

昼近くにクロウチョーン医師が訪れ、脚の筋肉の回復には、少なくともあと三日の安静が欠かせないとグレゴリーに告げた。グレゴリーは、自分のふがいなさに歯がみしながら床《とこ》に伏せていた。ろくでもない夢が思い出され、愛する娘ナンシーにどれほどつれなくしてきたかを考えた。ナンシー宛の手紙は、配達されぬままベッドの脇にある。フェン夫人が夕餉《ゆうげ》を運んできたあと、ナンシーには自分で会いに行こうと決心した。食事には手をつけず、ベッドから出ると、のろのろと着替えをする。

脚は思ったよりも痛んだが、さほどの苦労もなく階下へ降り、厩舎へと向かった。デイジーは主人に会えて喜んでいるようだった。愛馬とまたいっしょになれたのが嬉しくて、馬の鼻面《はなづら》をこすり、その長い首に頭をあずけた。

「この道をたどるのも、これが最後かもしれないよ、デイジー」と彼は言った。

鞍をつけるのは割合に簡単だった。鞍に跨《また》がるのは、拷問にあうようなものだった。しかし、とうとう身を落ち着け、彼らは通い慣れた田舎道をたどって、馭者座人の領土へ向かった。脚は思ったよりも重傷で、いちどならず牝馬《ひんば》を止め、激痛がおさまるのを待たねばならなかった。出血の量はおびただしかった。

農場に近づくにつれ、グレンドンが絞首台を建てていると言った、パン屋の小僧の言葉の意味が判ってきた。一本の柱が庭の中央に立てられていたのである。一本の電線がそのてっぺんに渡されており、そこに電燈が据え付けられている。夜になれば、庭の隅々まで照明が届く仕組みである。

別の変化も生じていた。木製の柵が、飼い葉桶の裏にしつらえられており、池と農場を隔てていたのである。しかし、不吉にも一ヶ所で柵の一部が破壊され、粉々に踏み潰されていた。

あたかも、怪物か何かが障壁など歯牙《しが》にもかけず通り抜けて行ったかのように。

一頭の猛犬が門のすぐ内側に鎖でつながれており、鶏の群れに激しく吠えたてていた。グレゴリーは足を踏み入れる気になれなかった。この新たな問題にいかにして取り組もうかと思案に暮れていると、母屋の扉が少しだけ開いて、ナンシーが顔をのぞかせた。彼は呼びかけ、必死に合図を送った。

おずおずとナンシーが走ってきて、犬を引きずりもどし、グレゴリーを通した。グレゴリーはデイジーを門柱につなぎ、彼女の頬に接吻した。腕の中のふっくらした感触に心慰められる思いである。

「お父さんは？」

「愛しい人、あんたの脚、可哀相なあんたの脚！　まだ血が出てるわ！」

「ぼくの脚のことは気にしないで。お父さんはどこだい？」

「南の牧場《まきば》だと思うわ」

「よし！　お父さんと話がある。ナンシー、中に入って、身のまわりのものを荷造りしてほしい。きみを連れて帰る」

「おっとさんを置いてけないわ！」

「置いてかなくちゃいけないんだ。これから話してくる」

脚を引きずりながら庭を横切る彼に、ナンシーが不安げに声をかけた。

「おっとさんは銃を肌身離さず持ってるわ――気をつけてね！」

ランニング・チェインにつながれた二頭の犬が、母屋の横手までついてきた。彼に飛びかかろうとして、何度も息をつまらせそうになる。彼の足首すれすれのところで牙が不気味に閃《ひらめ》いた。

楡の樹のそばで、数羽の野鳥が草むらに横たわっていた。一羽はまだ弱々しく羽根をバタバタさせている。法外に大きな飢えた雛に餌を運ぼうとして、力尽きたとしか思えない。同じことが、じきに農場にも起こるのだ、と彼は思った。気がつくと、グラッビーの小さな掘っ立て小屋の下で、ネックランドがせわしげに鋸で木を挽《ひ》いていた。農夫はその場にいなかった。衝動的に、グレゴリーは豚小屋へと足を向けた。

豚小屋は薄暗かった。薄闇の中で、グレンドンは働いていた。グレゴリーの姿を眼に留《と》めると、桶を放り出し、威嚇するようにやって来た。

「もどってきたのか？　どうしてほっといてくれんのじゃ？　門の脇の看板が眼に入らんのか？　もう来てほしくないんじゃ。悪気がないのは判っとるし、あんたを傷つけるつもりもない。じゃが、あんたを殺すぞ、いいか、こんどもどってきたら、あんたを殺してやる。ただでさえ心配ごとが山積みなんじゃ。さあ、とっとと出て失《う》せろ！」

グレゴリーは一歩もゆずらなかった。

「グレンドンさん、亡くなる前の奥さんと同じに気でも違ったんですか？　いつ何時《なんどき》グラッビーと同じ運命に遭うかもしれないのが、判らないんですか？　あなたの池に何が潜《ひそ》んでいるのか判らないんですか？」

「わしだって阿呆《あほう》じゃない。じゃが、あいつらは人間だろうと何だろうと喰らうんじゃろう？ ここはいまあいつらの農場なんじゃろう？ 世話をする人間がまだいるはずじゃ。それなら、わしに手を出しはせんさ。わしがせっせと働いとるかぎり、やつらもわしに手出しはせん」

「あなたは太らされてるんですよ。どんなに懸命に働こうと、行き着く先は身の破滅です。怖くないんですか？」

一刹那《せつな》、農夫のこわばった顔がゆがんだ。周囲に狂おしく視線を走らせ、

「怖くないとは言わん。しなきゃならんことをしとると言っておるんじゃ。わしらの命はわしらのもんじゃない。助けると思って、こっから出てっとくれ」

われ知らず、グレゴリーはグレンドンの視線をたどっていた。はじめて、暗がりにまぎれた豚の大きさに思い当たった。その幅広く大きな黒い背中は、仕切りの上にはみ出していた。若い牡牛なみの大きさである。

「ここは死の農場です」と彼は言った。

「しまいにゃみんな死ぬんじゃ、豚も牛も人間も」

「判りました、グレンドンさん、お好きなように考えたらいい。でも、ぼくはそう思いません し、ご家族があなたの狂気の犠牲になるのを見るつもりもありません。グレンドンさん、お嬢さんとの結婚をお許しいただきたい」

家から出て最初の三日間、ナンシー・グレンドンは〈旅人〉亭の部屋に半死半生で横たわっ

ていた。あたかも、ふつうの食べ物が彼女には毒であるかのようだった。しかし、クロウチョーン医師の治療の甲斐《かい》あって――回復しなかったら、怒鳴り散らしそうな医師の見幕《けんまく》に恐れをなしたのだろう――体力をとりもどした。

「今日はずいぶん元気そうだ」グレゴリーは彼女の手を握った。「すぐにまた起きられるようになる。きみの消化器系から、農場の邪悪な栄養分がなくなりさえすれば」

「グレッグ、愛しい人、二度と農場へ行かないって約束して。もうあたしはいないんだから、行く必要はないわ」

彼は眼を伏せた。

「なら、約束させなくてもいいじゃないか」

「あんたもあたしも二度とあそこへは行かないって、念を押しておきたいだけ。きっと、おっとさんは不死身なんだわ。でも、あたしは――いまは悪夢から醒《さ》めかかってるみたいな気がする!」

「そんなことは忘れるんだ! ほら、花を持ってきたよ!」

彼は巨大な花を咲かせたニオイアラセイトウの鉢植えをとりだし、ナンシーに手渡した。

彼女はにっこりして、

「すごく大きいわね! グレッグ――これって――農場の花じゃないの? 不自然なくらい大きいわ」

「気に入ってもらえると思ってね。きみの家にはいいこともあったんだ」

渾身の力をふるって、ナンシーは鉢を部屋の反対側に投げつけた。鉢は扉にぶつかって、粉粉になった。黒ずんだ土が床板に散らばり、花はちぎれて床に転がった。

「ここに呪いを持ちこむなんて！　おまけに、グレッグ、だとすると、いっしょに出てきてから、あんたは農場にもどったってことじゃない」

グレゴリーはうなずき、怯《ひる》まずに彼女を見つめた。

「様子を見に行かなけりゃならなかったんだ」

「頼むから二度と行かないで、グレッグ、お願いよ。あたしは正気をとりもどしかけてるみたいなのに――あんたは正気を失いかけてるみたい、そんなのいや！　あいつらがコッターズオールまでついて来たらどうするの、あの馭者座人とやらが？」

「ねえ、ナンシー、彼らがああやって農場に居座っている理由を何度も考えてみたんだ。いったん人間などとるに足りないと判ったら、見境なしに襲いかかるか、同類を呼び寄せて侵略を試みるはずじゃないか。それなのに、あの小さな場所ですっかり満ち足りているらしい」

ナンシーが破顔一笑《はがんいっしょう》して、

「あんたほど頭はよくないかもしれないけど、その答えだったら判るわ。どこへも行く気なんかないのよ。たぶん二匹しかいなくて、この小さな世界へは、宇宙航行機《スペース・マシーン》で休暇にやって来たのよ。あたしたちが新婚旅行で二日くらいグレート・ヤーマスへ行くみたいなもんね。ひょっとすると、新婚旅行で来たのかもしれない」

「新婚旅行だって！　よくそんなことを思いつくな！」

「そう、じゃ休暇よ。おっとさんはそう考えてるわ——連中は二匹しかいなくて、地球を静かなところだと思ってるんですって。休暇のときは、食欲も湧くってもんじゃない」

彼は愕然としてナンシーを見つめた。

「しかし、そんな恐ろしいことを。馭者座人が気持ちのいい連中だって言うのかい！」

「とんでもないわ、お莫迦さん！　でも、おたがいにとっては気持ちのいい連中じゃないかしら」

「いや、ぼくとしては脅威だと考えたい」

「それなら、近づいちゃいけない理由が、ますます増えたじゃない！」

しかし、眼は届かなくても、心が届かないわけではない。グレゴリーは、ハドスン-ウォード博士からの手紙をまた受け取った。親切で勇気づけられる言葉が並んでいた。しかし、彼は返事を書こうとしなかった。遠方で仕事に就く気になれなかったのである。結婚を予定している身とあって、すぐにも就職しなければならないのだが。父親の許しをもらえても、ふたりが安楽に暮らしていけるほどの援助は期待できない。それでも、こうした実務的な問題に心を向けることはできなかった。グレゴリーの待ち望んでいるのは別の手紙であり、農場の恐怖が頭から離れなかった。その夜、彼は再び唖の樹の夢を見た。

その晩のことである。彼はなんとか勇気を奮い起こし、フォックスとナンシーに夢の内容を告げた。三人が会ったのは、〈旅人〉亭の酒場の奥にある、こぢんまりした個室であった。赤いフラシ天張りの座席を備えた、閑静な一室である。ナンシーは元気をとりもどしており、午後には陽射しを浴びて短い散策を楽しんでいた。

「人々は、唖の樹にわが身を捧げたがるんだ。この眼で見たわけじゃないけど、彼らが実際には死ぬんじゃなく、別の何かに変わるんだっていう気がはっきりとした――たぶん人間以下の何かに。しかも今回は、樹が何らかの金属製で、ポンプによってひたすら大きくなっているのが判ったんだ――唖を透《す》かして大きな電機子とピストンが見えた。それに枝から吹きこぼれる蒸気」

フォックスは笑い声をあげた。いささか敵意を含んだ笑いである。

「ぼくには来《きた》るべきものの形のように聞こえるな、植物さえ機械に育てられる時代だよ。きみは精神がまいっているんだ、グレッグ！　そういえば、姉が明日ノリッジへ出かけるんだ、伯父の二輪馬車を借りて。おふたりさんもいっしょに行ったらどうだい？　姉は婚礼衣裳用の装飾品を買いに行くんだから、興味が湧くだろう、ナンシー。それからグレッグの叔父さんの家に二日ほど滞在すればいい。馭者座人がコッターズオールを侵略したら、すぐに知らせてやるから、何も見逃す心配はないさ」

ナンシーがグレゴリーの腕をつかみ、

「いいでしょう、グレゴリー、そうしましょうよ。ノリッジに行くのは久しぶり。あそこは大きな街だわ」

「名案のようだが」とあやふやな口調でグレゴリー。

ふたりがかりの説得で、彼も折れるしかなくなった。切りのいいところで、ささやかな集まりをお開きにすると、彼はナンシーにお休みの接吻をし、足早に通りを抜けてパン屋までもどった。たしかなことがひとつあった――短期間とはいえ、この土地を離れるはめになるのなら、その前に農場の様子を見てこなければならない。

夏の黄昏《たそがれ》の中で見る農場は、すっかり様変《さまが》わりしていた。高さ九フィートにおよぶ、頑丈な木製の障壁が築かれており、ぞんざいに防腐処置が施されていたのである。障壁は打ち捨てられたような雰囲気を漂わせていた。農場を人眼《ひとめ》にさらさないためのものなのに、その役割を果たしていないのだ。庭ばかりではなく、土地の境界線に沿って不規則な間隔で立っており、あろうことか果樹の隙間《すきま》や、場違いなことに蕨《わらび》のあいだ、見当はずれにも沼地にさえ立っていたのである。小止《こや》みない家畜の鳴き声にかき消されながらも、高らかな槌音が流れてくるところからすると、障壁の建設はいまだにつづいているらしい。

しかし、農場をこの世のものならぬ場所に見せているのは、照明であった。一本だった電柱には、いまや五本の仲間ができていた――門の脇、池の脇、母屋の裏、機械小屋の外、豚小屋の脇に一本ずつ。ギラギラと輝く黄色の光が、あたり一帯を異様な絵画《かいが》に変貌させていた。永遠の闇に閉ざされたエジプトの墓所で発見され、人々の困惑を誘うような絵画に。

グレゴリーは、門から入ろうとするほど向こう見ずではなかった。デイジーを茨《いばら》の木の低い枝につなぎ、荒れ地を歩き出す。南の牧場《まきば》からグレンドンの地所へ入ろうというのである。遠くの屋外便所に向かって忍び足で歩くうちに、農場が周囲の土地とまるっきり違っているのが見てとれた。玉蜀黍《とうもろこし》は早くも丈高くのび、闇の中で絶え間なくざわめいて、威嚇しているようにさえ思える。果実は早々と熟《う》れてしまっている。苺《いちご》畑では、梨のように大きな苺が生《な》っている。隠元豆《いんげんまめ》は太い長枕さながらに堆肥《たいひ》の上に転がり、遠くの光線を照り返している。果樹園では、樹々《きぎ》がきしみをあげている。林檎とおぼしき、いびつな蹴球《しゅうきゅう》の重みに音《ね》をあげているのだ。秋に聞かれるべきドサッという鈍い音をたてて、熟れすぎた実が地面に落ちた。農場のいたるところに、カサコソと動くものがいるようだった。グレゴリーが、思わず足を止めて耳を澄ましたほどである。

風が吹きだしていた。古い風車の翼板が、鷗《かもめ》の鳴き声に似たかん高い音を発して回転をはじめる。機械小屋では、蒸気エンジンが腹にこたえる低音を轟《とどろ》かせて、電力を生み出していた。犬はあいかわらず吠え猛《たけ》り、家畜たちが不安げな声で合唱する。グレゴリーは唖の樹を思い出した。夢の中と同じように、ここでは農業が産業と化したかのようであり、自然の営《いとな》みが、科学という新たな神に呑みこまれているようであった。樹皮から立ち昇っているのは、目新しい未知の力の真っ黒な蒸気である。

彼は気をとり直して前進を再開した。障壁と照明の創り出す、光と影の交互に現れる場所を用心深く抜けて行き、母屋の裏口の近くに達した。台所の窓で角燈《ランタン》が燃えていた。逡巡《しゅんじゅん》していると、中でガラスの割れるけたたましい音がした。

慎重に、じりじりと窓を過ぎて、戸口から中をのぞきこんだ。客間から、グレンドンの声が流れてきた。奇妙にくぐもって聞こえる。あたかも、ひとりごとを言っているかのように。

「そこに寝ていろ！　おまえは役立たずじゃ。これは力試しじゃ。おお、神よ、守りたまえ、わしの力を発揮させたまえ！　あんたはこれまでわしの土地を不毛になさってきた――いまこそ収穫させたまえ！　あんたのなさることはよう判らん。判るつもりもなかった。じゃが、この農場はわしの命じゃ。呪ってくだされ、みんな呪ってくだされ！　みんな敵なんじゃ」

　繰《く》り言《ごと》は延々とつづいた。男は酔っ払いさながらにブツブツ言っていた。怖いもの見たさというやつで、グレゴリーは吸い寄せられるように台所の敷き石を横切り、広間のへりに立った。半開きになった扉の陰から中をのぞくと、部屋の中央に立っている農夫がぼんやりと見えた。火の気《け》のない暖炉に蠟燭《ろうそく》が立っており、そのゆらめく炎が、不体裁《ふていさい》な動物のケースに鈍く反射していた。母屋の電気を切って、戸外の新たな電燈にまわしているのだろう。

　グレンドンの背中がグレゴリーのほうを向いていた。げっそりとこけて、無精髭《ぶしょうひげ》ののびた頬が、蠟燭の光に照らされている。その背中は、自分の義務だと思いこんでいるものの重みで少し曲がっているようだったが、革の上着に包まれた背中を見ているうちに、男の自主独立への気概や、素朴な見かけの下にある神秘に対する尊敬の念が、グレゴリーの胸に湧きあがってきた。やがてグレンドンは、あいかわらずブツブツ言いながら、正面扉を大きく開け放して庭へ出て行った。母屋の横手へまわりこみ、視界から消える。足音も勢いをとりもどした犬の怒号《どごう》にまぎれてしまった。

　その騒ぎにも呑みこまれず、近くでうめき声がした。暗がりに眼を凝らすと、テーブルの下にのびている体が見えた。その体は、バリバリと割れたガラスを潰しながら転がり、寝ぼけたような声を出した。はっきり姿が見えなくても、ネックランドだと判った。グレゴリーは、魚の剝製を蹴り飛ばして男のもとまで行くと、その頭を起こしてやった。

「殺さねえでくれ！　こっから逃げてえだけなんでさ。逃げてえだけなんでさ」

「バート。グレッグだよ。バート、傷は深いのか？」

傷がいくつも見えた。男のシャツは実質的に背中の部分が破けてしまっており、ガラスの上で転がった際に、脇腹と背中が傷だらけになっていた。もっと深刻なのは、片方の肩にできた大きなみみず腫《ば》れで、見ているそばからどす黒く変色していく。乱闘があったのだ。テーブルの下に別の魚が転がっており、まだ死にきっていないかのように、ぱっくりと口を開けていた。剝製のまがいの山羊も落ちている。片方のボタンの眼が、眼窩《がんか》から転がり出てしまっていた。剝製の収まっていたケースは、壁際で粉々になっている。

顔をぬぐいながら、多少は正気に返った声で、ネックランドが言った。

「グレゴリー？　コッターズオールにいるんじゃなかったのか？　こんなとこで何してるだ？　おやっさんに見つかったら、ぶっ殺されっぞ！」

「何があったんだ、バート？　起きられるか？」

小作人は体の自由をとりもどしていた。グレゴリーの肘をつかみ、懇願《こんがん》口調で、

「後生だから、声を小さくしてくれ、さもねえと、おやっさんが聞きつけて、もどって来る。こんどこそ一巻の終わりだあな！　おやっさんは頭がイカレちまっただ。池の化け物がここで休暇を楽しんでるとか言ってる。ステッキでおらの頭を肩からたたき落とすとこだっただよ。

首が太くて助かっただ！」

「喧嘩の原因は何だったんだ？」

「正直に言うよ、おらはこの農場にいるのが怖くてたまらなくなっちまっただ。こんなとこにいたら、グラッビーみてえに、池に住んでる化け物に喰われて、吸いつくされちまうのがオチだ。だからジョー・グレンドンの見てねえ隙に逃げてきただ。ここへもどってきて、荷物をまとめて、さっさと出て行こうとしただ。ここは邪悪だ、邪悪の温床だ。滅ぼされなくちゃいけねえ。この農場に較べたら、地獄のほうがましってもんだ！」

「すると、ここで彼に捕まったわけか」

「おやっさんが血相変えて走って来たんで、そこの魚と山羊を投げつけてやっただ。でも、あっさりやられちまった！　おらはこれから出て行くだ。あんたもそうしたほうがいい。わざわざもどって来るなんて、頭がどうかしてるだ！」

しゃべりながら、ネックランドは身を起こし、グレゴリーの手を借りて、ふらふらと立ち上がった。うめき声をあげ、階段のほうへ向かう。

「バート」グレゴリーは言った。「グレンドンに飛びかかって、昏倒させよう。そうしたら、荷車に乗って、三人とも出て行ける」

ネックランドは、片手で肩をさすりながら、振り返ってグレゴリーをまじまじと見た。その顔は影に隠れていた。

「勝手にやんな！」そう言うと、きびすを返し、とぼとぼと階段を上がって行った。

グレゴリーは、片目を窓に向けて、その場に立っていた。どうする当てもなく農場へやって来たわけだが、いったんその考えが形をなすと、グレンドンを農場から連れ出すのが自分の役目だと判った。その義務を負っている気がした。というのも、以前グレンドンに抱いていた崇《すう》敬《けい》の念は失っていたものの、いくらつむじ曲がりであるとは言え、ひとりの人間を置き去りにして、農場の異質な恐怖に直面させるわけにはいかなかったからである。こんな考えが脳裏をかすめた――何らかの形で、農夫が侵入者に銃弾を浴びせられなくなれば、隣家《りんか》のデレハム・コテージから応援を呼んでこられるかもしれない。

機械小屋には高い窓がひとつあるだけで、それには鉄格子がはまっている。建物は煉瓦《れんが》造りで、外から閂《かんぬき》と錠《じょう》のかけられる頑丈な扉がついている。たぶん、グレンドンを誘いこめるだろう。そうすれば、外部の助けを当てにできる。

心配がないと言えば嘘になるが、グレゴリーは開け放しの扉のところへ行き、光と交錯する暗闇をのぞき見た。農夫のものではない不気味な足跡がないかと不安げに地面に眼を凝らしたが、馭者座人が活動している兆しはない。彼は庭に踏み出した。

絹《きぬ》を裂くような女の悲鳴が響き渡ったのは、二ヤードも進まないうちだった。その声にグレゴリーの肋《あばら》は、氷の手で鷲づかみにされたように思え、脳裏には哀《あわ》れな狂女グレンドン夫人の像が浮かんだ。とそのとき、声の主に思い当たった。わずか数語の悲鳴――ナンシーなのである。声がぷっつりと途絶える前には、母屋の暗い側を全力疾走していた。

そのあとようやく悟ったのだが、行く手は家畜の鳴き声で騒然としているようだった。とりわけ騒々しいのが、豚の喧噪である。豚という豚が、深遠で不安定で解読不能のメッセージを未知の情報源に宛てて送っているように思える。グレゴリーの目指しているのがその豚小屋であった。高く気味の悪い光の下で、巨大な障壁を避《よ》けて行く。

豚小屋は耳を聾《ろう》するばかりの騒ぎだった。あらゆる豚が、鋭い蹄《ひづめ》で囲いを蹴りつけているのである。電燈が中央の囲いの上で揺れていた。その光のおかげで、最後に訪れてから、農場がどれほどの変化を遂げたのかが、即座に呑みこめた。牝豚は途方もなくふくれあがっており、巨大な耳が板のように頬に当たってカタカタと音をたてている。毛深い背中の描く弧は、あとひと息で豚舎《とんしゃ》の垂木《たるき》に触れそうである。

グレンドンが反対側の出入口にいた。両腕に気絶した娘の体を抱いている。豚の飼料が足もとに散らばっていた。囲いの扉のひとつが半開きになっており、グレンドンは一頭の豚の腹の横を必死に進もうとしていた。その豚のたくましい肩は、農夫の肩とほぼ同じ高さにあった。グレンドンが振り返り、グレゴリーをじっと見つめた。その虚《うつ》ろな顔は、怒り狂っている顔よりずっと恐ろしかった。

その場には別の存在がいた。グレゴリーの近くで、別の囲いの扉が開いたのである。狭い囲いに押しこめられた二頭の牝豚が、血も凍るような金切り声を発した。とめどない飢えの存在を感じとったのは、傍眼《はため》にも明らかだ。二頭は無闇《むやみ》やたらに蹴りまくり、恐怖の伝染した他の豚たちも突進をはじめた。いくらあがいても無駄であった。馭者座人がいたのである。切れ味の鈍ることのない鎌を握り、髑髏《どくろ》に笑いをはりつけた死神とて、この毒牙を備えた見えない存在よりは避《さ》けるのが容易であったろう。片方の豚の背中に薔薇色が広がった。と思うと、その巨体が一瞬にして萎《しぼ》みはじめた。中身が吸いとられてしまったのだ。

グレゴリーは、そのおぞましい行為を見守っていたわけではない。彼は疾走していた。というのも、農夫がまた動きだしていたからである。グレンドンの目論見《もくろみ》は、いまや火を見るより明らかだった。端の囲いに潜りこむと、娘を金属製の飼料桶《しりようおけ》に放り出す。たちまち、牝豚たちが顎を鳴らしながら向きを変え、この新しい飼料を平らげようとした。手の空《あ》いたグレンドンは、壁にしつらえた張り出し棚に向かった。そこに銃が置いてあるのだ。

いまや豚小屋の中の喧噪は最高潮に達していた。同房の豚をたちまち吸いつくされた牝豚が脱走し、中央通路に飛び出した。刹那、棒立ちになる——寛大にも。というのも、さもなければグレゴリーは、踏み潰されていたからである——あたかも、自由の可能性に眼が眩《くら》んだかのように。小屋が震え、他の豚たちも必死に通路へ出ようとした。煉瓦が崩れ、囲いの門扉がたわんだ。第二の豚が飛び出してきて、グレゴリーは飛びすさった。次の瞬間、あたりは押し合いへし合いするグロテスクな体軀《たいく》でふさがれた。自由への道を切り開こうと必死にもがいているのである。

彼はグレンドンのもとにたどり着いたが、対峙したちょうどそのとき、暴走がふたりを呑みこんだ。蹄がグレンドンの足の甲を踏みつける。ひと声うめいて、グレンドンが体をふたつ折りにした。と、たちまち自分の家畜の下敷きとなった。グレゴリーはとっさに手近の囲いに飛びこみ、かろうじて難を避けた。次の瞬間、豚たちが轟音とともに走り過ぎた。ナンシーが飼料桶から出ようともがいていたとき、彼女を餌にしようとしていた二頭の豚が、脱兎のごとく逃げ出した。火事場の莫迦力というやつで――ほとんど無意識のうちに――グレゴリーは彼女を引き起こし、頭上の梁《はり》の一本に飛びつくと、片脚を梁に巻きつけてぶら下がり、ナンシーをつかんで、引っ張り上げた。

とりあえずは安全だが、いつまでも安全ではいられない。喧噪と土埃を透かして、巨大な獣たちが両方の出入口に殺到しているのが見えた。中央は一種の戦場である。動物たちが、建物の反対側にたどり着こうと争っているのだ。少しずつたがいを細切《こまぎ》れにしている――だが、豚小屋もまた崩壊の危険にさらされていた。

「小屋のどこかに馭者座人がいる」とグレゴリーは叫んだ。「安全とはほど遠いんだ」

「こんなとこへ来るなんて莫迦よ、グレッグ」とナンシー。「出て行くのに気がついたから、仕方なく追ってきたの。でも、おっとさんが――あたしの顔も判らなかったみたいなのよ！」

少なくとも、とグレゴリーは思った。ナンシーは父親が踏み潰されるのを見ずにすんだわけだ。思わず視線がそちらに向き、散弾銃が眼に飛びこんできた。グレンドンの行き着けなかった銃が、まだ張り出し棚に載っているのである。梁伝いに這っていけば、簡単に手が届く。この場に坐っていてくれとナンシーに言い置いて、彼は梁伝いに這い進んだ。わずか一、二フィート下には波打つ豚の背中。少なくとも銃があれば、多少の守りにはなるはずだ――いくら人間とかけ離れているにしろ、馭者座人とて鉛《なまり》の弾丸が通じないわけではあるまい。

旧式の武器を鷲づかみにし、引っ張り上げたとたん、不意に不可視の怪物を殺したいという強烈な欲望が突き上げてきた。その瞬間、思い起こされたのは、以前抱いた希望であった——彼らが優れた存在であり、叡智《えいち》と文明の力を備えており、高い道徳が市民活動を規定している、より良い社会からやって来たのかもしれないという希望である。恒星間旅行という偉業を成し遂げられるのは、そうした文明だけだと考えていたのだ。しかし、恐らくその反対が真相なのだろう——恐らく、人間的な目的をかえりみないほど無慈悲な種族だけが、そのような偉業を達成できるのだろう。そう思ったとたん、彼の心にこんな幻が広がった——病に冒された広大な宇宙、そこでは愛と温情と知性に重きを置く種族が、永遠に自らの小世界に蟄居《ちっきょ》しているのに対し、宇宙の殺戮者がその周囲を飛びまわり、己の残虐《ざんぎゃく》さと際限のない食欲を満たせる場所へと渡って行くのである。

梁伝いに豚の死闘の上を通って、ナンシーのところまでもどった。

彼女が黙って指さした。向こう端では、出入口が崩壊しており、豚が夜の中へ雪崩《なだれ》こんでいた。しかし、一頭の豚が倒れ、深紅《しんく》に染まると、形のない袋のようにクタクタと床に沈みこんだ。同じ地点を通りかかった別の豚も同じ運命をたどった。

馭者座人は怒りに突き動かされているのだろうか？　暴走の際に、豚が傷を負わせたのだろうか？　グレゴリーは銃をかまえ、狙いをつけた。その刹那、空中にぼんやりと幻影じみた柱が浮かんだ。大量の土と泥と血が舞い上がり、馭者座人に付着したおかげで、その一部が眼に見えるようになったのである。グレゴリーは発砲した。

反動で危うく梁から転落するところだった。グレゴリーは眼を閉じた。轟音で頭がくらくらしたのである。ナンシーがしがみついて、「ああ、すごいわ、あんたは英雄よ！　あの怪物の土手《どて》っ腹《ぱら》に命中したわ！」と叫んでいるのは、ぼんやりと意識していた。

眼を開けて、煙と埃を透かし見る。馭者座人を表す影がよろめいていた。影が倒れた。自分が殺した二頭の豚の歪んだ体のあいだに倒れ、腐汁《ふじゅう》が石畳に飛び散った。と思うと、また起きあがった。壊れた扉まで進んで行き、そのまま行ってしまった。

つかの間、ふたりはそこで見つめ合っていた。どちらの顔にも、勝利の喜びと懸念《けねん》の入り交じった表情が浮かんでいた。深手を負った一頭を別にすれば、建物にいま豚は影も形もない。グレゴリーは床へ降り、ナンシーをかたわらへ助け降ろした。ふたりは、胸の悪くなるような肉塊《にくかい》をなるべく避けて、さわやかな空気の中へよろめき出た。

果樹園の先、母屋の裏窓に異様な光が現れていた。

「火事だわ！　おお、グレッグ、哀れなわが家が燃えてるわ！　早く、持ち出せるだけ持ち出さなくちゃ！　おっとさんの立派なケースや――」

グレゴリーは必死に彼女を押さえ、体をふたつ折りにして、その顔をのぞきこみながら言った。

「バート・ネッククランドの仕業だ！　あいつの仕業だ！　この場所は滅ぼされるべきだと言ってた。その通りにしたんだ」

「じゃあ、行きましょう――」

「いや、だめだ、ナンシー、このまま燃えさせるんだ！　聞いてくれ！　農場のどこかに手負

い の駅者座人が野放しになってる。仕留《しと》めたわけじゃない。やつらにも怒りや恨《うら》みがあるなら、こんどは殺しに来るだろう――一匹だけじゃないのを忘れるな! 命が惜しかったら、あっちへは行かないことだ。デイジーはこの牧場の反対側につないである。ふたりとも安全な家まで送り届けてもらえるさ」

「グレッグ、愛しい人、ここがあたしの家なのよ!」彼女は絶望に駆られて叫んだ。

炎がますます高く跳ね踊っていた。台所の窓ガラスが、木っ端微塵《こっぱみじん》に砕け散った。グレゴリーはナンシーを連れて逆方向に走っていた。声をかぎりに叫びながら。

「いまはぼくがきみの家だ! いまはぼくがきみの家だ!」

もはや抵抗せずに、いまは彼女も走っていた。ふたりは丈《たけ》の高い草むらにそろって飛びこんだ。

道にたどり着くと、牝馬が落ち着かなげにしていた。ふたりは立ち止まって息をととのえ、うしろを振り返った。

母屋はいまや猛火に包まれていた。すべてが灰に帰《き》すのは一目瞭然である。火の粉《こ》が風車に飛び移っており、翼板の一枚が炎上していた。そのまわりでは、電燈が支柱のてっぺんで煌々《こうこう》と青白く輝いている。ときおり巨大な動物の走る姿が、眼の前の光景に飛びこんできた。不意に、電光が閃《ひらめ》いたかと思うと、一斉《いっせい》に電燈が消えた。暴走する動物が、支柱を薙《な》ぎ倒したのだろう。池にぶつかった電燈が、配線を短絡《ショート》させたのである。

「逃げよう」

グレゴリーは言うと、ナンシーが牝馬に乗るのに手を貸した。そのうしろに跨ったときだった。遠雷《えんらい》のような轟音が生じ、ぐんぐん高まって、キーンと耳をつんざくようになったのである。と、音はふっつりと途絶えた。分厚い蒸気の雲が池の上に盛り上がった。そこから宇宙航行機が迫《せ》り上がってきて、みるみるうちに上昇し、唐突に畏怖《いふ》心を呼び覚ます光景となった。くすんだ夜空へと昇って行き、一瞬ふっと見えなくなって、鈍い光を放ちはじめたのがすでにはるか彼方に望見された。

グレゴリーは必死に探したが、宇宙航行機は消えていた。すでに地球の大気圏外にいるのだろう。恐ろしいほどの心細さがこみあげてきた。不合理なほどの心細さである。やがて彼はあることを思いつき、その考えを口に出して叫んだ。

「たぶんここへは休暇で来ただけなんだ！　たぶんここで楽しんだから、この小さな星のことを友人たちに吹聴《ふいちょう》するだろう！　たぶん未来の地球は、無数の馭者座人たちの行楽地になるしかないんだ！」

ふたりがコッターズオールの町はずれにある家々を通りかかったのは、教会の鐘が真夜中を告げているときだった。

「まず宿屋へ行こう」とグレゴリーが言った。「こんな遅い時間にフェン夫人をわずらわすわけにはいかない。でも、宿屋の主人なら食事とお湯を用意してくれるだろうし、きみの怪我《けが》の手当もしてくれるだろう」

「かすり傷よ。でも、あんたといられるのは嬉しいわ」

「言っておくがね、これからはうんざりするほどいっしょにいるんだ！」

宿屋の扉には鍵がかかっていたが、中では明かりが燃えており、すぐに主人手《て》ずから開けてくれた。話を聞いて、客に伝えたくてたまらないのである。

「三号室にお泊まりの紳士が、朝になったら話したいんだと」と主人はグレゴリーに告げた。「夜行でお着きになったえらく立派な紳士さね。一時間くらい前にいらっしゃったんだ。四輪馬車で」

グレゴリーは顔をしかめた。

「親父だ、間違いない」

「いえ、とんでもない。お名前はウィルズかウェルズ様——署名がいささか読みづらくてね」

「ウェルズ！ ウェルズ氏！ じゃあお見えになったんだ！」彼はナンシーの手をとり、興奮のあまり握り締めた。「ナンシー、英国で最も偉大な人物のひとりが、ここにいるんだ！ ぼくらの話を聞いてくれるのに、これほどふさわしい人間はいない！ いますぐ話をしに行くよ」

ナンシーの頬に軽く接吻すると、グレゴリーは階段を駆け上がり、三号室の扉をノックした。

ホラーSF私論

中村　融

本書は、ホラーSFの秀作を集めた日本オリジナル編集のアンソロジーである。

このページを立ち読みしている人のために、セールス・ポイントを書いておこう。

その一。収録作十三編のうち五編が本邦初訳。なかにはクーンツの珍しい初期作品や、オールディスの高名なネビュラ賞受賞作などがふくまれる。

その二。残る八編のうち四編は、既訳があるものの、雑誌などに載ったきり長らく埋もれていた作品。

その三。残る四編は定番的な名作。ただし、現在では入手困難なものが多い。

というわけで、初紹介の秀作と幻の作品が一堂に会しているのだから、これだけでもお買い得だが、もうひとつセールス・ポイントをあげておこう。それは、既訳がある作品も本書のために新訳を起こしている点だ。旧訳にくらべれば、イメージ解像度の点で、白黒TVとカラーTVくらいの差はあるはず。旧訳に愛着のある人も、嘘だと思ったら本書を買って帰って、じっくり検討してほしい。すくなくとも、数時間の娯楽は保証する。

さて、これから「ホラーSFとはなんぞや」という命題について私見を述べようと思うのだが、まずむかし話からはじめたい。前置きばかりで恐縮だが、ひとつお許しを願って——一九六〇年生まれの編者にとって、SFとの出会いは、おおかたの例にもれずTVを通じてということになる。具体的に作品名をあげれば、《鉄人28号》や《鉄腕アトム》といったなつかしい名前がならぶわけだが、なかでもお気にいりだったのが《ウルトラQ》だ。

いまさら説明するまでもないが、一話完結式の特撮ドラマで、セスナ機のパイロットと女性新聞記者の主人公コンビが、毎回SF的な怪事件に遭遇するといった趣向。いまでいえば《X-ファイル》の系統だ。古代怪獣がよみがえったり、異星から侵略者が襲来したりといった大がかりな話から、異次元列車に乗りこんだ男と出会ったり、体を八分の一に縮められたりといった日常と紙一重の話までヴァラエティに富んでいて、飽きるということがなかった。

幼い編者は、この番組に強い影響を受けた。いわゆる刷りこみ《インプリンティング》というやつで、その映像とストーリーは脳の襞《ひだ》の奥にしっかりと刻みこまれている。げんに、何年か前TVで再放送したとき、各エピソードの冒頭数分を見ただけで、ストーリーはおろか、固有名詞まですらすらと口をついて出てくるのには、われながら驚いたものだ。とにかく、そこで展開されるSF的アイデアのすべてが新鮮で、刺激的だった。四次元やら宇宙人やらテレパシーといったことばは、すべてこの番組から学んだといってもいい。こうしてSFの翻訳を生業《なりわい》とするようになったのも、元をただせばこの番組に行き着くはずだ。

《ウルトラQ》の場合、SFドラマといっても、未来や宇宙空間を舞台にした話はほとんどなく、日常の場にSF的な異物がまぎれこんでくる話が主流だった。当然ながら、未知のものとの遭遇は、驚異と恐怖の両方を惹《ひ》きおこす。じっさい、楽しいよりは恐ろしい話のほうが多く、エピソードによっては、夜中トイレに立てなくなるほどふるえあがったものだ。要するに「怖いSF」であり、ある意味で、幽霊や吸血鬼を信じられなくなった現代人にとっての怪談といえる。ホラーSFということばから編者が真っ先に連想するのは、このタイプの作品だ（誤解を招かないように書いておくが、このあとべつのタイプの作品もつぎつぎと連想する。ホラーSFの領域は、思いのほかに広いのだ）。とにかく、平凡な人々の身にSF的な怪事件が降りかかるのだから、ひょっとしたら自分の身にも、と思わせるリアリティがその最大の魅力だろう。

《ウルトラQ》がお手本にしたのは、アメリカの伝説的TV番組《トワイライト・ゾーン》（邦題は《ミステリー・ゾーン》）だが、この番組がはじまった一九五〇年代は、先に述べた形のホラーSFが隆盛をきわめた十年間《ディケード》だった。小説、映画、TV、ラジオ、コミックブック……さまざまな分野で、いまに残る名作が集中的に発表された。代表的な例として、小説ではリチャード・マシスンの『地球最後の男』（五四）、ジャック・フィニイの『盗まれた街』（五五）、ジョン・ウィンダムの『呪われた村』（五七）、映画ではハワード・ホークス製作の《遊星よりの物体X》（五一）、ゴードン・ダグラス監督の《放射能X》（五四）、ジャック・アーノルド監督の《縮みゆく人間》（五七）をあげておこう。では、なぜこの時代にホラーSFが隆盛を見たのか。

まず考えられるのは、科学技術の急速な発展である。

原子力エネルギーと核兵器、宇宙開発と宇宙からの侵略、オートメーションと機械の叛乱、医療技術の発達と死者の蘇生……。五〇年代は、科学技術の可能性が明暗両面で人々の関心を強くとらえた時代だった。いうまでもなく科学技術は未知を切り開くが、未知に直面すると、人間の心には恐怖がよびさまされる。この恐怖を描くのが、ホラーSFにほかならない。とすれば、科学技術が飛躍的な発展をとげた五〇年代にホラーSFが盛んになったのは、当然すぎるほど当然だ。当時のホラーSFに放射能を題材にしたものが多いことが、そのあたりの事情を如実に示している。つまり、放射能の恐怖は人類がはじめて直面したものであり、それを具体的に描くにはホラーSFという形が最適だったのだ。放射能という目に見えないものが、突然変異を起こした昆虫や、現代によみがえった古代怪獣に形を変えて襲ってくるのだから、これほどわかりやすい例もない。ホラーSFとは、科学時代に固有の恐怖物語《ホラー・ストーリー》なのである。

つぎに考えられるのは、当時のアメリカ社会に蔓延《まんえん》していたパラノイアの存在だ。

周知のとおり、五〇年代のアメリカといえば、空前の物質的繁栄を誇るいっぽうで、反共ヒステリーをはじめとする社会的パラノイアにとらわれていた。じつは高度大量消費社会が成立したのも、国が共産化することを恐れた政府が、国民に私有財産制の長所を教えこむためだったくらいで、繁栄とパラノイアは表裏一体だったのである。当然ながら、パラノイアは社会のあらゆる面に潜んでいた。郊外化と核家族化が進み、瀟洒《しょうしゃ》な一戸建てで電化製品に囲まれて暮らす生活が実現すれば、隣人がソ連のスパイに見えてくる。ロックンロールをはじめとする若者文化が勃興《ぼっこう》し、青少年犯罪が社会問題になれば、子供が新種の生きものに見えてくる。冷戦がはじまれば、原水爆による人類滅亡の恐怖を肌で感じるようになる。まさに当時のアメリカは、パラノイアの温床《おんしょう》だったのである。

ホラーSFは、こうしたパラノイアのなかでもいちばんつかみどころのない「家族や隣人はほんとうに見かけどおりの人間なのか」という不安をみごとに具象化した。異星人の侵略や、ミュータントの誕生という形で。その頂点に君臨するのは、ジャック・フィニイの『盗まれた街』と、ドン・シーゲル監督によるその映画化《ボディ・スナッチャー／恐怖の街》(五六)だろう。周囲の人間が、いつのまにか異星人とすり替わっていくさまを迫真的に描きだしており、サスペンスは無類。同種の作品は多いが、ここではレイ・ブラッドベリ原案、ジャック・アーノルド監督の映画《イット・ケイム・フロム・アウタースペース》(五三)、ロバート・A・ハインラインの長編『人形つかい』(五一)、フィリップ・K・ディックの短編「父さんに似たもの」(五四)の名をあげるにとどめておく。

リチャード・マシスンの『地球最後の男』は、このパラノイアを極限まで進めた例だ。というのも、病原菌の蔓延により、自分以外の人間がすべて吸血鬼に変わってしまうのだから。吸血鬼ばかりの世界にとり残された男のサヴァイバルの物語は、若きジョージ・ロメロに絶大な影響をあたえ、のちに《ゾンビ》三部作(六八〜八五)を撮《と》らせることになった。いっぽう、愛する者が吸血鬼に変わっていく設定は、若きスティーヴン・キングの琴線《きんせん》にふれ、のちに『呪われた町』(七五)を書かせることになった。その意味で、マシスンはモダンホラーの祖父と呼べるかもしれない。じっさい、キングばかりか、クーンツやマキャモンといったモダンホラーの書き手の大部分は、五〇年代ホラーSFの申し子である。だから、彼らの作品にはホラーSFとしかいいようのないものが多いのだ。とすれば、その影響下にある現在のわが国のホラー・シーンは、五〇年代ホラーSFの外孫にあたるのだろう。

つい話が脱線したが、マシスンの作品としては『縮みゆく人間』（五六）も見逃せない。放射能の影響で日に日に体が縮んでいく男の物語で、主人公の味わう疎外感や無力感は、平和な市民社会にもどった復員兵の体験した去勢コンプレックスと通じるものがある。ここでも作家のSF的想像力が、社会病理をエンターテインメントの形でえぐりだしているわけだ。当時のホラーSFがいまだに力を失わない理由は、おそらくこの点にあるのだろう。社会問題の多くは、いささかも好転していないのだから。

マシスンといえば、TV番組《トワイライト・ゾーン》についてもふれないわけにはいかない。すでに述べたように、わが国の《ウルトラQ》をはじめとして、後続の一話完結式SFドラマに多大な影響をおよぼした伝説的番組である。製作者の好みや、予算不足や、特撮をはじめとする技術的な制限のため、「平凡な人間の身にSF的怪事件が降りかかる」といった作品が多く、ホラーSFの宝庫となっている。

ロッド・サーリングが製作総指揮とホストをつとめ、脚本の大部分を執筆したが、マシスンやブラッドベリやチャールズ・ボーモントらSF作家たちも脚本に参加した。サーリングをのぞけば、主力になったのがマシスンとボーモントで、彼らは自作やほかの作家たちの小説を脚色した。これらの原作は *The Twilight Zone: The Original Stories* (1985) にまとめられているが（一部を割愛した邦訳が文春文庫版『ミステリーゾーン』第三集と第四集）、目次を見ると、ジェローム・ビクスビイの「日々是好日」（五四）やボーモントの「そっくりの人」（五七）といったホラーSFの秀作がゴロゴロしている。この番組に敬意を表して、本書には同書からマシスンの「消えた少女」を採《と》った。

ところで、これまであがってきた作家たちの名前を見て、あることに気づかれたかもしれない。マシスン、フィニイ、ブラッドベリ、ボーモント……。そう、六〇年代にわが国で〈奇妙な味〉、あるいは〈異色作家〉というキャッチフレーズで売り出された作家たちだ。つまり、五〇年代に書かれた彼らの作品が、五年から十年のタイムラグをへて、新しいタイプのエンターテインメントとしてわが国に紹介されたのである。

その作風を簡単にいえば、「SFとホラーとミステリの要素が渾然《こんぜん》一体となっており、従来のサスペンス小説の延長線上で読める」となるだろう。彼らの作品は、科学アレルギーの読者にも歓迎され、わが国に現代SFが定着するきっかけとなった。これは長編についても同様で、彼らの作品は恰好のSF入門として戦略的に紹介された。

ここで指摘しておきたいのは、幽霊の存在がばかばかしく感じられる時代にあって、これらの作品が「新種の怪談」として受けとられた節《ふし》のあることだ。要するに、恐怖のシンボルとして、ロボットや宇宙生物が亡霊や吸血鬼にとって代わったわけである。その最良の例は、ブラッドベリ、ディック、ロバート・ブロック、シオドア・スタージョン、フレドリック・ブラウンらの諸作に見られるだろう。

逆に幽霊や狼男といった超自然の存在をSF的に解釈しなおすというアプローチも盛んになった。代表格はやはりマシスンで、吸血鬼の存在に擬似科学的な説明を加えた『地球最後の男』や、心霊現象にテレパシーの方向からアプローチした『渦まく谺《こだま》』（五八）などの長編がある。この種の作品としては、フリッツ・ライバーの作品にも優れたものが多い。時代は前後するが、高度な科学が魔術として通用する中世的な未来を描いた長編『闇よ、つどえ！』（四三）や、魔女や吸血鬼の跳梁跋扈《ちようりようばつこ》する宇宙船を舞台にした中編「影の船」（六九）は、ホラーSF史に欠かせない秀作である。

こうして作家の名前をならべているうちに、ひとつ面白いことに気がついた。多くの者が、当初は活動の舞台を怪奇パルプ小説誌〈ウィアード・テールズ〉に求めていたという点だ。

周知のとおり、戦後のアメリカは極端なまでに未来・科学・実利志向の社会となり、非合理を尊《たつと》ぶ怪奇幻想小説が受けいられる余地はなくなった。当然ながら、かつては一時代を築いた伝説の雑誌も凋落《ちようらく》の一途をたどり、五三年にはついに廃刊に追いこまれた。そこで執筆者たちは、新興のSF雑誌に活躍の場を求めることを余儀なくされた。といっても、彼らにしっかりした科学の素養があるわけではない。むしろ、技術恐怖症《テクノフオビア》の気《け》があるくらいだ。したがって、彼らの書くものはホラーSFになりやすい。おかげでブラッドベリやマシスンの名作が生まれたのだから文句をつける筋合いではないが、こんな疑問も湧いてくる——彼らの書くものは、

SFの装いをこらした怪奇幻想小説にすぎないのではないか。げんに、ブラッドベリやマシスンは、のちにSF的アプローチを捨て、怪奇幻想の世界に回帰したではないか、と。

ここで重大な問題がもちあがる。すなわち、SFとホラーと怪奇幻想小説の関係だ。この問題は、次元のちがう概念と商業的なレッテルが複雑にからみあっているため、とてもひと筋縄ではいかない。順を追って解きほぐしていこう。

ふつうSFとホラーは、幻想文学における反対の極に位置していると思われている。つまりSFは合理の産物であり、ホラーは非合理の産物であるというわけだ。しかし、ほんとうにそうだろうか。

まず、つぎの年表を見てほしい。

一八一八『フランケンシュタイン』メアリ・シェリー
四四「ラパチーニの娘」ナサニエル・ホーソーン
四五「ヴァルドマアル氏の病症の真相」エドガー・アラン・ポオ
五九「あれは何だったか？」フィッツ=ジェイムズ・オブライエン
八六『ジーキル博士とハイド氏』ロバート・L・スティーヴンスン
九六『モロー博士の島』H・G・ウェルズ
九七『透明人間』同右

九八『宇宙戦争』同右
一九〇八『異次元を覗く家』ウィリアム・ホープ・ホジスン
〇九「マクスンの人形」アンブローズ・ビアス

きりがないので、これくらいにしておくが、はたしてこれはSF史だろうか、ホラー史だろうか。

答えはどちらでもある。というのも、SFとホラーはべつに相反《あいはん》する概念ではないからだ。作中で展開されているアイデアに着目すれば、いずれもSFといえるし、読者にあたえる効果に着目すれば、いずれもホラーといえる。要するに、ある作品がSF（内容）であると同時にホラー（雰囲気）であってもかまわないわけで、こういうタイプの作品がホラーSFである、というのが編者の基本的な考えかた。本書に収録した作品は、基本的にこの要件を満たしている。

もっとも、これは原則論であって、実状はもうすこし複雑だ。なぜなら、商業的にSFとホラーというジャンルが成立しており、後者は超自然の要素をあつかった怪奇幻想小説と、超自然の要素をふくまない恐怖小説から成っているからだ。したがって、さまざまな形でホラー風味のSFとSF風味のホラーが生まれることになる。これらもホラーSFと呼べるだろう。

わが国では伝統的に超自然の要素をふくむ怪奇幻想小説をホラーの主流とみなしてきたが、近年のスプラッタホラーやサイコホラーの大流行でこの常識は崩れさった。しかし、これは当然の事態かもしれない。恐怖《ホラー》という観点に立つかぎり、幽霊におびえるのも、狂人につけ狙われるのも、たしかに恐怖にはちがいないからだ。むしろ、恐怖をあおるには、即物的で肉体的な恐怖（要するに暴力）に訴えるほうが手っ取り早い。したがって、十八世紀のゴシック小説の時代から、ホラーには超自然の要素をふくまない作品がつきものだったし、超自然の要素をふくむ作品でも即物的な恐怖は重視された。十九世紀のイギリスにあらわれた〈ペニー・ドレッドフル〉という叢書《そうしょ》は、ゴシック小説から残虐場面をぬきだして、いっそう血みどろにしたような内容で大当たりをとったが、いまでいうスプラッタホラーの先駆といえるだろう（いっぽう、超自然の要素をぬきだして純化させたのが、レ・ファニュを嚆矢《こうし》とし、M・R・ジェイムズ、アーサー・マッケン、アルジャノン・ブラックウッドらで頂点をきわめる正統派怪奇小説である）。

この傾向を引き継いだのが、一九一〇年代のアメリカに登場したパルプ小説誌だ。粗悪なザラ紙に印刷された大衆娯楽メディアである。当時はSFもホラーも商業的には未分化の形で存在しており、最初は〈アーゴシー〉や〈オール・ストーリー〉といった娯楽小説雑誌の誌面で、冒険小説やミステリやウエスタンなどと同居していた。しかし、二〇年代にはいると、パルプ雑誌の専門化が進み、細かくジャンル分けされることになった。その一環として登場したのが、アメリカ初の怪奇幻想小説誌〈ウィアード・テールズ〉だ。といっても、その内容はホラーとSFとファンタシーのごった煮であり、もちろん超自然の要素をふくまない恐怖小説も混ざっていた。SFや残虐ホラーは、のちに専門の雑誌が創刊され、新たなジャンルとして独立していくが、〈ウィアード・テールズ〉の誌面からこれらが消えることはなかった。

同誌の売り物は、ひとことでいって煽情的《せんじょう》な恐怖である。創刊号の目玉は、アンソニー・M・ラッドの「人喰い沼」(二三)という作品だったが、これは巨大アメーバが人間を襲うだけのモンスター小説。簡単にいってしまえばウェルズの亜流であり、それも極端にお粗末なものだった。以後、同種の作品はパルプ小説誌にあふれかえることになる。

こうした傾向は、〈ウィアード・テールズ〉最大のスターであるH・P・ラヴクラフトの作品にも見うけられる。ラヴクラフトが、十九世紀末から今世紀初頭の英国怪奇小説作家たちに私淑《ししゅく》していたのは事実だが、その子孫である同時代の英国の作家たちとは対照的な道を歩んだ。つまり、H・R・ウェイクフィールドらが、雰囲気の醸成《じょうせい》に重きを置き、超自然の怪異は暗示にとどめる方向を選んだのに対し、ラヴクラフトは異次元の怪物が暴れまわる小説を書いたのだ。しかも、その作品の端々《はしばし》にはウェルズの強い影響が見られる。したがって、編者は彼の作品のいくつかをホラーSFの範疇《はんちゅう》にふくめていいと考えている。げんに宇宙からの飛来物が、片田舎の農場を不気味に変貌させていく顚末《てんまつ》をつづった秀作「宇宙からの色」(二七)は、創刊まもないアメリカ初のSF誌〈アメージング〉に発表されているし、奇しくも本書に収録したブライアン・オールディスの「唾の樹」(六五)とよく似た内容になっている。こうしたラヴクラフトの作風が、五〇年代ホラーSFの作家たちに受けつがれ、さらに現在のモダンホラー作家たちに受けつがれていくわけだ。なかでもキングの傑作「霧」(八〇)は、ラヴクラフト直系の作品といえる。ホラーSFという観点に立つと、SFとホラーの密接な関係があらためて浮かびあがってくるのだ。

いっぽう、古いタイプの怪奇幻想小説をSF的設定に「移植」した作品を書きまくったのが、クラーク・アシュトン・スミスだ。彼の作品には、舞台が異星や異次元になっただけの秘境小説が多い。要するにSFとホラーが未分化だった時代の産物であり、これをSFと認めない論者もいるが、これはこれでホラーSFの一大水脈となっているのも事実。宇宙に出て怪異に遭遇するといったタイプのSFは、ほとんどがこの系譜に属している。有名なところをあげれば、映画ならリドリー・スコット監督の《エイリアン》(七九)があるし、ポール・アンダーソン監督の《イベント・ホライゾン》(九七)も記憶に新しい。小説ならコリン・ウィルソンの『宇宙ヴァンパイアー』(七六)だろうか。SFとしては誉められたものではないかもしれないが、編者はこの種の作品を偏愛しており、本書には真打《しんう》ちスミスの「ヨー・ヴォムビスの地下墓地」(三二)を採録した。


だいぶ大まわりしたが、話を年表にもどす。

すでに指摘したように、科学技術が急速な発展をとげれば、バラ色の未来像が描かれるいっぽうで、暗澹《あんたん》たる悪夢もつむがれる。したがってホラーSFが盛んになるのだが、これは五〇年代にかぎった話ではない。科学技術が急激に発達するときには、かならずホラーSFが勃興するのだ。遺伝子工学や仮想現実を題材にした現在の〈バイオ・ホラー〉や〈ハイテク・ホラー〉は、その最新版にほかならない。じつをいえば、SFが誕生した原因が、科学技術への不安だったのだ。

この年表には黎明期のSFがずらりとならんでいる。ちょっと見ればわかるが、その大部分は〈マッド・サイエンティスト〉ものであり、科学技術の暴走を描いている。要するに、当時の人々にとって新興の科学者は、得体の知れぬ存在であり、不安と恐怖をまきちらす存在であったのだ。すでに何度も指摘したように、事情は現在にいたるまであまり変わっていない。科学は未知を切り開くが、未知に直面すれば、人間の心には常に恐怖が生まれるのだ。したがって、この種のSFは連綿と書きつがれてきた。じつは、ホラーSFこそSFの主流なのかもしれない。というのは大げさにしても、科学技術が発展をつづけるかぎり、それは人々の眠りに悪夢をもたらしつづけるだろう。なぜならSFとは、人間に内在する非合理性が、科学を律する合理性とぶつかるところに生じる文学にほかならないのだから。

付記

本書に収録した作品のうち八編は既訳がある（そのなかの二編は、二種類の訳がある）。翻訳作業にあたって旧訳は大いに参照させていただいた。本来ならくわしい書誌をつけるべきだが、ここでは訳者名を列挙するにとどめたい。つぎの方々に感謝する——マシスン「消えた少女」矢野浩三郎、伊藤典夫、ライバー「歴戦の勇士」竹生淑子、キャンベル・ジュニア「影が行く」矢野徹、ディック「探検隊帰る」中田耕治、仁賀克雄、ゼラズニイ「吸血機伝説」風見潤、スミス「ヨー・ヴォムビスの地下墓地」広田耕三&渡辺広蔵、ベスター「ごきげん目盛り」井上一夫。なおヴァンス「五つの月が昇るとき」は中村の旧訳。各編の題名については、旧訳を踏襲させていただいた。重ねて感謝する。

収録作品原題一覧

Little Girl Lost
Nightmare Gang
The Clone
The Oldest Soldier
Boulter's Canaries
Who Goes There?
Explores We
Masks
The Stainless Steel Leech
The Vault of Yoh-Vombis
When the Five Moons Rise
Fondly Fahrenheit
The Saliva Tree

検印
廃止

編訳者紹介　1960年生まれ。中央大学法学部卒，英米文学翻訳家。主な訳書に，ウェルズ「モロー博士の島」，ガロイ「模造世界」，アシモフ「アンドリュー NDR114」ほか多数。

ホラーＳＦ傑作選
影が行く

2000年8月25日　初版
2024年2月9日　7版

著　者　Ｐ・Ｋ・ディック
　　　　Ｄ・Ｒ・クーンツ他

編訳者　中《なか》村《むら》　融《とおる》

発行所　㈱　東京創元社
代表者　渋谷健太郎

162-0814/東京都新宿区新小川町1-5
電　話　03・3268・8231-営業部
　　　　03・3268・8204-編集部
ＵＲＬ　http://www.tsogen.co.jp
振　替　00160-9-1565
工友会印刷・本間製本

乱丁・落丁本は，ご面倒ですが小社までご送付ください。送料小社負担にてお取替えいたします。

ISBN978-4-488-71501-4　C0197